LOS TIEMPOS DE LOS SIGNOS

Los tiempos de los signos

Diseño editorial: alpoma
Corrección: Isabel Royán González

Primera edición: Octubre 2006

Depósito legal: SE-4762-2006 U.E.
ISBN-10: 84-95645-71-8
ISBN-13: 978-84-95645-71-5

Ediciones Corona Borealis
Arroyo de la Miel
29631 MÁLAGA
www.coronaborealis.es

Imprime: Publidisa
Printed in Spain – Impreso en España

Aldebarán

LOS TIEMPOS DE LOS SIGNOS

CÓMO VIVIMOS EL TIEMPO EN CLAVE ZODIACAL

Ediciones Corona Borealis

ÍNDICE

LOS TIEMPOS DE LOS SIGNOS

CÓMO VIVIMOS EL TIEMPO EN CLAVE ZODIACAL

PARTE 2: ¿DE QUÉ SE COMPONEN?

PARTE 3: ¿CÓMO SE MANIFIESTAN?

PARTE 4: ¿CÓMO JUEGAN?

Quiero agradecer a los *manes*[1] de los que me han precedido que me inspirasen esta obra. A ellos está dedicado este conjunto de papel, tinta e ideas.

[1] Manes: almas de los desaparecidos, a menudo concebidas como divinas o ancestrales, que tienen todavía una forma de existencia fuera de la existencia.

Casi siempre sacamos del horóscopo puntos particulares y los consideramos, por así decirlo, a través de una lupa. Así corremos el peligro de no reconocer la relación, la conexión, a causa de este "efecto lupa". (...)

Entonces, hemos de esforzarnos en elevarnos para poder divisar algo así como un margen de espacio y tiempo más amplio, siguiendo la perspectiva de los pájaros.

BRUNO Y LOUISE HUBER, *El reloj de la vida*.

Si nuestra percepción del tiempo se expande, la cantidad de dolor es pequeña. Por el contrario, si nuestra percepción del tiempo se contrae, experimentamos un mayor grado de dolor. ¡De hecho, cualquier técnica o invención que expanda la propia sensación del tiempo puede ser usada como analgésico!

LARRY DOSEY, *Tiempo, espacio y medicina*.

ESTE LIBRO

> Los escribas llenos de sabiduría (...) no se construyeron pirámides de bronce, ni para acompañarlas, estelas de latón.
>
> Jamás proyectaron dejar tras de sí, como herederos, hijos de su carne, que conservaran su nombre: han tomado como herederos los libros y las enseñanzas que escribieron.
>
> Antiguo texto egipcio

Este libro trata sobre el Tiempo, o mejor dicho, sobre los tiempos. Se pretende superar la imagen transmitida "educativamente" del tiempo como algo singular limitado a la letra "t" de las fórmulas. Este tiempo, y sus variaciones, es válido, pero sólo muy relativamente porque hay otros tiempos y múltiples combinaciones entre ellos.

Lo sabemos porque los experimentamos cotidianamente; nos vemos forzados a cambiar de Modalidad Temporal cada vez que lo exigen las circunstancias, o simplemente siguiendo nuestras inclinaciones. A veces, de forma consciente y voluntaria.

Este libro es básicamente un libro de autoconocimiento. El tiempo, por tanto, no se expresa como algo limitado a lo objetivo y mensurable con relojes, sino principalmente como algo que depende de la mentalidad que adoptemos y de sus enfoques. Y se expresa, además, como algo que podemos experimentar y cambiar voluntariamente trabajando nuestros contenidos internos, entendiendo que cuestionar el tiempo es cuestionarnos a nosotros mismos, y en ello, también nos adentramos en la dimensión esotérica.

La lectura de esta obra no ha de hacerse necesariamente de forma secuencial. Se puede hojear o mirar en el índice e ir directamente a un signo zodiacal para ver su forma asociada de vivir eso que llamamos tiempo, aunque para los más estudiosos sería conveniente que realizaran la lectura en el orden de los capítulos, para ver cómo los Tiempos Zodiacales están construidos según un desarrollo.

Los que prefieran radicalismos, pseudoverdades oficialmente aceptadas, encasillamientos y partidismos poco tienen que hacer con esta obra. Aquellas personas que, por el contrario, conciban la realidad a través de una visión holística, interdisciplinaria y renacentista de la cultura, ojalá encuentren un buen amigo en el libro que tienes entre manos.

INTRODUCCIÓN

Si uno se conduce con paciencia y moderación, y los tiempos y las cosas giran de suerte que su forma de proceder sea buena, se prospera; pero si los tiempos y las cosas cambian, sobreviene su ruina por cuanto no varía su modo de obrar.

NICOLÁS MAQUIAVELO, *El Príncipe.*

A menudo, se nos pide que nos adaptemos a los tiempos que corren. Cuando alguien habla de su experiencia pasada, no es extraño que se le responda: "Pero es que esos eran otros tiempos; ahora las cosas ya no son así".

También a veces se dice que hay que saber actuar según LOS SIGNOS DE LOS TIEMPOS. Parece como si hubiese señales que nos indicasen cuáles son los tiempos que fluyen en cada fase de nuestra vida, y que, descifrándolas, nos pudiéramos adaptar mejor a la época que transcurre en cada periodo histórico. Según la cita de Maquiavelo arriba reseñada, LOS TIEMPOS GIRAN; parece, por tanto, que los Signos de los Tiempos siguieran órbitas.

Es importante ser consciente de esto cuando se producen situaciones en las que el desarrollo de la sociedad parece estancado por miedo a lo venidero. Si los responsables de las instituciones son remisos a realizar cambios de forma paulatina y fluida, luego lo más probable es que las actualizaciones se produzcan de forma brusca e incluso violenta. Socialmente, hay que escoger entre renovación o revolución, porque LOS TIEMPOS CAMBIAN.

Lo que se observa en la sociedad también es aplicable a los individuos. Cada persona, por decisión o por necesidad, tiene que plantearse realizar adaptaciones a las situaciones temporales cambiantes, y ello es síntoma de inteligencia y de madurez.

Asimismo, en cada individuo también operan los tiempos según sus propias tendencias personales, o según las circunstancias particulares de su existencia cotidiana.

Sería curioso repasar al cabo del día los diferentes ritmos y ciclos temporales que han actuado en nosotros durante una jornada: "Desde que me dormí el día anterior hasta ahora que acabo de poner la cabeza nuevamente en la almohada, ¿cuántos tipos de tiempo he experimentado?". Podemos haber sido señores o esclavos del tiempo. Podemos haber vivido un ritmo trepidante o quizá nos hemos exasperado por la lenta marcha de las manecillas del reloj. ¿Son diferentes todos esos tiempos o sólo varía nuestra forma de observar un único tiempo?, si es que realmente existe...

En cualquier caso, no deja de ser curioso que algunas veces hagamos un tratamiento singular de este extraño fluido y en ocasiones lo tratemos en plural.

¿Qué noción del tiempo tendríamos si no tuviéramos relojes? Dependeríamos de los astros. Tendríamos que observar la marcha regular de la Luna y del Sol, tal como lo hacen ¿todavía? los agricultores y tal como hicieron nuestros antepasados.

Los humanos extraemos nuestro sentido convencional del tiempo de la REGULARIDAD EN EL MOVIMIENTO DE LOS ASTROS. Sabemos lo que es un día porque la Tierra gira regularmente sobre su eje —sólo tiene milésimas de segundo de inexactitud debido a las alteraciones externas—, de ahí que también comprendamos lo que son horas y minutos, ya que son fracciones arbitrarias de día.

Si consideramos el movimiento de traslación de nuestro planeta alrededor de su estrella, el Sol, comprendemos lo que es un año. Sabiendo lo que es un año, se deducen sus múltiplos: lustros, décadas, siglos, etc. Parece, con todo esto, que el tiempo fuera cosa del cielo.

No sería extraño que los Signos de los Tiempos fueran celestes. Sabemos cuáles son los signos celestes, pero ¿cuáles son sus tiempos asociados? Si hay unos signos asociados a los tiempos, debe de haber unos tiempos asociados a los signos.

Siguiendo los ciclos zodiacales de los luminares y planetas, podemos obtener valiosas informaciones sobre el desarrollo de pautas dinámicas no solamente en el cielo, sino también aquí, en el nivel de experiencia humana.

Dentro del contexto astrológico, no sería descabellado estudiar las posibles correspondencias entre los desarrollos temporales y los arquetipos zodiacales —sin desdeñar planetas, elementos, modos, etc.—. En todos nosotros se dan cita todos los signos zodiacales; de un individuo a otro, sólo varían las combinaciones y proporciones que se dan entre ellos.

Tradicionalmente, se asocian por analogía los signos del Zodiaco con piedras, colores, notas musicales, plantas, etc., generando el concepto de ARMONÍA, RESONANCIA Y SIMPATÍA CÓSMICA entre todas las cosas, que, por ejemplo, es fundamental en Alquimia.

¿Por qué no investigar, mediante la observación vivencial e intuitiva, las correspondencias entre los arquetipos zodiacales y los tiempos?

Todo un gran campo de experiencia se puede abrir ante nosotros. La tesis fundamental que sustenta este libro es la de que cada signo del Zodiaco nos aporta su propia manera de vivir eso que llamamos tiempo.

Hay personas que, por nacimiento, tienen enfatizado algún signo zodiacal. Si nos paramos a considerarlo, también es reconocible en ellas alguna forma peculiar de vivir el tiempo. Una persona muy Leo, por ejemplo, tendrá una fuerte tendencia a vivir el Presente; una muy Capricornio tenderá a ser más bien previsora y a realizar planes futuribles a largo plazo, y alguien muy Cáncer hurgará en el baúl de los recuerdos, etc.

De todos modos, todos podemos vivir todas las esencias Zodiacotemporales, ya que todas ellas habitan en nuestro interior. Unas veces nos ponemos Libra, otras Tauro, Aries... Cambiamos según nuestros ritmos sincronizados y según las exigencias del entorno.

La Astrología permite un nivel adicional de lectura de la realidad. Es como si estuvieses leyendo algo en la pantalla de un ordenador, creyendo que es todo lo que hay, y viene alguien, le da a una tecla y aparece otra página en pantalla.

—Mira, ahí tienes el teléfono del cliente; ya lo puedes llamar.

—¡Ah, gracias! No me había dado cuenta.

Durante la mayor parte de nuestra vida, vamos leyendo solamente la primera página de la realidad, autolimitándonos y deduciendo la información truncada cuando nos tropezamos con factores desconocidos; a menudo, demasiado tarde.

Uno de los usos válidos de las "otras páginas" es ampliar nuestra visión de la realidad estudiando LOS SIGNOS zodiacales predominantes en LOS TIEMPOS que corren, para adaptarnos más conscientemente a nuestra época.

Otro uso apropiado es invertir la frase y estudiar LOS TIEMPOS DE LOS SIGNOS —que dan título a esta obra—. Cabe plantearse una visión psíquica y profunda de nosotros mismos, y de las realidades que proyectamos, a través de las diversas vivencias del tiempo que cada signo del Zodiaco aporta.

Conocer estas pautas temporales equivale a poder transformarlas, desarrollarlas o cambiarlas a voluntad, lo que, evidentemente, potencia nuestra libertad —entiéndase: libre albedrío—.

Este factor es muy importante. Es una auténtica gema. EL CARÁCTER VOLUNTARIO DEL TIEMPO es algo que desde siempre se ha trabajado en Esotérica, pero en lo que raramente se ha hecho el debido hincapié. El místico, por ejemplo, puede irse fuera del tiempo y regresar a lo temporal —lo que equivaldría a Tiempo Piscis, la evasión mística—. Es también posible elegir un tiempo espiral, propio de profundas transmutaciones —Escorpio—, o un tiempo cuadriculado, propio de Virgo, o, quizá, intentar romper el tiempo registrado como haría Aries en una competición deportiva.

Puedes decidir entre una buena gama de tiempos coexistentes, compatibles y complementarios para adaptarte a lo que te exige el ritmo diario, para mejorar una relación o para transformarte en alguna fase importante de tu vida.

Vas decidiendo; te conectas y te desconectas; te mudas de una onda temporal a otra cuando lo creas conveniente. Amplías tu libertad de elección. No se trata de algo estrictamente exotérico —como lo que enseñan en la facultad o en la escuela—, en el sentido de algo externo, ahí fuera, independiente de tu estado de ánimo o de tu voluntad, sino de un recreo. Algo que vamos creando y recreando en un juego aparentemente profano, pero que tiene las connotaciones de lo sacro.

Cronológicamente, se producen los acontecimientos históricos encasillados en tal o cual año o fecha; no obstante, hay algo en los tiempos que se escapa a la cronología —algo que no se puede medir— y radica en las diversas formas de vivir EL DEVENIR. Esto implica el reconocimiento de un nivel mítico. El tiempo mítico se burla de los relojes y de los calendarios, porque es algo, en su singular sencillez y en sus múltiples manifestaciones, que se reproduce continuamente en los incontables individuos de las numerosas generaciones. Son formas de experimentar el tiempo que no pertenecen a ninguna época en concreto, ni a ninguna parte en el currículum de una persona, sino que se cristalizan en todas las épocas a través de un sinnúmero de individuos embebidos —a menudo, subconscientemente— en un caldo simbólico común, pero del que podemos extraer útiles pautas temporales aplicables conscientemente.

Cada una de las fases de esa rueda mítica deja su impronta en el Devenir de los tiempos; se pueden expresar mandálicamente como los lóbulos o pétalos —en clave doce— de un rosetón medieval.

La humanidad nunca ha conseguido tener una Teoría Unificada Común del Tiempo y de los tiempos, en la que cada una de las formas posibles de experimentar el cambiante tiempo tuviera su representación dinámica. Si el rosetón medieval se moviese, expresaría el giro del carrusel, manifestando las cualidades de cada uno de los doce tiempos arquetípicos.

En esta obra, tengo la osadía de esbozar la tan anhelada Teoría Unificada del Tiempo y de los tiempos, y para ello me sirvo de la Ciencia Madre, la ciencia que aúna Macrocosmos y Microcosmos, órbita y vivencia: la Astrología.

El Tiempo y los tiempos, lo Uno y lo múltiple, el Ser esencial y las esencias manifestadas, el Devenir y los minutos, el *Mithos* y los mitos... Cada visión de lo particular completa la globalidad, y ésta da sentido a sus componentes. Es como un mosaico y sus teselas: el mosaico existe gracias a las piezas que lo componen, pero cada una de ellas sólo tiene sentido gracias a su integración en la totalidad; entre todas representan una imagen que, como arte, trasciende lo material.

Así es el Gran Mandala Zodiacal, con su dimensión temporal incluida, ya que, en el mosaico astrológico, los signos se mueven, y el Tiempo, como nos recordaba Krishnamurti, es movimiento.

PARTE 1

¿QUÉ SON LOS TIEMPOS?

1

¿QUÉ ES EL TIEMPO?

La Astrología está íntimamente asociada al tiempo.

MARTIN FREEMAN, *Prevenir por la Astrología.*

MISTERIO COTIDIANO

Todavía no ha habido un ser humano que explique sin ningún género de duda lo que es y no es el tiempo. Habrá algunos que digan que es una pura entelequia inexpresable con palabras. Otros dirán que ni siquiera existe. Para unos es algo real físicamente y que podemos medir e incluso vender; para otros es una figuración que proyectamos, no siendo más que nuestra propia sugestión.

En cualquier caso, nos aclaremos o no, TODOS TENEMOS NOCIÓN DEL TIEMPO. Y este extraño y familiar concepto ha hecho correr mucha tinta. Prácticamente, cada serio pensador, filósofo, psíquico, místico o escritor ha tenido alguna vez que expresar algo sobre él, sin lo cual, su obra estaría incompleta.

Hay algo esencial que puede intrigarnos: LA NATURALEZA CAMBIANTE DE LO QUE LLAMAMOS TIEMPO. Este extraño personaje puede cambiarse, transformarse, trasvestirse; puede parecer joven o viejísimo, desesperante o desbocado, fugaz o congelado; puede desaparecer y aparecer de nuevo como un escurridizo duendecillo.

Filosóficamente, cabría preguntarse si cambia de aspecto, de modalidad, si cambiamos nosotros —es decir, la naturaleza de nuestras percepciones— o es múltiple. Así podríamos resolver gran parte del enigma. No se trataría de un personaje transformista, sino de diversos personajes, y al decir, por ejemplo, "los tiempos cambian que es una barbaridad", no estaríamos simplemente usando un plural laxo o cómodo, sino indicando una diversidad esencial.

INVERSAMENTE PROPORCIONALES

Muchas veces se le considera de la misma consustancialidad que el espacio, mencionada con la expresión espacio/tiempo. Sin embargo, no vivimos ambas realidades de la misma manera.

Antaño, cuando Marco Polo recorría cerros y pedregales a lomos de mula, no era difícil ser señor del tiempo, puesto que el ritmo social era mucho más lento. Por el contrario, el espacio era mucho más desafiante que ahora. Para el joven Marco, el viaje desde Venecia hasta Katay —ida y vuelta— le tuvo que suponer una serie de penalidades que nos podríamos ahorrar hoy en día.

Antes era fácil ser soberano del tiempo y esclavo del espacio. Se estaba mucho más limitado por el entorno geográfico, pero ¡qué calma tendría un pintor flamenco del siglo XVI para pintar una marina, un interior o un paisaje con molino!, ¡qué embeleso y detenimiento tendría Leonardo da Vinci para pintar cualquiera de sus obras! En cambio, si entramos en un museo de arte contemporáneo, pareciera que los autores estuvieran urgidos a acabar cuanto antes. El brochazo, la paletada o la regadera predominan sobre la pincelada y la veladura. Se ha producido una gran aceleración.

El gran escritor venezolano Arturo Uslar-Pietri lo describe magistralmente. Narra sus observaciones en Nueva York, en su obra *La ciudad de nadie*:

> Son gentes vendidas al tiempo. Que cuentan los segundos como sangre que se les escapa de las venas. Que viven perseguidos, atropellados, maltratados por el tiempo. Estas gigantescas estaciones son en realidad los templos del Moloch de Manhiatan, que es el tiempo.

A cambio, dominamos el espacio, ¡hasta el extraterrestre! Se puede planear un viaje de Lisboa a Tokio con los mismos miramientos con los que antes se organizaba una excursión en burro de un pueblo a otro.

Por tanto, no siempre ocurre que un cambio en las circunstancias espaciales implique una variación de la misma proporción y sentido en el factor tiempo, y viceversa. A la vista de la experiencia reciente en la transición de la Era de Piscis a la de Acuario, sería coherente decir que son inversamente proporcionales: a más dominio del espacio, más agobiados por el tiempo; y a más subordinación al espacio, más majestuoso control sobre el tiempo.

De ahí podríamos deducir que, siendo factores íntimamente interrelacionados, no son directamente proporcionales. Cada uno cobra su propia autonomía en detrimento del otro.

¿EXISTE?

Contra la idea de su no existencia, es fácil confrontar las vivencias comunes de todos los integrantes de la humanidad, que lo experimentamos de muy variadas maneras —y no sólo nosotros: sería posible incluir vivencias de animales, plantas e incluso del mismo planeta Tierra—.

Para los físicos, es muy importante. Si se dice, por ejemplo, que la luz se mueve aproximadamente a una velocidad de trescientos mil kilómetros por segundo, el tiempo está implicado, ya que: V = S / T (velocidad es igual a espacio partido tiempo). Nuevamente, la proporción inversa.

Sólo el místico puede salir del tiempo, y a menudo, regresa. Tan sólo él puede experimentar el No Tiempo, pero, o desencarna o regresa a los tiempos mundanos. Sin embargo, paradójicamente, se diría que algunos han estado mucho tiempo fuera del Tiempo, por ejemplo, el neoplatónico Plotino, que, según narraban sus discípulos, tenía frecuentes y prolongados trances. Otro místico, Ramón Llul, abogaba claramente por la existencia del Tiempo, y para ello aducía:

> El tiempo existe para que pueda existir sucesión de circunstancias movidas por los crecimientos y las alteraciones, pues si el tiempo no existiese, ningún movimiento podría ser de las sustancias en el cielo ni aquí abajo.
>
> RAMÓN LLUL, *Tratado de Astrología*, siglo XIII.

RELATIVIDAD MONO-POLI

Para la mente común occidental, entrenada —quizá manipulada— en colegios y universidades, lo singular y lo plural parecen rivales. No obstante, lo uno y lo múltiple no son más que diversos modos de ver la misma naturaleza.

Podemos hablar seriamente del color, por ejemplo. Oímos: "Un mundo de color y sonido", cuando nos quieren vender un televisor, o "Me encanta el tratamiento que Vincent hace del color", cuando admiramos una obra de Van Gogh, aunque haya más de un color en el cuadro o en la tele. Y con la misma naturalidad lo ponemos en plural: "Una cajita de lápices de colores" o "El arco iris tiene siete colores". No vemos contradicción en el uso indistinto —plural o singular— del colorido.

Del mismo modo, se puede hablar de la energía y las energías, el placer y los placeres, el movimiento y los movimientos, el poder y los poderes...

¿Qué diferencia hay entre el uso en singular y el uso en plural? Cuando decimos "la energía", por ejemplo, nos referimos a ella en abstracto, a su esencia intrínseca. Cuando la ponemos en plural, nos referimos a sus manifestaciones y aplicaciones. Se puede hablar de energía sexual o de energía eléctrica; ambas emanan de una realidad común.

¿Es esta relatividad mono-poli —entre lo uno y lo múltiple— aplicable al tiempo? Si ello es así, tendríamos que convenir que, en singular, nos referimos a la idea, al concepto, a la realidad inherente al fluir temporal. Y en plural, nos referimos a sus manifestaciones, a sus combinaciones con el sinfín de circunstancias posibles de la vida diaria.

Casi siempre, nuestro nivel consciente —e incluso subconsciente— se relaciona con la pluralidad en el hervidero de lo múltiple en movimiento. Sólo cuando filosofamos, vamos de lo múltiple a lo Uno, a la idea en sí. Considerado de esta forma, el filósofo sale de los tiempos para ir al Tiempo, y el místico, que lo sobrepasa, se evade de los tiempos, e incluso del Tiempo, para ir al No Tiempo.

EL COSMOS HUMANO

El trasiego de energía y de vivencias entre lo singular y las pluralidades implica EL CAMBIO: "No te bañarás dos veces en el mismo río", decía Heráclito de Éfeso. El siguiente texto ilustra la naturaleza de este proceso:

> En el arte chino, las nubes simbolizan esta perspectiva debido a que estaban constantemente cambiando de forma, rápidamente con un viento fuerte, lentamente en un día de calma, pero siempre cambiando. Los taoístas creían que incluso las montañas no eran más que una forma sustancial de nube, que cambiaba de forma con los milenios en vez de con los minutos.
>
> También creían que estos cambios externos se correspondían con los internos y personales. De acuerdo con el Tao, las personas vamos cambiando incluso a medida que leemos estas palabras. La información que conllevan se convierte en una nueva parte de nuestras vidas.
>
> Puesto que sólo el cambio era eterno, la mejor manera de que una persona pudiera vivir bien era literalmente "ir con la corriente".

TIME/LIFE, *Misterios de lo desconocido. Tiempo y Espacio.*

"Ir con la corriente"... Conocer las líneas invisibles de la Naturaleza y del Cosmos en el que vivimos, pero también ver la correspondencia con nuestro mundo interior. Darse cuenta de que no existe ningún muro entre procesos internos y externos, y adecuar unos a otros, ya que ambos pertenecen a la misma totalidad, al gran orden sincronizado en el que bailan astros, átomos y sentimientos. Adecuar la voluntad propia a la Gran Mente Cósmica Universal.

Armonía entre el Cielo y la Tierra como lema en el Celeste Imperio chino, o "Hágase tu voluntad aquí en la Tierra como en el Cielo", que diría un esenio imbuido de filosofía hermética.

El ser humano no es un mero observador del Cosmos, ni siquiera es un inquilino, ni un viajero en él. Todo individuo humano es cósmico y su visión del vecindario espacial que le rodea se tergiversa si no observa el Cosmos que habita y actúa dentro de sí.

Sólo dentro de esta COSMOVISIÓN —con individuo humano incluido— es posible contextualizar un modelo unificado del Tiempo y de los tiempos.

La regularidad de los astros también atañe al mundo interior del perplejo individuo humano. Según Paracelso, no sólo hay, por ejemplo, un Saturno en el cielo: también hay un Saturno en nuestro interior. Todos los cuerpos celestes tienen su correlación en nuestro plano psíquico, también llamado ASTRAL. Esa regularidad externa está sincronizada con nuestros tiempos internos, subjetivos, pero no menos reales.

Con este contexto como telón de fondo, me puedo aventurar a sugerir una explicación: **el tiempo es el conjunto de interrelaciones cíclicas entre los astros externos —corpóreos— y los astros internos —arquetípicos—**.

La jungiana Marie Louise Von Franz, en *Misterios del tiempo*, expone:

> ... volvemos a la noción primitiva del tiempo en tanto fluir cuantitativo y cualitativo de acontecimientos simultáneamente internos y externos.

Sinópticamente, podemos visionar ambas realidades como una sola realidad en la que el Tiempo y los tiempos, lo Uno y lo múltiple, lo cuantitativo y lo cualitativo, lo interno y lo externo, lo terrenal y lo celeste no sean sino facetas o vertientes de UN GRAN Y MAJESTUOSO ORDEN IMPLICADO EN UNA TOTALIDAD.

De otro modo, seguiremos fragmentando y fragmentándonos. Seguiremos viendo el tiempo ora uno, ora múltiple; ora subjetivo, ora objetivo; ora existente, ora inexistente; ora como una entelequia abstracta, ora como una maquinita que hace tic tac. Seguiremos aferrándonos a la faceta temporal que conozcamos y discutiendo con el que conoce la parte que desconocemos.

EXCLUSIVAS NO, POR FAVOR

¿Y si el universo que observamos, incluyendo los sofisticados prodigios de la técnica, no fuera más que una superminúsculísima parte del universo que realmente existe? Es lo más probable.

Stephen Hawking, en su *Historia del tiempo*, repasa los avatares matemáticos para tratar de encontrarle un origen temporal al universo. Dice:

> El resultado final fue un artículo conjunto entre Penrose y yo, en 1970, que al final probó que debe de haber habido una singularidad como la del *Big Bang*, con la única condición de que la relatividad general sea correcta y que el universo contenga tanta materia como observamos.

La "única condición" que menciona son dos grandes condiciones:

1) "Que la teoría general de la relatividad sea correcta", cosa que podría tener un pase;
2) "Que el universo contenga tanta materia como observamos", lo que me hace recordar el cuadro de El Bosco *La nave de los locos.*

Con los síes condicionales, dicen los franceses que se podría meter París en una botella y poner la torre Eiffel de tapón. Los científicos los utilizan demasiado a menudo para "probar" lo que creen que... debe de haber ocurrido.

Con pruebas como esa, más valdría a los seres humanos hacer una auténtica y profunda cura de humildad, y reconocer que, por muy complejos que sean nuestros instrumentos, el océano de lo que no observamos e ignoramos es inconmensurablemente más amplio que la gota que observamos y que nos parece que conocemos. Esto en cuanto a la naturaleza de nuestras observaciones.

En cuanto a la profundidad o sutileza, hemos de ser también muy humildes. Existe el concepto científico de "materia oscura", según el cual, la realidad material humanamente perceptible es aproximadamente el diez por ciento del total de "materia" existente (datos del proyecto COBE, NASA, 1992). A esta conclusión se llega por deducción de las interacciones gravitacionales que se producen en la materia.

Los científicos tratan de maquillar su impotencia hablando de "variables ocultas", "materia oscura", "antimateria", "campos morfogenéticos"... u otras expresiones crípticas cuando con lo observable físicamente no basta para explicar lo observable físicamente. Ello conlleva un ocultismo u oscurantismo implicado en la ciencia moderna. Cuando están desesperados y no encuentran explicaciones, dicen que lo que ocurre es debido a las así llamadas "leyes del azar", concepto totalmente contradictorio que se convierte en el cajón desastre donde van a parar los retales de la ignorancia no reconocida.

Nadie puede tener la exclusiva del estudio del Tiempo o de los tiempos, y menos limitándose a intentar medirlo y despreciándolo en su dimensión cualitativa.

El tiempo del científico —y sus desarrollos cíclicos y paradójicos— es sólo un tipo de tiempo —a lo sumo, dos, si se incluye alguna que otra gran revolución paradigmática—. Si no se tienen en cuenta los otros tiempos, entonces las interacciones son tan potentes y patentes que hay que echar mano de términos oscuros y contradictorios.

El auténtico sabio reconocería interrelaciones entre el tiempo del científico, el del poeta, el del filósofo, el del jugador, el del artista, el del obrero, el del niño, el del amante y tantos otros, dentro de un modelo unificado común que respetase la diversidad.

Todos esos tiempos son reales porque los vivimos los seres humanos. Es insatisfactorio elaborar diversos modelos temporales dentro de uno solo de esos tipos de tiempo. El árbol no dejaría ver el bosque.

Por otro lado, asombra la importancia que le dan al PODER TEMPORAL aquellos que dicen consagrar su vida a los VALORES INTEMPORALES. El mismo Hawking menciona:

> La Iglesia Católica se apropió del modelo del *Big Bang* y en 1951 proclamó oficialmente que estaba de acuerdo con la Biblia.

No es de extrañar. De hecho, el modelo temporal uniforme que exige la hipótesis del *Big Bang* —echar el tiempo rectilíneamente hacia atrás— y el tiempo ortodoxo hebreo-cristiano, que rompe con el sentido cíclico de la reencarnación, son uno y el mismo.

No sorprende, por tanto, que fuera, significativamente, un cura católico belga, George Lemaître —bajo las órdenes de Pío XI, *Fides Intrépida* según las así llamadas "profecías de San Malaquías"—, quien crease, en 1927, la hipótesis del *Big Bang* —que por aquel entonces se denominaba "del Átomo Primitivo"—, dos años antes de que Edwin Hubble, en 1929, interpretase el famoso corrimiento al rojo en el análisis espectrográfico de la luz de las estrellas y dedujera que las galaxias se expanden. Dicho con otras palabras: parece evidente que el ahora llamado *Big Bang* fue inventado por los eclesiásticos para que los "descubrimientos" científicos estuvieran de acuerdo con el dogmatismo bíblico. No se extrañe, Sr. Hawking.

El físico Paul Halpern lo insinúa en su obra *El tiempo imperfecto*:

> ... la teoría del *Big Bang* sí proporciona un mecanismo gracias al cual uno puede creer en Dios como creador al tiempo que acepta la ciencia moderna.

Ese tiempo hebreo-cristiano-científico no respeta la Respiración de Brahma, antiquísima y profunda noción hindú según la cual, el universo —y no solamente el material— inhala y exhala, sucediéndose en él fases de expansión y de contracción, lo que sólo es posible adoptando un modelo cíclico del tiempo que, por cierto, causa furor entre los abanderados de la llamada Nueva Física. En la bandera de la India, precisamente, vemos el símbolo por excelencia del tiempo cíclico: una rueda.

La cronología se fundamenta. Sistemas calendáricos enteros se imponen por los eclesiásticos. Parece que tú estás en un año o en otro según sean tus progenitores de tal o cual religión, o que tienes que usar tal o cual cómputo del tiempo según fueran las creencias de tus abuelos.

Por lo tanto, si hemos de abordar libremente un estudio cabal del Tiempo y sus plurales manifestaciones, no podemos quedarnos encasillados en ningún integrismo, sea éste de tipo cientifista o eclesiástico —o una mezcla de ambos—.

Exclusivas no, por favor. Democraticemos el tiempo.

No sería mala idea hacer borrón y cuenta nueva, y comenzar un nuevo registro cronológico unificado que podríamos llamar ERA DEMOCRÁTICA, que no supusiera ni impusiera creencias a nadie y que tuviese su pertinente año cero. Los nuevos tiempos así lo reclaman. Sería un "fin de los tiempos" antiguos nada catastrofista.

EL DEVENIR

¿Qué metáforas verbales podemos usar para expresar lo que hace el tiempo? Podemos decir que el tiempo pasa, corre, vuela, fluye, cambia, se agota o se acrecienta; huye, se escurre o se esfuma. Uno de los verbos más ajustados al sentir consciente del tiempo es "DEVENIR". El tiempo deviene, y con él, los acontecimientos.

Una forma sacra de aludir al Devenir es la que explica Adolfo Weiss en su compendiosa obra *Astrología Racional*; en ella menciona a Pitágoras:

> El filósofo de Samos admite dos móviles en los actos humanos: la facultad de la voluntad y la necesidad del destino. Somete ambas a una ley fundamental llamada "providencia", punto de emanación de las dos.

> El primero de estos móviles es libre, y el segundo, obligado, de modo que el hombre se ve puesto entre dos naturalezas enfrentadas una con otra, pero no antagónicas, y cuyo bien o mal depende del uso que de ellas sepa hacer. La facultad de la voluntad se demuestra en las cosas a hacer, o sea, en el porvenir; y la necesidad del destino, en las cosas hechas, o sea, en el pasado.
>
> Porque, según el admirable filósofo, es del pasado que se origina el porvenir, y del porvenir, que se forma el pasado, y es de la unión de ambos que, siempre existente, se genera el presente, del que ambos brotan por igual —idea profundísima, aceptada por los estoicos—.

El signo de la marcha del tiempo, entendida como curso natural del Devenir, es la SAUVÁSTICA, cruz de brazos angulados que sugieren un giro levógiro, es decir, en el sentido contrario a las agujas del reloj.

Su opuesta y complementaria es la ESVÁSTICA, en el sentido de las manecillas del reloj. Esta última es todo lo contrario; implica oposición al curso fluido y natural de los acontecimientos, la oposición, por tanto, al Devenir temporal. Según Jean Michel Angebert en *Los Místicos del Sol*, ello corresponde al proyecto de parar o frenar el tiempo, para instaurar un imperio de mil años antes de que se llevara a cabo la destrucción anunciada por la Edad de Hierro del Kali Yuga.

En la sauvástica, la voluntad humana se adapta al tiempo y fluye con él. Pero si adoptamos la esvástica, el albedrío humano pretende alterar el fluir de las cosas —algo muy moderno y occidental— y el Tiempo Cósmico, temible adversario, destruye implacablemente a cuantos se le oponen. "Renovarse o morir", reza el dicho popular, y renovarse implica adaptarse a los cambios, a los tiempos que devienen.

LA EXCUSA

"No tengo tiempo" es la excusa más habitual que sale de nuestros labios.

No es cierto, nunca es cierto, siempre tenemos tiempo. El tiempo es gratis. Puede que nos falte dinero o salud, pero tiempo siempre tenemos en abundancia, tanto en cantidad como en calidad. Incluso después de la muerte, seguimos teniendo tiempo. Siempre hay prórroga.

Todos lo conocemos, todos podemos hablar de él. Desde el punto de vista físico, cronológico, astrológico, meteorológico, psíquico o como queramos. Todos convivimos con tan invisible entidad que hace surgir y destruir todo lo visible.

Podemos encadenarlo con múltiples compromisos o disfrutar de nuestro tiempo libre. El récord en población trabajadora de disfrute del tiempo libre lo ostentan los pigmeos que viven en los márgenes del desierto de Kalahari, en el África austral. Tan sólo requieren un promedio de seis horas semanales para obtener todo lo que necesitan, incluida carne de elefante.

EL TIEMPO RITUALIZADO

Hay quienes se enseñorean: son lo orfebres. Son los que llegan a la filigrana y la transmutación.

El trato que le propinamos al tiempo es todo un emblema cultural. Es un modo definitorio del sentir de los pueblos.

La sobremesa, la siesta... son buenos ejemplos de ello. El arte de recrear el banquete socrático en el que los amigos comen, escuchan música de flauta y conversan para dejar fluir el Devenir de forma placentera es uno de los grandes logros de la civilización.

Si te paras para tomar una taza de té, saboreando los instantes que le dedicas a cada sorbo, podrás sosegar a nuestro aparentemente indócil compañero. La ceremonia japonesa del té, por ejemplo, nos introduce en esa práctica. Ese té es la "t" del tiempo. Saber tomarse lo necesario, sorbo a sorbo, para hacer bien algo, o simplemente para sentirlo y para sentirnos, es uno de los mayores desafíos del humano moderno, que ha perdido, pero no definitivamente, el sentido de la artesanalidad.

Tenemos que reconciliarnos. Puede ser un enemigo acosador o un poderoso aliado. Muchas veces nos autoreducimos tanto el tiempo que casi nos privamos del aire que respiramos. Una respiración ondulada y pausada nos devuelve el ritmo armónico casi olvidado.

PARTE 2:

¿DE QUÉ SE COMPONEN?

2

LOS TIEMPOS ELEMENTALES

Campaña de elementos,
Con montes, rayos, piélagos y vientos:
Con vientos, donde graves
Te surcan los bajeles de las aves;
Con piélagos y mares donde a veces
Te vuelan las escuadras de los peces;
Con rayos donde ciego
Te ilumina la cólera del fuego;
Con montes donde dueños absolutos
Te pasean los hombres y los brutos:
Siendo en continua guerra,
Monstruo de fuego y aire, de agua y tierra.

CALDERÓN DE LA BARCA, *El gran teatro del mundo.*

¡ELEMENTAL!

De alguna forma, la sabiduría de Pitágoras inspiró a Empédocles, sabio griego natural de Acragas (hoy Agrigento), en la isla de Sicilia, a quien se le conoce como el Filósofo de los Cuatro Elementos.

En la búsqueda del *ARCHÉ*, origen y principio de las cosas, Empédocles sintetiza y supera a varios pensadores que le precedieron: a Tales, que creía ver en el Agua el origen del mundo; a Anaxímenes, que abogaba por el Aire; a Heráclito, filósofo del Fuego.

Para el sabio de Agrigento, no existe un progreso lineal, sino una EVOLUCIÓN CÍCLICA en la que se suceden épocas de Oro, Plata, Bronce y Hierro, para volver de nuevo a la Edad Dorada de la que procedemos. El motor de esta Evolución es la ARMONÍA o resultado del equilibrio entre los CUATRO ELEMENTOS: TIERRA, AGUA, AIRE Y FUEGO, y la conciliación entre dos factores opuestos y complementarios: CONCORDIA Y DISCORDIA.

Esta Armonía es matriz y crisol de un "Quinto Elemento" que no lo es y que se simboliza por el pináculo de la pirámide (el piramidón). Se trata de la QUINTAESENCIA, resultante de la sabia combinación y proporción de los Cuatro Elementos anteriores. Lo que puede parecer mera especulación filosófica puede, también, ser sumamente práctico.

- TIERRA se corresponde con el estado sólido, lo material, lo más objetivo y más densamente manifestado. Sus signos zodiacales son: Capricornio, Tauro y Virgo.
- AGUA, estado líquido. Signos: Cáncer, Escorpio y Piscis. Se refiere a lo intuitivo y emocional.
- AIRE, estado gaseoso. Es la comunicación, movilidad y sociabilidad. Signos: Libra, Acuario y Géminis.
- FUEGO, estado ígneo. Es la motivación, la vocación, la chispa del espíritu que da sentido a la acción. Concierne a Aries, Leo y Sagitario.

No se trata de componentes meramente físicos, sino también, y sobre todo, de principios potenciales dinámicos operables desde diversos planos: tanto material como psíquico, sutil y espiritual.

Tampoco son solamente cantidades, es decir, proporciones que hay en cosas, situaciones y conductas. Además, y principalmente, son CUALIDADES que confieren caracteres esenciales a lo que se tiene, se ve y se hace.

Es sumamente práctico conocer esto, porque te puedes equilibrar. En tu Carta Natal puedes ver tus énfasis y carencias elementales. Es posible controlar donde hay más y potenciar donde hay menos, para que la Quintaesencia opere esotéricamente en ti en forma de Armonía.

Si tienes poca Agua, por ejemplo, es beneficioso atender algo más a lo sensible y emocional; de otro modo, tu vida y tus relaciones pueden ser más bien áridas. Si, por el contrario, te sobra Agua, has de saber canalizar tu gran caudal psíquico; de lo contrario, serán frecuentes las tormentas emocionales, donde te será difícil encontrar un agarradero.

POETAS ELEMENTALES

No pocos creadores literarios se han inspirado en los Cuatro Elementos tradicionales de la Astrología. Sirva como muestra de ello el bellísimo poema de Pedro Calderón de la Barca que encabeza este capítulo. Es un asunto nada desdeñable, porque de alguna forma, nuestras nociones sobre el tema elemental se encuentran sutilmente entrelazadas con las vivencias de la poesía, de la música y... del tiempo. Y estas sutilezas han sido durante siglos —y siguen siendo— fuente de inspiración creativa. Baste para corroborarlo otro bello ejemplo de poesía, esta vez debido a Francisco de Asís, en el que su autor no sólo expresa un alto grado de mística solar, sino también conocimientos de Astrología Elemental:

Cántico del Hermano Sol

Loado seas, Señor Mío,
Por todas las criaturas,
Especialmente por mi señor Hermano el Sol;
Pues por él haces el día y nos alumbras.
Y él es bello y radiante con gran esplendor;
Y de ti, Altísimo, lleva la significación.

Loado seas, Señor mío, por el Hermano Viento
Y por el Aire

Y la Nube,
Por la Hermana Luna y las Estrellas;
En el cielo las has formado esclarecidas, preciosas y bellas.

Loado seas, Señor mío, por el Hermano Viento
Y por el Aire y el Nublado
Y el sereno y todo tiempo
Según el cual das a las criaturas su sustento.
Loado seas, Señor mío, por la Hermana Agua,
La cual es muy útil
Y humilde y preciosa y casta.

Loado seas, Señor mío, por el Hermano Fuego,
Por el cual alumbras la noche;
Y él es bello y alegre
Y robusto y fuerte.

Loado seas, mi Señor, por la Hermana
Nuestra Madre Tierra,
La cual nos sustenta y gobierna,
Y produce frutos diversos,
Con coloridas flores y hierba.

CUATERNARIO TEMPORAL

¿Cómo operan los tiempos en los cuatro niveles elementales? ¿Existe un tiempo, un tipo de tiempo, un nivel o un sesgo temporal en cada elemento?

La tesis que mantiene este libro es que cada SIGNO DEL ZODIACO confiere su propia manera de vivir eso que llamamos TIEMPO. Son, por tanto, doce tiempos diferentes. Sin embargo, los tres signos del Zodiaco de cada elemento tienen algo en común en este tipo de vivencias.

TIEMPO TIERRA si nos ponemos en el nivel Tierra; pongamos por caso: en un trabajo subordinado, tienes que estar en lo que tienes que estar. Si tu trabajo tiene que estar listo para un día y a una hora, tiene que estar listo para ese día y a esa hora, y ese factor temporal es el mismo para otras personas dotadas de calendarios y de relojes. Estamos, pues, inmersos en un tiempo concreto y objetivo. Tiempo que se puede medir, calcular y prácticamente vender.

TIEMPO AGUA si nos metemos en Agua; por ejemplo, estás en tu casa por la noche, los otros están durmiendo, te tomas una bebida y escuchas música suave y evasiva, ¿en qué tiempo estás?, ¿estás en el mismo tipo de tiempo que en el trabajo?, ¿se puede concretar y medir? Posiblemente, no. Se trata de un nivel muy subjetivo e intuitivo que inspira recuerdos y evocaciones; genera la proyección de imágenes subconscientes personales, se presta a lo poético y es antesala del sueño.

TIEMPO AIRE. Si quedas con unos amigos y te haces un esquema temporal para salir por la tarde y a uno de ellos le pasa algo, probablemente tendrás que rehacer tu esquema en función del diálogo, de la disponibilidad de otros y de lo que parezca más lógico y oportuno. Es un tiempo tornadizo, cambiante y muy social, que requiere flexibilidad y algo de amabilidad.

Si te lo tomas como en el trabajo, con rigidez, o como cuando estás enfrascado en tus propias emociones, de forma muy subjetiva, posiblemente vas a perder a algunos amigos.

TIEMPO FUEGO. Estás jugando al tenis, tu adversario le da a la pelota y ésta viene hacia tu campo; entre los dos raquetazos, el que el otro dio y el que tú intentas dar, entre ese par de instantes, ¿cómo vives el tiempo? No miras el calendario o el reloj, no te puedes permitir un despiste con evasiones psíquicas, ni tienes que adaptarte al ritmo de tu adversario —tienes que imponer el tuyo propio—. Estás en plena acción, vives el Presente. Los niños, cuando juegan, también lo viven; ocurre, asimismo, cuando se recrea algún motivo de festividad o se viaja. Es el Fuego de la Vida, que te hace vivir el instante.

EJEMPLOS COMENTADOS

No es difícil encontrar en textos literarios o didácticos reflejos de la experiencia humana en los Tiempos Elementales. Sucintamente, expongo estas cuatro muestras:

> Ha establecido prioridades, ha llenado los huecos entre éstas, ha aprendido de la experiencia y ha reducido estrictamente su programa. Magnífico. Su calendario es ahora realista. Pero, por muy realista que sea, ¿qué hacer si aún no dispone de tiempo suficiente para ejecutar todo lo que pretende?
>
> ROBERT M. HOCHHEISTER, *Administre su tiempo eficazmente (Cómo triunfar en el mundo de los negocios).*

Este carácter "realista" es propio del Tiempo Tierra. Aquí, el extraño fluido se materializa: es manejable, divisible, encasillable y programable. Es un tiempo cuadrado —o cuadriculado— que se plasma en artilugios tales como: el CALENDARIO (Capricornio), el ALMANAQUE (Tauro) y la AGENDA (Virgo). Se proyecta hacia el Futuro, ya que acepta la programación, y a menudo se orienta hacia la productividad. Pensamos en lo que en un futuro habremos de hacer, o lo que habremos de hacer está pensado por otros. Sin embargo, en ocasiones muestra su insuficiencia, porque lo que frecuentemente pretendemos va más allá del tiempo encasillado, debido a que intervienen otros tiempos más subjetivos. Es decir, existen otras realidades fuera del "realismo".

> —¿Te acuerdas aún de nuestro primer encuentro?, ojos negros, boca de coral... Te reconocí en los rasgos de la cara y en la palidez de mármol. Llevabas siempre una chaqueta de terciopelo azul violeta guarnecida de piel de ardilla.
>
> —Sí, ¡qué encaprichado estabas con aquel vestido y cuán dócil eras!

—Me enseñaste lo que es el amor, y el culto divino que te consagraba me transportaba dos mil años atrás.

LEOPOLD VON SACHER-MASOCH, *La Venus de las pieles*.

Si Tiempo Tierra es objetivo, Tiempo Agua es sumamente subjetivo. Aquí, el extraño fluido es más fluido que en cualquier otro nivel; humedece y ablanda aquello a lo que Tiempo Tierra confiere rigidez. De alguna forma, son complementarios.

En el ejemplo de Sacher-Masoch —su apellido dio nombre al masoquismo—, su docilidad y ensoñación están empapados de Tiempo Agua. Tiempo Tierra nos proyecta al Futuro; en cambio, Tiempo Agua, nos retrotrae al Pasado. En este caso, se produce un viaje subjetivo al tiempo en que dos personas se conocieron y, más aún, a otra época en la que predominaba un diferente culto a la Divinidad.

Es un tiempo cargado de afectividad que en su más alto nivel es receptivo a la mística. Para el personaje que ilustra este ejemplo, su mujer adorada es una diosa. Es cualquier cosa menos "realista"; no obstante, es una parte importante de la realidad:

> La lengua italiana es una de las menos gramaticalizadas de Europa, poseyendo una banda de oscilaciones muy fuerte: hay problemas en torno al modelo fonético, al acento prosódico y gráfico, al uso del apóstrofo, a la utilización de modos y tiempos como el subjuntivo, el imperfecto, el pretérito perfecto y el indefinido.

MANUEL CARRERA DÍAZ, *Curso de Lengua Italiana. Parte teórica*.

El nivel idiomático nos hace contactar con Tiempo Aire; la mayoría de las veces que hablamos o escribimos, lo hacemos para relacionarnos con alguien. Los lenguajes expresan sociabilidad.

Tiempo Aire es un tiempo Condicional, en el que todo es relativo. Es preferible estudiar un idioma de forma dinámica, versátil y conversacional. Si lo hacemos como quien estudia fórmulas rígidas, puede que aprobemos los exámenes teóricos, pero en la práctica vamos a tener problemas para entendernos con la gente.

El párrafo arriba citado de Manuel Carrera es un notorio ejemplo de ello; en él, significativamente, junto con otros ejemplos, los tiempos cambian. Expresa la variabilidad condicional del Aire.

> ... los que conocen las artes marciales no pierden el tiempo cuando efectúan sus movimientos,...
>
> SUN TZU, *El arte de la guerra.*

¡Zas! Estás actuando. No se trata de lo que habrás de hacer ni de lo que hiciste, ni de lo que podrías hacer. Se trata de lo que estás haciendo y de la consciencia con que lo haces. ¡Acción! Aprovecha la ocasión que te da el Presente; puede ser irrepetible.

La obra de Sun Tzu —misterioso monje guerrero— hoy en día sigue siendo un libro de estrategia útil y consultado. *El arte de la guerra* fue redactado en China hace más de dos mil años, en el llamado Periodo de los Reinos Combatientes, en la Era de Aries, signo de Fuego.

Tiempo Fuego nos conecta con el Presente, el instante en el que nos vemos abocados a la acción.

LA ESTRUCTURA ELEMENTAL

A J.B. Priestley le debemos el ensayo *El Hombre y el Tiempo.* Fue un escritor y autor teatral de obras tales como *Llama un inspector* y *La herida del tiempo.* Para este autor del siglo XX, el tiempo cronológico ordinario es sólo una invención convencional basada en nuestra forma de pensar y de explicar las cosas mediante causas y efectos. Para él, existen hasta tres tipos de tiempo: el del reloj, el del Futuro posible y el de la imaginación creadora.

Visto desde lo educativamente convencional, estas tres divisiones del tiempo representan una gran innovación. Visto desde la cosmovisión astrológica, pueden resultar demasiado simples.

Si hacemos un repaso general de la experiencia humana, si consultamos obras de autores muy diversos pertenecientes a culturas, épocas, actividades y lugares lejanos y diferentes, si hacemos introspección y revisamos nuestras propias vivencias, podemos comprender que existen CUATRO NIVELES ELEMENTALES al vivir eso que llamamos tiempo. Este puede ser el esquema general:

TIEMPO FUEGO:	KAIROS. Lo Eterno. Iluminación. Despertar. La acción en el Uno. Místico activo: Bautismo de Fuego. La chispa divina, cuyo símbolo es la llama custodiada en todas las capillas. MASCULINO. Vive el *YANG* ESPIRITUAL.
TIEMPO AIRE:	EON. *Kalpa* en tibetano. La durabilidad de un Sistema Zodiacal. Sincronicidad, interrelaciones. Multidimensional. Conexión por onda simpática. PLURAL. Vive el *YANG* SUTIL.
TIEMPO AGUA:	ONÍRICO. Psíquico, subjetivo, emocional. Connotaciones y evocaciones. Propio de las relaciones afectivas y del Arte, especialmente de la Poesía. Místico pasivo: Bautismo de Agua. FEMENINO. Vive el *YIN* PSÍQUICO.

TIEMPO TIERRA: CAUSAL.
Rectilíneo, objetivo.
Mediciones, calendarios, horarios.
Útil para transportes y servicios.
Denotativo. Propio de leyes, reglamentos e instrucciones; sólo debe de entenderse de una manera.
SINGULAR. Vive el *YIN* MANIFESTADO.

LA DOBLE PIRÁMIDE

En nuestro estado habitual, la frecuencia temporal vivencial es piramidal. La mayoría de los seres humanos vive más en Tiempo Tierra que en Tiempo Agua, debido a la demanda de los estímulos exteriores encaminados a la supervivencia material y orgánica: trabajos, obligaciones, desplazamientos, mantenimientos, etc.

A continuación, estamos más absorbidos por Tiempo Agua, es decir, el cúmulo de nuestras divagaciones, ensoñaciones, sentimientos... Es el nivel de los complejos, pero también el de las fruiciones. Aquí comprobamos lo que nos gusta y lo que detestamos.

Cuando salimos de nosotros mismos, entramos en Tiempo Aire, tiempo interrelacional, donde consideramos las necesidades del tú y del vosotros, y recomponemos nuestros esquemas en función de una pluralidad de factores.

Las menos de las veces, contactamos con lo Eterno, apenas en los huecos que nos permiten las demás actividades. Es la conexión con la Fuente de Luz.

En los Misterios, se trataba de invertir el orden de la pirámide. El iniciado expandía su vivencia de lo sublime en Tiempo Fuego, después atendía a la acción social hacia los demás: Tiempo Aire, pero con la llama del espíritu reconocida en su interior en la fase temporal fogosa anterior. La respiración se había de controlar rítmicamente. Poca atención se concedía a los estados de ánimo personales subjetivos. Las emociones se observaban con desapego, como a cierta distancia, y apenas sí se contactaba con el tiempo cronometrado y reglamentado. El tañido de alguna campana tenía que recordarlo.

En los lugares de retiro y meditación, se procura realizar esta inversión. Se procura expandir Tiempo Fuego más que Tiempo Aire, Tiempo Aire más que Tiempo Agua, y el que menos se considera es Tiempo Tierra. Con este proceso se intenta corregir nuestro desequilibrio habitual en la vida ordinaria.

Es recomendable tener pequeños retiros personales, meditativos, en nuestra vida privada diaria para realizar el proceso mistérico a pequeña escala, pero con relativa frecuencia. De otro modo, estamos fuera de nosotros, y se producen casos de demencia colectiva cuando muchas personas están durante lapsos prolongados sometidas a la pirámide con base en Tiempo Tierra; en nuestra sociedad actual, esto es relativamente frecuente.

TIEMPO RELIGIOSO, TIEMPO CIENTÍFICO

En el ámbito científico —sobre todo en esta época, en la que la ciencia está muy materializada— se trabaja principalmente en Tiempo Tierra. El tiempo científico ordinario, por ejemplo el empleado para elaborar la hipótesis del *Big Bang*, es un tiempo muy terroso. Es algo rectilíneo, en busca de límites: un comienzo y un final. Cuando se pregunta qué pasó o qué había antes del momento inicial, el científico está en un atolladero; ha usado este tipo de tiempo para delimitar un punto original y cuando se le pregunta sobre antes del principio, este tiempo —el terroso, objetivo y cuantificable— ya no le sirve; o cambia de tiempo según le interese —y juega con dos barajas— o se encuentra en un callejón sin salida.

A menudo, los científicos reaccionan con evasivas, echando nubes de humo o replican con otras preguntas, pero la cuestión sigue sin resolverse. Tiempo Tierra es práctico para los quehaceres cotidianos

—un horario de trabajo, por ejemplo, con los límites bien marcados—, pero no sirve para esquemas globales más amplios y mucho menos si con ellos se intenta explicar nada menos que el universo.

Tiempo Aire también puede usarse científicamente, pero lo usan menos científicos porque requiere más inteligencia para comprenderlo, ya que no es tan básico como el anterior.

Cada vez que se pasa de Tiempo Tierra —rectilíneo-causal— a Tiempo Aire —relativo-sincronizado—, se produce alguna que otra gran revolución científica.

La relatividad temporal, sin embargo, no es digerida en la práctica habitual por muchos científicos —bastante materialistas— y en el sistema educativo se sigue impartiendo la enseñanza mayoritariamente en Tiempo Tierra.

Si Tiempo Tierra y Tiempo Aire tienden hacia lo científico, Tiempo Agua y Tiempo Fuego, en cambio, tienden hacia lo religioso. Tiempo Agua es, en su nivel álgido, devocional; es el tiempo que recoge la fe, la creencia ancestral. Su símbolo es el Bautismo de Agua, que propicia la receptividad esencial.

En su mínima esencia, es el tiempo de los despistes; cuando estamos absortos y meditabundos, perdidos en nuestras ensoñaciones, experimentamos Tiempo Agua —se nos "va el santo al cielo"—. El tiempo terrícola del reloj desaparece y nos asombra el paso rápido de las manecillas cuando volvemos a él.

Tiempo Fuego es también un tiempo religioso, pero religioso en acción: el misionero, el místico activo. Su símbolo sacro es el Bautismo de Fuego. Lo que se ha aprendido en la fase acuática tiene que expresarse en la acción motivada, consciente y cargada de sentido. El motor es lo Eterno, Kairos. Curiosamente, es asimismo un tiempo lúdico, por eso los budas ríen o sonríen. Kabir lo describe, desde la Benarés del siglo XV, con singular maestría en uno de sus poemas místicos:

> El Maestro es Uno: la vida y la muerte, la unión y la separación, son todos Sus juegos de gozo. Jugando, se tendió la creación; jugando, se estableció. El mundo entero —dice

> Kabir— descansa en Su juego, y desconocido sin embargo permanece El Jugador.

El paso de Tiempo Agua a Tiempo Fuego es la transición entre el Bhatki Yoga —devocional— y el Agni Yoga —reino del Designio y de la Voluntad—; el agni yogui adapta su voluntad a los designios de la voluntad del Padre, actúa según la fase del *Kalachakra* (en sánscrito, 'la Rueda del Tiempo') prevaleciente. Es la invencibilidad.

ONDAS CEREBRALES Y TIEMPOS MENTALES

Una forma de entender el tiempo es a través del concepto de onda. Si en un espacio representamos unas líneas onduladas con sus correspondientes altos (crestas) y bajos (valles), observamos que las distancias entre dos crestas consecutivas (longitud de onda) marca un ritmo. Ese ritmo puede ser apretado o amplio.

El cerebro humano emite ondas electromagnéticas que se pueden representar gráficamente en una pantalla o en una impresión. A veces, hay más amplitud de onda; otras veces, éstas se aprietan formando un ritmo acelerado. El ritmo temporal de emisión de nuestras ondas cerebrales es variable. ¿De qué depende? En gran medida depende de los estímulos externos y de nuestras consiguientes respuestas, pero, en gran medida, también depende de nosotros mismos. Tú puedes tener un aprendizaje de retroalimentación observando tus crestas y valles en un monitor, y modificándolos según tu atención, tu respiración y el grado de relajación que consigas. Existen cuatro tipos básicos de ondas mentales que emite nuestro cerebro: Beta, Alfa, Zeta y Delta. Referido al tiempo, utilizamos el *hertzio*, siendo un *hertzio* una oscilación por segundo.

En ONDA BETA (de catorce a treinta *hertzios*), la longitud de onda es corta, equivale al ajetreo mental que experimentamos en la vida cotidiana que a veces llamamos "normal".

Sobre los treinta *hertzios*, se expresan los estados de estrés con sus consiguientes temores e inquietudes. *Grosso modo*, el Nivel Mental

BETA se corresponde con el TIEMPO TIERRA. Se trata del estado de despierto y de alerta; hemos de preservarnos del entorno y de adaptarnos al mundo manifestado externo. La atención se dirige hacia los múltiples factores concretos del mundo material que nos rodea, incluida la relación sensitiva con nuestro cuerpo.

En ONDA ALFA (de ocho a trece *hertzios*), nos relajamos; podemos distraernos y tener relación con el entorno en un sentido más psíquico, disminuyendo el grado de atención a factores concretos ambientales: el subconsciente empieza a aflorar. Hay integración entre el cuerpo y la mente —los besos y caricias pertenecen a esta franja—. Se corresponde con fantasías y ensueños.

Es fácil reconocer que se corresponde con el afectivo y emocional TIEMPO AGUA, en el que, por otro lado, no son infrecuentes las marejadas.

En ONDA ZETA (de cuatro a siete *hertzios*), se manifiestan los estados de consciencia colectiva; en esta longitud de onda, se optimiza la capacidad de expresión y de aprendizaje. Para expresar el contenido de este párrafo, por ejemplo, tengo que estar en Zeta.

En este sentido, podemos comprender que formamos parte de una sola humanidad; te puedes sentir uno con la aldea global, o realmente cosmopolita —ciudadano del Cosmos—. El estado psíquico de este nivel propicia la meditación y la inspiración —literalmente: la toma de Aire—.

En general, Zeta, aunque de forma elástica, se relaciona con Tiempo Aire. Sus relatividades permiten la comprensión de paradigmas, conceptos y sistemas —incluso sutiles— de pensamiento. También se manifiesta durante el sueño y en el comienzo de los viajes astrales. Los filósofos lo consideraban el estado insuflado o *pneumático*.

Tiempo Fuego encuentra su correlato en el tipo de ONDA DELTA (de uno a tres *hertzios*).

Esta onda la emitimos en estados de sueño profundo y, en la mayoría de las personas, difícilmente se puede detectar instrumentalmente en estado de vigilia. Su estado psíquico se corresponde con la euforia, el gozo, el sentimiento lúdico pleno, la hipnosis profunda, la iniciación mistérica, el uso elevado de las drogas, el trance místico y el orgasmo. A veces, se le llama locura, y otras veces, genialidad.

Los estados de Iluminación en los que el individuo despierto y consciente experimenta este estado a menudo se reflejan en la iconografía como rayos o halos luminosos saliendo de las cabezas —y no sólo de las cabezas— de santos, cristos y budas. El arte gótico flamígero y el budista flamígero también lo aluden.

Es complicado ponerle electrodos a las personas que viven este estado. Unas veces porque el eufórico, o muy lúdico, no se está quieto; otras veces, porque no siempre que se entra en éxtasis se tiene a un científico al lado con unos electrodos para ponértelos en la cabeza, o no se tiene suficiente dinero para pagarle.

De todos modos, se han hecho experiencias con yoguis y meditadores profundos, y no es raro que alcancen ondas Zeta o incluso Delta estando despiertos. Un druida, un mago o un esenio que durante años hubiese trabajado conscientemente este nivel psicotemporal podía sanar a otra persona por una transmisión de energía, regularizando la emisión de ondas por imposición de manos en el plano físico o, incluso, a distancia, por simpatía cósmica en el plano sutil.

En Tiempo Fuego, de un modo u otro, estamos en acción; una vez conectados a él, es fácil actuar. Con todo, también se consigue lo inverso: mediante una acción intensa y prolongada se pueden conseguir estados psíquicos que nos relacionen con Kairos —lo Eterno—. Ejemplo de ello son los bailes amerindios de los espíritus, los de los derviches turcos, los afroamericanos, etc.

Con cero *hertzios* —encefalograma plano—, se puede tener una experiencia próxima a la muerte o... irte. Si vuelves, podrás recordar y tratar de expresar tu experiencia de Tiempo Quintaesencial.

En los antiguos centros iniciáticos, se procuraba hacer que el adepto entrase en este estado mental y que volviese. La práctica de purificaciones, la preparación espiritual y la ingestión de ciertas sustancias, sabiamente dosificadas por los hierofantes, propiciaba la situación en la que se experimentaba un Tiempo Más Allá del Tiempo Eterno. ¿Un No Tiempo?

SUBSIDIOS FEDERALES Y REVELACIONES DEL DESIERTO

Lo expuesto en cuanto a relación entre ondas cerebrales y Tiempos Elementales no ha de entenderse de una forma estricta y limitada, ya que, tanto si trabajamos con tiempo como con ondas cerebrales electromagnéticas, nuestros "materiales" son muy fluidos, sutiles, flexibles y sensibles, y se requiere una gran elasticidad mental por nuestra parte para comprenderlos.

A veces, los tiempos, así como las ondas mentales, pueden confluir en zonas crepusculares intermedias; es como un difuminado: no existe una línea divisoria clara.

No obstante, existen estados mentales prevalecientes contrastables. Pongamos por caso un aborigen australiano que vive conscientemente el Tiempo del Sueño o del Gran Espíritu: Tiempo Fuego, zona crepuscular Zeta-Delta —es curioso que los aborígenes le llamen Tiempo del Sueño, aludiendo a un estado similar a la longitud de onda que experimentamos mientras dormimos—.

Pasa un civilizado occidental conduciendo un automóvil: onda Beta, Tiempo Tierra.

"Pobre harapiento. No tiene para comprarse un coche; se encuentra es un estadio cultural mágico precientífico muy poco evolucionado", se diría el ingeniero que proyecta una carretera o el arquitecto que planea una urbanización con campo de golf, en los aledaños de una zona semidesértica, morada de los espíritus ancestrales de los indígenas.

"Pobre intranquilo —se diría el aborigen—, su espíritu está turbado por la ambición. Difícilmente encontrará sosiego con su apresuramiento y su nerviosismo; no sabe ver dentro de sí, ni comprender a los Espíritus de la Naturaleza. Aún le falta mucho para ser un hombre completo, tal como me enseñaron a mí mis antepasados. No sabe soñar".

El aborigen podrá ir al pueblo más cercano y quizá solicite una pensión alimenticia en las oficinas de condado que le corresponda. Necesita complementarse con algo de Tierra, alcanzado con una onda cerebral más corta que la suya.

Otro día, será visitado por un civilizado algo más peculiar y amistoso. Le preguntará cosas personales y le hará fotos. Querrá estar un tiempo conviviendo con él y aprendiendo de sus costumbres.

Meses más tarde, saldrá como novedad un libro titulado *Las equis revelaciones del desierto* o *Las enseñanzas de don Equis*, a ver si es un *best seller...*

El urbanizado ciudadano moderno ha menester de sus complementos: claves de los aborígenes australianos o de los indios Hopi para la Nueva Era. Necesitamos Tiempo Fuego para corregir nuestros ajetreos y nuestras ondas mentales, bastante dislocadas.

RELOJES ELEMENTALES

Curiosamente, el ser humano no ha desdeñado hacer uso de los Elementos, hasta en su forma más concreta, para tratar de medir lo que haya concebido como tiempo. Si repasamos la historia de los relojes, vemos que existen artefactos tanto de Tierra como de Agua, de Aire o de Fuego.

¿Cómo sería un reloj de Tierra? Tierra parece lo menos fluido; necesitamos una tierra con la granulación fina y seca para que no se apelmace.

Tenemos el reloj de arena. La arena fluye, lo mismo que el tiempo. La gravitación del planeta mueve el flujo terroso hacia su centro. El reloj de arena, precisamente, ha servido como símbolo por antonomasia del tiempo. Es muy alegórico —su forma recuerda vagamente el símbolo del infinito—; lo encontramos en multitud de representaciones, aludiendo a lo que fluye inexorablemente.

No es muy exacto, sin embargo. No sirve para realizar grandes mediciones y, además, tiene el inconveniente de tener que ser vigilado constantemente. A pesar de ello, se usó con profusión para medir la duración de horas de trabajo, sermones, discursos, y también para regular la preparación de guisos, por ejemplo, la cocción de un huevo.

El reloj de Agua está claro: la clepsidra. Fue inventada para poder medir el tiempo de noche. Los egipcios y otros pueblos, con el clima cálido y seco, elaboraron relojes de sol —fogosos—, pero eso sólo les servía para la mitad del día. Evidentemente, el agua es fluida y también se parece al tiempo. Como contrariedad tiene que, en los países con temperatura fría, se hiela.

Ctesibio, llamado justamente "el rey de los ingenieros de la Antigüedad", fue quién más perfeccionó el reloj de agua; consiguió, mediante un tipo de válvula flotante, la regulación del goteo de agua de forma tal que las mediciones con sistemas de clepsidras fueran uniformes. Su famoso reloj de agua, una obra de arte que representaba a Océano, Helios y Eros, además de marcar las horas, señalaba la fecha.

Con el reloj de agua también surgió el reloj público. El más antiguo que se conoce fue instalado por los asirios seiscientos cuarenta años antes de Cristo.

Griegos y romanos democratizaron el tiempo: relojes de agua perfeccionados fueron instalados en plazas y lugares de mercado. En Iuvavum (la actual Salzburgo) fue emplazado un reloj de agua con una gran placa de bronce con representación de los signos del Zodiaco; indicaba la hora, los cuartos y la duración de días y noches referidos a la latitud geográfica de la localidad.

Otra de las ventajas que aportaron los relojes de agua fue su útil aplicación a las mediciones cortas: Herófilo, médico griego del siglo III a.c., llevaba un reloj de agua de bolsillo para comprobar el pulso de sus pacientes.

Para muchos, el tiempo es airoso. "El tiempo vuela", se dice. Pero ¿qué caso podemos mencionar de reloj de Aire? Respuesta: la flauta de Platón.

Platón sabía lo que era un despertador. Pieter Coll lo explica con claridad en su obra *Eso ya existió en la Antigüedad*:

> El despertador funcionaba por el siguiente sistema: mediante la ingeniosa disposición de dos tubos, en uno de ellos se acumulaba el aire comprimido por la paulatina elevación del agua en el reloj. Al sobrepasar el agua una determinada altura, se abría una válvula y entonces penetraba con notable presión en los tubos, comprimiendo más el aire acumulado y obligándole a salir por otro tubo estrecho, en cuyo extremo había colocado Platón una flauta. De esta forma, el aire, al ser violentamente expulsado, producía un agudo silbido. Dado que el momento en que había de sonar el silbido podía establecerse previamente con relativa aproximación, este despertador funcionaba con bastante seguridad.

Este "reloj nocturno", como también se le llamaba, lo usaba el filósofo para convocar a sus alumnos y discípulos a las actividades de primera hora de la mañana.

Los relojes de Fuego también existen.

No sólo se puede usar la fogosidad del Sol para calcular la hora; desde antiguo, tanto en Oriente como en Occidente, se usaron velas que, al ir consumiéndose, mostraban marcas que indicaban el paso del tiempo.

Un caso exagerado se dio en Alemania en torno al año 1600. Un fogoso relojero inventó un despertador que despabilaba a su propietario con una explosión de pólvora. Cuando era la hora, un mecanismo de cuerda producía la chispa que encendía una carga unida al reloj. La explosión debía despertar a todo el vecindario.

Como curiosidad, también se puede mencionar otra variedad. En el Science Museum de Londres hay un ejemplar de diseño admirable. Se trata de un reloj de incienso, al parecer de bastante uso en China. El polvo combustible señala las hora del día. Un pequeño molde se rellena de incienso y el contenido se deposita sobre una superficie, dejando un reguero en forma de mandala. Los diversos tramos de su combustible y laberíntica forma son las horas. Según este caso, el tiempo no sólo vuela: además, arde y huele.

3

EL TIEMPO QUINTAESENCIAL

El pelícano simboliza la destilación cíclica y hace referencia a la exaltación de la quintaesencia.

STANISLAS KLOSSOWSKI DE ROLA, *Alquimia.*

La Luz de la Naturaleza es la *quinta essentia*, extraída por Dios de los cuatro elementos, y yace en nuestros corazones.

CARL GUSTAV JUNG, *Paracélsica.*

¿EL QUINTO ELEMENTO?

En Esotérica, siempre se ha admitido que los Cuatro Elementos concebidos en Astrología y otros saberes confluyen en un "Quinto Elemento" —que, paradójicamente, no lo es— llamado Quinta Esencia o, en su forma contraída, QUINTAESENCIA.

Hay quien dice que fue Aristóteles quien agregó el "Quinto Elemento", al que denominó ETER, pero en realidad ya se exploraba desde...

Creo que hay una laguna en esta materia. Si bien existen multitud de obras sobre Astrología Occidental que explican los Cuatro Elementos tradicionales, apenas se encuentra nada mencionable sobre este supuesto "elemento" o esencia. En esta obra, que versa sobre el no menos enigmático Tiempo, quiero aludirlo.

¿Es algo que sólo se experimenta tras muchos años de ardua práctica, como hace un alquimista, o es algo repentino y numinoso, como una Iluminación?

El Árbol de la Vida de las Sefirot cabalísticas expresa una manifestación desde lo alto que se integra en Malkhut y, significativamente, Malkhut se refiere al ámbito de lo inmediato y cotidiano. El sentido cabalístico no consiste en conseguir habilidades fuera de lo habitual ni en salir del planeta, ni en conseguir una gran acumulación de algo; su sentido consiste en comprender, conscientemente, el sinnúmero de maravillas que pueblan las más cotidianas de nuestras realidades. Esto, básicamente, es ¡quintaesencial!; es también holístico: el Todo habita en la parte.

Como se dice en Hermética y en Astrología —y últimamente, también en Nueva Física—: el Macrocosmos se encuentra en el Microcosmos, o como es arriba es abajo, y viceversa. En cualquier realidad, en cualquier nivel de manifestación, los Cuatro Elementos confluyen y se sintetizan. Lo quintaesencial nos inunda.

UN NUEVO SABOR

¿Qué es una ensalada?

No me sirve el ejemplo de la ensalada, porque sus "elementos" están yuxtapuestos, pero no fundidos en la misma realidad. Prefiero la metáfora del cóctel.

Sabemos lo que es Tiempo Tierra.

Sabemos lo que es Tiempo Agua.

Sabemos lo que es Tiempo Aire.

Sabemos lo que es Tiempo Fuego, pero ¿qué es Tiempo Quintaesencial?

Para saberlo, tenemos primero que saber lo que es Quintaesencia.

Quintaesencia no es "ensalada": es "cóctel".

¿Cómo experimentamos "cóctel"? Es síntesis.

Un Saber y un Sabor resultante de la mezcla de sabores y saberes particulares.

Un nuevo Sabor y un nuevo Saber.

Ambas expresiones, significativamente, tienen una raíz etimológica común: *SAPIO*, palabra latina que tanto significa 'tener sabor' como 'tener juicio, inteligencia' o simplemente 'saber'.

De alguna forma, todos los saberes elementales pueden ser deducidos. Se puede decir, por ejemplo: "¡Mmmn!... Este cóctel lleva licor de café, ¿verdad?".

¿Qué es Tiempo Quintaesencial?, ¿cómo lo experimentamos en la vida cotidiana?, si es que lo experimentamos. Si el tiempo fluye, el ejemplo ha de ser con fluidos. En Tiempo *Qui* —los japoneses emplean este sonido para expresar la Energía Universal—, no tenemos que adivinar los ingredientes; sabemos cuáles son: los Cuatro Tiempos Elementales. Sólo tenemos que saborearlo conscientemente. ¿Cuándo lo saboreamos?, ¿es posible que lo sintamos en la vida ordinaria?

Es posible que lo experimenten los niños recién encarnados; es posible sentirlo algunas veces, cuando tenemos visiones al hacer el amor; es posible "vivirlo" en una experiencia próxima a la muerte; es posible, durante cuarenta días de retiro en el desierto; es posible, caminando por la orilla del mar... Es posible que experimentemos la Quintaesencia más frecuentemente de lo que en principio imaginamos, aunque a menudo sea de forma subconsciente.

MACROCONSCIENCIA

De hecho, siempre estamos en todos los elementos, y sus correspondientes tiempos están continuamente actuando; si no, no habría Armonía; si no fuera así, el universo no sería Cósmico: sería caótico, y el caos no existe más que como elucubración.

Es cuestión de consciencia, realización, atención; dicho sea en lenguaje sencillo: darse cuenta. Ese es el desarrollo de todas las disciplinas esotéricas. No es ir de un sitio a otro, ese sería el nivel exotérico, ahora mundanamente hegemónico. Es darse cuenta del esplendor de la ciruela, de la euritmia del ave, de la mística del huevo, del mensaje mágico de los sueños, del sentido de la encarnación...

Imagínate que vas caminando por la orilla del mar, ¿qué experimentas? sientes la arena (Tierra), sientes el mar (Agua), sientes el aire (Aire), sientes el Sol (Fuego); vives la síntesis de los cuatro: Quintaesencia. Y más aún: eres uno con la tierra física que te sustenta (Tierra), el mar que cubre la mayor parte de su superficie (Agua), la atmósfera en la que vivimos (Aire) y la gran masa ígnea que compone el mayor volumen de nuestro planeta en su interior y que es un vástago del Sol (Fuego). Resultado: Consciencia Planetaria, Quintaesencia.

Vivimos entre maravillas y la mayoría de las veces no nos damos cuenta. Y todo absolutamente gratis y regalado.

MADERA

Algunas personas opinan y dicen que la Astrología China es superior a la Astrología Occidental, porque tiene cinco elementos en vez de cuatro; incluso llegan a decir que por eso es más sutil y evolucionada. No es ésa mi opinión. La Madera es síntesis quintaesencial de los Cuatro Elementos, no un elemento más agregado.

Si realmente somos sutiles y evolucionados, opino, nos damos cuenta de que en la Madera confluyen Tierra —minerales de los que se nutre el árbol—, Agua —sin ella se secaría la planta, con ella fluye la savia—, Aire —función aeróbica— y Fuego —la luz del Sol: fotosíntesis—. La Madera, por tanto, es quintaesencial, no elemental, porque lleva en sí estas cuatro grandes aportaciones. De ahí el gran sentido y sensación de Armonía que nos transmite este noble y natural material.

En la Astrología China, Metal se corresponde con el elemento Tierra de nuestra Astrología. Y los otros son los mismos: Agua, Aire y Fuego. Los astrólogos chinos trabajan, pues, con los mismos elementos que los astrólogos occidentales, pero degradan la Madera de Quintaesencia a un elemento más.

INCONSÚTIL

¿Y sus tiempos asociados? Parecen muy diferentes, sobre todo desde un nivel analítico-didáctico, pero en la práctica, se dan todos mezclados, o mejor dicho, al unísono. La realidad es sintética, no tiene fisuras. Existe un término para este concepto: inconsútil. Existen ámbitos más apropiados que otros para la comprensión de un tiempo elemental, pero en todo momento y en todos los lugares, actúan todos los tiempos. Es nuestra atención, dirigida conscientemente o no, la que hace que nos parezca más evidente un nivel que otro.

Existen tiempos predominantes según las eras, las épocas, las estaciones, los ratos, los momentos; y según los ámbitos y ambientes, según las circunstancias y según nuestros estados de ánimo, pero siempre se está manifestando la pirámide —con su pináculo quintaesencial correspondiente—.

El Tiempo Quintaesencial es un tiempo armónico, que contiene todas las relatividades y que se identifica con el anhelo hacia la Divinidad. Cada vez que hacemos contacto con la Divinidad, se nos ofrece algo de Quintaesencia. Con la Macroconsciencia que aporta, podemos comprender cómo al unísono viven su tiempo una planta, un jirón de nube y cada una de las personas que constituyen la muchedumbre del mercado. Todos participan de la misma Macropulsación; es el fluir de la Divinidad. Realizándolo, comprendemos el sentido de las múltiples transformaciones, reencarnaciones y manifestaciones. Se trata del mismo Concierto, de la misma Mente, de la misma Armonía, del mismo Orden —a la vez grandioso y, por otro lado, sencillo y humilde—.

Tiempo *Qui* es la Macropartitura, en la cual participan todas las partituras posibles, como las teselas en un mosaico, como los lóbulos de un rosetón. Es el mandálico TIEMPO DE TIEMPOS.

RELOJ QUINTAESENCIAL

¿Dónde y cuándo existió algún artilugio temporal que reflejase a la vez los Cuatro Elementos?

Quien fuese a comprar vino, pescado o aceitunas al mercado de Atenas en el año 75 a.c. pudo verlo.

Lo llamaban La Torre de los Vientos y fue construido combinando nueve relojes de sol, un reloj de agua, una veleta —que le dio el nombre— y otros ingenios. Incluía un disco giratorio que representaba el mapa de los cielos y sus coordenadas.

Ateniéndose al carácter filosófico del pueblo ateniense, no consistía únicamente en marcar el tiempo, sino, sobre todo, en ejemplificar la teoría de los Cuatro Elementos.

Era nada menos que un reflejo mecánico de la Armonía Cósmica. Su conjunto simbolizaba el orden quintaesencial. Los relojes actuales quizá sean algo más exactos, pero seguro que mucho menos filosóficos.

4

LOS TIEMPOS MODALES

> La población del valle se fundió de una manera un tanto súbita en un único gran centro cercano a los manantiales. A partir de ese momento, Teotihuacán creció a un ritmo explosivo. (...)
>
> El monumento central es la llamada Pirámide del Sol, todavía hoy una de las construcciones artificiales más grandes del mundo. (...)
>
> Con el surgimiento de Teotihuacan, las tierras altas mesoamericanas entraron en un periodo de rivalidad imperial y numerosas guerras. Hacia el 700 d.c., Teotihuacan fue abandonado.
>
> MARVIN HARRIS, *Introducción a la Antropología General.*

PUNTO DE INFLEXIÓN

En Astrología, consideramos que cada signo del Zodiaco pertenece a uno de los Cuatro Elementos —o triplicidades—, pero, además, cada arquetipo zodiacal está también relacionado con alguno de los Tres Modos —o cuadruplicidades—: Cardinal, Fijo y Mutable.

Ello obedece a nuestro sentido estacional del tiempo. Cada estación del año muestra tres fases: durante su primer mes natural hay un nuevo impulso, luego éste se fija y manifiesta plenamente en el segundo mes y, a continuación, entra en declive en el tercero. Los meses naturales son equiparables a los Meses Zodiacales. Desde una perspectiva terrestre, el Sol transita anualmente por todos y cada uno de los doce signos de nuestro anillo, y se corresponde con las diversas fases climatológicas, agrícolas y emocionales de los meses y de las estaciones del año.

Lo que es observable en las fases del año, también es observable, en mayor o menor medida, en las fases humanas desde el punto de vista histórico. Cada civilización tiene su momento Cardinal —es decir, de inicio y pujanza—, su punto Fijo —en el que alcanza su máxima culminación, pero también su punto de inflexión— y su fase Mutable o decadente, en la que los valores que antes sirvieron para el éxito ya no son útiles y tienen que transformarse, dando lugar a algo nuevo y diferente.

Ocurre del mismo modo en el plano individual. Una persona puede entrar a trabajar en un contexto social con brío e interés —e inexperiencia—, alcanzar una serie de metas que le costarán un desgaste psíquico y físico, y deslizarse por un sendero en el que sus facultades estarán ya algo menguadas, y por mucho que se esfuerce, ya no podrá ser el mismo de antes en la misma habilidad. Ha de readaptarse, hacer una reconversión mental y transformarse. Lo que pierde de fuerza inicial, lo gana en perspectiva y experiencia. El Proceso Modal consta, pues, de tres fases: Inicio —apertura y crecimiento—, Duración —fijación y culminación— y Finalización —decaimiento y transmutación—. Lo podemos observar en las estaciones del año, las fases lunares, la creación de imperios, la progresión de un deportista o de un cantante, la vida de las plantas, etc.

TIEMPO CARDINAL

> Decida cuándo será capaz de realizar la actividad que ha imaginado, escríbalo en su diario y comprométase.
>
> HARRY ADLER, *PNL*

El ingreso del Sol en los signos Cardinales señala el inicio de las estaciones del año en los puntos equinocciales y solsticiales, y simboliza el comienzo o chispa inicial de nuestras acciones.

Todo signo Cardinal es un esforzado en pos de aquello que es esencial en su elemento correspondiente.

Son Cardinales los signos: Aries, Cáncer, Libra y Capricornio.

Si hablamos de Fuego, por ejemplo, Aries ha de luchar por conseguir dignidades. El deportista se afana por obtener trofeos; el militar, por conseguir la gloria de la victoria.

Cáncer parece que nunca tiene suficiente afecto emocional, siempre ha de conseguir más cariño. Ha de iniciar relaciones afectivas que le gratifiquen en este sentido. Busca manantiales de emociones y sueña con el hogar ideal.

Libra busca los indicios de un orden, de una belleza formal o ética de la cual nunca se encuentra ahíto. Busca un cuerpo común de conocimiento o leyes que le permitan disfrutar de un equilibrio dinámico-relacional. Es el artista o el juez.

Capricornio trata de conseguir aquello que le sugiere el elemento Tierra: la seguridad material. Parece que nunca tiene suficiente. Es el emprendedor en el terreno profesional: el ahorrador y el empresario.

Todos los signos Cardinales —cada uno en su elemento— tienen un común denominador en lo que respecta al tratamiento de eso que llamamos tiempo: se proyectan hacia EL FUTURO. Hacen planes, son buscadores, esforzados; quieren alcanzar algo. Y el plazo de la consecución depende de su elemento: largo plazo para Tierra (Capricornio), corto para Fuego (Aries), medio para Agua (Cáncer) y relativo para Aire (Libra).

Son también ingenuos, como todo principiante, pero en su ingenuidad radica su fortaleza. Sienten el defecto o la carencia en la cualidad predominante en su elemento. Comparten el afán de superación y los nuevos bríos, pero también la inseguridad de todo primerizo. Todos han de aprender a dosificar o ahorrar gran parte de sus energías; de otro modo, puede que se queden exhaustos después del empuje inicial.

El deportista tiene que dosificar su fogosidad.

La madre tiene que dosificar el afecto entre sus hijos.

El artista tiene que dosificar y proporcionar formas, sonidos y colores.

El empresario no puede jugarse el fruto de sus ahorros sin precauciones y ha de economizar para conseguir beneficios.

Todo Cardinal representa un COMIENZO. Y el principio es lo principal. De cómo comencemos puede depender el resultado final, por eso son tan importantes las aperturas en ajedrez. Hay varias expresiones populares que aluden a este concepto: "Empezar con buen pie", "Nacer con buena estrella", etc.

TIEMPO FIJO

> El concepto de Desarrollo Sostenible fue definido en 1987 por la comisión Brundlt. Esta comisión fue creada por la ONU para estudiar la interrelación entre el desarrollo económico y la protección del medio ambiente. Se define como: "aquel que satisface las necesidades del presente sin comprometer que las generaciones futuras satisfagan sus propias necesidades".
>
> CEPYME, *Módulo de Sensibilización Medioambiental.*

¿Cómo se fija lo que nunca se fija: el Tiempo? Temporalmente, lo único que se fija es el hecho en sí de que todo cambia o, mejor dicho, de que todo gira. Por eso, al Tiempo se le acostumbra a representar como una rueda, la *Kalachakra* o Rueda del Tiempo. Refleja, digamos, un orden Fijo-Dinámico.

Si en los Tiempos Cardinales, el tiempo aludido es el Comienzo, en los Fijos es la DURACIÓN. Hay que mantener el tiempo, es decir, proseguir y manifestar la esencia de un contenido. Tiempo Fijo quiere decir perseverancia: hacer y seguir haciendo, la prolongación en el tiempo de unas acciones, y por tanto señala el transcurso de las cosas.

Si sólo atendiésemos al Tiempo Cardinal, todo sería un puro comienzo, una serie de inicios, pero sin ninguna acción fructífera. Hay personas que emprenden muchas cosas y, por falta de fijeza, al poco tiempo dejan lo comenzado.

"¿Por qué corres, Ulises?", diríamos emulando a cierto autor teatral que parafraseaba a cierto poeta. Para Fijo, lo más importante no es el inicio, ni el fin de una singladura, sino el periplo, el conjunto de experiencias que componen el transcurso del tiempo.

Tiempo Fijo, por tanto, es tiempo PRESENTE y es propio de la degustación del Devenir; en Fijo, nos paramos y lo saboreamos.

Tiempo Fijo es tiempo de acceso y disfrute, por eso todos los signos de tal modo son acaparadores, cada uno en el estilo y nivel indicado por su elemento.

Tauro acapara lo que corresponde a Tierra: el factor material. Es el campesino que se afana por llenar su granero, o es el banquero que acapara dineros propios y ajenos. O, mejor dicho, hace, en parte, propio lo que es ajeno. Todo signo Fijo aporta seguridad en algo. El banquero tiene que inspirar confianza para poder guardar el fruto del esfuerzo de otros, pero en ello se cobra un interés. Del dinero común saca el dinero que él mismo se gasta, que no es poco.

Leo es recolector de dignidades. Es el salvaguarda de la dignidad común. Su prototipo: el rey. El monarca ha de inspirar confianza como representante del orgullo nacional, pero en eso se cobra un extra: a él le corresponde más dignidad que a cualquiera de sus súbditos.

Leo no tiene que ir en pos de las dignidades, tal como Aries, sino que ya la lleva incorporada. Su corazón de oro le hace garante de las nobles acciones; aunque, eso sí, nobleza obliga.

Escorpio es un acaparador de emociones. Arrambla sentimientos propios y ajenos; los succiona. Garantiza la intensidad, pero también se cobra un extra: tiene que ser más amado-odiado y deseado que nadie; para ello, le es necesario apasionar y fascinar.

Es el seductor y la seductora. Siente más intensamente que nadie y, por tanto, es el que más vive y se desvive. Es muy importante para Escorpio mantener el sentimiento, que no termine, que llegue incluso más allá de la muerte. Como Fijo que es, vive el Presente; su manera de hacerlo es mediante la perduración de la VIVENCIA.

Acuario es el que mejor refleja la permanencia del cambio, porque es un signo provisor de imprevistos. Es científico. Posee los mejores bancos de datos; para eso creó la informática. Guarda conocimientos propios y ajenos en sus redes de comunicación, pero él tiene más acceso al poder de la información, ya que conoce las claves del dédalo intercomunicativo.

Como signo Fijo, vive el Presente, pero de una forma muy especial: sumido en la vorágine de la Actualidad; continuamente tiene que hacer un esfuerzo por *re*-actualizarse.

Todo signo Fijo representa una culminación de la esencia temporal que le es afín. Es culmen y, de alguna forma, da sentido y fruto a todas las acciones y esfuerzos que se realizan en su plano elemental.

Esta importancia capital de los signos Fijos está recogida en la sempiterna ESFINGE, el ser quimérico que, teniendo rostro humano (Acuario), posee, además, garras de león (Leo), alas de águila (Escorpio) y cuerpo y cola de toro (Tauro).

Fijo nos confirma la perpetuidad del Presente. La Esfinge mira hacia el Este, observando uno y cien mil amaneceres. Cuando una doctrina o un sistema de pensamiento solicita a la Historia la duración a la que cree tener derecho en el Tiempo, echa mano de los signos Fijos del Zodiaco astrológico. Un ejemplo de ello lo tenemos en los símbolos de los cuatro evangelios nazarenos: el humano-ángel, el león, el águila y el toro reproducen la esencia de la Esfinge.

TIEMPO MUTABLE

> Supongo que tú ya conoces el principio psicológico que dice que cuando se borra una costumbre hay que sustituirla por otra. Cada vez que se niega o se rechaza una idea cristalizada en el subconsciente, se borra ésta un poquito. El pequeño vacío que así se hace, hay que llenarlo inmediatamente con una idea contraria. Si no, el vacio atraerá ideas de la misma clase que siempre están suspendidas en la atmósfera, pensadas por otros.
>
> CONNY MÉNDEZ, *Metafísica 4 en 1.*

Cardinal es el Comienzo, Fijo es la Duración y Mutable es la CONCLUSIÓN.

En Fijo, intentamos la permanencia en la duración de las cosas; en Mutable somos conscientes de la impermanencia. Un venerable lama nos advierte:

> Esta vida es frágil como la llama de una vela en el viento, como una burbuja de aire en el agua, o una gota de rocío en una brizna de hierba.
>
> KALÚ RIMPOCHÉ, *Práctica del Budismo Tibetano*.

En la mutabilidad, nos percatamos del PASADO. Todo pasa efímeramente. Estamos de vuelta. Es el esplendor de la decadencia. Poseemos una experiencia que ni siquiera sabemos si nos seguirá siendo útil en una nueva situación cambiante.

Los signos astrológicos Mutables aceptan el desafío de la superación a través de la transformación; son los grandes alquimistas. Refinan y transmutan aquello que es propio del elemento al que pertenecen. Se relacionan con la última fase de las estaciones anuales; concebimos las enseñanzas que nos ofrecen las diversas épocas del año, pero también intuimos fuertemente el fin de un periodo y el advenimiento de una nueva fase de experiencia. Como Mutable, somos transformadores.

Géminis reelabora el conocimiento a través del intelecto de forma habilidosa; juega con la información y con las ideas; desplaza objetos y pensamientos, y se desplaza.

Su tiempo —apenas lo degusta— ya ha pasado y está en otra cosa. Es un malabarista de la palabra y de la articulación del lenguaje. Pero de tan Aire que es, deja de serlo. Llegado el momento, tras el paso sinuoso por el alambique alquímico, se sedimenta, se convierte en Tierra.

Su ingenio se materializa. Es un profesional de la actividad nerviosa, de las letras, de las claves y de las primicias, y como tal cobra derecho de autor. Es el mercader de la mente; su vehículo es la palabra en el aire o en el papel.

Virgo es el repujador de la materia, el orfebre. Reelabora el objeto hasta en su detalle más minúsculo; de tan Tierra que es, se transforma en Aire, a la inversa que Géminis. Al ser tan concreto y minucioso, llegado el momento, se transmuta en un mundo puramente teórico. La transmutación material en su mínima esencia —la Química— es transportada a mundos exactos pero puramente teoréticos —las Matemáticas—. ¿Es el reloj un trozo de materia sofisticada o es una invención puramente mental?, ¿sirve para algo o es una pura entelequia? El tiempo ya está calculado por Virgo.

Sagitario es más digno que el rey. Le recuerda a éste que su imperio no es permanente y que su alma ha de ser juzgada como las demás. Hay muchos ejemplos históricos de ello. En cierta ocasión, Gengis Khan —el hombre más obedecido sobre la faz de la Tierra—, cuando asolaba China, vio a un anciano que lloraba. Interrogado sobre la causa de sus lágrimas, el anciano respondió: "No lloro por mí, ni por mi país: lloro por ti". El poderoso Khan quedó mudo y absorto por las palabras del anciano, y posteriormente lo colmó de honores, reconociendo su categoría de sabio.

Otro ejemplo: la "todopoderosa" Teodora, emperatriz de Bizancio, en cierta ocasión recibió al llamado Santo Sabas. Ella le pidió que intercediera con sus oraciones a favor de su fecundidad como mujer —necesitaba tener un hijo con el emperador Justiniano para crear una dinastía—, a lo que el santo se negó. La frustrada madre quedó anonadada e incapaz de castigar al monje por aquella afrenta a la autoridad imperial y lo dejó ir.

Sagitario reelabora la dignidad de Leo —el rey— y la lleva —cual pontífice etrusco— a un nivel más alto, en contacto con lo divino. Transmuta la acción, propia de Fuego, y la transforma en Agua, pura emoción en la contemplación. Si Leo es el fuego solar en su apogeo, Sagitario son los rescoldos. Recuerda la fatuidad de todo esplendor.

Piscis, al contrario que Sagitario, transforma el Agua en Fuego; después del Bautismo de Agua, que es receptivo y emocional, adviene el Bautismo de Fuego —las lenguas de fuego sobre las cabezas en el tabernáculo— y convierte a los devotos pasivos en peregrinos y misioneros.

Se dice que Piscis es "el hombre acabado", y así es: como Agua, es Pasado; y como Mutable, también. Es el Pasado del Pasado; como humano, ya ha concluido, por eso ya casi se encuentra en el umbral del Más Allá.

Es propio de todo Mutable llegar hasta el fin. De poco sirven todas las acciones si no las concluimos, si no cerramos el ciclo para poder comenzar otro nuevo.

Ulises por fin llega a Ítaca, se deshace de los pretendientes de su esposa y yace en los brazos de ésta: el ciclo parece cumplido. Sin embargo, le comunica a Penélope que le espera un nuevo viaje. Por consejo del adivino Tiresias, a quien visitó en el Hades, ha de partir en dirección tierra adentro portando un remo hasta que encuentre a alguien que no sepa lo que es el objeto que lleva. Sólo así estará redimido de los males que causó y estará realizado su destino.

5

TIEMPOS VERBALES, TIEMPOS ZODIACALES

Y el Verbo se hizo carne y habitó entre nosotros.

Evangelio de Juan el Anciano, Siglo II.

LENGUAJE ASTROLÓGICO

En Astrología existe un lenguaje propio —al igual que en Matemáticas, Música, Química, etc.— y, además, un cierto nivel de expresión.

Podemos escribir en clave astrológica: ♃⚹(☽☌♆), y decir: Júpiter está en sextil con la conjunción Luna/Neptuno. Esto último es una síntesis entre el lenguaje astrológico y el lenguaje común.

Si tratamos el Tiempo en Astrología, hemos de realizar también esta síntesis y ver cómo el nivel de comprensión y expresión astrológico se funde y manifiesta en el uso común de los tiempos verbales. De ahí que el tratamiento de los Tiempos Elementales, Modales y Zodiacales nos lleve a la Gramática.

Ahora bien, los idiomas en uso corriente son un "relío". Según el país de donde provengamos —con el uso de la lengua materna consiguiente—, haremos tal o cual distribución y utilización de los tiempos verbales. Se utilizan partículas, terminaciones y conjugaciones que pueden variar mucho de un idioma a otro. Sin embargo, astrológicamente tiene un lenguaje común para personas de diferentes países.

Es interesante distinguir interrelaciones entre los tiempos astrológicos y los gramaticales, ya que tanto unos como otros son poderosos. La mayoría de las veces que pensamos y nos comunicamos, utilizamos palabras y construcciones de nuestro léxico y gramática. El uso del idioma mediatiza mucho la comprensión y expresión de nuestras concepciones de la realidad.

¿CÓMO EXPRESAR?

Un astrólogo experimentado, alguien que haya explicado cartas astrales muchas veces, tiene mayor capacidad para poner conceptos en palabras de su idioma.

Sin embargo, a veces hay personas que dicen ver claro ciertos factores astrológicos —a menudo percibidos de forma intuitiva—, pero que tienen dificultad para ponerlo en palabras: el clásico "sé lo que es, pero no sé cómo decirlo". Puede, por tanto, haber problemas en la traducción entre el lenguaje astral y el lenguaje común.

Los SIGNOS DEL ZODIACO, por ejemplo, podrían ser estudiados como características —más o menos memorizables— y entonces parecerían ser cosas o cualidades de cosas, es decir, expresables como sustantivos o adjetivos. Pero es mejor estudiarlos como procesos dinámicos, y entonces resultan ser VERBOS —acciones desarrolladas en el tiempo—.

El carácter de este libro no puede limitarse, no obstante, a la gramática parda de un solo idioma, ya que los Tiempos de los Signos son cósmicos y los mismos para todos los habitantes de nuestro planeta.

¿EN QUÉ IDIOMA?

¿Qué idioma utilizar, por tanto?, ¿en qué tiempos verbales vamos a ver las correspondencias con los tiempos astrológicos que se sugieren en esta obra?

Si usamos la gramática alemana, por ejemplo, se desconcertará a un usuario del chino; si usamos los tiempos verbales de la lengua de

Dante y Petrarca, desconcertaremos a los anglófonos; si utilizamos los tiempos ingleses, ¿qué nos va a decir un portugués o un español?, ¿o un griego, o un checo, o un uzbeko?, etc.

Tenemos que buscar un lenguaje neutral y simplificado, no chovinista, fácil de comprender por todos ellos y de relacionar con los Tiempos de los Signos.

LOS DOCE TIEMPOS GRAMATICALES

En 1985 conocí el Esperanto. Ésta es una lengua artificial, pero formada con factores sacados de lenguas europeas existentes. Fue creado en el siglo XIX por un polaco universal: el Dr. Zamenhof. Tiene la ventaja de ser una lengua fácil, a menudo gratis y sin implicaciones chovinistas. Tiene, por otro lado, el grandísimo inconveniente de que los políticos no quieren llevarlo a la escuela —parece que hay intereses anglo-económicos de por medio—.

No obstante, el Esperanto nos puede servir para ver las interrelaciones entre los TIEMPOS VERBALES y los TIEMPOS ZODIACALES en su forma esencial y simplificada.

Según el doctor Zamenhof, hay doce tiempos básicos, además del Infinitivo, del que hablaremos más adelante[1], concebibles y utilizables por la mente y el lenguaje humanos. En Esperanto, es así:

	PASADO	PRESENTE	FUTURO	CONDICIONAL
PASADO				
PRESENTE				
FUTURO				

[1] Se darán indicaciones sobre el Infinitivo, así como sobre el Subjuntivo, el Imperativo y el Gerundio, en el próximo capítulo.

Tenemos, pues, de forma clara y esquemática, gracias a la simplificación esperántica, las doce fases temporales por las que mentalmente podemos desplazarnos y ubicarnos cuando usamos el lenguaje.

En este libro, estamos estudiando los Cuatro Tiempos Elementales —Tiempos Tierra, Agua, Aire y Fuego— y los Tres Tiempos Modales —Tiempos Cardinal, Fijo y Mutable—. Combinándolos, obtenemos Doce Tiempos Zodiacales, ya que cada signo del Zodiaco pertenece a un elemento y a un modo.

Es más que curioso que, por un lado, tengamos doce arquetipos zodiacales, expresables dinámicamente como acciones verbales, y, por otro, en un lenguaje razonable y no degradado por el uso como es el Esperanto, también doce tiempos básicos declinables. ¿Es una coincidencia?

Se me viene a la mente el pectoral de los antiguos sacerdotes hebreos con sus doce particiones en las que había doce gemas, cada una correspondiendo a un signo del Zodiaco —se parece mucho al esquema de arriba—. Se nos pueden venir a la mente las doce tribus de Israel —también se corresponden con los signos del Zodiaco, por ejemplo: Judá, con Leo; Leví, con Libra… —, los doce Apóstoles, los doce Caballeros de la Tabla Redonda o... las doce particiones del reloj —otra vez el tiempo—. ¿Es otra coincidencia que el símbolo por excelencia de la comunidad pitagórica fuera el dodecaedro —la realidad con doce caras—?, ¿y que la música más evolucionada sea la dodecafónica?

Personalmente, no creo en las casualidades. Pienso que cuando hay una confluencia de datos semejante desde diferentes vertientes, es que tenemos evidencia de una realidad. En este caso, ¿encajan los Tiempos Zodiacales con los tiempos del idioma universal simplificado? ¡Encajan!

Encajan porque se trata de las mismas realidades observadas desde diferentes disciplinas.

En el ejemplo que ofrezco a continuación, escojo el verbo “ser” porque es el más esencial. En Esperanto, su infinitivo es *esti*. Los escaques del tratamiento esperántico se completan así:

	PASADO	PRESENTE	FUTURO	CONDICIONAL
PASADO	*Mi estis estinta*	*Mi estas estinta*	*Mi estos estinta*	*Mi estus estinta*
PRESENTE	*Mi estis*	*Mi estas*	*Mi estos*	*Mi estus*
FUTURO	*Mi estis estonta*	*Mi estas estonta*	*Mi estos estonta*	*Mi estus estonta*

Traducido a la lengua en la que está publicado este libro, es como sigue:

	PASADO	PRESENTE	FUTURO	CONDICIONAL
PASADO	Yo había sido	Yo he sido	Yo habré sido	Yo habría sido
PRESENTE	Yo fui	Yo soy	Yo seré	Yo sería
FUTURO	Yo había de ser	Yo he de ser	Yo habré de ser	Yo habría de ser

"Por ejemplo, "Yo había sido" (el Pasado del Pasado): lo que ya había vivido en un momento de mi Pasado.

"Yo soy" (el Presente del Presente): este instante.

"Yo habré de ser" (el Futuro del Futuro): lo que tendré que experimentar, situándome en algún instante de mi Futuro.

"Yo habría de ser" (el Futuro del Condicional): cómo sería si se cumpliera una condición en el Futuro.

Os habréis fijado en que no existe el "Condicional del Condicional". En cualquier idioma, podemos enlazar sintácticamente varias condiciones, pero no existe el "Condicional del Condicional" como "viaje en el tiempo". La mente humana no lo elabora habitualmente, ya que requiere la colaboración de algunos de los tres Tiempos Modales básicos con alguno de los cuatro Tiempos Elementales, para "viajar" a alguno de los doce tiempos del esquema.

¿Cómo ponemos ahora los doce Tiempos Zodiacales en los doce escaques? Es muy fácil: cada uno sólo puede encajar en un sitio.

LOS DOCE TIEMPOS ZODIACALES

En los capítulos previos, hemos analizado los Elementos y los Modos de la siguiente forma:

ELEMENTOS	MODOS
FUEGO: PRESENTE	CARDINAL: FUTURO
AIRE: CONDICIONAL	FIJO: PRESENTE
AGUA: PASADO	MUTABLE: PASADO
TIERRA: FUTURO	

Como sabemos a qué elemento y a qué modo pertenece cada signo, podemos elaborar la siguiente tabla básica. Hay un signo para cada tiempo y un tiempo para cada signo:

	TIEMPO AGUA	TIEMPO FUEGO	TIEMPO TIERRA	TIEMPO AIRE
TIEMPO MUTABLE	PISCIS	SAGITARIO	VIRGO	GÉMINIS
TIEMPO FIJO	ESCORPIO	LEO	TAURO	ACUARIO
TIEMPO CARDINAL	CÁNCER	ARIES	CAPRICORNIO	LIBRA

Sintetizando, podemos establecer un:

Cuadro global de los Tiempos de los Signos

Una Teoría General Unificada del Tiempo y de los tiempos

	AGUA PASADO	FUEGO PRESENTE	TIERRA FUTURO	AIRE CONDICIONAL
MUTABLE *PASADO*	**PISCIS** *Yo había sido*	**SAGITARIO** *Yo he sido*	**VIRGO** *Yo habré sido*	**GÉMINIS** *Yo habría sido*
FIJO *PRESENTE*	**ESCORPIO** *Yo fui*	**LEO** *Yo soy*	**TAURO** *Yo seré*	**ACUARIO** *Yo sería*
CARDINAL *FUTURO*	**CÁNCER** *Yo había de ser*	**ARIES** *Yo he de ser*	**CAPRICORNIO** *Yo habré de ser*	**LIBRA** *Yo habría de ser*

El Elemento predomina sobre el Modo. Así, por ejemplo: Cáncer es el Futuro (Cardinal) del Pasado (Agua), esto es, dentro del Pasado, nos planteamos el Futuro: "Yo había de ser". En Virgo, es al contrario: en el Futuro (Tierra) nos planteamos el Pasado (Mutable): "Yo habré de ser".

Y de esta forma, con todos los demás signos; es una buena gimnasia mental y una excelente forma de viajar por el tiempo.

UN NUEVO CAMPO ABIERTO

Con este desarrollo, se nos presenta un campo abierto interdisciplinario entre Astrología y Gramática, con el núcleo central en el Tiempo o, mejor dicho, en la comprensión psíquica del Devenir a través de la ciencia astrológica y su expresión práctica en el lenguaje gramatical.

Pero podemos ir más allá: toda una dimensión de conocimiento y experiencia se agrega al saber astrológico para enriquecerlo y para enriquecer nuestro vivir cotidiano; podríamos denominarla ASTROLOGÍA TEMPORAL. Con tal denominación, aludimos a la investigación y a la vivencia astrales que desentrañan los entresijos del Tiempo y de sus tiempos implicados.

Tenemos, pues, una nueva forma de ver los procesos dinámicos, puesto que éstos ya no se desenvuelven en un único tiempo —presuponiendo éste como algo invariable, común y consabido—, sino que, dependiendo de la naturaleza de la modalidad temporal elegida, así será la naturaleza del proceso, y viceversa: según la naturaleza del proceso dinámico, así será el enfoque temporal requerido.

La capacidad de comprensión de cualquier realidad física, psíquica o espiritual se multiplica, al menos, por doce.

En próximos capítulos se exponen las claves de cómo vivimos eso que llamamos tiempo según cada uno de los signos del Zodiaco. De todos modos, ahora vamos a analizar todos y cada uno de los ejemplos de nuestro esquema en clave doce. Iremos, escaque por escaque, viendo en una sencilla sinopsis cómo se resume la concepción del Tiempo de cada signo del Zodiaco.

NIVEL DECLARATIVO

FASE RETROACTIVA

* TIEMPO PISCIS

Podemos empezar con Piscis, en la parte superior de nuestro esquema. "Los últimos serán los primeros", alguien dijo.

Siempre, cualquier viaje en el tiempo ha de comenzar necesariamente en el Presente, en el punto en el que nos encontramos y desde el que hacemos la declaración con nuestro lenguaje.

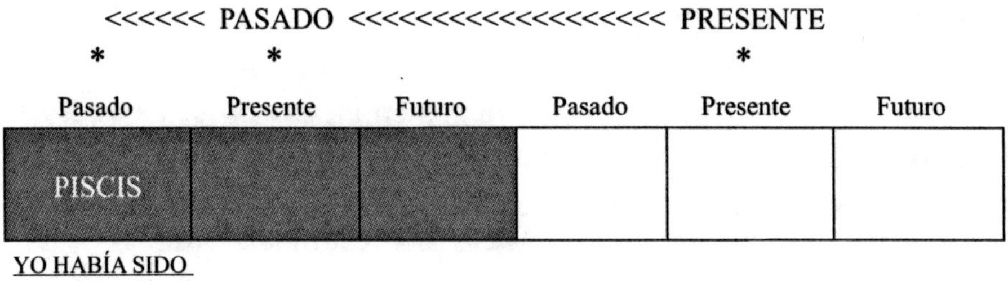

Para contactar con Tiempo Piscis, hemos de viajar hacia el Pasado (Agua). Una vez posicionados mentalmente —o sentimentalmente— en el Pasado, hemos de considerar lo que ya entonces era también Pasado (Mutable). Somos conscientes desde el Presente de lo que en el Pasado ya era Pasado. Da idea del "humano acabado", que ya ha transitado por todas las fases de la existencia y que se adentra por esa zona indefinida que es umbral del Más Allá.

* TIEMPO ESCORPIO

Con Escorpio, el viaje es menos largo. En él, somos conscientes desde el Presente del Pasado (Agua), pero viviéndolo con la inmediatez de aquel Presente (Fijo) ya vivido y teniendo un dramático sentimiento de cesación, al compararlo con la disolución de aquella realidad ya ida en el nuevo Presente de ahora. Concebimos la muerte, la muerte del cuerpo físico o la muerte de un sentimiento de amor, traicionado (celos). Sentimos el Pasado como Presente, pero no lo es.

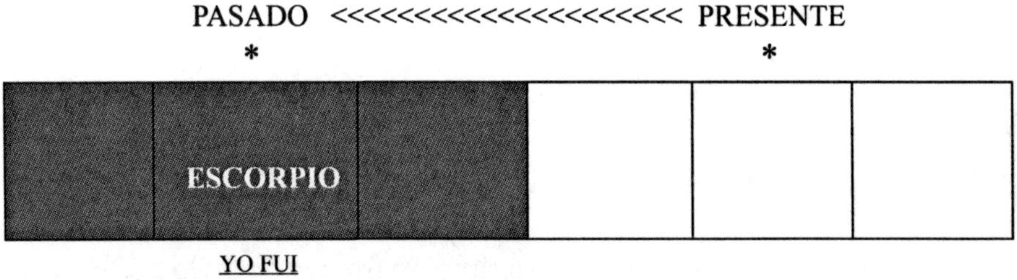

* TIEMPO CÁNCER

Con Cáncer le damos a *rew*, paramos en un punto del Pasado y le damos de nuevo a *play*, intentando revivir una expectativa de Futuro que teníamos en aquel entonces.

VOLVER (Agua: Pasado) A EMPEZAR (Cardinal: Futuro).

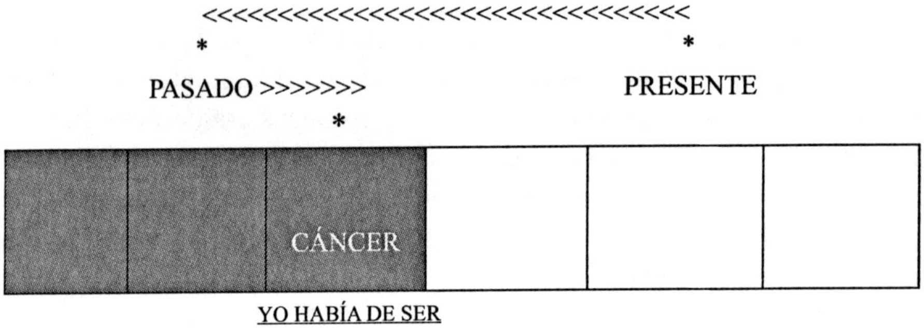

Vivimos el Futuro del Pasado. Vamos hacia delante, hacia el Futuro, pero no desde el Presente, sino a través de la añoranza de eventos ya ocurridos que en su día nos causaron ilusión y que sentimos como no amenazantes, porque sabemos su desenlace. Es un Futuro sin incertidumbre, ya que su campo de cultivo es lo ya ido. No deja de tener cierta nostalgia.

Son frecuentes los recuerdos de la infancia y también hay quién tiene predilección por los primeros escarceos amorosos: la fase incipiente (Cardinal) de la vida emocional (Agua).

NIVEL DECLARATIVO

FASE ACTIVA

* TIEMPO SAGITARIO

Al pasar de Cáncer a Sagitario, cruzamos la frontera entre lo que HABÍA DE SER —haya ocurrido o no— y lo que efectivamente HA SIDO.

Dejamos la fase retroactiva y entramos en la fase de realización, propia de la acción.

En Tiempo Sagitario, dentro del Presente (Fuego), viajamos hacia el Pasado Inmediato. Pero se trata de un Pasado que nos toca todavía, del cual aún no nos hemos desconectado.

PRESENTE

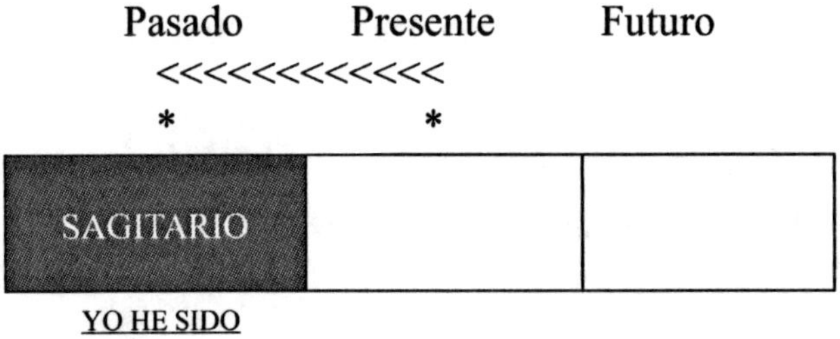

Este tiempo posee la capacidad esclarecedora de la inmediatez del Presente fogoso, pero va más allá de los logros y de la diferencia entre victoria y derrota.

Es un tiempo que valora cualidades, en el que solemos preguntarnos si ha valido la pena lo que hemos sido o hemos hecho. Es filosóficamente reflexivo y meditativo, y a menudo disfrutón, puesto que concibe la felicidad como lo más valioso.

* TIEMPO LEO

No tenemos que ir a ninguna parte: estamos en él sin tener que desplazarnos.

Ya somos lo que somos. La plena realización del diáfano ahora. El Presente (Fijo) del Presente (Fuego); el "YO SOY", místico y rotundo; la fase dorada de la consciencia.

PRESENTE

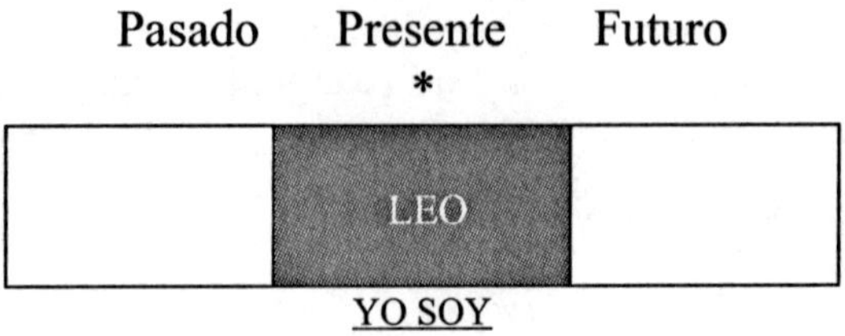

* TIEMPO ARIES

El Futuro (Cardinal) del Presente (Fuego). Vivimos el Futuro con la inmediatez del Presente; ya casi nos toca. Nos empuja fuertemente a la acción. Parece que en el Presente estamos viendo la acción inmediata futura.

PRESENTE

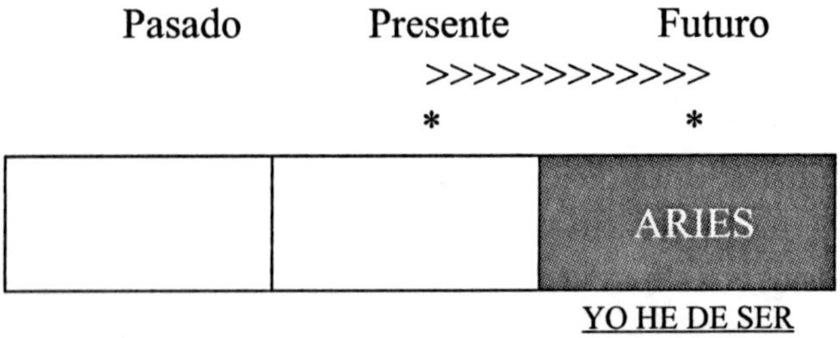

En el mismísimo Presente, nos lanzamos en pos de un logro futuro que vemos realizable. Es algo más que una declaración de propósitos: es el ígneo comienzo de nuestra incipiente acción. Activamos la bujía y arrancamos.

NIVEL DECLARATIVO

FASE PROACTIVA

* TIEMPO VIRGO

Entramos en los dominios de Tiempo Tierra. Traspasamos el umbral que hay entre Tiempo Aries y Tiempo Virgo; vamos desde la acción impulsiva a la labor planeada, siguiendo una línea previsora. Enfriamos la acción, por así decirlo; tratamos de calcular las consecuencias de nuestros actos antes de realizarlos.

La impulsividad del Futuro Inmediato ariano se sobrepasa y entramos en un tiempo muy mental, en el que se trata de no malgastar la energía y de rentabilizar el esfuerzo en función de un teórico beneficio futuro.

Tiempo Virgo es el Pasado (Mutable) del Futuro (Tierra). Hemos de viajar al Futuro y desde allí nos planteamos lo que entonces ya habrá sido.

Es un Futuro no inmediato, ya digerido, a veces hipotético. Aporta cierta búsqueda de la seguridad, por ejemplo si te procuras un trabajo subordinado para obtener una nómina a final de mes.

>>>>>>>>>>>>>>>>>>>>>>>>>>>>

*   *

PRESENTE   <<<<<<<<<< FUTURO

*

			VIRGO		

YO HABRÉ SIDO

Imagínate a ti mismo, al final de un periodo de tiempo en el Futuro, cobrando por un trabajo subordinado realizado, llevado a cabo entre este momento presente en el que piensas y aquel momento; un periodo que ahora te parece Futuro, pero que entonces ya será Pasado —habrá sido— y por el que calculas una remuneración —cosecha— de tu trabajo. Lo mismo que al trabajo, este tiempo también es aplicable a la salud, por deducciones hipotéticas.

* TIEMPO TAURO

El Presente (Fijo) del Futuro (Tierra).

Es la afirmación del Futuro, por tanto, denota un sentimiento de máxima seguridad. Se busca lo que irreversiblemente será.

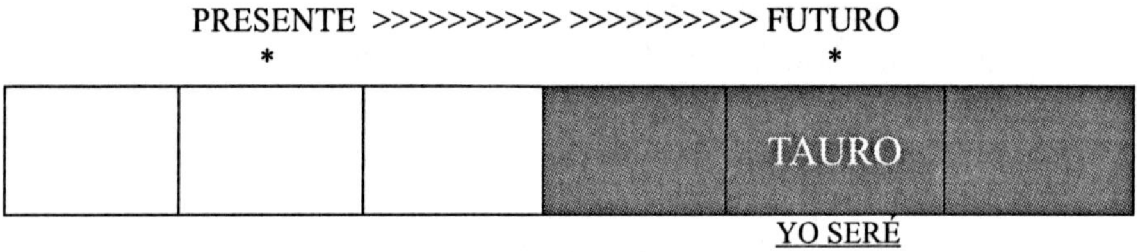

El campesino sabe con toda seguridad que la primavera vendrá después del invierno, o que a una fase lunar seguirá otra. Tiempo Tauro nos acerca de este modo a la Naturaleza y a los ciclos naturales de nuestro organismo. Sabemos que si comemos, defecaremos; y que si bebemos, orinaremos.

Es un tiempo simple, porque implica una reducción de la realidad a lo perceptible por los sentidos físicos, pero robusto como un buey porque aporta una clara sensación de seguridad.

* TIEMPO CAPRICORNIO

El Futuro (Cardinal) del Futuro (Tierra).

Nos desplazamos a un punto en el Futuro y desde allí pensamos lo que habrá de ocurrir.

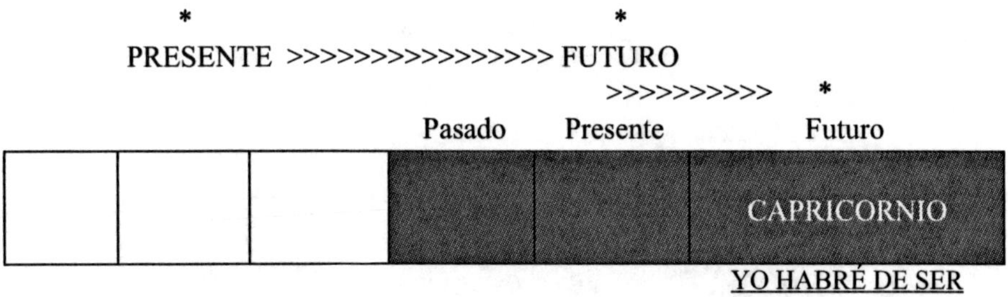

Es la máxima previsión y también el máximo temor, porque nos *pre*-ocupamos de lo que nos habrá de preocupar en el Futuro. Por ejemplo: un seguro. ¿Qué seguridad tendrás en el Futuro sobre lo que te habrá de ocurrir? Por lo general, nos ponemos en lo peor. Pensamos en posibles calamidades antes de firmar un seguro de viaje, de coche, de casa... o de "vida".

Es el Tiempo que menos nos hace disfrutar del Presente. Trabajas y te sacrificas en el Presente, ahorras y pagas, pensando en la serie de calamidades que te habrán de ocurrir en la vejez.

NIVEL CONDICIONAL

En esta Fase Relativa, cambiamos de Nivel. Nos trasladamos desde el Nivel Declarativo, en el que se incluían las fases de los tiempos acuáticos, fogosos y terrosos, y nos remontamos hasta el airoso Nivel Condicional. Desde el Aire, obtenemos un dinamismo visual más relativo y, más que afirmar o negar hechos, preferimos indicar la posibilidad de una acción, en un NIVEL y un ELEMENTO flexibles y versátiles.

* TIEMPO GÉMINIS

Viajamos mentalmente desde el Presente Declarativo al Presente Relativo y, desde ahí, al Pasado de ese mismo Nivel. Tiempo Géminis es el Pasado (Mutable) del Condicional (Aire).

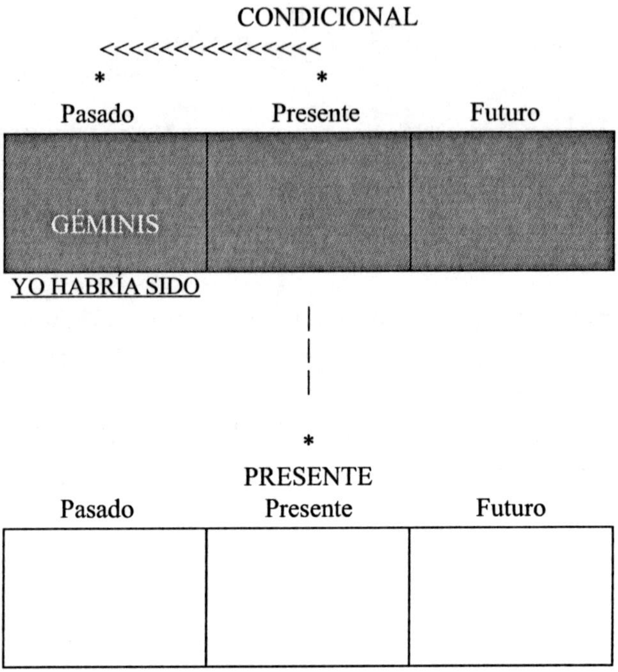

Nos planteamos una opción anteriormente desdeñada y aludimos a lo que habría ocurrido si esa opción se hubiese escogido. Echamos de menos lo descartado. Si esa condición se nos presenta de nuevo —y, como todo es cíclico, se ha de presentar—, tratamos de admitirla y aprovecharla, porque sabemos que, si la descartamos nuevamente, despertará una fuerte curiosidad sobre lo que habría sido, no fue y, ¿por qué no?, por lo que puede ser.

Tiempo Géminis despierta, pues, nuestro afán por investigar tantas y tantas posibilidades todavía no elegidas y, por tanto, no vividas. Nos parece que lo que desaprovechamos es, al menos, tal valioso como lo que elegimos. De ahí el celo explorador y la dispersión propios del signo, y aún más: su desapego por las situaciones fijas y su gran amor por la libertad.

¡Ojalá se pudieran vivir todas las opciones que nos ofrece la vida! Evidentemente, se sacrifica la profundidad en aras de la curiosidad, pero de una "curiosidad" que, al fin y al cabo, nos lleva al Conocimiento.

* TIEMPO ACUARIO

¡Menudo tiempo! Es el que nos toca vivir colectivamente durante los próximos dos mil años, siglo más o menos. Nos encontramos ante el Presente (Fijo) del Condicional (Aire). Nos mantenemos en el Presente, tan sólo nos cambiamos de Nivel: del Declarativo al Relativo.

Tiempo Acuario es el tiempo del desarrollo humano; nos hace reconocer las potencialidades que tenemos almacenadas y sus muchas opciones y aplicaciones. Si se cumpliera alguna condición presente, ahora serías de otra manera. Es el tiempo, por así decirlo, del menú.

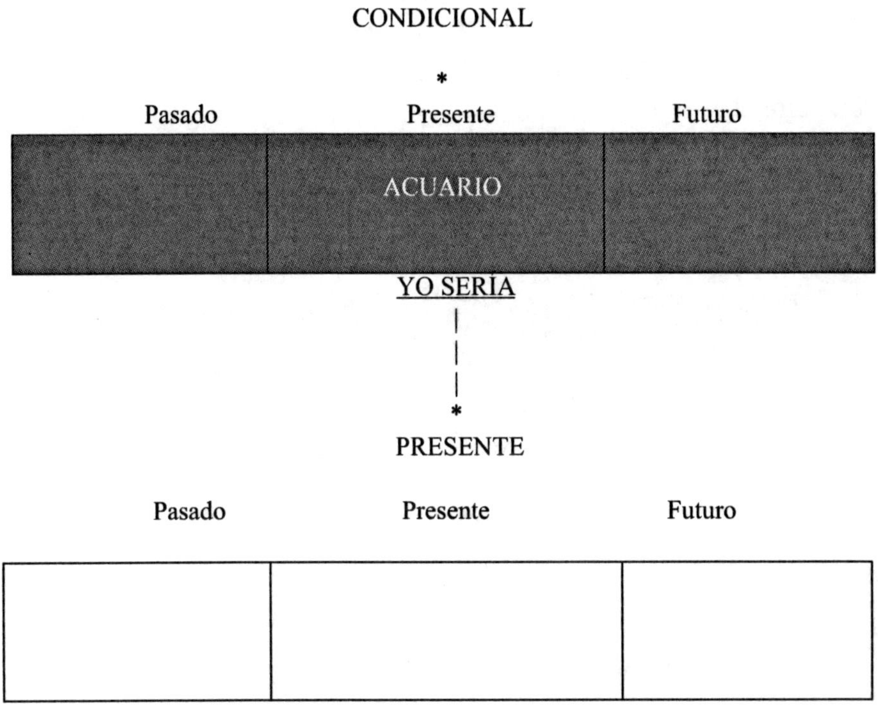

Estás a tiempo de escoger otra opción y ser alguien diferente del que ahora eres. En Tiempo Acuario, siempre estamos a tiempo de revolucionarnos. El Presente se revuelve; lo actual se *re*-actualiza, lo que conlleva una gran carga de estrés, porque hemos de actualizarnos, volvernos a actualizar y *re*-actualizarnos otra vez. Cada nueva opción del menú implica una nueva adaptación en lo que respecta a atención, consciencia y conocimientos.

Es un tiempo que gira sobre sí mismo. Denota progreso, pero no adónde nos lleva ese progreso, porque se mueve en el plano relativo.

* TIEMPO LIBRA

Experimentamos el Futuro (Cardinal) del Condicional (Aire). Desde el Presente, en el que efectuamos nuestras declaraciones, nos vamos hasta el Presente Relativo y desde allí avanzamos hasta el Futuro del Condicional.

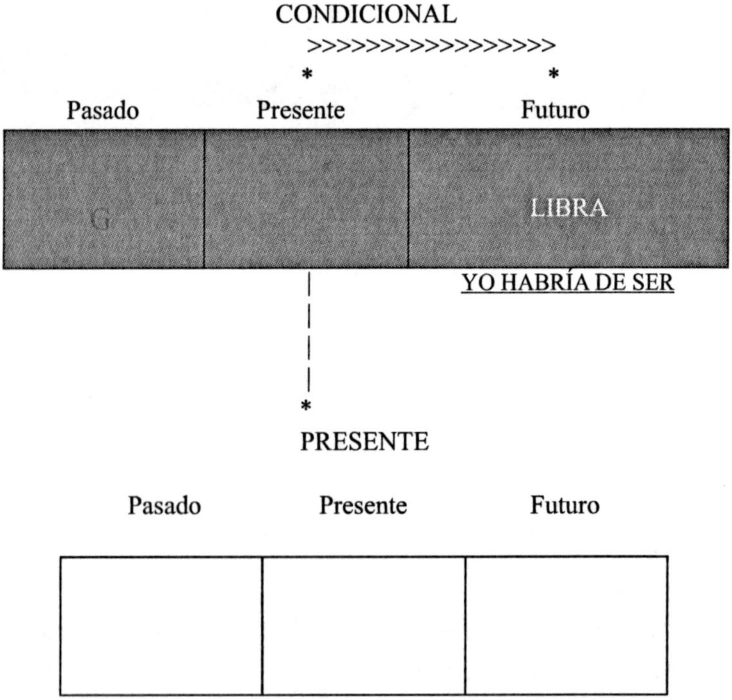

Implica la exploración y el diseño idealista de un orden moral y estético perfeccionado. Ya puestos en el plano Condicional, vislumbramos un posible Futuro. Es un terreno ideal y utópico, más propio del mundo artístico que del mundo tal cual. Acuario es el eterno buscador de utopías, pero es un rebelde sin causa; es a Libra a quien corresponde concebirlas en su intento por equiparar realidad —en un platillo de la balanza— y utopía —en el otro—.

Es algo que, desde un punto de vista ideal, podemos definir a priori; entrevemos un Futuro idealizado, pero realizable, un orden aún no degradado, y tratamos desde el tiempo Presente de contactar con esa armonía. Si quieres ser un buen legislador o un buen artista, has de conectarte a Tiempo Libra, el Tiempo de lo que habría de ser.

Con lo expuesto en este capítulo, hemos escudriñado los Tiempos de los Signos y quizá desbloqueado algunos canales mentales. Si practicamos algo esta gimnasia mental, tal vez tendremos menos barullo en la cabeza y más capacidad para comprender procesos cotidianos que en principio nos desorientan, pero que podemos ver claros, manejar y mejorar a voluntad.

Además, se produce un acercamiento entre dos áreas hasta ahora poco relacionadas entre sí: Astrología y Gramática. La Astrología es una ciencia ideal para el estudio psíquico de nuestros procesos mentales y la Gramática —es decir, el lenguaje ordenado— nos permite expresar esos procesos.

6

TIEMPO INFINITO

> Además de en el dios solar, los antiguos egipcios personificaron el tiempo infinito en un dios específico, Heh, de cuyo brazo derecho cuelga Anj, el símbolo de la vida.
>
> MARIE-LOUISE VON FRANZ, *Misterios del tiempo.*

INFINITO, INFINITIVO

En el capítulo anterior, se consideran los doce tiempos básicos vivenciales. ¿Qué ocurre entonces con el Infinitivo?, ¿es un tiempo sintético resultante de los doce tiempos anteriores?, ¿podría ser comparable al Tiempo Quintaesencial en el sentido de síntesis y resultado de varios tiempos esenciales más básicos?, ¿o es el Infinitivo el Tiempo esencial por excelencia y los doce Tiempos Zodiacales son conjugaciones del mismo?

El Tiempo Quintaesencial nos conduce a la Divinidad; el Tiempo Infinito nos hace pasar su umbral. Es el Verbo; de hecho, es como ponemos las denominaciones de los verbos: en Infinitivo.

Sin embargo, el Infinitivo está fuera de los tiempos. No es Pasado ni Presente, ni Futuro ni Condicional: es Potencia. Y, no obstante, para poder poner una declaración en un tiempo referencial, necesitamos saber a qué proceso dinámico aludimos. Si no sabemos el Nombre del Verbo, no lo podemos conjugar —no lo podemos insertar en un tiempo específico—.

Contiene, por tanto, la dualidad más propia del Ser: el Todo o la Nada, como dicen los místicos.

No se trata de un tiempo particular referenciable, pero en su seno genera el desarrollo de los diversos tiempos verbales. El Infinitivo es la Esencia no manifestada; los tiempos representan la variedad de atributos que adopta la Esencia, tal como nos manifiesta el Devenir, siempre cambiante.

El Tiempo Infinitivo se identifica con lo Infinito, atributo de la Divinidad, en el sentido de lo que carece de límites.

VISITAS TURÍSTICAS EN EL TIEMPO

Existen, asimismo, otras formas verbales: el Subjuntivo, el Imperativo y el Gerundio.

El Subjuntivo no nos hace viajar en el tiempo. Hay idiomas en los que sus parlantes ni siquiera son conscientes de que lo usan; en los que sí lo usan conscientemente, indica especulación. No es declarativo; no indica conocimiento, sino suposición. Por ejemplo: "Cuando él venga, te lo daré"; desconocemos cuándo vendrá, ni siquiera tenemos certeza de si vendrá o no: lo suponemos.

El Imperativo tampoco nos hace viajar en el tiempo. Expresa el deseo del parlante de que se realice una acción, pero no expresa el desarrollo de la misma. "Ven", por ejemplo, se podría decir: "Yo quiero que tú vengas".

El Gerundio es cómodo. No es un tiempo verbal propiamente dicho; tampoco nos hace viajar en el tiempo, pero lo podemos poner en cualquier tiempo para expandirlo. Denota desarrollo en la acción. Cuando mencionábamos cada uno de los Tiempos Zodiacales, estábamos conectando un punto en el tiempo —el Presente en el que pensamos— con otro —o consigo mismo—. En cualquier caso, eran trayectos puntuales. Con el Gerundio, en cambio, más que viajar, lo que hacemos es una visita turística una vez que ya hemos llegado a un lugar, sólo que ese "lugar", en nuestro caso, no está en el espacio, sino en el tiempo.

EL "SER" Y LOS "ESTANDO"

Los temas que aquí estamos tratando son propios de la Filosofía, no como odiosa asignatura que hay que aprobar para que te den un papel que se pueda exhibir, sino como la libre capacidad humana de profundizar y ampliar lo cognoscible. Significa 'amor a la Sabiduría'.

El fanatismo de los siglos destruyó gran parte del saber de la Antigüedad, pero —no puede ser de otro modo— la Sabiduría es indestructible.

Se conserva sólo un párrafo del filósofo griego Anaximandro de Mileto, es el siguiente:

> Aquellos a los que los estandos deben su existencia es también aquello a lo que retornan tras su destrucción según la necesidad. Y esos estandos se hacen unos a otros justicia y reparación de sus injusticias según el orden del tiempo.

A mi juicio, la mención de la justicia alude claramente a la ley del karma. Aparte de eso, me llaman la atención dos expresiones: "los estandos" y "el orden del tiempo".

Los "estando" son el Ser manifestado en los Gerundios de cada forma temporal. Si no fuera por los "estando", el tiempo no tendría duración; sólo sería una serie de puntos conectados más o menos entre sí, pero no viviríamos el tiempo como sucesión; sería como un conjunto conexo de puntos de destino, pero sin vivencia. Siguiendo con la metáfora del viaje, sería como hacer un viaje y quedarnos en el hotel. No haríamos visitas turísticas para ver los lugares de interés y nuestro viaje no tendría sentido.

"...aquello a lo que retornan tras su destrucción..." es lo único esencial, el Orden del Tiempo concebido en el seno del Infinitivo: el Tiempo que, paradójicamente, no lo es.

En su célebre *La Conspiración de Acuario*, Marilyn Ferguson menciona un poema de Buckminster Fuller, que creo que viene al caso:

Pues Dios, a mí, me parece
Ser un verbo,
No un nombre,
Es amar,
No amor en abstracto.

La expresión gramatical más cercana a la Divinidad es el Verbo, y su forma es el Infinitivo. "Dios es amar...", según Fuller.

Jean Brun escribió una excelente obra en la que expresa la profunda visión de Heráclito de Éfeso —el filósofo del Fuego— sobre la esencialidad del Tiempo. Tomo esta cita, que creo que no tiene desperdicio:

> Así el tiempo no es sino el trágico caminar de una individualidad en pos del Ser presente y ausente. Traduce la distancia que separa a los seres que mueren del Ser que permanece, porque el Ser no tiene persona. Como nos lo dice con profundidad la gramática, es el infinitivo, el infinitivo en el que las personas son en la medida en que conjugan este Ser en todos los tiempos, en todos los modos y en todas las personas. El estando es un gerundio, un participio; el Ser un infinito, que no se conjuga, pero sin él no hay conjugación posible.

El Ser es el Verbo, y el Infinitivo es su nombre; ese Ser es la acción pura no manifestada. La conjugación —en el sentido humano— le adjudica un tiempo, un modo y unas características y, por tanto, un nivel de manifestación.

Cuando el Infinitivo, es decir, el Verbo, habita entre nosotros, entonces la Divinidad se hace presente.

—¿Cuándo ocurre eso?

—Siempre.

EL TIEMPO PERVERTIDO

En el más memorable de todos sus relatos —*La construcción de la Muralla China*— el infinito es múltiple: para detener el curso de ejércitos infinitamente lejanos, un emperador infinitamente remoto en el tiempo y en el espacio ordena que infinitas generaciones levanten infinitamente un muro infinito que dé la vuelta a su imperio infinito.

JORGE LUIS BORGES, *Comentarios a una obra de Franz Kafka.*

La gran muralla china —la única construcción humana visible desde el espacio exterior— es el símbolo del tiempo y del espacio pervertidos. Parece ser que algún emperador —digamos Ch´in Shi Huang— no quiso subordinarse al dracónico poder del cielo.

Otro de los emperadores perversos que de momento sigue desafiando al poder del Infinito es el faraón egipcio Kufu —llamado Keops por los griegos—. Sus restos, según las indicaciones recogidas por Heródoto, yacen bajo la gran pirámide de Yiza. Todavía nadie ha perturbado su ¿infinito? descanso. Quizá dentro de poco, alguien descubra un pasadizo que vaya desde una abertura sellada sumergida bajo las aguas del Nilo hasta el subsuelo de la pirámide de Keops y encuentre, al final del pasillo, una cámara sepulcral destinada a albergar infinitamente en el tiempo la momia del odiado faraón.

INFINITIVO ASTRAL

¿A qué factor astrológico corresponde el Infinitivo y sus infinitas connotaciones? Hemos visto que los diversos tiempos verbales se corresponden con los Tiempos Zodiacales. Y también hemos de reconocer que el Infinitivo es un “tiempo” verbal —al menos gramaticalmente—.

En el capítulo sobre el Tiempo Quintaesencial, vemos la identificación de tal tiempo con el concepto de Armonía. La Armonía no es, pero es, un factor astrológico. No es estrictamente astrológico porque la podemos vislumbrar en otras muchas disciplinas. Sin embargo, si nos afanamos en la tarea de descifrar las claves que nos ofrece nuestro vecindario cósmico, poco a poco, consciente o subconscientemente, nos empapamos, por así decirlo, de la Armonía latente en nuestra Realidad. Si estudiamos el Cosmos —el exterior y el interior— y sus evidentes interrelaciones, desarrollamos una fina sensibilidad.

En Astrología, a diferencia de otros saberes o ciencias más extremistas, se masajea de forma muy equilibrada ambos hemisferios cerebrales: el izquierdo o racional y el derecho o intuitivo. Nos equilibramos mucho. De ello y de la observación sensible e intuitiva de la Belleza y del Orden —Cosmos— que hay en las cosas —en el amplio sentido de la palabra— deriva un crecimiento de la Armonía que podemos realizar en nosotros mismos y por nosotros mismos.

TIEMPO QUINTAESENCIAL es equiparable a ARMONÍA; y la Armonía es una buena tarjeta de visita para presentarse en el nivel espiritual.

TIEMPO INFINITO es el NIVEL ESPIRITUAL, realizable en Astrología, así como a través de otras muchas disciplinas. No es un tiempo concreto y, por tanto, no es identificable con un factor interpretativo concreto. Es un tiempo abstracto que, a su vez, presenta nuestras credenciales a la Divinidad.

RE-LIGARE

Pero la Astrología NO es una religión. ¡Dios nos libre de ello!

Por otro lado, podemos recordar el sentido etimológico original: *RE-LIGARE*, reunirnos con la esencia espiritual de la que procedemos y de la cual, aunque no siempre seamos conscientes de ello, formamos parte, lo que equivale a participar de la Libertad y de la Creatividad de la Mente Cósmica.

Hay quienes, a título individual, realizan a Dios a través de la Biología, de la Física o de la Matemática. Frecuentemente, se guardan para sí hallazgos. No obstante, algunas veces, desmarcándose de la presión de sus colegas más ortodoxos —jerarquía incluida—, publican algo, y no es de extrañar que sean éxitos de venta, debido a la sed de Armonía que padece nuestra sociedad.

ÁNIMA MUNDI

Ánima Mundi, Cosmos creativo, Campo Psi, Mente Cósmica Universal, la Voluntad del Padre Celestial.... Todos esos conceptos tienen un denominador común: todos conllevan la idea de INTELIGENCIA IMPLICADA que hay en la Naturaleza y en el Cosmos que la habita.

La Astrología, como saber aglutinado de otros saberes, es crisol o cáliz de la Raíz Cósmica que hay en todo conocimiento.

Todos los arquetipos zodiacales son puertas abiertas a la espiritualidad, pero hay especialmente dos —regidos ambos por Júpiter y por Neptuno— que, debido a su forma especial de concebir el tiempo, nos invitan a conectar intuitivamente con el *Ánima Mundi* (el Alma del Mundo): son Sagitario y Piscis.

Sagitario, el Tiempo Infinito, y Piscis, el tiempo del No Tiempo, son explicados en sus respectivos capítulos dentro de esta obra.

Tiempo Leo también nos conecta con la Divina Luz, pero no por medio del viaje o la evasión —propios de Sagitario y de Piscis, respectivamente—, sino a través de su reconocimiento del Ahora y Aquí. Es el Tiempo Eterno.

PARTE 3:

¿CÓMO SE MANIFIESTAN?

7

TIEMPO ARIES

LA LUCHA CONTRA EL CRONO

—¡Oh, padre! Voy a traerte un escudo, dos lanzas y un casco de bronce que se ajuste a tus sienes. Yo también me armaré, y también el porquerizo y el boyero, porque es mejor estar apercibidos.

Y le contestó el prudente Ulises:

—Tráelos corriendo, que mientras yo tenga flechas para luchar no me alejarán de estas puertas, aun cuando me halle solo.

Habló así, y Telémaco obedeció a su querido padre, apresurándose a subir a las estancias altas, donde de hallaban las armas magníficas.

HOMERO, *La Odisea.*
La lucha contra los pretendientes de Penélope.

Todo es empezar. Dijo Lao Tsé que un gran viaje comienza con un solo paso. Pero ese paso puede marcar la dirección de todo un largo recorrido. El Principio es lo Principal. Es muy fácil dar un paso, aunque a veces ¡parece tan difícil! Hay que vencer la inercia del reposo y ello requiere una inversión especial de energía. Si te has de levantar por la mañana para iniciar tu actividad, el primer brinco que das para incorporarte cuesta mucho más trabajo que otros muchos movimientos en apariencia más pesados.

Al arrancar un coche, por ejemplo, necesitas un factor ígneo, un factor bujía, para poner en marcha todos los demás mecanismos; y si llevas un tiempo sin usar el vehículo, te costará más trabajo ponerlo en marcha. Para Aries, todo es un continuo comienzo. Parece que HA DE... hacer algo que todavía no ha logrado realizar. Es el gran iniciador —no en vano, está en el umbral del Zodiaco—; a cambio, la Mente Cósmica le ha provisto de factores fogosos en abundancia.

Representa la renovación mediante el Fuego. El fogonazo inicial requiere "quemar" lo antiguo y así poder emprender un nuevo ciclo. Siendo un signo iniciador por excelencia, sus *mascretats* o estallidos fogosos nos anuncian el Poder Iniciático de la primavera.

FUEGO: EL TRIS DEL ARIETE

Aries es el ariete, el gran batallador; suena lógico, por tanto, que nos situemos mentalmente en la guerra o en el deporte, o en general en todo contexto fuertemente competitivo. Personalmente, por "suerte" o por karma, no he participado en ninguna contienda, pero hay quienes sí han tenido esa experiencia y nos han dejado su testimonio:

> El bosque se incendió con una lluvia de obuses. Quedamos deslumbrados y sordos. Las explosiones cavaban pozos y levantaban polvaredas. El estruendo desgarraba los tímpanos. Se habían acallados los cantos.
>
> El teniente veterano, comunista visceral, vociferaba puño en alto:
>
> —¡El bautismo de fuego!... ¡El bautismo de fuego!... ¡Ahora a ver si tenéis cojones!... ¡Adelante!
>
> Nos movíamos como autómatas y no metimos en una especie de trinchera a medio construir. No había espacio para el miedo. Toda la atención se concentraba en cada instante. La vida se concentraba en cada instante. Un descuido podía ser el último.

ALBERTO OLIVERAS, *Vicente Ferrer. La revolución silenciosa.*

Tiempo Aries está encuadrado dentro de Tiempo Fuego; lo puedes —y lo tienes— que aplicar cuando has de hacer algo sin tiempo material para pensar.

—¿Es que hay que pensarse las cosas antes de hacerlas?

—No siempre.

La mayoría estamos más familiarizados con el deporte que con la guerra —afortunadamente—. Pondré un ejemplo: vamos al fútbol —hay mucha gente a la que le gusta y mucha gente a la que no le gusta, pero en cualquier caso resulta útil para comprender cómo es Tiempo Aries—. Los jugadores llevan un tiempo peloteando y, en un rechace o un buen pase, le llega un balón a un delantero en posición de disparo. ¿Cómo vive el tiempo esa persona en ese momento —y con él, posiblemente, miles de otras personas que lo ven por la tele y que conectan por empatía con Tiempo Aries—? Tiene un instante óptimo. Aprovechar ese tris de tiempo es la diferencia entre el abucheo o la gloria deportiva. ¿Se lo tiene que pensar? Yo no me lo pensaría dos veces, ni siquiera una. El buen ariete no piensa, actúa raudo. Aries actúa por impulso.

Si se tratara del defensa, la anticipación es fundamental; un instante de duda en un despeje puede valer un campeonato —te meten el gol de oro y a casita—. El tris del tiempo ariano se acentúa en el caso del portero: si no tiene buenos reflejos, no es un buen guardameta. Si te chutan a quemarropa, ¿cómo haces la parada? No te puedes poner a resolver la cuadratura del círculo: tienes que salir como un resorte, las neuronas no tienen tiempo para pensar.

—¿Pero solamente soldados y deportistas pueden experimentar Tiempo Aries?

—Cualquiera lo puede experimentar al cabo del día.

Vas a la oficina de una gasolinera para pagar el consumo, pones la cartera sobre el mostrador, miras un instante unas chocolatinas, te vuelves y ya no está la cartera. Alguien se la ha llevado.

—¡La dejé sólo un instante!

—Ese instante lo aprovechó alguien mejor conectado a Tiempo Aries para cumplir su delictivo propósito. No estabas defendiendo una portería, pero te han metido un gol.

Es curioso que los comentaristas deportivos, en su argot, utilicen la expresión "le han robado la cartera" cuando un defensor le quita el balón a su oponente, cuando éste se despista o se relaja. En Tiempo Aries, tienes que estar en lo que estás, es decir, justo en el siguiente instante en el que has de actuar. El instante inmediato provoca.

El factor temporal ariano se acentúa en aquellas competiciones en las que un individuo actúa frente y contra otro individuo: boxeo, kárate, esgrima, *ping-pong*, tenis... o en una pelea.

En tenis, por ejemplo, es frecuente que un jugador esté jugando muy bien mientras está en Tiempo Aries y, sin que nadie se lo explique, "se sale del partido". Mentalmente ha dejado de vivir el Presente fogoso y le han venido otras cosas a la cabeza, vete a saber qué: recuerdos, destellos, qué pasará si gana o si pierde... Ha de "meterse de nuevo en el partido", es decir, en el Presente, en cada instante que le vuelve a provocar inmediatamente. De lo contrario, se pierden muchas pelotas de juego, de set y de partido. Inexplicable... si no se sabe lo que es Tiempo Aries.

En sentido colectivo, también suele ocurrir. Un equipo de baloncesto —no son muchas personas— puede perder el control del tiempo ariano; le roban la cartera, perdón, el balón al base, se desaprovechan ocasiones de tiro... El otro equipo parece más entonado, está más en el Presente, está más fogoso y se puede producir un parcial desfavorable en el marcador. Eres el entrenador, ¿qué haces?...

¡Pide tiempo muerto, hombre!

Le cambias el tiempo a los dos equipos haciéndole un gesto a los jueces auxiliares —haces "T" con las manos—. Salen las animadoras con las minifaldas y los pompones de colores, el hombre-anuncio vestido de paquetito de chicle, la mascota, se comentan las jugadas... Puede que, en un par de minutos, el otro equipo no esté tan concentrado. Y mientras tanto, les dices a tus jugadores que "se metan en el partido", qué estén en lo que tienen que estar... Cada instante es precioso: "¡Quedan 3'20" y nos gana de cinco!". Si procede, se cambia de base y ¡hala!...

El tratamiento del tiempo es parte de la táctica. En un contexto muy competitivo, el tiempo es básicamente Tiempo Aries.

Esto no se puede meter en un laboratorio, hay que vivirlo; por tanto, es básicamente esotérico: conocimiento en sentido vivencial. Lo tienes que vivir tú, nadie va a vivir el tiempo por ti. Es un conocimiento que lo tienes que extraer tú de la realidad. No valen las demostraciones, sólo las comprobaciones.

CARDINAL: BESO SOBRE AMAPOLAS

Todo signo Cardinal representa un comienzo, ¡y qué comienzo el de Aries! Es el estallido inicial, el *Big Bang*, el grito del niño al nacer, el estallido de la vida al comienzo de la primavera.

La primavera la ariana sangre altera. No sé si has visto la película *Una habitación con vistas*. En ella, un chico se aproxima a una joven que está en un campo primaveral de rojas amapolas —la estación, el color y la flor de Aries— y, sin más dilaciones, le estampa un beso en la boca a la señorita. Algo brutote, pero hay a quien le gusta. Eso es Cardinal en la fogosa versión de Aries. No es delicado, pero tampoco tímido.

Otro buen ejemplo nos lo proporciona en su autobiografía un tal Giovanni Giacomo —nacido con el Sol en Aries—. Describe lo que, según él, protagonizó una tarde cuando viajaba en un carruaje y súbitamente se desató una tormenta:

> Mientras la cubro con mi capa la atraigo hacia mí, y el movimiento del coche, secundando mis deseos, la hace caer en la postura más propicia. No pierdo el tiempo, simulo colocar el reloj en mi bolsillo y me preparo al asalto.
>
> CASANOVA, *Memorias*.

No pierde el tiempo, se prepara para el asalto... Significativamente, usa términos bélicos en su tratamiento temporal de su relación con las damas. Su apellido, Casanova, alude por antonomasia al varón que sabe aprovechar la ocasión con el sexo opuesto. No deja, sin embargo, de ser algo “egoistorro”.

¡Preparados!, ¡listos!... ¡Bang!

Pistoletazo de salida. Ese instante de arranque y brío inicial es Aries. Es importante, aunque no definitivo, hacer una buena salida. Los corredores —o los nadadores— salen como resortes, de la inmovilidad contenida pasan a un consumo exacerbado de energía.

Puede ocurrir también en el nivel psíquico: hay personas que a menudo "estallan", tienen sus fogonazos de carácter. Estas personas sirven para hacer frente a peligros que se presenten de inmediato y que requieran una acción enérgica, pero no para las sutilezas de la diplomacia que requiere un prudente periodo de reflexión.

El tratamiento ariano del tiempo confiere valor, ya que prácticamente no tiene tiempo de pensar en las consecuencias de las arriesgadas acciones que emprende. Ante cualquier circunstancia, Aries marca a fuego sus opciones futuras; sabe apostar todo por el todo, quema sus naves al comenzar una empresa en la que sabe que no se permitirá el lujo de una marcha atrás, al igual que a los guerreros espartanos, a quienes les estaba prohibida la retirada en combate.

De Alejandro Magno se dice que era de signo solar Aries. Yo así lo creo —la bandera de Macedonia tiene un sol sobre un fondo rojo-ariano—. ¿Cómo vivía el tiempo tal personaje?:

> Era muy difícil apartar a Alejandro de lo que una vez emprendía, porque favoreciendo la fortuna sus conatos le afirmaba en su propósito, y su grandeza de ánimo llevaba su obstinación nunca vencida a resultados que se creían imposibles, atropellando en ciertas maneras no sólo con los enemigos, sino con los lugares y aun con los tiempos.
>
> PLUTARCO, *Vida de Alejandro.*

Nos encontramos con los tiempos atropellados por mor del empuje ariano, que no se para a pensar si es el momento oportuno o no, sino que se lanza de cabeza en pos de sus empresas. A veces, como en el caso de Megalexandros, sale bien —aunque eso sí: estaban en la Era de Aries—.

La energía acumulada por un individuo no es ilimitada. El fogonazo inicial rápidamente se disiparía si no se le aplica una dosificación. Tras el estallido, Aries se viene, poco a poco, abajo; tiene mucha mecha, pero la consume pronto, de ahí que necesite un preparador, un mentor, un oficial..., alguien que le oriente y le indique cómo emplear su energía; de otro modo, ganaría las primeras batallas, pero perdería irremediablemente las contiendas. De hecho, Alexandros se "quemó" muy pronto: murió a la edad de treinta y tres años.

Como fogoso, el guerrero vive intensamente el Presente —a tope, diríamos—, pero como Cardinal, se proyecta hacia el Futuro. Aries ha de conseguir su objetivo, su meta, la medalla, el triunfo, en cualquier caso, la dignidad que representan el éxito y la gloria. Tiempo Aries nos dice que el que da primero da dos veces, pero a poco que tengamos algo de experiencia, sabemos que no siempre ríe el último. Cualquiera menos agresivo, pero más listo, sabe derrotar al carnero duro de testa; más vale maña que fuerza.

No faltan deportes que nos aporten más ejemplos; se me vienen a la cabeza atletismo y ciclismo. Pongamos por caso la técnica de "la liebre". En las carreras atléticas, es usual que un corredor pegue un tirón antes de tiempo; se está desgastando en las primeras vueltas; imprime un ritmo rápido al pelotón. Si el favorito cae en la provocación y le sigue, aun teniendo, como potencial ganador, más energía que sus contrarios, se desgasta también antes de tiempo. La "liebre" puede ser socio de otro, quizá con menos recursos físicos, pero que también quiere ganar. La unión hace la fuerza. Aquí, Libra —las alianzas— desafía a Aries —el impulso—. Si el favorito trata de cazar el señuelo, no cumple con la visión de futuro que le imprime el Modo Cardinal al signo del carnero. Posiblemente, no será el primero en llegar ni el último en reír.

En ciclismo, pasa algo muy parecido. Todos intentan desgastar al maillot amarillo. Los gregarios del segundo o tercer clasificado lanzan escapadas a modo de "liebres" para intentar que el líder se desfogue. Los técnicos de los equipos han de tener mucha vista para dosificar las energías de su corredor más notable.

YO HE DE SER: EL ETERNO SÍ

El Futuro (Cardinal) del Presente (Fuego).

Aries se proyecta hacia una consecución. Es lo que anima al superesforzado en el Presente: la visión de su meta. "¡He de conseguirlo!", ¡Ha de conseguirlo!...

El lado Cardinal de Aries le proporciona una gran dosis de optimismo y positividad; de otro modo, no nos atreveríamos a realizar tareas muy desafiantes. Un ejemplo de ello nos lo muestra Vincente Van Gogh —Sol en Aries—, quien en sus *Cartas a Theo*, escribe:

> "Es usted mediocre y pretende no someterse y no querer hacer pequeñeces mediocres; y lo que hace es volverse ridículo con sus supuestas búsquedas, y no trabajar". Esto es lo que se encuentra en el fondo de las palabras que Tersteeg me dijo antes del año pasado y el año pasado, y a mí siempre me molestaron.
>
> Creo que Tersteeg será ya siempre para mí *the everlasting no.*
>
> Yo no soy el único. Casi todos aquellos que buscan su propio camino tienen así detrás o al lado suyo a alguien de esta clase que los descorazona continuamente. Puede ser que esto abrume y turbe, y uno quede aturdido, por así decir.
>
> Pero, como decía, esto es *the everlasting no*; por el contrario, en el caso de hombres de carácter, se encuentra un *everlasting yes...*

El fuego ariano imprime carácter y voluntariedad ante los desánimos; se proyecta hacia el Cardinal Futuro con un gran caudal de energía y con un superávit de ánimo que le confiere un "eterno sí". Éste es una apuesta permanente de Futuro, una animosidad a ultranza que nos hace desdeñar los inconvenientes. Aries, como la vieja guardia, nunca se rinde.

A veces, los desafíos son más cotidianos y vulgares que el arte de Van Gogh. Si, por ejemplo, es primavera y te planteas ir pronto a la playa o a la piscina, te puedes encontrar con un *handicap*: estás gordo. Solución: hacer ejercicio, quemar calorías —Aries te ayuda en este sentido—.

Cuatro vueltas a una pista de atletismo el primer día puede ser una paliza, pero si lo consigues y pecas de ambicioso, y el segundo día intentas darle siete, no me extrañaría que al tercero no llegues ni a tres o que te lesiones.

Desde el Presente del Presente —este mismo instante—, nos planteamos ser algo en el Futuro no lejano, que parece que está llamando a nuestra puerta. Gramaticalmente, lo podemos llamar Futuro Inmediato. Es una zona del Futuro colindante con el Presente. Su inmediatez nos provoca, nos incita a la acción. Vemos el señuelo y salimos disparados como un resorte. La falta de control de este Tiempo Zodiacal ha generado no pocas discusiones, peleas y altercados. Sin embargo, su correcta comprensión y canalización nos puede proporcionar una sana vida dinámica, deportiva y sexual, sin beligerancias de ningún tipo.

Hay refranes o dichos que expresan el ritmo inmediato de Tiempo Aries: "La plancha hay que moverla cuando está caliente" o "Hay que golpear el hierro cuando está caliente".

En cualquier trabajo, hay que tomarse descansos. Las empresas que por codicia sobre-explotan a sus empleados —casi todas— son compañías menos competitivas de lo que podrían ser, ya que sus trabajadores están sobrecargados de tareas y cansados, y aun queriéndolo, no podrán rendir bien. Aquellas que permiten tener momentos de relax a sus empleados serán más eficientes. Los otros estarán "quemados" y serán más agresivos. Les habrán hecho abusar del fuego de Aries.

Si canalizamos este arquetipo en la lucha cotidiana del trabajo, nos proporciona la energía básica que gastamos en nuestras acciones. Sin embargo, hay que tener en cuenta que Aries es muy *Yang*: necesita tiempos de "refresco"; de lo contrario, nunca conseguirá ser lo que ha de ser.

MARTE: GUERRA RELÁMPAGO

Marte empuja a la acción; su color, el rojo, también. Si, por ejemplo, se decora un restaurante en rojo, se obtienen más beneficios, ya que los clientes tardan menos en entrar, pedir, comer, pagar y largarse, dejando mesas libres para que se repita el proceso.

En las puertas de ciertos clubes, ponen lucecitas rojas; el motivo es obvio: Marte es excitado y actúa y gasta por impulso, a menudo sin pensárselo demasiado.

En las ruletas, los colores son el rojo y el negro —cromática de Marte y de Plutón respectivamente, ambos regentes de Aries—. Con ellos, se incita al jugador a la irreflexiva impulsividad y a la autodestrucción. Si los colores fueran un celestito y un verdecito, los jugadores tenderían a ser más juiciosos.

¿Qué civilización destacó por ser especialmente marcial? La civilización que más hegemonía alcanzase en la Era de Aries tuvo que descollar en lo marcial y, por tanto, en su forma asociada de entender eso que llamamos tiempo.

En Occidente, fue el Imperio Romano el que más sobresalió durante la Era de Aries. En la leyenda fundacional, es el dios Marte el padre de Rómulo y Remo —los fundadores de la Ciudad de las Siete Colinas—, y el centro neurálgico de Roma se llamaba, significativamente, el Campo de Marte.

Como ejemplo del intrépido tratamiento del tiempo del que estaban imbuidos los que le dieron gloria a Roma, podríamos mencionar al humilde Horacio Cocles (El Tuerto).

Éste era el guardián de un estratégico puente sobre el Tíber que daba acceso a Roma; ante la retirada de sus compañeros frente a los etruscos —por entonces, sus enemigos—, no dudó ni un instante en hacer frente él solo a un crecido número de atacantes, dando tiempo a que sus camaradas destruyeran el puente y salvando, de ese modo, la ciudad. Pudo conservar su vida tras lanzarse al padre Tíber y fue aclamado con todos los honores como un gran héroe.

Marte impele a este tipo de acciones: repentinas y temerarias, pero a veces también urgentemente necesarias y heroicas. Este sentido del tiempo, que confiere valor y coraje, le sirvió a los romanos, en su época, para levantar un imperio. La lucha de gladiadores era un entrenamiento bastante rudo —y algo cruel— en el tratamiento marciano del tiempo.

Marte, el Señor de la Guerra, se ha manifestado a lo largo de la historia en multitud de acciones bélicas. Un caso muy sonado de la acción temporal marciana fue la así llamada *Blitzkrieg* o "guerra relámpago" que se desarrolló al comienzo de la Segunda Guerra Mundial. Fue apabullante: la más poderosa maquinaria de guerra —hasta aquel entonces— lo aplastaba todo. Su principio fundamental: la rapidez, el golpe de mano súbito e implacable. El conflicto bélico parecía resuelto del lado más marcial poco después de haber comenzado.

Tiempo Aries en su versión marciana. El mapa de Europa recompuesto vía anexiones e invasiones *manu militari.* Marte dice "aquí te pillo y aquí te mato", no se lo piensa mucho; mejor no te pongas en su camino.

El Planeta Rojo —su regente diurno— confiere a Aries una forma peculiar de vivir eso que llamamos tiempo: el zarpazo fulminante. La acción veloz y expeditiva servida al instante. Gasto máximo de energía en el menor periodo de tiempo posible.

Tiene tres grandes inconvenientes: a) no respeta alianzas; b) por su ambición *egoica*, Marte puede ir demasiado lejos; c) como no resuelva pronto el conflicto —y casi nunca lo hace—, terminan por ganarle los aliados de turno.

Lo que ocurrió desde el punto de vista histórico puede ocurrir también en la vida privada de cualquier individuo. Los que empiezan muy fuerte cualquier actividad es raro que la terminen satisfactoriamente. Las personas muy entusiastas rápidamente se cansan de una actividad y pierden constancia. El tiempo, que en principio parece jugar a favor de Aries, termina jugando en su contra.

El esfuerzo pasa factura. Hay que buscar una buena distribución de la energía en el tiempo necesario para desempeñar una acción, prórroga incluida.

Tiempo Aries/Marte es, asimismo, el Bautismo de Fuego. Esta expresión tiene dos sentidos: uno sacro y otro profano. El sentido sacro concierne a Tiempo Sagitario; el profano, al que tenemos entre manos. Aquí se refiere a la primera toma de contacto con una actividad dura por parte de un bisoño. Por lo común, no sale muy bien parado. Como expresión, se puede usar en diversos ámbitos, incluido el laboral.

Es el comienzo de una tarea que antes sólo conocías teóricamente. Te metes en Tiempo Aries. Solo ante el peligro. Por muchos apuntes que hayas tomado, el primer día no te da tiempo a mirarlos sobre la marcha, tienes que resolver lo que se te venga encima echándole valor.

Marte confiere a Aries un ánimo tan peleón que hasta se pelea con el tiempo. Salta como un resorte al oír el pistoletazo inicial —de los muchos que hay en la vida—, pero, a continuación, tiene una curiosa relación con el tiempo: trata de romperlo, de hacerlo añicos, de pulverizarlo. Imbuido de Tiempo Aries, el humano lucha contra el crono.

El deportista trata de romper el tiempo, el tiempo registrado establecido hasta ese momento. Es una auténtica lucha contra el reloj, incluso se le llama abiertamente así: la contrarreloj. Y no es raro que con el sobreesfuerzo, el competidor se lesione o tenga un accidente.

Intentando romper el tiempo, nos podemos romper. Estamos en un tiempo crispado, sumamente seco y duro, pero al mismo tiempo, frágil. Así se partió, por ejemplo, el Titanic: intentando romper el tiempo récord de travesías trasatlánticas se rompió y se fue a pique. Su excesiva velocidad —a toda caldera— le impidió esquivar el iceberg contra el que chocó. Ninguna estructura es lo suficientemente sólida como para resistir la furia de Tiempo Aries maltratado. De forma triunfalista, tuvieron en cuenta todos los tecnicismos de la ciencia moderna, pero no tuvieron en cuenta el trato que la perenne ciencia astrológica otorga a los tiempos; resultado: catástrofe.

El Señor de la Guerra confiere a Aries un sentido del tiempo sumamente competitivo. Si lanzas al mercado un producto, pero tu competidor ya lanzó otro semejante antes que tú, adiós oferta de lanzamiento. Se lleva la palma quien se adelanta.

El que llega primero a los grandes almacenes el primer día de las rebajas se lleva los mejores productos a los mejores precios. Si te quedas en la oficina esperando a que alguien entre por la puerta para comprarte un póliza de seguros o un enciclopedia, tienes menos posibilidades de vender que otro que, "agresivamente", llama a los presuntos clientes por teléfono o manda correos electrónicos —antes se llamaba de puerta en puerta—. También se manifiesta en la competición por ser el primero en aprovechar una oferta de empleo, llegar antes a la Luna, etc. Parece que forma parte de nuestras vidas, y así es.

En Aries, es indispensable la iniciativa. Las blancas siempre tienen ventaja en ajedrez porque mueven primero. Todo ajedrecista, estratega, técnico deportivo o persona competente en general sabe lo que digo. Se ve en muchos deportes: en tenis, por ejemplo, el jugador que hace correr a su oponente de un lado a otro de la pista impone su iniciativa y marca el ritmo del partido. El saque es muy importante, porque pegas primero a la bola y te reservas el "estallido inicial". El equipo que sabe imponer su propio ritmo al partido tiene más posibilidades de vencer que su adversario. Aries impone su ego hasta en el tiempo, acostumbra a marcar el ritmo de las acciones: "¡Marchen... Arr!, ¡Aalto... Arr!".

En un grupo de amigos, la persona más Aries —o marciana— es la que acostumbra a decir: "Vamos…, comencemos…, alto…, prosigamos…,", etc. Impele a la acción.

Pero donde se ve más claramente el sentido Aries del tiempo es en el *putsch*, el golpe de mano militar que, a menudo, es un simple y bruto golpe de estado. Tiempo Aries irrumpe intempestivamente cuando se manifiesta, corta por lo sano sin presentar previamente sus credenciales. Todo lo contrario del diplomático y oportuno Tiempo Libra.

PLUTÓN: CON LA MUERTE SOBRE EL HOMBRO IZQUIERDO

Entre la Segunda y la Tercera Guerra Púnica, el senador romano Catón acuñó la famosa frase *Delenda est Cartago* ('hay que destruir Cartago'). Por lo visto, había estado en Cartago en tiempos de paz, inspeccionando el resurgir de la gran colonia fenicia tras la derrota de Aníbal, y se había alarmado por el rápido incremento de su poderío. Cogió unos higos frescos antes de embarcarse de regreso a Roma. Una vez en el Senado, comenzó su célebre intervención, mostrando los higos y preguntando si estaban frescos. Los senadores, sin saber muy bien qué les quería decir su colega, asintieron: estaban frescos para comer.

—Pues bien —les dijo—, son higos que yo mismo he recogido en Cartago, lo que quiere decir que, en menos tiempo de lo que unos higos tardan en echarse a perder, los cartagineses podrían plantarse aquí con su flota y su ejército. ¡¿Les vamos a dar tiempo para que se repongan?! ¡*Delenda est Cartago*!

En todo signo Cardinal, el regente nocturno motiva al regente diurno. En Aries, Plutón cataliza a Marte; Plutón, entre otras cosas, simboliza la muerte. "¡Destruyamos a los cartagineses antes de que ellos nos destruyan a nosotros!". Es un juego de supervivencia: si das tiempo a que tu adversario te elimine, no te quedará ninguna opción para nada.

Los romanos fueron nuevamente a Cartago y la destruyeron de una vez por todas. Por algo fueron los líderes de la Era de Aries. No podían andarse con chiquitas, estaba todavía muy vivo el recuerdo de Aníbal y sus elefantes. Se anticiparon en el golpe. Plutón llamó a Marte y hubo destrucción.

Para evitar una futura espiral de violencia —otra Guerra Púnica—, plantaron en los campos norteafricanos y no dejaron piedra sobre piedra de lo que había sido un floreciente emporio. No quedó ahí la cosa, Plutón siguió con su acicate. Se practicó una cópula sexual masiva entre hombres romanos y mujeres cartaginesas; en adelante, los niños que nacieran tendrían padres romanos. La vorágine destructiva y la pulsión sexual del tenebroso Plutón motivaron fuertemente a Marte. No obstante, el Príncipe de las Tinieblas dejó su sello generativo y regenerativo: nuevos retoños nacerían y vivirían una nueva realidad, y lo que fue Cartago se transformaría en una nueva colonia romana.

Lo mismo ocurre hoy en día cuando, por ejemplo, Estados Unidos realiza lo que ellos denominan "ataques preventivos". La dinámica y los efectos son muy semejantes.

El tratamiento del tiempo es esencial en una filosofía que se denomina la Vía del Guerrero; esta Vía ha sido practicada como camino iniciático en muchas culturas, por ejemplo, en el *bushido* —la Vía de los guerreros samuráis japoneses—.

La forma intensa de vivir el Presente es fuertemente motivada por el aliento continuo de la muerte. Quizá, quien mejor pueda transmitir esta enseñanza es Don Juan —me refiero al de Castaneda—:

> Uno de los temas más queridos de este sabio brujo, que Castaneda tuvo la suerte de conocer, es la exposición de lo que él denomina "vía del guerrero".
>
> El guerrero es aquel hombre que obra en todo momento como si cada acto que lleva a cabo fuera el último de su vida. Esto le exige una acción continuamente "impecable", como dice Don Juan. El guerrero vive el presente de forma íntegra y pura, sin mancillarlo con ningún tipo de interferencia mental. La consecuencia de este perenne estado de atención es la "acumulación de poder.
>
> MARIANO JOSÉ VÁZQUEZ, *Maestros espirituales del siglo XX.*

¨La acumulación de poder" es la acumulación de la energía plutónica que surge de las tinieblas de nuestro ser. Según Don Juan, el guerrero ha de vivir intensamente el Presente, pero eso está motivado y provocado por la inmediatez de la muerte. El Señor del Inframundo impele al Señor de la Guerra a vivir un Presente diáfano en el que actúa con la impecabilidad del tigre. Es el principio sobre el que se fundamentan todas las artes marcianas.

Bruce Lee, de sobra conocido por los muy marciales, llegó a decir que el verdadero luchador trasciende todas las técnicas. Conectado a la intensidad instantánea que le confiere Tiempo Aries, el luchador actúa con una implacabilidad tal que desarticula cualquier táctica o maniobra de quien se le oponga cara a cara.

Es la subconsciente, pero potente, sensación de la muerte, la que hace que el guerrero viva esotéricamente cada instante del Presente como si fuera el último. En la misma obra antes mencionada, se nos refiere:

> Si no existe forma de averiguar si disponemos de un minuto más de vida —dice Castaneda—, tenemos que vivir cada momento como si fuera el último. Cada acto es la última batalla del guerrero. Por eso hay que actuar siempre impecablemente. Nada puede quedar pendiente. Este concepto supuso una gran liberación para mí. Ya no tengo cabos sueltos; nada me está es-

perando... Cuando la muerte está a nuestra izquierda, debemos crear el mundo por medio de una sucesión de decisiones. No hay grandes ni pequeñas decisiones, sólo decisiones que deben hacerse ahora.

Y no hay tiempo para la duda o el remordimiento. Si empleo mi tiempo para lamentarme de lo que hice ayer, eludo las decisiones que necesito hacer hoy.

8

TIEMPO TAURO

LA PACIENCIA DEL CAMPESINO

> Así hablaban, cuando un perro que estaba echado levantó la cabeza y enderezó las orejas. Era Argos, el can del infortunado Ulises, que algún día le crío por sí mismo y que no aprovechó luego, pues partió en seguida para Ilios... Y en el acto reconoció a Ulises, que se acercaba, y movió la cola y enderezó las orejas...
>
> HOMERO, *La Odisea.* El regreso a Ítaca.

Cada arquetipo zodiacal aporta lo que le falta a su precedente. Si Aries vive el tiempo como un estallido inicial, Tauro, en cambio, contribuye con la duración, el desarrollo constante y perseverante en el tiempo. La fidelidad de Argos, el perro de Ulises, es uno de sus ejemplos.

Como de Tierra que es, Tiempo Tauro implica la materialización del misterioso fluido. En el signo del buey, el tiempo se vuelve objetivo y se rentabiliza. Lo que en principio es subjetivo, tiende a ser sumamente objetivo, es decir, igual para todos.

Tauro puede meter cualquier cosa, incluido el tiempo, en un granero o en una cuenta bancaria sujeto a un tipo de interés. Si no sabes qué hacer con el fruto de tu Devenir temporal, dáselo a él, que te lo guarda, es de toda confianza.

TIERRA: VER CÓMO CRECEN LAS TORTUGAS

Dentro del sólido Elemento, Tauro tiene que ver con la Tierra más tierra, con la que podemos coger con la mano, el terruño del que depende la prosperidad del agricultor. Nuestra sociedad tiende a ser vertiginosamente urbana; sin embargo, como mejor contactamos con Tiempo Tauro es yéndonos al campo. Hemos de dejar de pisar pavimentos y calzadas, y caminar por el mismo terreno que hoya con su pezuña el perseverante buey.

El sustento del rústico depende de la tierra; su sentido del tiempo, parece que también. Tiempo Tauro nos hace ver cómo crece la hierba, y con ella, todas las plantas en general. El ritmo taurino hunde sus raíces en el sólido Elemento, se nutre de minerales al igual que hace el árbol.

El campestre Tiempo Tauro sirve de sosiego a las ajetreadas mentes ciudadanas, porque apacigua nuestras dislocadas ondas mentales.

A guisa de ejemplo, nos puede servir este cuento chino:

> El transcurso del tiempo era una de las preocupaciones del boticario Seng Seng. Inventó de esta suerte ingeniosos mecanismos —de agua, de arena, a resortes— para medir su paso. Al llegar a la vejez, la obsesión se modificó en una mezcla de furia y desconsuelo que se concretó en la violenta destrucción de su variada colección de relojes. Pero cuando el boticario comenzó a tomar la costumbre de mirar de noche el cielo estrellado o el crecimiento lento de las tortugas de su jardín, su estado de ánimo se fue asimilando al de una serena aceptación de las cosas, tiempo incluido.

RODOLFO MODERN, Versión de *El libro del señor Wu.*

En el campo, nadie parece tener prisa; si eres impaciente, en el ámbito del buey recobrarás la paciencia. Observa la Naturaleza, o aprende del boticario Seng Seng: contemplando cómo crecían las tortuguitas en su jardín, recuperó la calma.

La Naturaleza marca la pauta; digamos que la Tierra, como planeta, nos comunica su ritmo. El campesino, lejos de prisas y bullicios, está, sin embargo, también lejos de la pereza; es un gran trabajador; a menudo no sabe lo que son vacaciones; conoce los ciclos naturales mejor que nadie. Para él, el Tiempo es el tiempo, quiero decir: el Tiempo que fluye y pasa es uno con el tiempo atmosférico, puesto que son los fenómenos del cielo los que riegan su sementera. De nada sirve ir más rápido que la Naturaleza; las cosas, a su debido tiempo. Hay épocas para el apareamiento, la crianza y la matanza; un tiempo para pescar y cazar; días para talar, desbrozar, arar, sembrar, abonar, regar, podar, recolectar, trillar y almacenar. No es el hombre quien cronometra esas cosas, es que son así por naturaleza.

Tener tiempo, ¡sagrada posesión! Todos los días encontrarás a personas que dicen no tener tiempo. No obstante, en el campo, a los perplejos ciudadanos nos parece que todos tuvieran tiempo de sobra. Nos podemos sentar en la terraza de un bar de pueblo y ver pasar a la gente. Nadie está acuciado por el reloj. ¿Qué pasa con el tiempo que nadie lo tiene en la ciudad y todos lo tienen de sobra en el ámbito rural? El reloj de la plaza de un pueblo nos parece plácido; el de unos grandes almacenes o el de un aeropuerto nos parece acelerado o ultraligero.

¿Son los campestres más subjetivos o tienen un modo de ver más sutil e idílico que el de los urbanos? Nada de eso. Su tiempo es objetivo y pragmático, está en función de la ganancia. Muchos vamos al campo, de vez en cuando, principalmente para relajarnos y para hacer ejercicio, y para que nos dé el sol y el aire. Para labriegos y ganaderos, sin embargo, el campo es un lugar de trabajo; sus "escapadas" las hacen a la ciudad. Para los rústicos, su esfuerzo y su sentido del tiempo dependen de la producción, sea ésta madera, tocino, fresas o patatas. Sus productos dependen de la tierra y la tierra depende del cielo, y ambos de la Naturaleza; por tanto, su sentido del tiempo ha de estar ajustado, por razones de peculio, a los ciclos naturales. Tiempo Tauro es un tiempo fenoménico y productivo.

En el contexto taurino, no tenemos prisas, pero tampoco perdemos el tiempo. No hay que pensar mucho porque las cosas tienden a hacerse de una forma muy tradicional. De hecho, Tauro desafía al Tiempo, porque ¡es tan conservador!

Dentro de la materialización que proporciona Tiempo Tauro, nos vemos implicados con lo más corpóreo e inmediato que poseemos: nuestro propio cuerpo. El cuerpo tiene sus ciclos sencillos, físicos y muy comprobables. Cualquier niño lo experimenta, quizá con más naturalidad que los mayores.

Algunas de las fases de entrada en los ciclos corporales son consideradas como artes refinadas o placeres exquisitos: se trata del arte del buen yantar o del buen catar, por ejemplo. Algunas fases de salida —por no decir todas— se consideran, en cambio, groseras y de mal gusto, cuando, sin lugar a dudas, son una consecuencia de las anteriores. Tienden a realizarse ocultamente —obrar, orinar— o disimuladamente, aunque no siempre —eructar, ventosear, moquear, escupir—. En estas fases de salida, conectamos con la polaridad Escorpio, ya que este signo está relacionado con el aparato excretor y, en general, con todos los residuos orgánicos.

Para Tauro, una fase es tan digna como la otra; a riesgo de ser considerado grosero, asume con naturalidad todas las manifestaciones corporales porque forman parte de su cíclico y físico sentido del tiempo. Lo que entra, sale; si no, explotaríamos.

En la ciudad, te dicen: "Entra ahora en el cuartito a hacer lo que tengas que hacer que luego no vas a poder". En el campo, no preguntes dónde está el servicio: llegado el momento, haces las heces; no hace falta salir corriendo a buscarse un bar en caso de apuro.

En el ámbito artificial, existe un desfase entre el momento cívico y el momento fisiológico; en el contexto campestre, se atenúa o desaparece esa diferencia —nos asemejamos más a los animales—. El momento es el momento fisiológico. El campestre desarrolla paciencia para esperar muchas cosas cuando los ciclos naturales son amplios, pero cuando estos ciclos naturales son más cortos, obra con presteza.

Hubo un caso histórico de inadaptación al corporal Tiempo Tauro: el del famoso matemático, astrónomo y astrólogo danés Tycho Brahe. Al parecer, acompañaba a su protector, el emperador Rodolfo II, dando un largo paseo por las mansiones y jardines de Praga cuando sintió unas incontenibles ganas de expulsar desechos de su organismo. Por decoro, contuvo lo incontenible de tal manera y durante tanto tiempo que, según cuentan, ésa fue la causa de su muerte.

El ciclo Tauro-Escorpio se establece de forma mucho más fácil en el campo que en la ciudad. En el medio urbano, no sabemos qué hacer con los detritus; los metemos por tuberías apartadas de la vista o en bolsas que se llevan por la noche. En el taúrico campo, al contrario: todo se aprovecha. La caca, por ejemplo, es dinero; es abono que estercola la tierra de la que depende el sustento del rústico y su familia. El ciclo no se rompe; el olor a estiércol se funde con las fragancias de las flores.

FIJO: EL MISMO CUENTO

En cierta ocasión, una mujer con el Sol en Tauro me contaba una experiencia de su infancia. Había nacido y crecido en Bélgica, y es por todos sabida la afición de los nativos de ese país por el chocolate. Pues bien, cuando era niña, iba todas las tardes a casa de su abuelita por chocolate. Se congratulaba, ya adulta, rememorando y contando cómo siempre e inexorablemente su abuela, a la misma hora y de la misma manera, le cortaba ritualmente un trozo de tan preciado manjar.

Esto puede parecer una nimiedad, pero para ella —y ya era una persona bastante mayor— era muy importante. Se acordaba nítidamente de aquel ceremonial después de medio siglo. ¿Por qué? Porque le daba sensación de seguridad. Tener la certeza de lo que iba a ocurrir en casa de su abuela era para aquella niñita que salía del colegio un apoyo moral considerable.

Hay quienes aman el cambio y hay quienes, más imbuidos del sentido taurino del tiempo, aman la persistencia. Es como el niño que quiere que le cuenten siempre el mismo cuento:

—¡Pero otra vez *Caperucita*!

—¡Sí, sí, cuéntamelo otra vez!

Y no te equivoques en ningún detalle: se lo sabe mejor que tú. Si te saltas o cambias algo en el orden acostumbrado, te corregirá. Quiere que se lo cuentes siempre de la misma manera. ¿Por qué? Porque le da sensación de seguridad. Hay niños —y mayores— que necesitan ese arropamiento psíquico.

Fijeza implica fidelidad, y fidelidad conlleva seguridad. Por eso, Tiempo Tauro tiene que ver con los factores naturales, incluidos los animales. Los perros —como Argos, el can del infortunado Ulises— acostumbran a ser más fieles que las personas.

El campesino tiene la certeza de que, después del invierno, vendrá la primavera; de que, tras una fase lunar, vendrá otra; son ciclos prácticamente perennes.

Los pescadores del sur de España saben cuándo tienen que ir a pescar los atunes a la zona del Estrecho. No falla. En cierta fase lunar de cierta época del año, siempre están pasando las bandadas de atunes frente a las costas. Ahora se detectan mediante radares desde aviones, pero no haría falta, es algo que se sabe desde la época de los fenicios. Es una forma ciclo-fija de vivir el tiempo. Da seguridad, y no sólo en el aspecto psíquico, como a la niñita belga, sino también en el económico.

El grado de seguridad que busca el Fijo Tauro requiere la práctica de un reduccionismo materialista. Si se le habla de cosas difícilmente comprobables, Tauro se siente inseguro, prefiere lo palpable. Un caso típico es el del barbudo Karl Marx. Invirtió la dialéctica hegeliana y, en vez de utilizar las percepciones sensibles para remontarse hacia el mundo de las ideas filosóficas, utilizó estas ideas para servir a sus vaticinios materialistas sobre el capital. En su Carta Natal, tenía una conjunción Sol-Luna en la Casa Dos —la del dinero—.

Tauro actúa a plazo fijo. En el medio urbano, echa de menos las fidelidades de la Naturaleza, pero, así y todo, procura usar aquellos recursos que le proporcionen una mayor perdurabilidad en el tiempo. La obtención de un empleo fijo es primordial, a ser posible en un banco o en una inmobiliaria.

Sus inversiones dinerarias son a plazo fijo. Prefiere tener cierta seguridad en el Presente del Futuro, aunque no pueda disponer de mucha liquidez en el Presente del Presente. Lo prefiere a jugarse el fruto de su pundonoroso esfuerzo en la volátil bolsa. Más vale pájaro en mano que ciento volando.

Esa fijeza, basada en la persistencia, origina uno de los rasgos más destacables de su psiquismo: la terquedad, también llamada cabezonería.

Tauro utiliza el tiempo como un árbol utiliza la tierra: se planta y arraiga. Por tal razón, es un buen amigo de los refranes: éstos expresan una mentalidad muy sencilla, pero que no pierde su valor con el paso del misterioso fluido.

Dichos como "Hasta el cuarenta de mayo, no te quites el sayo", "En Abril, aguas mil" o "Año de nieves, año de bienes", etc. confieren una forma peculiarmente estable de relacionarse con el tiempo, incluido el atmosférico. Son hechos y consejos de validez constatada por muchas personas, muchas veces, a lo largo de siglos, por lo que otorgan sensación de seguridad psíquica y garantía de adaptación al entorno.

YO SERÉ: VINO AÑEJO

El Presente (Fijo) del Futuro (Tierra).

Es la búsqueda de la certidumbre; se está a la expectativa de lo que se sabe que ocurrirá. Un ejemplo ilustrativo lo tenemos en Hsü, *La Espera.* Se trata de uno de los sesenta y cuatro hexagramas del *I Ching*, libro canónico chino de las mutaciones. Leemos en la versión de Richard Wilhem:

> La espera no es una esperanza vacua; alberga la certidumbre interior de alcanzar su meta. Sólo tal certidumbre interior confiere la luz, que es lo único que conduce al logro y finalmente a la perseverancia que trae ventura y provee la fuerza necesaria para cruzar las grandes aguas.

Es la paciencia, pero también la certidumbre del campesino; él tiene una mancia muy especial; sabe, por su experiencia y por la de sus ancestros, leer los síntomas del cielo. Ve formarse las nubes y sabe cuándo lloverá; tiene a su alrededor otros indicios como el vuelo de las aves o lo que le comunica su propio cuerpo. No duda, sino que afirma con respecto al Futuro.

El dinero puede conferir una forma peculiar de relacionarse con lo que llamamos tiempo. Es fácil encontrar a individuos que creen que el dinero —o los bienes materiales en general— les otorga cierta seguridad de cara al porvenir. Sin embargo, el Futuro, todos lo sabemos —hasta los astrólogos—, es veleidoso. ¿Cómo asegurar cosa tan veleidosa? Si queremos seguridad, algo muy propio de Tauro, hemos de perseverar. Es el perseverante y constante trabajo cotidiano lo que confiere la perspectiva que muchos trabajadores aspiran a tener. Si en el mañana quieres tener un Presente, has de hacer como el buey. El buey, dotado de fuerza y paso firme, va pisando el terreno. Uncido por el cuello, tira del arado que, a su vez, abre surcos que son nuevas certezas futuribles. Como dijo el poeta: "De su mano plantado tiene un huerto que con la primavera le dará un fruto cierto..." (Fray Luis de León, *Oda a la vida retirada*).

En el fondo, es algo muy psíquico, aunque parezca que es algo puramente material. Al ser un signo medianamente y llanamente primaveral, Tauro detesta el misterio; le gustan las cosas claras y sencillas. Por su gusto, todo estaría requeteasegurado. Lo que quiere decir que el Futuro le da miedo. ¿Cómo puede una persona apegada a lo material y a las tradiciones, que busca ante todo la seguridad, sentirse tranquila ante el inquietante porvenir? Sólo puede afianzarse en el Presente. El acopio de bienes mundanos es una forma de precaverse y de intentar afirmar lo que será. El cuidar del cuerpo de forma sana y vigorosa, también.

Al invertir en el Presente del Futuro, Tauro ha de encontrar valores muy sólidos y estables. El torito sabe muy bien detectar los valores de la tierra. Invierte en terrenos, solares, locales, pisos, casas, plazas de garaje, trasteros... Sabe que el tiempo aumentará su precio. Sabe esperar con la paciencia del campesino. Es un gran inversor inmobiliario. No da por perdido el valor de su compra, ya que no gasta por puro placer o diversión. Cuando compra, invierte en algo que más adelante le dará un mayor rendimiento. Propiedades que no valen demasiado se pueden *re*-preciar en un no muy lejano Futuro.

Sabe aguardar. Ocurre como con el vino añejo. Tenemos la certeza de que, con el paso del tiempo, aumentan su valor y su precio. No tiene prisa por descorchar. Un buen vino en la bodega no es mala inversión, antes al contrario, va ganando grados y categoría, y subiendo de precio.

Pasa lo mismo con su carácter: comprueba que, mostrando una línea de actuación sólida y segura, se granjea la confianza ajena —bien lo saben los banqueros—; su franqueza, sinceridad y capacidad protectora en el Presente es una garantía para el nuevo Presente que devendrá. Encontrará apoyos, protección, lazos estables y, muy posiblemente, avales.

Sabe, asimismo, tratar a los organismos vivientes, puesto que ama la vida sana. El Sol recorre Tauro a mediados de la primavera, cuando la vitalidad se manifiesta con todo su vigor. En el signo del toro, tenemos la certeza futurible de que, si tratamos bien a nuestro organismo, éste nos responderá siempre positivamente, y así con todo lo viviente orgánico. Es un arquetipo naturista y ecologista, y el perfecto arboricultor.

BACO: MÚSICA TRIBAL PARA LA ALDEA GLOBAL

Si bajo la advocación de alguna deidad han de estar ecologistas y naturistas, sugiero que sea bajo Baco —Dioniso para los griegos—. Baco nos introduce en un mundo verde y agreste, campestre y asilvestrado. Un mundo al que por herencia todos pertenecemos y que, a menudo, desdeñamos. La deidad de la forestal irrumpe en la ciudad en forma de florida cabalgata, sobre una carreta tirada por animales, produciendo delirio, especialmente entre las féminas.

La represión del Tiempo Báquico provoca no pocos trastornos: desde el convulsivo baile de San Vito hasta el frenesí de los fanes de conjuntos musicales. Son manifestaciones espasmódicas provocadas por la represión previa.

En culturas más naturales, no es así. Es tradicional en muchas culturas africanas, por ejemplo, que los nativos formen un círculo de danzantes semidesnudos que repiten un ritmo o ciclo músico-temporal común; se nutren de las pulsiones naturales y de los espíritus totémicos animales que captan desde la infancia de su medio ambiente. Con la danza, el espíritu del tótem se pone en movimiento y produce un desarrollo cíclico en el tiempo. No hace falta "titulitis" de conservatorio: hace falta ser uno con la Naturaleza. Es un ritmo agreste y común, profundamente terapéutico. Un psiquiatra hará poco negocio en un entorno en el que Tiempo Baco fluyera libremente.

Baco es un potente desinhibidor. El vino se le asocia, pero es que el vino, no como adicción, borrachera o cobarde escapismo, sino como estímulo para deshacerse de los complejos habituales, es desinhibidor —lo mismo diríamos de la cerveza o de la sidra—. Ingerido ocasionalmente en dosis sensatas, forma parte de la cultura y del folclore. En ámbitos urbanos, tiende a perder este carácter, pero se recupera más bien en los pueblos.

En Tiempo Baco ideal, la propia Naturaleza toma la batuta y dirige el concierto; los instrumentistas son todos los seres animales, vegetales, elementales y espirituales que pueblan su seno.

Por otro lado, los "civilizados" expolian, por motivos estrictamente lucrativos, la Naturaleza, arrancándole a nuestra Madre mediante tormento sus secretos, degradándola y ensuciándola en aras del "progreso". Así las cosas, ¿cómo contactar con Tiempo Baco? Nuestra Madre Natura necesita recuperarse, incluso para que pueda seguir siendo productiva.

Uno puede respetar la Naturaleza por amor, pero ¡diantre!, es que si la maltratamos tanto, es perjudicial incluso para el negocio. En la zona donde yo vivo, es popular —mejor dicho, era— un tipo de pescadito llamado chanquete. El chanquete era uno de los mejores estímulos gastronómicos para el turismo. Ahora ya no existe: ha sido exterminado. Ahora ya no existe; si pides chanquete, te ponen crías de boquerón. Exterminaron el chanquete y ahora están intentando exterminar el boquerón. No se respetan los inmaduros. Se aplica sistemáticamente el lema: "Pan para hoy, hambre para mañana".

Imbuidos de Tiempo Baco, esto no habría ocurrido. Baco respeta los ciclos de la Naturaleza y sus organismos vivientes.

Si, por motivos de subsistencia, Tauro tiene que consumir alimento de su entorno, no expolia, sino que adopta un ritmo de consumo acorde con los ritmos ecológicos. Renunciando a un fuerte y efímero beneficio inmediato, prefiere asegurarse un Presente en el Futuro; sabe que cuidando su fuente de ingresos, a mediano o largo plazo no le faltará de nada.

Baco instruye a los mortales para que respeten los organismos vivientes: inspira el barbecho para que se reponga la tierra, aconseja el abono, sugiere el cuidado de las crías de animales, el talado ordenado y rotativo, fomenta la reforestación, establece periodos de veda para la caza y la pesca, aconseja el cuidado y poda de las plantas, avisa sobre la recuperación de pastizales, la recolección de la miel, etc.

Como consecuencia de ello, garantiza una economía estable y segura; llamémosle prosperidad. Respeta los ciclos del buey y prosperarás. No me extraña que los bóvidos sean animales sagrados en algunas culturas.

Si, además, este orden de respeto y crecimiento lo aplicas a tu propio organismo, tendrás un Futuro salutífero.

Agricultores, ganaderos, pescadores, taladores y recolectores conocen, desde épocas ancestrales, los tiempos naturales para ganar su sustento. ¿Existe un registro común de los principales ciclos referidos a eso que llamamos tiempo, para que sirva de guía a la gran clase trabajadora agropecuaria? Sí: el almanaque.

No sé con certeza cuándo se confeccionaron los primeros almanaques, aunque no me extrañaría que fuera en tiempos muy primitivos. Existe el precedente, en forma de libro, de *Los Trabajos y los Días* del griego Hesíodo, donde se reflejan pautas para la labranza y la navegación según las fechas del año, máximas morales y una serie de días fastos y nefastos —donde se nota la influencia de la Astrología Egipcia—.

Existen, asimismo, registros —algunos de ellos muy elaborados— datados de la Edad Media o del Renacimiento. En los almanaques más tradicionales, se daban la mano campesino y astrólogo. Por ejemplo, en *Les Très Riches Heures du Duc De Berry* —serie de grabados artísticos— se observan faenas de siega, esquilado, vendimia, siembra, engorde, etc. aconsejables en tránsitos del Sol por los signos del Anillo Zodiacal de la Tierra que comúnmente utilizamos los astrólogos y que, según los astrónomos actuales, no existe.

Aún hoy en día, es usual ver dibujos con las fases lunares en no pocos almanaques modernos; es una reminiscencia de la importancia que antaño llegó a tener la Astrología Rústica.

En España, se sigue publicando el así llamado *Calendario Zaragozano,* según reza en su portada "fundado en el año 1840 por el célebre astrónomo Don Mariano Castillo y Ocsiero". En su interior, se incluyen periodos de siembra para toda España y previsiones sobre el tiempo atmosférico que es de esperar, así como las fases lunares y los ingresos solares en los signos de la Banda Zodiacal. Al parecer, Don Mariano, "el célebre astrónomo", era bastante astrólogo.

El mundo del almanaque tiene su propia filosofía, ya que implica una armonización sincronizada de las labores humanas con el curso celeste de, al menos, el Sol y la Luna. Es frecuente y oportuno que en este tipo de publicaciones estén recogidos refranes y frases aleccionadoras que, a menudo, aluden al sapiente uso de eso que llamamos tiempo, como por ejemplo: "El que aguarda para hacer mucho de una sola vez, nunca hará nada".

Refranes y previsiones, desde el modesto nivel del almanaque, aportan una visión ecológica y diría que báquica para sanas y prósperas labores de nuestra vida cotidiana.

Esta visión converge con el axioma hermético: "Como es arriba, es abajo", básico en Astrología. Nostradamus llegó a recopilar experiencias sobre Astrología Rústica que hoy en día nos podrían aportar una información preciosa.

Los campesinos tienen medios muy humildes para observar el cielo; en la mayoría de los casos, se bastan con sus propios ojos. De ahí que básicamente sus ancestrales conocimientos celestes sean un seguimiento del Sol y de la Luna, aunque no faltan efemérides mercuriales en forma de laberintos pétreos sobre el terreno —en Escandinavia son frecuentes—.

Tirando del hilo, nos remontaríamos a construcciones megalíticas del tiempo de los druidas —o quizá antes—.

En la apresurada Era de Acuario, que ya nos engulle, Tiempo Baco parece salir algo malparado, ya que los cohetes espaciales viajan más rápidos de lo que crecen las plantas, pero nuestras vidas dependen más de las plantas que de los cohetes.

VENUS: FOLCLORE CONSUETUDINARIO

Cuando algo se repite mucho, se considera estable y conservador; ha servido durante mucho tiempo y se espera que prosiga así. Lo relacionado con el entorno natural donde vivía un pueblo cambiaba antaño muy lentamente. La adaptación al clima y al terreno produce patrones de conducta y de convivencia muy estables. Estos rasgos culturales se conservan y transmiten de generación en generación y se manifiestan en facetas artísticas apreciadas comúnmente, que forman parte del sentir de un pueblo y de sus señas de identidad. Es lo que se llama folclore (*folk*: 'pueblo'; *lore*: 'saber'). O más macarrónicamente: lo consuetudinario.

Venus confiere su gracia y encantos habituales a la canción y el baile regionales. Pero su expresión repetitiva y acostumbrada, siendo fieles al sentir de la tierra, es lo que proporciona un arropamiento emocional a los integrantes de un pueblo. Es algo muy parecido a lo que ocurre, en el plano individual, al niño que quiere que le cuenten siempre el mismo cuento o a la niñita que, mánticamente, predice cómo su abuelita le cortará la pastilla de chocolate.

Un cancionero o un romancero colectivo, amén de tal o cual tipo de baile que le enseñan a las niñas lo mismo que a sus tatarabuelas, aporta condimentos al caldo emocional común que hace sentirse segura a la persona apegada a lo conservador y poco amante de cambios. Hay canciones que llevan muchos años repitiéndose y de las que prácticamente todos los paisanos saben la letra. Cuando uno está fuera de su tierra, le falta este tipo de nutrición y le atrae más oír los venusianos aires de su tierra fuera que dentro de su terruño.

Muchas festividades populares, que repiten cíclicamente manifestaciones artísticas, tuvieron su origen en la conexión con ciclos naturales, como la vendimia, por ejemplo. De hecho, la palabra "feria" designa en su origen tanto al lugar de transacciones de productos agropecuarios como de cantos y diversiones.

Venus predispone a tratos y acuerdos que pueden ser económicos —aprovechando la recogida de la uva, por ejemplo— o conyugales —en el ámbito rústico hay periodos propicios para el apareamiento humano—.

En todo signo Fijo, el tiempo del regente nocturno —en este caso, Venus— trata de equipararse al del regente diurno —en este caso, Baco—. En Tauro, signo Fijo y estable donde los haya, se procura emitir unos sones y tonos bien equilibrados (Venus) para asegurar la nutrición emocional del individuo de cara al Futuro (Baco), tal como hace con nosotros Natura.

Se plasma, sobre todo, en coros, orfeones y acompañamientos musicales. El hecho de entonar un mismo cántico tradicional por un grupo compacto de personas puede proporcionar al individuo una cobertura y protección muy poderosa de cara a resistir los embates del desafiante Devenir. Si somos fieles a la Naturaleza, ésta nos protegerá; si somos fieles a un grupo étnico, enraizado en la tierra, con sus tótems correspondientes —aunque sean urbanos—, este grupo nos arropará.

Cuando las cuerdas vocales de un nutrido grupo de humanos cumplen venusianamente con los acordes de la misma melodía, repetida de forma unísona a lo largo de los años, un sentimiento de integración y mutua protección se establece. Es una forma de decir: "Estamos unidos, somos fuertes y nos ayudamos mutuamente, y para celebrarlo cantamos, bailamos y tocamos la bandurria del mismo modo de siempre; conservamos lo nuestro, lo de nuestra tierra de forma sólida y estable". Es la máxima seguridad, la máxima protección… y la máxima testarudez.

Por ejemplo, el clásico y tradicional concierto de año nuevo en Viena. Se tocan los mismos valses de toda la vida y, al final, todos al unísono, tocan las palmas del mismo modo que hicieron sus tatarabuelos. Le están dando una nueva opción a la airosa Venus para que equilibre al terrenal Baco en el conservador signo de Tauro. Tenaz campesino éste en el ámbito rural y pertinaz burgués en el ámbito urbano. Como es tanta y tan notoria la regularidad repetitiva del evento, para que no sea demasiado agobiante, cada año introducen una ligera variación musical que denominan "la sorpresa"; se trata de una "ñoñada" irrisoria que no es sino la excepción que cumple la regla de la empecinada repetición tradicionalista.

Es una forma de reproducir con el arte la regularidad de ciclos naturales que están en la base de la fecundidad de la tierra y de los seres que la habitan.

Otra venusiana forma de equilibrar Tiempo Baco es la inversión en obras de arte. Puede que haya algún riquito que se compre un cuadro en una subasta porque le guste, pero no nos engañemos: la mayoría realizan un desembolso cuantioso porque saben que, al igual que el vino añejo o los bienes inmuebles, con el tiempo su adquisición se *re*-preciará al alza, y la venderán por bastante más dinero de lo que la compraron. Se procura reproducir en el mundo sensible —en el doble sentido: artístico y crematístico— algo que sea lo más parecido posible a un rito de fecundidad: el becerro de oro nuevamente venerado.

El Arte imita a la Naturaleza; copia de ella no solamente motivos florales y alas de mariposa, también una forma segura y periódica de llenar el granero o la cuenta bancaria.

9

TIEMPO GÉMINIS

EL CORRECAMINOS

> ... y también se levantaron los tres hijos del irreprochable Alkinoo: Laodamos, Halio y el divino Clitoneo. Se probaron primero en la carrera, saliendo a la vez de la raya, y volaron ligerísimos, levantando polvaredas de la llanura; mas quien venció, por llegar más lejos, fue el irreprochable Clitoneo, pues cuan largo es un surco que abren dos mulas en un espacio libre, tanto adelantaba a los otros cuando se presentó ante el pueblo.
>
> HOMERO, *La Odisea.* En la tierra de los feacios.

Ni que decir tiene que el ritmo vital de Tiempo Géminis es rápido. Hay algunos signos que se distinguen peculiarmente por la velocidad con que nos inducen a vivir la existencia. Capricornio, por ejemplo, sabemos que es lento, y Géminis, más bien todo lo contrario.

Cada signo zodiacal aporta algo de lo que carece el precedente; si Tauro se apega a la persistencia, los Gemelos, en cambio, adoran el cambio. Y con ello, nos hace un *puer aeternus*, un eterno adolescente que nunca ve consumido su caudal de curiosidad y que se mueve tan ligero como los hijos de Alkinoo.

De todos los tiempos, Tiempo Géminis es el que más se parece al Tiempo, puesto que es Mutable de Aire, y el Tiempo, como es sabido, muta y vuela. Todos los demás tiempos son una intentona de ralentizar al presuroso Tiempo Géminis.

En los prolegómenos de la Era de Acuario, en la que nos encontramos, se fomenta todo lo airoso, por ello Géminis es un valor en alza; no nos faltan, pues, ejemplos. A menudo, son cosas tan frecuentes y aparentemente triviales que pueden pasar desapercibidas, pero, bien pensadas, son todo un prodigio. Hay eslóganes que parecen nimios, aunque, si te pones a pensarlo, expresan superingeniosamente la esencia de arquetipos perennes. El *Mercurium Philosophorum* de los alquimistas podría estar resumido en el reclamo comercial: *¡Cero por ciento de materia grasa, cien por cien de materia gris! ¡Yogur desnatado Esbelflex!*

¡Más Géminis "Imposiblex"! Qué frase tan precisa y preciosa. Dudo que al mago Merlín se le hubiera ocurrido. Alude a la delgadez; te mueves más ligero: ganas más tiempo —los obesos viven más lentos, tienen menos tiempo y hacen menos cosas—; y alude también a la inteligencia: pensando ahorramos y/o ganamos tiempo.

¿Cuánto tiempo emplearías en encontrar una aguja en un pajar? Si quieres ahorrar un montón de tiempo, pregúntale a Géminis. Atas un imán con un hilito al extremo de un palito, lo vas pasando por encima y ¡cling!, ¡ya está! La encontraste y a otra cosa, airosa.

Si te conectas a Tiempo Géminis, no eres "vividó", eres "vivetres" o "vivecuatro", por lo menos. En vez de vivir una existencia, vives un sinnúmero de ellas. Transmutas la edad. Todo despierta tu juvenil curiosidad, quieres aprovechar todas las oportunidades. Tienes varias relaciones, casas, familias, vehículos, trabajos... Incluso pareces tener varios cuerpos, porque es como si estuvieras en varios sitios a la vez. De los gatos se dice que tienen varias vidas, pero a la capacidad vivencial de Géminis no se le puede poner un límite numérico.

¿Cómo lo consigue? ¿Sólo bastan la delgadez e ingenio o hay algo más? Lo que para muchos es un misterio, para Géminis es sencillísimo. Se trata de optimizar tu ración de fluido temporal. El tiempo todo lo cambia: ¡pues cambia! El tiempo vuela: ¡pues vuela!

AIRE: USA TUS ALAS

Géminis es tan ligero que casi se lo lleva el airoso Elemento. Tiempo Aire es relacional, ¿y quién es más relacional? Géminis es tan así que puede parecer infiel. Ahora bien, guárdate de criticarle cualquier infidelidad, no porque se enoje —pocos tan simpáticos y gentiles—, sino porque le dará la vuelta a la tortilla tantas veces que al final resultará que, humorísticamente y amablemente, te hará comprender que eres un celoso, un torpe y un anacrónico.

Casa con dos puertas difícil es de guardar es el título de una obra clásica de enredo. Las comedias de este tipo son una clara exposición de Tiempo Aire en su versión geminiana. Por lo general, la clave está en crear al menos dos argumentos paralelos y meter a los personajes de uno en el otro y viceversa. El público, apercibido de esa doble dinámica, a menudo por la figura del pícaro —comúnmente el criado del galán: Mercurio es el planeta más próximo al Sol—, pasa de la sonrisa a la risa con facilidad al ver los contrastes y las sorpresas de los personajes cada vez que los argumentos se interfieren. Si te pasa en la vida real, mejor tómatelo con filosófico humor.

Aquí vemos la polaridad de Géminis con Sagitario, tanto por el teatro como por la jocosa risa o por la moraleja. Si sabes manejar bien el eje entre el tercer y el noveno signo, enredos temporales incluidos, puedes ser un genio de la comedia —como guionista o en la vida real—. Si te lo tomas a pecho, estás perdido.

Es intrigante y desafiante analizar cómo el guionista trata el tiempo en algunos de los más vulgares y populares telefilmes. Quizá la película es redomadamente mala —en busca de alta audiencia—: violencia más corrupción más caras bonitas. Pero si, en vez de prestar atención al contenido, prestas atención al tratamiento de los tiempos, puede resultar sumamente curioso. Cuesta trabajo desconectarte. Y es que son sofisticados los productos de Tiempo Géminis.

El placer está en el cambio. Fíjate en una imagen de una serie y cuenta los segundos que esa toma se mantiene en pantalla; no contarás mucho: a los escasos segundos, ya te han puesto otra imagen; esa imagen llama la atención por poco tiempo, pero es que dentro de ese poco tiempo, ya te la han cambiado por otra. Sin darte cuenta, te han metido en una ventolera de imágenes, neuronas y sonidos.

En este tipo de análisis, el telefilme es más interesante que la película destinada a ser proyectada en sala, porque el que compra una entrada para ir al cine aguanta más para amortizar su gasto, aunque no le guste demasiado lo que está viendo, pero en casa puedes cambiar de canal ahorrando tiempo y tonterías, por tanto el telefilme ha de ser muy movido, constantemente tiene que presentar cosas nuevas y llamativas.

El geminiano e ingenioso oficio de escriba está detrás de todo esto. Da igual si escribes una novela rocambolesca o un guión para teatro, cine o televisión: tienes que hacer filigranas con el tiempo.

En Aire, la flexibilidad es máxima, hasta el punto de convertirse en simultaneidad. Cuanto más flexible seas, más contactos tendrás; cuanto más intransigente, menos.

Géminis es tan airoso y tan flexible que, más que amigos, tiene conocidos, allegados, compañeros o vecinos. Les proporciona a cada uno, con frecuencia, una pequeña dosis de información o de afecto, pero si le da mucho a uno, perdería conexiones por otro lado, y su ilimitada curiosidad no se lo permitiría. Si eres muy sentimental, mejor no te apegues a alguien muy Géminis —o muy airoso en general—, porque va a estar más tiempo ausente que presente. Eres uno de tantos, nada de exclusivas.

Y ahora entramos en una de las mayores destrezas geminianas: el reparto. Repartir y recoger es algo que se le da muy bien; se mueve tanto, es tan ubicuo que se las compone como nadie para ir, venir, volver y revolver al máximo.

Como es tan rápido, nadie le sigue la jugada. Tiene casi patente de corso para plantearse las jugadas que quiera, porque, a la velocidad que las realiza, nadie puede seguirle la pista. Podría mentir, robar… o podría repartir justamente donde falta recogiendo de donde sobra. Su airosa habilidad le convertiría en el Príncipe de los Ladrones, pero, como de costumbre, su sentido de la fraternidad se impone y resulta a menudo proscrito, pero simpático y con los beneplácitos de la *vox populi*; no hay Corazón de León que le condene, porque su recogida y repartida acostumbran a ser mucho más justas que las del orden social establecido. "Repartir como hermanitos", que se diría.

Los arquetipos zodiacales tienen, cada uno de ellos, al menos dos símbolos: el esquemático, que se inserta en la doceava porción del anillo de la Tierra, y el más alegórico, por ejemplo, en Tauro, el buey; o en Géminis, los gemelos. Pero, a veces, pienso en algunos otros símbolos válidos para cada uno de ellos, no es mal ejercicio intuitivo-mental. A Tauro ya lo mencioné como un árbol. ¿No te has puesto nunca a pensar en Géminis como si fuera una mosca?

Dentro de la relatividad del Tiempo, Géminis ve moverse todo y a todos a su alrededor a cámara lenta. Los ojos de la mosca son prácticamente cientos de microojillos que le permiten percibir destellos temporales que para el común de los humanos serían impensables en la vida cotidiana.

Una mosca vería caer una gota en una taza de té a cámara lenta, vería elevarse una bella corona líquida con microgotitas majestuosas. Para la mosca, todos somos unos parsimoniosos y unos plomizos, pero es que visto desde el Aire de Géminis, también es así.

Puedes hacer la prueba: si ves una mosca posada, coge un periódico y trata de darle un golpe. Se burlará de ti. Bastante antes de que el proyectil se aproxime, alzará el vuelo. Su tiempo de reacción es diez veces más rápido que el tuyo; y trata de mover los brazos al ritmo que ella mueve sus alas... Si se lo propone, Géminis puede "mosquear" a cualquiera. Y no le llames nervioso; te dirá que por qué vas por la vida "pisando huevos". Su capacidad de réplica mental y verbal son igual de ágiles.

De todos modos, también se ven a veces moscas atrapadas en telas de araña. Y es que hay personas con énfasis en Géminis que, metafóricamente, se sienten así en algún periodo de su vida. He conocido a bastantes personas airoso-geminianas que me decían que se sentían demasiado atadas o enredadas. No se quedan esperando a que venga la araña. Géminis deshace los hilos que lo atan y vuelve a alzar el vuelo. Es su estilo de vida y es mejor comprenderlo que intentar atraparlo. Puede tratarse de una relación, de la vida familiar o de un trabajo... hay muchas "telas de araña" que pueden frenar a la geminícola mosca. Ella se escabulle para poder volver a vivir su raudo ritmo y degustar el néctar de la inefable libertad.

Aire es un tiempo condicional: nada está definitivamente fijo en el entorno geminiano. Los nervios son puestos a prueba, más los de aquellos que conviven con ese escurridizo ser que los suyos propios, que parecen no resentirse.

MUTABLE: TIC TAC Y VICEVERSA

Mutatis mutandi, dicho doctamente, o "culillo de mal asiento", que se diría vulgarmente; viene a ser lo mismo. Polivalente, polifacético, políglota, polimórfico... Variar, variar, mutar, mutar, transmutar, como la vida misma, sólo que un poquito más rápido. ¿No se cansa nunca Géminis de tanta actividad y de tanto ajetreo? Se cansa, como todo el mundo, pero menos que los demás. Una persona común tiene un trabajo y unas costumbres, según las cuales pone habitualmente operativas unas funciones y órganos de forma reiterada y otras funciones y órganos apenas si los usa, lo que conlleva desgaste por un lado y anquilosamiento por otro.

En la dinámica Géminis, eso no es así; el juego se reparte mucho más. No se producen ni insistencias ni anquilosamientos. Se produce una alternancia continua entre órganos y entre funciones, de modo que se aminoran el desgaste y apelmazamiento por desuso. La Juventud, por tanto, se prolonga. Se cansa uno menos, se lesiona menos, se anquilosa menos; va haciendo de todo un poco; masajea sapiente y alternativamente órganos y funciones. No hay grandes conflictos ni traumas, ni grandes batallas. Simplemente, se cambia de una cosa a la otra. Vas poniendo operativas o inoperativas unas u otras partes de tus posibilidades, de forma que siempre hay algo trabajando y algo descansando. Pero nunca por mucho tiempo: Géminis se aburre con las actividades prolongadas.

Si tienes un solo tipo de actividad durante mucho tiempo, necesitas mucho tiempo para que se relajen los órganos afectados. Ese tiempo de recuperación se emplea en Tiempo Géminis para realizar otra actividad. No hay ocio ni monotonía. Hay cambios, descansos, alternancia y trabajos ligeros, prácticamente de forma simultánea. Es posible, ¿por qué no?, trabajar y descansar al mismo tiempo; sólo hay que ir cambiando. Es un tiempo conmutador, basado en frecuentes alternancias operativo/inoperativo. No te da tiempo a aburrirte, pero tampoco a profundizar en algo.

En cierta ocasión, en una escuela de idiomas, conocí a una mujer —que dijo ser Géminis de signo solar— que trabajaba de doctora en un hospital; estaba casada y con tres hijos, y estudiaba tres o cuatro idiomas. Tenía más de cuarenta años, pero aparentaba treinta y tantos. Practicaba, quizá sin saberlo, Tiempo Géminis a tope de forma espontánea, lo que le permitía poder atender todas sus facetas.

La Mutabilidad de Géminis parece, en principio, superficial, pero es algo fundamental en Alquimia y Cábala. El mercurio, metal de Géminis, es el único que es líquido en estado natural y el único que puede evaporarse calentándolo a altas temperaturas. Sometiendo aleaciones de metales menos nobles a vapores de mercurio en recipientes cerrados, poco a poco, la aleación se va plateando. Se está a un paso del oro solar.

La *sephirah* en el Árbol de la Vida cabalístico que se asocia al geminiano mercurio es Hod, así llamada "la reverberación"; implica la reproducción hacia la eternidad. Lo mismo se manifiesta en una juvenil fotocopistería —reproduciendo apuntes y gráficos— que en la tersa piel de una joven actual, semejante a otra que observamos en un retrato del Renacimiento.

Otra fórmula Mutable-Géminis para ganar/optimizar tiempo: pocos apegos, especialmente familiares. La familia absorbe demasiado tiempo; está para un ratito de vez en cuando, pero nada de grandes compromisos. Si por Géminis fuera, cada uno viviría de forma independiente en su propio cubículo y los contratos matrimoniales —si los hubiese— serían con fecha de caducidad, quizá a tiempo parcial o intermitente, y con periodos de prueba.

El mutable Géminis puede ser insensible a este respecto, pero es su forma de ser, ni mejor ni peor. Visitar los sábados por la tarde a la suegra, que tiene un pie hinchado, con una cajita de dulces es una insensata pérdida de tiempo. ¡Hay tantas cosas que se podrían hacer! Mejor enviarle un mensajito por el móvil.

Demasiado intelectual para ser demasiado familiar. Puede parecer egoísta, pero su "egoísmo" es ley arcana. Todos los grandes sabios y filósofos de la humanidad preconizaron el desapego para obtener la Autorrealización y la Iluminación, ningún santo dijo: "Búscate un trabajo fijo, cásate, cárgate de hijos y forma unas cuantas hipotecas para realizarte espiritualmente"; más bien todo lo contrario. Sin embargo, ello no significa que rompa sus lazos familiares y no familiares. Los mantiene con una peculiar, filamentosa, intermitente y plural "fidelidad", siempre y cuando se le respete su derecho a elegir y vivir su propio destino.

Géminis muta, pero no se desconecta; aparece y desaparece como por arte de magia; no quiere perderse nada. Al final, se las ingenia de maravilla para quedar más o menos bien con todo el mundo; ¡resulta tan amable y tiene ese fino sentido del humor! Es el desdramatizador zodiacal por excelencia.

No hace falta explicarle el sistema binario: es "bi" para casi todo. Pasa del tic al tac y del tac al tic más rápido que el reloj. Su tiempo es pendular y oscilante, aunque en su versión desarrollada es "poli": multidimensional. Cuando se deja entender —se simplifica a veces para que los demás lo entiendan— es dialéctico-pendular. El tictac Mutable le funciona a las mil maravillas, lo mismo en el "coco" que en la lengua. En una polémica de intelectuales, por ejemplo, se siente en su salsa; salta de un tema a otro con una rapidez y desparpajo que asombran.

Hay composiciones musicales que reflejan la dialéctica Mutable. A algunos sonidos agudos y saltarines les contestan otros más graves que parecen querer reprenderlos. Se crea así una especie de discusión entre diversos instrumentos dentro de la orquesta —es más frecuente en la refinada música clásica que en los ruidos postmodernos—; reproduce el diálogo individuo-coro del antiguo teatro clásico.

YO HABRÍA SIDO: VOLAR EN EL PAÍS DE NÚNCA JAMÁS

Nunca digas que de esta agua no has de beber. Te puedes ir a vivir lo que antes te parecía frustrante y frustrado. Cualquier día de éstos, un geniecillo burlón de naricilla respingona te abre una ventana y ahí lo tienes: lo que nunca jamás habrías de vivir, al alcance de la mano.

A Géminis le cuesta mucho tener que renunciar. Detesta perder oportunidades y tener que lamentarse por lo que podría haber sido. En edad geminiano-juvenil, todos tenemos ciertos ideales, vocaciones, inquietudes... Pero luego viene la vida, nos empuja y decimos:

—Yo habría sido pintor si no hubiera sido porque tuve que ponerme a trabajar en aquella caja de ahorros y entonces... bla, bla.

—A mí me habría gustado estudiar aquel idioma, o manualidades, o crear aquel conjunto musical...

Para Géminis, las excusas son deplorables; retoma aquel asunto que HABRÍA SIDO y, con nuevos ánimos juveniles, se pone a estudiar aquel idioma o manualidades... O se pone a los cuarenta y cinco a crear aquel conjunto musical que le habría gustado a los veinticinco. En Tiempo Géminis, seguimos siendo el joven que fuimos. Géminis es antifrustrante, te hace volar en el País de Nunca Jamás.

—¿Por qué diantre perder oportunidades?

>> ¿Yo habría sido pintor? ¡Yo puedo ser pintor! A ver, ¿dónde están los pinceles?... Ya me buscaré el tiempo.

>> ¿Y aquella chica que conocí hace un par de años?, ¿qué habría ocurrido si en lugar de...? ¡Caramba, si tengo aún su número de teléfono! La voy a llamar.

—¡Oh, qué alegría me da que me hayas llamado, después de este tiempo!; precisamente, estos días he estado pensando en ti. He visto que anuncian un concierto de los que tú me hablaste y... bla, bla.

Este "bla, bla" es muy diferente del "bla, bla" del que se lamentaba de lo que habría sido y no fue. En Géminis, nos ponemos a vivirlo.

—No se puede hacer todo a la vez.

—A la vez, a la vez... no, pero prácticamente a la vez, sí.

—¿Cómo?

—¿No puedes conducir, escuchar música y hablar con alguien al mismo tiempo? ¿No puedes planchar y aprender un idioma escuchando una cinta simultáneamente? ¿No puedes estar leyendo varios libros durante un par de meses?

Si respondes afirmativamente a este tipo de preguntas, te felicito, eres joven. Si dices que no, lamento tener que comunicarte que estás viejo/a —independientemente de la edad—.

Tú y yo tenemos cada uno dos hemisferios cerebrales: el izquierdo, más racional, y el derecho, con funciones más intuitivas. Si yo escribo una página de este libro y tú la lees, ambos hemisferios nos han estado funcionando —alternativamente— cientos de miles de veces a cada uno. Es tal la velocidad funcional-cerebral que, en los, vamos a poner, cinco minutos que tardas en leer una página, prácticamente han estado trabajando al unísono tus dos hemisferios. Es como la cinta de una película. Si miras los clichés al trasluz, las imágenes están separadas, pero en la práctica, al ritmo de proyección, funcionan como un todo fluido. Sus tiempos prácticamente se funden dentro de un continuo.

Géminis ve la retransmisión deportiva, el concurso y la película "al mismo tiempo", ¡es el *zapping* a ultranza! Se ha enterado de todo: del argumento, de la respuesta ganadora y de si entró el lanzamiento desde la línea de 6´25 en el último segundo. Además, ha estado charlando contigo y te ha preparado las bebidas y las palomitas. Todo lo hace en tiempo compartido. No para de zapear ¡en la vida real! Otro diría: "Yo habría visto el partido si no fuera porque la película estaba tan interesante". Como se lo digas a Géminis, le puede dar una de sus risitas agudas. O: "Grábame la película que estoy viendo el partido".

—Para qué, si está el mando a distancia.

Menos mal que nadie es Géminis al cien por cien, porque si no, los nervios de sus allegados estarían puestos súper a prueba. A quien diga: "Es que yo tengo que terminar una cosa para poder comenzar otra, ¿cómo voy a leer un libro si no he terminado el anterior?", se le podrían comentar algunas cosas:

a) Difícilmente se conectará a Tiempo Géminis.
b) Fácilmente se sentirá frustrado por lo que habría sido y no fue.
c) No conseguirá tarjeta de embarque para volar en el País de Nunca Jamás.

MERCURIO: EL LADRÓN DE BAGDAG OBTIENE LAS SIMPATÍAS DEL PÚBLICO

¿Viste la película aquella, creo que en blanco y negro, en la que había un joven en un mercadillo de la antigua Bagdag que hurta algunas cosillas a un tendero ricachón y le persiguen los guardias, a los cuales burla saltando por escalinatas y tejadillos?... Pues el que escribió la historia original tenía que saber algo de simbología astrológica. Es la personificación de Mercurio —regente diurno de Géminis—. Se introduce en el vigiladísimo palacio del rey, se liga a la princesa, le pasan mil peripecias, se lleva una joya muy gorda, vuelve a burlar a los guardianes y es sin duda el bueno de la película porque reparte fraternalmente entre los pobres lo que le sobra a los ricos.

A Mercurio le pusieron fama de ladrón y de mentiroso, y no es cierto. No roba: reparte a su manera, y no miente: dice dobles verdades a medias. Entre otras cosas, es el Dios de la Elocuencia y del Comercio. Se manifiesta, por ejemplo, en la bolsa. Difunde el rumor de que algunas acciones van a subir de cotización; ante tal rumor, algunos se apresuran a comprar las acciones; con esas compras, sube la demanda y los valores alcanzan precios más altos. ¿Mintió o no mintió? Al principio parecía así, pero los hechos no desmienten su información.

En cualquier caso, las primicias noticiables de Mercurio pueden hacer cambiar los acontecimientos. Mercurio ve el tiempo de forma diligente. Es el primero en enterarse de lo que acontece y el primero en contarlo. Vive el tiempo como un periodista o un reportero. Antes de que salte la liebre, ya está el mensajero escribiendo el reportaje.

Es, asimismo, el planeta de los escritores. Para poder escribir esta obra me he tenido que pasear por todos los tiempos, pero para poder manejarlos he tenido que echar mano de Tiempo Mercurio. No sólo me ha conferido movilidad para pensar y redactar; me ha sugerido, además, la forma simultánea y elástica en la que tengo que encarpetar, disponer, usar y retomar las ideas para poder expresarlas de forma codificada y, a ser posible, amena. Me tengo que poner juguetón y juvenil; tengo que hacer gimnasia mental y temporal para que el Mensajero de los Dioses me preste sus poderes.

Un escritor tiene que sacar tiempo de donde sea. Un libro no se escribe en un día —y menos éste—. Escribirlo puede llevar años y, mientras tanto, has de ganar tu peculio. Estás y no estás a solas escribiendo. La Mente siempre te acompaña, las alas en el casco del Mensajero han de suministrar la suficiente agilidad y velocidad como para entretener a las nueve musas.

¿Cómo ganar tiempo? En párrafos anteriores, ya he suministrado varias claves: delgadez, desapego y zapeo, por ejemplo. Otra clave: comida ligera. Mercurio no es un gran comensal, aunque le encanta el tapeo o, mejor dicho, el picoteo; en cualquier caso, comida fácil y rápida de preparar y de consumir, y más fácil de digerir. Así nos hace ahorrarnos un montón de tiempo. Frecuentemente, una persona hace la compra, prepara la comida, prepara la mesa, come, lava los cacharros y dedica un tiempo —soñoliento— a hacer la digestión; y cuando se repone, prosigue su labor. Al mediodía, un comercio puede cerrar tres horas y media. ¡¿Tres horas y media?! ¡Cuánto tiempo! Suponte que dispusieras de tres horas y media más todos los días: la cantidad de cosas que te daría tiempo a hacer.

Si ingieres pequeñas porciones de comida numerosas veces al día, nunca tienes hambre, no tienes que gastar mucho tiempo en preparaciones, no te paras a hacer la digestión con modorra, lavas muchísimos menos cacharros. Y mantienes tu cuerpo y tu mente mucho más ligeros. Si, además, ¿por qué no?, eres "crudívoro", olvídate de cocinar y de lavar cacharros; ese tiempo lo puedes dedicar a escribir.

Es típica y tópica la imagen del escritor enzarzado con sus páginas que sale del despacho, va a la cocina, se prepara algo ligero, en el intervalo le vienen algunas ideas, se apresura a anotarlas rápidamente en cualquier papel y vuelve a la carga con una pasión difícil de comprender por quien le esté observando.

Pararse a tomar una bebida estimulante puede equivaler a pasar un rato amistoso con alguien —incluso con uno mismo—, pero ese tipo de bebidas te imprimen un ritmo más ligero. Las alas de los cascos y de las sandalias del Portador del Caduceo se agitan más rápidamente.

La comida ligera, el picoteo, las telecomidas, la comida para llevar... Todo eso está diseñado para que ganemos tiempo al tiempo, para que la duración del día sea elástica. No dura lo mismo para todo el mundo. El Sol sigue su ciclo visual de Este a Oeste, pero su periplo es exprimido más ingeniosamente por la persona autoconectada a Tiempo Géminis en su versión mercuriana.

Mercurio no te hace trabajar muy prolongadamente: parte el tiempo en trocitos con intervalos de descanso entre cada par de segmentos; no obstante, a la larga, es más productivo que trabajar de continuo durante un buen número de horas. Estás más en forma, más ágil, eres más rápido y estás más pendiente de las cosas. Descansado, te equivocas menos, lo que quiere decir que te ahorras mucho tiempo evitando rectificaciones.

Podríamos volver al tratamiento temporal de guiones —libros, telefilmes, películas... —. Las secuencias no siempre son secuenciales. Una vez vi un telefilme de esos "vulgaroides". Pues bien, el tratamiento temporal era magistral. Comienza con una escena dramática en un desierto en el que muere una persona. A continuación, por bloques temporales alternativos e intermitentes, se desarrollan escenas que van desde atrás en el tiempo hasta ese punto, y desde ahí, hacia delante. El guionista —quizá el director— intercalaba escenas del Pasado y del Futuro de forma que hubiera ligazones significativas. Al final, en el desenlace, la protagonista —que parecía amnésica— recuerda lo que ocurrió en el desierto. Los dos tiempos se unen en el desenlace, que desemboca en la escena, desarrollada y aclarada, con la que comenzó el filme.

No sé si te das cuenta, pero, mientras ves el telefilme, tu subconsciente ha sido sometido a un tratamiento temporal simbolizable por el caduceo: dos tiempos entrelazados como dos serpientes que copulan a lo largo y alrededor de la vara de Hermes.

En la película *Muerte en Venecia*, ocurre lo mismo. El director intercala escenas que transcurren desde y hasta un suceso dramático. En este caso, el fracaso de un compositor que escucha el abucheo del público y el grito: "¡La belleza ha muerto!". Al final, y sólo al final, se comprende realmente la escena del principio, lo mismo que en el "vulgaroide" telefilme de la sobremesa. Lo que cambia es la calidad del contenido; la estructura temporal se mantiene prácticamente idéntica.

Ni que decir tiene que el oficio de "escriba" requiere ser un orfebre del tiempo. Básicamente, el escritor maneja Tiempo Mercurio, porque el divino jovenzuelo le proporciona las clavículas —pequeñas claves o llavecitas— para introducirse en los demás tiempos. Por eso, la narración del periplo de Ulises en *La Odisea* comienza con la arribada del héroe a la tierra de los feacios, fase relacionada en clave zodiacal con el mercuriano signo de Géminis.

El tiempo mercuriano es un *Andante Vivace* nutrido de entretiempos. Los ratos que normalmente una persona desperdicia entre dos tareas, Mercurio los utiliza para hacer algo. Sus microtiempos acumulados le hacen ser temporalmente rico; y el tiempo es oro.

Mercurio parece vivir en una continua película a cámara ligera en la que los personajes se mueven con una humorística rapidez; pero visto desde la óptica mercuriana, no es eso, es que los demás somos unos parsimoniosos; al fin y al cabo, todo es relativo.

Para ver si dominas bien Tiempo Mercurio, te propongo un ejercicio: das una conferencia sobre algo. Te la preparas y te pones a hablar tu solo/a a una silenciosa y seria audiencia. Fase dos: el coloquio. Se establecen —si la cosa no se desmadra— preguntas, respuestas, comentarios, diálogos —quizá discusiones—... Y fase tres: termina la actividad y te vienen varias personas a la vez y todas quieren hablar contigo. Si consigues salir airosamente de todas las fases —incluida la última, que es la más difícil— ¡enhorabuena!: Tiempo Mercurio no se te resiste.

CERES: CAMAREROS ALQUIMISTAS

En todo signo Mutable, el regente diurno —en este caso, Mercurio— pugna por transformarse en el regente nocturno —Ceres para Géminis—. Como buen Mutable, el signo de los gemelos transmuta lo mercuriano en cereal. El Aire, por un alambicado proceso alquímico, se transforma en Tierra. No es de extrañar: las ideas, el dinamismo, la versatilidad, la movilidad... es fácil que den su cosecha, y la trigueña Ceres no desperdicia ocasión de recoger las espigas.

Con Ceres, viajamos hacia lo más terrenal o material que intrínsecamente posee Géminis; no es difícil encontrar ejemplos. Ceres, asimismo, aporta las connotaciones del mundo laboral y del sentido pragmático dentro del servicio subordinado. ¿Cómo traducimos esto a tiempo?

Hay algunas profesiones, a menudo no muy valoradas socialmente, que personalmente admiro por la cantidad de facultades que implica su desarrollo. Os puedo mencionar, por ejemplo, taxista o camarero. Especialmente, ésta última me llama la atención: ¿Cómo vive eso que llamamos tiempo un camarero?

Es muy revelador observar a un buen profesional atendiendo varias mesas, "todas a la vez", en plena hora punta. No todo el mundo serviría para eso. Puede tener varias mesas a su cargo y tiene que atender a todas alternativamente, pero dando la sensación de que hay una asistencia continua a cada una de ellas.

Primero, tiene que estar muy atento a cualquier posible cliente que se asome al establecimiento y ofrecerle una mesa antes de que dude y se vaya. Tiene que ofrecer el menú y anotar las bebidas, y dar tiempo para que los clientes decidan lo que van a pedir. Justo cuando parece que se han decidido, tiene que aparecer, bloc y bolígrafo en ristre. Traer, llevar, anotar, escuchar, comentar, sugerir, contestar. Tiene que ser rápido sin parecerlo demasiado. Por otro lado, está en contacto con la cocina y la barra, pendiente de si se retrasa algún pedido. Tiene que ser ágil mental, verbal y físicamente. Y no dejar de ser amable. "Milagro" geminiano: sirve varias mesas de forma prácticamente simultánea. Y así durante horas, sin sentarse; ¿cuándo come?, ¿picotea?

¿Qué hace con el tiempo? Lo parte, lo estira y lo transmuta. Al fin y a la postre —tras el postre—, lo transforma en cosecha dineril, quizá propina.

Tiempo Géminis en ambiente laboral tiende a solidificarse. El negocio depende de los malabarismos que haga con el escurridizo fluido la "lanzadera espacial" humana, ahora transformada en "lanzadera temporal". La rentabilidad del trabajador depende de la relación dinero-tiempo.

Otra de las profesiones en la que Ceres recoge el testigo de Mercurio es la de taxista. El taxímetro es un curioso y esotérico invento. Según su intríngulis, el paso del tiempo —más rápido para el pasajero, que es el que lo paga— se transforma en cosecha económica para el conductor.

El camarero transporta cosas y datos, el taxista transporta personas, pero en ambos casos el rendimiento depende de la habilidad en el tratamiento geminiano-cereal del tiempo. Máxime si, además, hay un aparato que va dando incordiantes y provechosas llamadas por radiotaxi.

Conducir vehículos es una de las tareas más géminis; al transformarse en profesión, se fomenta la fertilidad de Ceres. El taxista es otro humilde transmutador; no sólo trabaja con el palpable volante, también con el invisible tiempo. Tiene que tomar y soltar, tomar y soltar... Cada nuevo pasajero es una nueva alzada de la banderola del taxímetro —su gran recaudador—.

Si trabajamos con un terminal de ordenador, hay unos instantes de espera. En esos momentos, otro terminal que comparte la línea se introduce en el tiempo de la red común. El tiempo de Mercurio se rentabiliza en el contexto de Tiempo Ceres. Prácticamente, varios terminales trabajan al unísono. Mentalmente, te lo puedes montar así; puede variar el trabajo, pero el proceso es el mismo.

En no pocos trabajos, suena el teléfono, tienes un cliente delante, un compañero te dice algo, un supervisor te llama por el interfono y alguien que no tiene nada que ver con tu trabajo viene a preguntarte dónde están los servicios. Has de optimizar los intersticios temporales al máximo para poder llevarlo todo adelante. Dicho de otro modo: aceptar el desafío de combinar el flexible Tiempo Mercurio con el estricto Tiempo Ceres.

Para un periodista, una noticia vale dinero —no se paga poco por algunas exclusivas—. El muy versátil tiempo del mensajero olímpico tiene que adaptarse a los casilleros de una programación informativa.

Pero quizá los más alquimistas son los intelectuales. Camareros, taxistas, mensajeros, repartidores, etc. trabajan con el tiempo dentro del entorno material, pero es que un ocurrente escritor o diseñador puede llegar a transformar puras e ingeniosas ideas en su sustento. Por lo general, el buen geminiano trabaja, cómo no, por libre.

Puede ser fotógrafo, periodista o articulista, pero el punto supremo lo pone el escritor de ideas. Sólo un maestro en Tiempo Géminis puede conseguir vivir dignamente como escritor. Se trata por lo común de Jóvenes Atemporales. Es una característica peculiar del intelectual: siempre parece joven —aunque peine canas—. Un exitoso escritor es algo muy especial; es un alquimista que ya alcanza a ser mago. Con útiles de escritura y lenguaje común puede tener un buen coche, una bonita casa, viajar, vestir bien, etc. Es algo que podría estar al alcance de cualquiera, pero Ceres —Deméter en griego, protectora de los misterios eleusinos— no sonríe a cualquiera; su equivalente egipcia, Isis, no se quita el velo delante de cualquier profano.

¿Cómo es tratado el tiempo por un intelectual para obtener los favores de las diosas, incluida la Fortuna? Aparentemente, es un batiburrillo. Está continuamente "mezclando cosas"; en realidad, interrelacionando, conectando, mirando desde diversos ángulos; no para de moverse —lo mismo que un camarero o un taxista—, aunque parezca arrepanchingado en una silla moderna con ruedecitas. Su movilidad mental es extrema y sus dedos al teclear intentan estar al ritmo de sus neuronas. Si hablan, los intelectuales acostumbran a ser de los más locuaces; pasan de frases rápidas sumamente elaboradas a refranes lentos y compendiosos; pasan de lo más estilizado a lo más puramente coloquial. Su vulgaridad es siempre adrede. Su vivencia del tiempo es un puro regate. No te extrañe que las diosas le sonrían y se "desvelen".

Su ritmo nunca aburre, porque el intelectual es un saltarín; brinca de un tema a otro —y de un ritmo a otro— como un mono de rama en rama. Acostumbra a hacer lo que le gusta cuando quiere y, además, cobra por ello. Sus tiempos le acompañan previamente manufacturados. Le gana un paso al pelotón con la misma facilidad con que liga propietarias de faldas, o propietarios de…

Sin estos Jóvenes Añejos, la sociedad nunca se renovaría, se anquilosaría; de pura ortodoxia, nos saldrían telarañas. No son los motores, pero su aire azuza la bujía que genera el cambio.

Son los encargados de transmitir el Elixir de la Eterna Juventud. Sin ideas nuevas y frescas, los niños nacerían viejos en una sociedad caduca. Se merecen su cereal cosecha; digamos, sus derechos de autor.

10

TIEMPO CÁNCER

EN BUSCA DEL TIEMPO PERDIDO

> Sin embargo, mi mayor anhelo es verme de nuevo en mi patria y día y noche tan sólo pienso en esta dichosísima vuelta.
>
> HOMERO, *La Odisea.*
> Junto a Calipso en la isla de Oggigia.

El tiempo transcurre inexorablemente desde el Presente hacia el Futuro, para todas aquellas personas no imbuidas de Tiempo Cáncer. Para Cáncer, el tiempo hace como los cangrejos: va hacia atrás, pero mirando hacia delante. Desafía la lógica y el sentido común. No le pidas muchas explicaciones, mejor sé intuitivo.

El suspirante Ulises de la isla de Oggigia tiene sus análogos en la vida cotidiana; he aquí un ejemplo real en el que se ven implicados factores tan cáncer como cangrejos, madre y añoranza:

> Por primera vez (mi madre) desde nuestra salida, empezó a expresar la nostalgia de América, y decía que todo era mejor allí: alimentos, etc.
>
> Cuando en nuestro deseo de agradarla, la llevábamos al mejor restaurante de Berlín y le preguntábamos: "Madre: ¿qué quieres de comer?", nos contestaba: "Dadme cangrejos", y si no era tiempo de cangrejos se extendía en reproches contra el país

> y contra la miseria de un pueblo donde no había cangrejos, y se negaba a comer otra cosa. Si había cangrejos, también se quejaba y decía que eran mucho más sabrosos los de San Francisco. (...) La desigualdad de su carácter aumentaba día a día, y no cesaba de expresarnos su deseo de volver a la ciudad natal. Hasta que, al poco tiempo, se marchó un buen día.
>
> ISADORA DUNCAN, *Mi Vida*

Incomprensible… a menos que se conozcan los resortes de Tiempo Cáncer; según éstos, el fluido temporal nos produce una fuerte resaca que nos lleva hacia atrás: a revivir el Pasado.

El baúl de los recuerdos nos llama sin cesar en este arquetipo zodiacal; todo tipo de nostalgias, añoranzas y morriñas cobran relevancia.

Si existe una patria chica geográfica, una zona en el espacio ligada a nuestros recuerdos infantiles y juveniles, también debe de haber una zona en el tiempo que cubra tales funciones.

Paradójicamente, sería “un lugar en el tiempo” donde todo queda registrado y al que podemos volver con tan sólo darle importancia a lo que habitualmente desdeñamos: sentimientos, connotaciones, ingenuidades, actitudes infantiles, afectos, emociones... a menudo desechados por nuestro yo consciente, pero que guían poderosamente nuestros pasos y nos impelen a actuar de una manera y no de otra. Sería un Tiempo Fetiche, en el que el lapso temporal se identifica y sobresale por su valor sentimental.

Toda existencia es un viaje de retorno; de alguna manera, en nuestro transcurso existencial, hay algo que nos dice que volvamos a nuestros orígenes. Implica grandes dosis de apego —por muy desapegados que seamos— e indica que hay lugares que emergen sobre los muchísimos que hay en el mundo como especialmente significativos para cada individuo. Todos tenemos nuestra Ítaca, mejor o peor, pero afectivamente nuestra.

En la interpretación astrológica, esta zona emocional está reflejada en la Casa Cuatro. Ésta es la Casa de nuestras raíces, pero, asimismo, la del final de nuestra existencia, en el sentido de que, en nuestra vejez, tenderemos a reproducir las mismas pautas dinámicas de nuestra infancia. Esencialmente, volveremos a ser lo que fuimos. Algo, irracional pero fuerte, nos empuja a regresar a Ítaca y a volver a vivir lo que nos dejamos atrás.

AGUA: EL MANANTIAL DE LA DONCELLA

Cada signo zodiacal acuático puede ser comparado con las fases de un río. A Cáncer le corresponden el manantial y el arroyo; es una fase primeriza en la que las emociones surgen ingenuamente, pero en la que se vaticina un caudal serpenteante y se recibe la promesa del anchuroso mar.

Para comprender cómo se manifiesta el elemento Agua en Tiempo Cáncer, hemos de retrotraernos a los días más incipientes de las primeras fases de nuestra vida. El medio por el que nos deslizamos es el Subconsciente. Pero a diferencia del espacio, en el tiempo viajamos muy velozmente. Si haces un viaje en tren, por ejemplo, lo más probable es que pases por diversas estaciones antes de llegar a tu destino. En Tiempo Agua no es así —y menos en Tiempo Cáncer—. Lo importante es la fuerza de la evocación. En un par de instantes, nos podemos ver en el Pasado: mojas una magdalena en el té y te encuentras en la casa de tu abuelita cuando eras un crío, cuando aún ella vivía y aún no te había salido el bigote. ¿Cómo es eso?

No hace falta preguntárnoslo; sabemos que es así porque nos ocurre a todos. Dejemos aparcados los raciocinios, por favor.

Uno siempre sigue siendo un niño para su madre. Y en cierto modo es cierto. ¿Quién ha eliminado totalmente al niño que fue?; todos tenemos puerilidades. Nunca es demasiado tarde para vivir la infancia. Quien se pone a jugar con unos niños, o como un niño, puede revivir a los cuarenta lo que le pasó a los cuatro años de edad.

En el Subconsciente no existe la convencional división Pasado/Presente/Futuro. Parecen estar mezclados, pero nos podríamos preguntar si las consabidas particiones realmente existen. Quizá sólo existen las vivencias y todo lo demás es arbitrario y convencional. Un ejemplo de la elasticidad del subconsciente nos lo aporta el reverendo Mr. Dogson —más conocido como Lewiss Carroll— en el despertar de Alicia después de su agitada estancia en el País de las Maravillas:

> Sentada así, con los ojos cerrados, se creía en el País de las Maravillas, aunque sabía que bastaba con abrirlos de nuevo para que todo volviera a ser la sosa realidad..., la hierba susurraría a causa del viento..., y la charca sólo ondularía con el movimiento de los juncos..., el tintineo de las tazas de té se convertiría en el de las esquilas de las ovejas, y los agudos gritos de la Reina en la voz del pastorcillo...

En un abrir y cerrar de ojos, puede cambiar fácilmente nuestro concepto de realidad. Puedes quedarte en el surrealista Tiempo Cáncer o en "la sosa realidad", como prefieras.

La genealogía rinde culto al sentido cangrejil del tiempo. Se diría que se nota más en naciones de larga historia, pero donde parece acentuarse sobremanera es en aquellos países receptores de grandes masas de emigrantes. El continente americano es un crisol de etnias y culturas, pero también un hervidero de morriña; en Europa hablar de heráldica o de genealogía suena bastante caduco. Es, sin embargo, más importante en países como Estados Unidos —nacido un 4 de Julio—. La ausencia de raíces agobia. Una familia de granjeros irlandeses, por ejemplo, puede llamar Tara a sus terrenos (Tara era el nombre de una legendaria colina donde los antiguos reyes de Irlanda tenían su mansión). El viento puede llevarse su casa, pero no la añoranza de su origen ancestral.

Subconscientemente, todos —individual y colectivamente— sentimos la necesidad de tener un Pasado referencial a nuestras espaldas. Este sentimiento puede ser tan fuerte que genere guerras.

Tiempo Cáncer es vulnerable y potentísimo: es el tiempo del bebé. Un tiempo nutricio original que afectivamente nos amamanta. A menudo, la noción del yo se disuelve en tan acuífero entorno, absorbida por la familia, la nación o un mar de recuerdos.

En oposición al delimitador Tiempo Capricornio, no hay límites ni horarios. El Futuro no se concibe, si no es el del Pasado, y el Pasado, en sí mismo, abruma.

¿Cómo puede un bebé estar abrumado por su Pasado?, dirías.

Pues sí, el Pasado es muy importante para los bebés. Quien no me crea que le pregunte a Shanti Devi. Su historia es la de una niña hindú nacida en 1926, que en cuanto supo hablar comenzó a narrar su existencia anterior. Describió con asombrosa exactitud detalles médicos del complicado parto en el que ella había muerto. Tal fue su insistencia que la llevaron a lugares donde dijo haber vivido. Shanti —a la sazón, tres años— reconoció a tres de sus hijos —mucho más crecidos que ella—; sin embargo, no reconoció al hijo tenido durante el parto en el que ella murió.

¿Qué nos dirían los niños si supieran hablar al nacer y si no hubiera entornos tan represivos como los de los fundamentalistas países occidentales? Hay un sinnúmero de "shantis devis" en el mundo actual —quizá todos lo somos o lo hemos sido—. En cualquier caso, el bebé tiene una larga historia tras de sí. Baste citar a Cicerón, que en su obra *De la Vejez* nos dice: "El hombre sabe muchas cosas antes de haber nacido".

El tiempo se ensancha. El acuático Cáncer busca el Tiempo Perdido —una especie de "El Plateado" en el Tiempo—, aunque sea a través de regresiones hipnóticas. Desde la perspectiva del líquido elemento, el Pasado es lo único que existe, porque el Futuro aún no es y el Presente, en cuanto tratamos de percibirlo, se nos escapa fugazmente. Raymond Moody, en su obra *Regresiones,* comenta:

> Rara vez me encuentro con una experiencia de vida pasada que no se relacione de alguna forma con un problema de la vida actual.

Lo que quiere decir que los trajines de la existencia que consideramos actual son consecuencias de nuestro Pasado, incluidas las vidas anteriores. ¿Quién puede, por tanto, autoconocerse sin la actitud cangrejil de viajar hacia atrás en el tiempo?, ¿quién puede hacer examen de conciencia y propósito de enmienda si desdeña examinar su Pasado? Los pueblos que ignoran su historia están condenados a repetirla, y los individuos también. Quien no quiere recordar tropezará con la misma piedra.

Calipso retiene con su apego, pero se aviene a la voluntad divina; sabe que Ulises ha de revivir su origen y le facilita el regreso. El Pasado es nuestro Futuro. Como dijo un esenio disidente: "El anciano ha de volver al vientre de su madre". Este "vientre de la madre" es un uterino tiempo primordial en el que los límites desaparecen y todo es pura emoción. Nuestra evolución implica revivirlo en la barriguita de nuestra próxima mamá.

Tiempo Cáncer es argentino, ya que su metal analógico es *Argentum* —la plata—. Y que mejor que, precisamente, un tango argentino para evocarlo. Escuchemos a Carlos Gardel:

> Volver con la frente marchita;
> Las nieves del tiempo blanquearon mi sien.
> Sentir que es un soplo la vida
> Que veinte años no es nada...

Efectivamente, veinte años no son nada para el argentífero Tiempo Cáncer cuando se trata de de regresar "bajo el burlón mirar de las estrellas...".

Nota: la declaración de independencia de las Provincias de la Plata, que inauguró el estado argentino, tuvo lugar el 9 de Julio de 1816, con el Sol en Cáncer.

CARDINAL: VOLVER A EMPEZAR

Cáncer, como Agua, es volver; como Cardinal, es empezar. Toda toma de contacto con Tiempo Cáncer implica dos fases: una, el retorno; dos, un nuevo comienzo. Cómo no, Cáncer es también emprendedor y como buen cangrejo dirige su mirada hacia delante. Mantiene expectativas de Futuro como un niño que tuviera mucho camino por recorrer.

No sólo está abierto a nuevas relaciones, es que además las provoca. Es tímido por su vulnerabilidad, pero no se queda esperando. Puede dar el paso para una nueva relación o, asimismo, puede retomar otra anterior —al menos, con su impresionante imaginación—. Ninguna situación está definitivamente perdida, puesto que el Pasado se le reactiva con gran facilidad.

En 1983 el filme del realizador español José Luis Garci obtuvo el oscar a la mejor película extranjera con el título *Volver a Empezar*. Una pareja de maduritos reviven una relación anterior. Había llovido mucho desde entonces, pero todo empezaba de nuevo. En una entrevista televisiva reciente, Garci declaraba encontrarse entre el "ya no" y el "todavía no". Desconozco si José Luis tiene algún énfasis en Cáncer, pero ese es precisamente el sentido Cardinal del signo lunar: te vas a lo que ya no es y, desde allí, te pones a revivir lo que todavía no es. El mencionado director también filmó la película *Asignatura Pendiente*, en la que un hombre y una mujer tratan de vivir lo que sus circunstancias anteriores les habían impedido realizar, relaciones sexuales incluidas.

Las viejas fotos del álbum familiar repentinamente cobran vida. En Tiempo Cáncer, partimos en busca del Tiempo Perdido. Marcel Proust es una cita obligada:

> Estos paseos solían ser mis paseos de niño... ¡Qué pena comprobar lo poco que revivía mis años de otro tiempo!

Es horrible que las vivencias se pierdan en el tiempo devorador, hay que rescatarlas y volverlas a sentir con la misma intensidad. Cáncer acuna reliquias-fetiches: tangibles como mechones de cabello, diarios, anillos, cartas, postales... o intangibles como evocaciones de aquel ayer:

> ... saboreé una magdalena mojada en una infusión. La felicidad que acababa de sentir era, en efecto, la misma que sintiera comiendo la magdalena y cuyas causas profundas dejé de buscar entonces.

El tiempo que había de ser vivido, quizá interrumpido, se busca afanosamente. Respecto al nivel del colectivo humano, da sentido a ciencias como la Historia, la Arqueología y la Paleontología. En el plano individual, puede conducir a la búsqueda de seres queridos o de años idealizados: *¿Quién sabe dónde?, ¿Qué paso con...?, ¡Felices sesenta!*

Quién sabe dónde están los niños perdidos de la guerra o el cónyuge desaparecido por dramáticas circunstancias. Tras una nueva ronda del destino, pueden volver a encontrarse hijos, progenitores, novios, personas y relaciones que se daban por perdidas. Por arte y magia del emprendedor Tiempo Cáncer, recobran protagonismo. Quién lo habría de decir…

Existe una escena del filme *Fresas Salvajes*, de Ingmar Bergman, en la que un anciano rememora los días de su infancia; se le ve como tal anciano y, junto a él —como niño—, sus hermanos en el hogar familiar, observando *in situ* su Pasado. Gran parte de la obra de Bergman —Sol en Cáncer al igual que Proust— está cargada de esa subconsciente necesidad de viajar hacia atrás en el tiempo y volver a vivir sucesos emocionalmente significativos. Qué pena que se pierdan…

Todo *revival*, toda reposición de imágenes, canciones y situaciones pertenece al afán Cardinal de Cáncer por mantener intacto nuestro bagaje de sentimientos. Cáncer es coleccionista y fetichista, por el valor afectivo que le concede a algunos objetos. Es semejante al valor animado de muñecos y peluches. Hay objetos relacionados con tiempos que fueron y que se intentan conservar, no por su valor objetivo, sino por su poder evocador. Puede tanto tratarse de unas viejas ruinas como de una cinta para el pelo, de una pieza de museo como de unas canicas de la infancia o de la ropa interior de tu amante.

La misma función Cardinal que hace erigir un monumento en memoria de alguien o de algo puede hacer que vayas a revelar unas fotos. Para el ilógico Tiempo Cáncer, el coleccionismo de recuerdos es vital, se nutre de ellos; cualquier pérdida de esta colección se experimenta como un luctuoso suceso digno de ser llorado.

Todo esto puede parecer trivial; sin embargo, es todo un campo abierto para el autoconocimiento. Las iniciativas cardinales cobran sentido hasta el punto que se puede cambiar el Pasado.

—¿¡...?! ¿Se puede cambiar el Pasado?

—Raymon Moody opina que sí. Del mismo modo que puedes dar un recado al Subconsciente para que te avise si se te ha estropeado el despertador, le puedes transmitir un mensaje para que cambie algo disonante en el pasado y que afecta en el Presente. Se pueden aplicar terapias en las regresiones. Moody, en un párrafo sobre el valor terapéutico del mito, en su obra *Regresiones*, lo denomina "reescribir el guión de una vida pasada". Por ejemplo, relata un trabajo con un paciente regresado que no quería haber participado en una guerra; volvió a vivirlo, pero esta vez con la intención de desobedecer las órdenes de combate:

> "El comandante me llamó y detuvo la tropa, acercándose a hablar conmigo. Al principio me ordenó que volviera a las filas, pero me negué... Otra sorpresa fue que no nos trataron de cobardes al volver. Había más gente en la ciudad que tampoco estaba de acuerdo con esta guerra".
>
> El descubrimiento del mito personal —nos dice Moody— y trabajar con él permitió a este paciente realizar cambios significativos en su vida. Se volvió más decidido y satisfecho de estar viviendo su vida como él quería.

"Agua pasada no mueve molino", se dice, pero también sabemos que el agua tiene un ciclo. No sólo gira el molino, también gira el agua. Una gota de agua puede haber impactado varias veces sobre las aspas del mismo molino. Si se trata de nuestras propias vidas —que son como ríos—, podemos usar la subconsciencia para reescribir nuestros guiones existenciales; los cambios no se hacen esperar. Al fin y al cabo, Cáncer, como buen Cardinal, conlleva nuevos comienzos; siempre nos da opción de reelaborar nuestras vivencias.

YO HABÍA DE SER: VÍDEOS DE PRIMERA

Gramaticalmente, Cáncer es el Futuro del Pasado. No es difícil de comprender: solamente tenemos que darle al *rew*, rebobinar y darle al *play* de nuevo, nada más. Nos vamos a un punto del Pasado y desde allí avanzamos hacia el Futuro de aquel entonces. Lo hacemos cotidianamente con cintas de casete y de vídeo. Atrás (Agua) y adelante (Cardinal). Pero surge la objeción:

—¿De qué cinta estamos hablando?, ¿estamos hablando de canciones y de películas o estamos hablando de nuestras propias vidas?

—Da igual, todo se graba.

—¿Todo?

> Todo existe, y ni un suspiro, una sonrisa, una lágrima o un cabello, ni la menor partícula de polvo, nada de todo eso puede desaparecer.
>
> WILLIAM BLAKE, *Poemas*.

—Bueno, un poeta al fin y al cabo.

—Pues ahógate y verás.

> El Dr. J. Forbes Winslow, en su libro *Las Enfermedades Oscuras del Espíritu*, cita a un hombre que, desde lo alto de un barco, cayó al mar y se estuvo ahogando durante dos minutos...:
>
> De este modo, viajando hacia atrás, cada incidente pasado de mi vida parecía fulgurar a través de mi memoria en un orden invertido, no sólo en sus grandes líneas, sino formando un cuadro completo con todos sus detalles; en una palabra, el conjunto de mi existencia parecía colocado ante mí como una especie de vista panorámica.
>
> ANDREW TOMAS, *La Barrera del Tiempo*.

Testimonios como éste son frecuentes en multitud de experiencias próximas a la muerte. No sólo se hacen registros tipo Hollywood: la Mente Cósmica Universal supera en mucho a la factoría Spilberg.

Y no sólo la Mente Cósmica: la realidad manifiesta, también. De 1938 a 1998 reaparece el celacanto. En aguas ribereñas del Océano

Índico, tan distantes entre sí como las de Sudáfrica e Indonesia, se pescan ejemplares de un pez dado por desaparecido hace... ¡setenta millones de años! Antes del tiempo de los dinosaurios. Michael Crichton se quedó corto con su *Parque Jurásico*. Y si es evidente la presencia de celacantos en nuestro planeta, ¿quién nos dice que no veremos bien vivitos iguanodontes, mamuts o tigres de diente de sable, especies mucho más recientes?... ¡o dinosaurios!

Volviendo a la Gran Mente, si nosotros, simples humanos con limitados medios, somos capaces de grabar, ¿qué no podrá grabar Ella? ¿No has oído hablar de los Registros Akáshicos? En todo momento estamos siendo vigilados y grabados; es condición indispensable para el cumplimiento de la Ley del Karma. Es posible recibir emisiones en diferido en casos extremos, aunque para los muy intuitivos —y Cáncer lo es— también es posible conectarse en estado distendido.

¿En qué medio se graban los hechos de nuestra existencia? No sé si es en los campos morfogenéticos, en el éter, en la antimateria, en la "materia oscura" o en mundos sutiles; el caso es que no todo es materia grosera y que efectivamente se graban. A nuestro universo fenoménico le corresponde otro universo nouménico, no menos real y existente.

Ocurre con los individuos y ocurre con los pueblos: tienen memoria colectiva. Cáncer es lunar y la Luna opera sobre el sentir de las masas.

Te propongo un ejercicio de imaginación: hoy es el día 15 de Junio de 1389 —28 de Junio de 1389 en calendario gregoriano—, estamos en los Balcanes, concretamente en Kosovo Polje —el Campo de los Mirlos—. Desde un altozano, divisamos una llanura. Tú eres un pastor cuidando un rebaño de ovinos y yo soy un monje ermitaño. Observamos un halcón con una alondra en el pico volando hacia un ejército serbio de veinticinco mil hombres; frente a él, hay otro ejército, turco, de cuarenta mil combatientes. Horas después, el ejército serbio está hecho trizas y toda su nobleza aniquilada. A mí se me ocurre decir que el halcón era San Elías y que la alondra era un mensaje enviado por la Virgen María desde Jerusalén al rey serbio Lazar en el que le daba a elegir entre la victoria en este mundo o la gloria en el otro. A la vista del resultado, parece que Lazar escogió lo último. Tú te lo crees y lo difundes por los pueblos.

¿A quién le importaría todo esto unos seiscientos años más tarde? Por lo menos a un millón de serbios reunidos a propósito, para rememorarlo, en el mismísimo Campo de los Mirlos el 28 de junio de 1989, en un territorio habitado en un noventa por ciento por albaneses que repoblaron la zona tras la conquista islámica. Kosovo, pues, tiene Pasado serbio y Presente albanés.

Para el tanguista Carlos Gardel, veinte años no es nada, pero es que para unos serbios que disparan un mortero en 1998, los seiscientos nueve años pasados desde la debacle de Kosovo Polje son nada y menos. Están intentando reescribir la historia tal y como, según ellos, había de ser tras una soñada victoria contra los turcos en 1389. ¡Cuidado con la memoria colectiva, todos los nazismos beben de ella!

Algunas veces es más entrañable que trágico. Por ejemplo, un grupo de turistas hebreos revive por las juderías de Toledo o de Córdoba lo que había de ser su estancia en Sepharat (España) antes de la expulsión de sus antepasados quinientos años atrás. Bastantes de ellos conservan en el habla el hispano arcaico y algunos, aún, las llaves de los hogares de sus antepasados. Esos mismos hebreos pueden estar sosteniendo una guerra contra los palestinos, intentando reconquistar los terrenos que pertenecieron a su estirpe en tiempos de Salomón. Los ejemplos serían interminables.

LA LUNA: LAS CUATRO CARAS DE EVA

Nuestro satélite, por un lado, es un caso de constancia; es el astro que más fácilmente se puede seguir a simple vista y desde antaño sirvió para la medición regular del tiempo y la confección de calendarios. Por otro lado, cambia de semblante con ánimo veleidoso, muda su faz y es el astro más veloz en su recorrido observable. Símbolo del Eterno Femenino, es el único regente del signo zodiacal de Cáncer, conllevando la doble función de regencia diurna y nocturna. No es difícil de comprender, su ciclo mensual consta de dos hemiciclos: uno creciente, en el que acepta los valores *Yang* de la luz solar y en el que se sugiere un ritmo de crecimiento e iniciativa, y otro menguante, en el que los valores *Yin* toman el relevo y desdeña las caricias del Sol, buscando la oscuridad en su vertiente menos propensa a la actividad externa.

Desde el punto de vista simbólico, siempre me intrigó la proliferación de diosas lunares dentro de un mismo contexto mitológico; pongamos por caso el grecolatino. Cuatro deidades: SELENE, JUNO, DIANA Y HÉCATE parecen disputarse el honor de ser diosa de la LUNA.

Tradicionalmente y asimismo, el periplo lunar se ha dividido en sus consabidas cuatro fases. Las cuatro deidades lunares, Selene, Juno, Diana y Hécate —por este orden— dan cuenta de esta toma de relevos a lo largo del ciclo lunar, tomando como inicio la Luna Nueva. Cada una de ellas representa un subarquetipo dentro del gran arquetipo lunar. Posiblemente, los anónimos sabios que elaboraron la simbología mitológica supieron distinguir cuatro subpersonalidades esenciales dentro del complejo carácter lunar, según el ritmo de las cuatro fases del sínodo.

De alguna forma, cada una de las cuatro caras de Eva Luna —Selene, Juno, Diana y Hécate— se expande por las otras tres restantes, pero se manifiesta más poderosamente en el subperiodo que le es propio.

La persona fuertemente imbuida del sentido cáncer-luna del tiempo puede parecer desconcertante, los estados de ánimo asociados a sus funciones temporales cambian con la misma facilidad y velocidad con que nuestro satélite nos orbita. Y es que ora muestra el talante de Selene, ora el de Juno; ora el de Diana, ora el de Hécate, y así sucesivamente. Merece la pena observar la evolución de nuestro psiquismo en virtud de la alternancia de las cuatro fases.

Tomemos como inicio y final la Luna Nueva. Ambos, Sol y Luna, "se unen" en el cielo; sus principios parecen fundirse:

> Encima de las montañas
> De la Luna,
> Debajo del valle de la sombra,
> Cabalga osadamente, cabalga,
> Si buscas Eldorado.

EDGAR ALLAN POE, *Poemas.*

El gran principio lunar implica una búsqueda de Eldorado, todo Gran *Yin* busca el Gran *Yang*, y viceversa; al principio solar habría que equilibrarlo con "Elplateado". En la mágica sementera de la lunación, ambos principios se acoplan, sin más ropaje que la oscuridad del cielo.

TIEMPO SELENE: LA INGENUA

A partir de la lunación, comienza la fase que finalizará en el cuarto creciente. En ella, vemos la puesta en escena de Selene, la primera relevista. Su prototipo será alguien que exprese una poética ingenuidad, que se sienta como un bebé haciendo sus primeros pinitos o como una jovencita aún no acostumbrada a andar con tacones, y que tenga necesidad de una gran nutrición afectiva.

Selene en el *Mithos* es una joven que emprende escarceos amorosos y se corresponde con la fase de nuestras vidas —renovada mensualmente por el ciclo lunar— en la que estamos abiertos a novedosas experiencias afectivas.

Es un cuarto de ciclo análogo a los primeros años de la vida, en los que lo real y lo fabuloso se funden. Es un periodo infantil y tan curioso como tímido. La madre hace de Cosmos; la Providencia progenitora, junto con la leche, aporta los estados de ánimo que recoge de la Naturaleza.

El Pasado abruma; la experiencia oceánica del útero—y aún más: el periodo entrevidas— está demasiado reciente, los recuerdos de vidas anteriores son muy vívidos y existe una gran facilidad para percibir y comunicarse con seres elementales y angelicales. Como contraste, el cuerpo material manifiesto reclama su incipiente rol. Los ciclos biológicos de la ingestión y la defecación, por ejemplo, imponen un sentido del tiempo que nos hace recordar que ya no estamos en el Cielo. El tiempo estructurado empieza a relegar la ausencia de Pasado, Presente y Futuro de la experiencia prenatal. En la tierna psiquis selenita se graban recuerdos e impresiones que nos acompañarán durante todo el ciclo; la receptividad es máxima y el énfasis no está tanto en la libertad como en la seguridad.

Es el tiempo más "cangrejo", puesto que lo vivido atrae; pero es desafiado por el transcurrir de los acontecimientos. Nos creamos una deuda kármica con la familia en general y con la madre en particular, y ésta no olvidará pasar —de una forma u otra— la factura.

Un nuevo ejemplo que incluyese a madre, familia y cangrejos no nos vendría mal. En la dedicatoria de la novela *El Club de la Buena Estrella*, de Amy Tan, leemos lo siguiente:

> A mi madre
> Y a la memoria de mi madre.
> Cierta vez me preguntaste qué recordaría.
> Esto, y mucho más.

¡Qué cáncer! El apego a la madre prefigura las emociones que albergamos durante el resto de nuestro ciclo vital. Amy recuerda:

> Para la cena del último Año Nuevo Chino, mi madre cocinó once cangrejos, uno por persona y un cangrejo de más... Recuerdo los ruidos que hacían todos, quebrando los caparazones, chupando la carne de cangrejo, rebañando los restos con las puntas de los palillos... y el silencio de mi madre.

Desde Nueva a Creciente, se siembra la semilla de la futura memoria. Los apegos emocionales son indispensables para la subsistencia. Tácitamente, la madre parece pedir poco a cambio, tan sólo... que no se olvide. El recuerdo, y el poder de influencia que conlleva, es la recompensa de la progenitora.

En fase selenita es de vital importancia saber expresar las necesidades y el individuo hace, asimismo, un gran esfuerzo por comprender los mensajes de su entorno. El bebé reproduce las primeras palabras que escucha, porque intuye el nivel conversacional, aunque no es todavía consciente de los significados verbales. Se parece a las aves parlanchinas que repiten sonidos inconscientemente, pero a ellas también se parecen muchos locutores y reporteros, más o menos sensacionalistas, que venden chismorreos. Se alimentan del inmaduro nivel Selene, no trascendido por muchas personas aparentemente adultas pero que sienten curiosidad por las triviales informaciones de su entorno emocional.

La Historia, como disciplina, es un cotilleo más serio, aunque bebe de la misma fuente, ya que el historiador, al indagar en hechos remotos que le ocurrieron a otros y que no le afectan a él especialmente, protege su propia vulnerabilidad emocional. El transcurso de las cosas amenaza con borrar todo registro, pero si algo está emocionalmente grabado, el lunático subconsciente tiene billete de ida y vuelta para viajar por el túnel del tiempo. Si queréis una azafata para tan singular viaje podríais solicitar la colaboración de Elizabeth. —¿Qué Elizabeth?

TIEMPO JUNO: LA MATERNAL

Queen Mum, "reina mamá" para los británicos. Hace poco cumplió su noventa y ocho aniversario, con fanfarria del regimiento de guardia de Gales incluida y congregación de un gentío en su mayoría constituido por personas, digamos, de mediana edad acompañadas de alucinados niños.

¿Por qué tanta celebración?, ¿qué ha hecho esa mujer, aparte de haber sobrevivido a dos guerras mundiales, de haber lucido pamelas y modelitos de dudoso gusto y de no haberse muerto de un berrinche por los profusos escándalos de su familia? Vivir a cuerpo de reina y poco más. Las personas preguntadas por los reporteros apenas sabían explicar por qué la aclamaban de ese modo. Es totalmente irracional.

Sin embargo, arremolina sobre sí los efluvios de Tiempo Cáncer en su versión Tiempo Selene derivando hacia Tiempo Juno. El subconsciente colectivo es poderoso. Acordarse del cumpleaños de la abuela es un rito común que consolida los lazos familiares. Al tratarse de la familia real, esos lazos son extensibles al sentir común de los súbditos de la nación. Es como decir: "Somos una familia emocionalmente unida y la prueba es que recordamos las fechas señaladas de nuestras celebraciones domésticas". Si cambiaran a la anciana por una actriz que se le pareciera y si el sombrerito en vez de ser fucsia fuera amarillo limón, daría igual. Lo importante es el valor fetichista del rito.

En Cuarto Creciente, Juno toma el relevo de Selene y le insta a que recuerde y cumpla. Nacimientos, aniversarios, bodas y funerales —ritos de paso y sucedáneos— son llamadas del sentir colectivo al subconsciente individual para agruparse, protegerse mutuamente y buscar en común el sustento alimenticio y emocional.

A la diosa de los níveos brazos le compete la función de reunir a los suyos en común recuerdo. Pasarse por alto fechas señaladas o estar un tiempo considerable sin llamar o hacer una visita ofende a la olímpica Juno. Te tildaría de descastado y desagradecido si no cumplieras con sus sociales obligaciones. Incluso en ámbitos tan áridos como los empresariales, a veces, hay una comida en común para reforzar este tiempo de lazos.

No sólo son fechas señaladas, además hay un cierto nivel intuitivo y prudente que requiere un recuerdo o un pequeño obsequio para seguir manteniendo lazos preestablecidos. Es una forma de conservar el caparazón del cangrejo, por si algo ocurriera e hiciera falta protección.

La Luna necesita Sol. No tiene brillo propio y de tan *Yin* que es puede tener una crisis de identidad; necesita algo de *Yang*. Necesita lucirse, que la vean, ser alguien para los demás. En Tiempo Juno, se acepta sin titubeo el tacto solar. Es como el matrimonio que sale del brazo a pasear por la calle mayor de la localidad para que todos los vean. Se pavonean. No en vano, pero sí en vanidad, el animal emblemático de Juno es el pavo real.

En Juno, la Luna parece quedar preñada y "engordar", induce con ello una subordinación de la emotividad individual al instinto reproductivo común de la especie. En esta fase es cuando los contenidos subconscientes afloran más a la luz pública; la fase de cuarto creciente a llena es la que aporta más eventos noticiables y, por tanto, más registrables en datos y estadísticas.

TIEMPO DIANA: LA REBELDE

La publicidad que Juno —la Luna sobre la Tierra— le da a la repercusión de los asuntos subconscientes —sea Historia, estadística o chismorreo— llega a su paroxismo durante la Luna Llena. En ella, el subconsciente público se vuelve lunático y el individual, cansado del brillo, se torna desdeñoso y arisco. Al producirse el cambio de hemiciclo, se genera un "Conflicto Terminator" entre Juno y Diana, la siguiente relevista —recordemos que, en Astronomía, se designa Franja Terminator al límite entre la cara visible y la cara oculta de la Luna—. El pavo real de Juno se inquieta al oír el canto de las rapaces nocturnas en la foresta próxima, los dominios de la díscola cazadora: Diana.

Se produce la rebelión de los auténticos deseos y con ellos se busca la íntima satisfacción de la gran carga emocional que hay en nosotros, que ya está harta de cumplidos y que siente la imperiosa necesidad de liberar sus propias pulsiones.

Puede ser el tiempo de lo mejor y de lo peor. Durante la Luna Llena, es frecuente que se dé un forcejeo entre lo moralmente aceptado y lo que el subconsciente fuertemente demanda al individuo. Se produce una despersonificación; lo reprimido en el hemiciclo público y convencional reivindica su realidad latente y el derecho, nunca olvidado, a su furtiva privacidad. Curiosamente, repercute en lo noticiable de forma indirecta, pues no pocos hechos extraños alimentan las páginas de sucesos durante el comienzo de esta fase.

El mismo factor que nos hace correr las cortinas en casa para que no nos vean vecinos y viandantes nos hace cuidar facetas poco mostrables públicamente, pero que si las ignoramos, producen un represivo desequilibrio interno.

La andrógina Diana se rebela; la Señora de las Bestias nos recuerda la parte más fuertemente instintiva y bestial que subyace bajo nuestros ropajes sociales. Quizá el mito-leyenda de la licantropía —hombre lobo incluido— no le va muy a la zaga a este asunto. El aullido ante la Luna Llena indica el comienzo de una fase en la que hemos de ser lo que sentimos, por poco apropiado que parezca.

Puede haber todo tipo de manías, fantasías o actitudes poco habituales —solitarias o en muy poca compañía—. Puede tratarse de sentirse libre caminando por el bosque, o cerca del mar, o contemplar embelesados la Luna Llena. Puede ser escribir poemas y volar con la imaginación.

La procreación se desdeña como motivo; es la satisfacción de los propios deseos lo que prevalece. Intuimos que los temas escorpiónicos tienen cierta similitud con esta fase lunar —fue precisamente un escorpión enviado por Diana-Artemisa el que mató al gigante Orión—. En la antigua Grecia, de donde proviene la simbología que propiciaría la existencia de la Diana latina, los temas sexuales se vivían con muchos menos tapujos que en la sociedad actual, de ahí que la liberación de lo reprimido en el subconsciente no sobrellevara una carga especialmente sexual. En las sociedades en las que predomina el hebreo-cristianismo, el sexo está más reprimido; debido a ello, en Tiempo Diana afloran más contenidos sexuales, junto con otros de diversa índole.

La Artemisa griega y la Diana latina eran diosas veneradas en el contexto grecolatino. Significativamente, el templo de Artemisa en Éfeso fue una de las Siete Maravillas del Mundo Antiguo. Sin embargo, la figura correspondiente en el mundo hebreo, Llith, fue maltratada, borrada de las páginas del Génesis, calumniada y exiliada a la cara oculta de la Luna, lo que quiere decir que las sociedades "del Libro" se generan un karma que han de pagar con sucesos extraños —a veces violentos— por no saber canalizar adecuadamente la espontánea energía *Yin*. Un énfasis patriarcal excesivo impone a nuestro lado *Yin* una situación tensa que hace que cuando, por cualquier resquicio, aflore a la superficie, lo haga de forma abrupta. Todas aquellas sociedades donde no hay sacerdotisas o danzarinas consagradas son sociedades insanas.

En el entorno cáncer, Tiempo Diana actúa por saturación emocional; no tiene crono, tiene pulsión. Una de sus representaciones es el eterno conflicto de la jovencita que por la noche llega tarde a casa. El culto a sus sentimientos se siente amenazado por las preguntas: —¿Con quién has estado?, ¿qué has hecho?, ¿por qué llegas tarde?

Formular tales inquisiciones es enseñar a mentir, porque ella tiene derecho a su vida privada.

—Es que se me olvidó el reloj.

Nadie se lo cree, pero es cierto: los relojes no tiene razón de ser en Tiempo Diana. Se le olvidó porque algo dentro de ella deseó olvidarlo.

El subconsciente en la Luna Oscura —Diana representa la cara oculta— es desdeñoso con los relojes; éstos parecen fundirse dalinianamente. Olvida qué día es, no acude a los compromisos, busca silvestremente su propia satisfacción. En Tiempo Diana, se producen no pocos conflictos internos en el ser humano; de Llena a Cuarto Menguante, inexorablemente la sombra vence a la luz. Es el tiempo de los deseos, cuando la máxima sinceridad golpea al individuo. No valen las vanidades sociales, ni el qué dirán de Juno; los sentimientos genuinos exigen la sumisión del yo social:

> Me dormí, pero un sueño agotador me despertó: Inix, el pájaro de los deseos nocturnos, cantaba locamente a lo lejos. Suspiré estremecida. Un brazo que languidecía como una flor se elevó poco a poco en el aire, hacia la Luna.
>
> PIERRE LOUIS, *La Canción de Bilitis.*

Diana-Artemisa-Lilith sonríe —es la misma: la cara oculta de la Luna manifestada en la Tierra— es su revancha, quizá su venganza. Atrás quedaron los formalismos, los recordatorios y los ritos de paso. En los sueños, sigue manifestándose —con su consiguiente desdén por la cronometría y hacia la moral establecida—. Hay sueños compensatorios en los que la psiquis vive aquello que no se le ha permitido en el tiempo de vigilia.

Desgraciadamente, ya no se construyen templos a Diana —al menos oficialmente—, pero el pueblo erige sus propios santuarios, ya que el poderoso arquetipo subsiste. En 1998 se creó un curioso museo en la localidad natal de la fallecida en extrañas circunstancias Lady Diana Spencer, Princesa de Gales. Al igual que ocurre con la octogenaria Reina Madre, el culto a su personalidad es irracional. Cierto que ayudó a los niños pobres, pero a los niños pobres les ayudan mucha gente y no todos son tan "venerados". En este caso, puede que la nomenclatura no sea casualidad; Lady Di —Sol en Cáncer—, de alguna forma, arremolina los efluvios de Tiempo Diana y el sentir popular lo percibe. Simboliza el subarquetipo del individuo que trata de ser fiel a sus propios sentimientos antes que ajustarse a protocolos y convencionalismos. En este sentido, manifiesta la esencia de la agreste y furtiva Artemisa griega, o si lo preferís, en su versión latina: Diana.

TIEMPO HÉCATE: LA SABIA

El cuarto menguante se encarga de darle un aviso a la Señora de las Bestias. Ella desdeña el tiempo, pero lo percibe y sabe que existe. Intuye el momento de volver a la madriguera. Cada mochuelo a su olivo y cada licántropo a su guarida.

En lo más antisocial de la noche, una extraña figura se aproxima: una mujer de edad indescifrable. Parece despertar cuando todos duermen. Silencio: se trata de Hécate, la que sabe cómo terminan todas las historias.

En el periodo temporal y psíquico análogo al cuarto menguante, Hécate, por mor de la sapiencia que acumula, recoge el testigo de Diana y le insta a reconocer un límite a sus expansiones. El aspecto de la mujer es intrigante, pero su actitud, balsámica. Es afín a Diana y parece calmarla —comparte con ella el hemiciclo oscuro—. Su relevo es un tiempo reparador y bienhechor en el que todos descansan, empero no deja de inquietarnos, pues nos recuerda que existen leyes arcanas que no debemos transgredir. En su seno germina la trama de los oráculos sibilinos.

Quizá es joven, pero parece "la abuela del mundo"; las paredes de su hogar son rocas y hasta los animales más extraños la respetan. Es la dueña de la Magia. Sin afán por la reputación, se aparta de la ostentación de Juno y es la encargada de ponerle fin al ciclo. Su alma, más que propia, parece surgir de las entrañas de Gaia. Sabe cómo se atrae y cómo se rechaza, cómo calmar y cómo desasosegar. Para ella todo ha ocurrido ya, no hay decisiones que tomar. Su experiencia está colmada. El personaje literario de la Celestina, experta en artes ocultas, se siente a gusto en Tiempo Hécate, y en parte refleja la personalidad de la Luna en el Inframundo. De este modo, Fernando de Rojas le hace aleccionar a Pármeno:

> ¿Qué es razón, loco? ¿Qué es afecto, asnillo? La discreción, que no tienes, lo determina, y de la discreción, la mayor es la prudencia. Y la prudencia no puede ser sin esperimento, y la esperiencia no puede ser más que en los viejos. Y los ancianos somos llamados padres, y los buenos padres bien aconsejan a sus hijos, y en especial yo a ti, cuya vida y honra más que la mía deseo.

¿Qué mejor "esperiencia" que los consejos de la inframundana Hécate? No seamos "asnillos" y respetémosla. Hécate es la encargada de bajar el telón de la noche; como cómplice, correrá, alcahuetamente, el oscuro velo que oculte la próxima cópula del rey y la reina, del Sol y la Luna. Es la portadora de la profecía celestina que augura el fin y el comienzo de un nuevo ciclo lunar.

Es maga, esotérica, pitonisa, trotaconventos y alcahueta. Responde con soluciones —a veces más enigmáticas que las preguntas— a todos quienes la solicitan. Nos parece artimañera y sabionda, pero hay algo en su porte que expresa respeto. Nos acordamos de ella en las encrucijadas de la vida, cuando nos asaltan la duda y la angustia; entonces, no importan la altanería ni el ropaje social: todos los humanos, poderosos o humildes —quizá a hurtadillas—, bajan unos peldaños y la consultan. Es la Magia Natural.

Nos ofrece un paréntesis en la duración de las cosas; junto a ella, todo se para. Si fuéramos sus servidores, seríamos longevos, porque ella asume en su piel y en sus cabellos las edades del Tiempo. Expresa la fase más ancestral y remota de Cáncer, en la que el tiempo de lo antiquísimo mantiene su vigencia.

En el más puro anonimato, redacta los cuentos simbólicos que narrarán a los niños, cuentos que exponen los argumentos que ellos habrán de vivir cuando crezcan, y es que ella conoce y conserva el poder del "Érase una vez...", que nos redefine continuamente.

Y la Luna desaparece. Se acabó su prestado brillo; acude de nuevo a Eldorado por más luz, y Hécate corre un manto más oscuro que la noche. Cubre los esponsales del principio femenino por excelencia con el necesario principio solar que la complementa. Valentin Andreae lo ejemplifica y simboliza en *Las Bodas Alquímicas de Christian Rosenkreutz*:

> Se levantó una cortina y vi al Rey y a la Reina. ¡Cuánto era el esplendor de su Majestad! De no haberme acordado de los sabios consejos dados por la Reina el día anterior, habría podido, desbordante de entusiasmo, comparar con el cielo esa gloria tan increíble.

La vivencia del tiempo en ese colofón sólo es equiparable a la Quintaesencia. El pelícano de pico iridiscente, juguetonamente, despereza sus alas.

Resta poco para ver salir de nuevo la sonrisa de la Luna. El testigo ha sido entregado en su destino final y la prolífica es de nuevo fecundada en el tálamo celeste, garantizando el comienzo de un nuevo ciclo.

Cáncer experimenta en sus vivencias —¡y qué vivencias!— el relevo de las cuatro féminas, desconcertando a propios y extraños, e incluso a sí mismo. No puede identificarse con un tiempo lunático más que con otro, porque nada se está quieto bajo su aparente tranquilidad. Cualquiera de los cuatro subtiempos puede jugarle una mala pasada o hacerle gozar como sólo los niños saben.

De alguna mítica forma, Selene y Diana, por un lado, y Juno y Hécate, por otro, son valores opuestos y complementarios, tanto en el orden geométrico de las fases como en el simbólico de la interpretación. Selene —tal como la chinita comedora de cangrejos— es un ser en busca de experiencia que acepta el orden familiar y, sobre todo, el maternal. Diana, en cambio, es una díscola y una tránsfuga.

Juno, celosa de su reputación, busca lucir su reflejado brillo en el entorno social. Hécate, por el contrario, no tiene reputación. Nadie invitaría a esa "hechicera" a una velada "decente"; no obstante, es la que acumula más sabiduría.

La descripción simbólica del ciclo lunar anteriormente expuesta se apoya, entre otros, en dos factores. Uno es el concepto de fase lunar como periodo y no como punto. Por ejemplo, el cuarto creciente no sería una fase, sino el límite entre las fases que van de nueva a creciente y de creciente a llena.

El segundo factor es el valor de la analogía. Existe una correlación de significados entre las fases del ciclo lunar, las edades de la existencia humana, nuestros procesos psíquicos y la simbología mitológica. Todo ello fecunda y enriquece la interpretación astrológica.

En el capítulo anterior, decíamos que Tiempo Géminis es el que más se parece al tiempo, porque cambia y vuela; de Tiempo Cáncer cabría decir que es el más complejo, pero que su conocimiento abre grandes perspectivas para el autoconocimiento psíquico.

11

TIEMPO LEO

> ¡Vamos! Cojamos los mayores bueyes de Helios y sacrifiquémoslos a los Dioses inmortales que habitan el ancho Urano. Si volvemos a entrar en Ítaca, la patria madre, elevaremos en seguida a Helios un hermoso templo, donde colocaremos todo género de cosas valiosas; mas si, indignado a causa de sus bueyes de enhiestos cuernos, quiere perder la nave y los demás Dioses lo consienten, deseo mejor perecer de una vez ahogado por las olas que sufrir mucho tiempo en esta isla desierta.
>
> HOMERO, *La Odisea.*
> Euriloco a los compañeros de
> Ulises en la isla Trinakia.

En el orden zodiacal, Leo es el primer signo precedido por otro de su mismo elemento. De alguna forma, para conectar con la esencia temporal leonina, hemos de recordar el empuje inicial del Carnero. Aries vive intensamente el instante del Presente, pero su estallido de energía no tarda en agotarse y ha de reponerse para volver a surgir en un nuevo empuje. Leo va más lejos; agarra el Presente y lo ensancha hasta el punto de quedarse a vivir en él, se enseñorea: es el Señor del Presente. Para Leo, el Presente dura mucho más que un instante: puede durar toda una eternidad.

Un ejemplo del ensanchamiento del tiempo Presente, en el trasvase Aries-Leo, lo tenemos en la forma de entender el comic de los Hijos del Sol Naciente. En Tiempo Aries, hablábamos del "tris del ariete": el instante precioso del que dispone un deportista para anotar un tanto.

Pues bien, en el Manga —un tipo de comic japonés—, un solo disparo a puerta puede dibujarse y recrearse durante varias páginas. Puedes pasar un buen rato disfrutando de lo que para otro es fugaz. Cada ápice de momento tiene un valor diamantino. El tiempo se recrea; en esa línea están las repeticiones de las jugadas más interesantes de las retransmisiones deportivas. Se recrean las acciones —especialmente las exitosas— de forma tal que los espectadores viven y disfrutan durante más tiempo acciones que ocurrieron con bastante rapidez.

FUEGO: EL JUEGO DE LA VIDA

En el tarot, el arcano que representa al Sol muestra al Astro Rey sobre dos niños desnudos que juegan entre sí. ¿Habéis observado a los niños jugando? ¿Nos acordamos de cuando éramos niños y jugábamos? ¿Cómo vive el tiempo un niño que juega? ¿Qué sentimientos transmite?

Evidentemente, ayer y mañana, antes y después, no tienen sentido para un niño en pleno juego; no deja de vivir el Presente. Está Siendo. Lo que es, es. Lo que ocurre, ocurre. No hay otra cosa. ¡Una vivencia tan fácil de experimentar y a veces tan difícil de recuperar! La fogosidad solar de Tiempo Leo es lúdica; en ella, los objetos parecen disolverse y tan sólo subsisten las acciones puras. Hay niños que incluso juegan sin juguetes, únicamente con las acciones espontáneas de sus cuerpecitos, como los gatitos. Muchos místicos persiguen esto. Para conseguirlo, tendríamos que desentrenarnos, volver al dorado Presente y comprender que existen diversos tiempos, pero sólo hay uno que Es.

"Dejad que los niños vengan a mí; sólo siendo como ellos, podréis entrar en el reino de los cielos". De hecho, Tiempo Fuego en su versión leonina nos hace ser custodios de la Llama. La Llama del Eterno Presente es también la Llama del Amor y la Llama del Espíritu. Vivir el Presente, ¡cuántas veces se dice y qué pocas veces se hace!

Es el tiempo de la consciencia, sólo desde él podemos comprender y organizar los demás tiempos. Desde esta "onda cero" actúa el director de orquesta, armonizando los demás tiempos. Se parece al malabarista de antorchas que trabaja en el parque al atardecer: es el maestro de los ritmos fogosos.

El Presente no tiene límites; el Futuro nunca llega, retrocede ante nuestros pasos, y el Pasado se convierte en estatua de sal en cuanto volvemos la vista. Una forma de concebir el Eterno Presente es el Tiempo de los Sueños de los aborígenes australianos:

> Se experimenta como un "tiempo presente" que nunca termina, sino que se extiende hacia la eternidad, en la cual no hay pasado, presente ni futuro. Esto es muy distinto del fugaz momento presente, el momento situado entre el pasado y el futuro y que transcurre en un abrir y cerrar de ojos. En el Tiempo de los Sueños el tiempo no se agota; es siempre la primera vez que los dioses, antepasados primordiales y animales totémicos han llevado a cabo sus míticas proezas y se han comunicado directamente con los seres humanos.
>
> DEVEREUX, STEELE Y KUBRIN, *Gaia, la Tierra inteligente.*

Salir del Tiempo de los Sueños o Eterno Presente es una caída moral; nos hace salir del edén y dejar de ser niños desnudos jugando al sol.

Leo recoge y expresa los significados de la Casa Cinco astrológica: diversión, juego, amor y... sed de eternidad. Es la Casa donde dejamos nuestra semilla, en la progenie o en las obras de nuestra creatividad; el típico "plantar un árbol, escribir un libro y tener un hijo", aquella transmisión de nuestra propia esencia amorosa, que seguirá siendo aunque dejemos de existir en este mundo. Evidentemente, el creador se conecta a Tiempo Leo; se conecta al tiempo del recreo de los niños y se recrea creando. La apolínea y dorada emulsión del Presente hace brotar del corazón lo que ha de llegar a los corazones. No hay verdadero éxito sin esta fuerza griálica.

El Amor necesita de esta onda temporal para su manifestación. Si estás sobre el Ponte Vecchio de Florencia junto a tu ser amado viendo un dorado atardecer sobre las aguas del etrusco río Arno, es fácil que lo comprendas. Es clásica la imagen de los dos enamorados mirándose embelesados a los ojos, el tiempo no pasa, lo que pasa es la Eternidad entre ellos. Recrean, conectándose a un tiempo arquetípico, lo que tantos amantes han sentido en tantas épocas y en tantos lugares con la inmediatez de la autenticidad que se autoafirma. ¿Quién lo expresó mejor que Omar Jayyam?:

> Amada mía, deja que otros repitan
> Que el tiempo se esfuma bajo nuestros pies.
> Si el mañana aún no ha nacido y muerto está el ayer,
> ¿Para qué preocuparnos si hoy gozamos?

La aureola de Tiempo Leo nos aporta dos atributos muy especiales: es antidepresivo total y nos aporta el éxito, nada menos. En Onda Leo no hay depresión que valga, el Sol leonino levanta el ánimo. Nuevamente Omar Jayyam lo ilustra con sus versos:

> El tiempo se avergüenza de aquel que se entristece
> Pensando y apenándose por el paso del tiempo...

Hay, asimismo, muchas canciones que expresan la acción "antidepre" del Sol, regente de Leo, a través del Amor: "Eres como el sol de la mañana que entra por mi ventana...", "*You are the sunshine of my life...*", "*Sunday morning...*", etc.

En cuanto al éxito, la humanidad también ha elaborado conceptos temporales que le corresponden. En el capítulo dos de esta obra, se menciona a Kairos como Tiempo Eterno asociado al Tiempo Elemental Fuego. Marie Louise Von Franz explica que Kairos (o Kairós) es el advenimiento dichoso de las circunstancias favorables para actuar. Es un concepto próximo a Nike (Nice o Nikhé), diosa de la Victoria —recordemos la famosa Victoria de Samotracia, que se conserva en el Louvre—. Según la mencionada Marie Louise:

> Representa ese agente o momento misterioso en que los platillos de la balanza se inclinan a favor de uno u otro combatiente en la guerra o en una competencia lúdica.

Al fogoso Leo no le pasa inadvertida la aparición de Nike en el momento decisivo; su amor al Presente le hace percibirla claramente y congeniar enseguida con sus encantos. Es lo que se llama una corazonada. Las corazonadas de Leo parecen arriesgadas, pero "Yo, oso" es su lema; la suerte no sonríe a los cobardes. El héroe se relaciona con el Tiempo de la plena Eternidad:

> Las vidas de los grandes hombres nos recuerdan
> Que podemos vivir vidas sublimes,
> Y al partir dejar tras de nosotros
> Nuestras huellas en las arenas del tiempo...
>
> HENRY W. LONGFELLOW, *Salmo de vida.*

FIJO: EL TIEMPO TEME A LAS PIRÁMIDES

Si se nos plantease qué pueblo de la Tierra ha estado más vinculado a la Sabiduría, posiblemente se nos vendría a la mente el antiguo Egipto. Aún hoy, en las postrimerías de la así llamada era cristiana, la "egiptomanía" sigue causando furor. ¿Cómo puede un mensaje perdurar tantísimo en el tiempo? Ha de tener mucha fuerza; y de algún modo, también mucha fijeza. La proliferación de momias y pirámides implica la labor de todo un pueblo en continua pugna con el tiempo. Se ha dicho: "Todo el mundo teme al tiempo, pero el tiempo teme a las pirámides de Egipto".

Por otro lado, los cultos solares nunca ni en ninguna otra parte han estado más arraigados que en la ancestral cultura del país del Nilo. Los dioses más diversos del panteón egipcio han estado representados con el disco solar sobre sus cabezas. ¿Hay alguna clave en la esencia espiritual solar que otorgue la perdurabilidad?

Preguntadle a la esfinge, ella lo sabe. La esfinge de Gizeh es uno de los monumentos más antiguos en el país de los adoradores del Sol. Su simbología —reproducida posteriormente en los cuatro Evangelistas—

expresa la síntesis de los cuatro signos Fijos del Zodiaco. Su faz se dirige hacia el Este, lugar del nacimiento solar diario. Es el símbolo del orden cósmico, que no puede ser alterado por la vanidad y la necedad humanas.

Alquímicamente, sabemos que el metal correspondiente a Leo-Sol es el oro, y ¿qué diríamos del oro con respecto al tiempo? ¿Denota perdurabilidad? ¿Nos hace intuir la Eternidad?

> El oro es eterno.
>
> El oro siempre es oro. Con él, cobran sentido expresiones como "para siempre". No se oxida, no se desintegra y no se altera, propiedades que lo cualifican para aplicaciones médicas dentales.
>
> En 1922, cuando se encontró en Mesopotamia la corona de oro de la reina Shub Ad, con más de cuatro mil años de antigüedad, aún parecía nueva.
>
> MP MULTIEXPRES, *Piedras preciosas*.

Los antiguos egipcios llamaban a su país *Kemi*. La palabra "Alquimia" deriva de *Kemi*; *Al-Kemi* quiere decir 'de Egipto'. La Alquimia es la ciencia del oro. El oro es el metal de Leo, análogo en su incorruptible esencia a la autenticidad solar. El oro exterior que trabajan los orfebres es sólo una tenue manifestación del Oro Interior, buscado por los alquimistas. La Transmutación es la clave de la Eternidad. En Tiempo Leo, conectamos con valores permanentes y eternos, de ahí la habitual "testarudez" de este signo, ya que sus decisiones están basadas en convicciones y principios no sujetos a contingencias.

En bastantes libros, se menciona el oro como el metal análogo a la esencia de Leo, por su nobleza e incorruptibilidad; pero noble e incorruptible es también el diamante, ¿qué transmite más el sentimiento de Eternidad que un diamante? En algunos libros, mencionan al diamante como asociado a Aries y a Marte, y en otros, a Leo. No sólo el oro es el símbolo alquímico de la espiritualidad: el diamante es también símbolo de la espiritualidad perenne:

> Nada es tan permanente como un diamante, y esta metáfora, la idea del más mineral de los objetos como el más permanente, se asocia con ser el más espiritual. Jesucristo es llamado "la roca de las eras". Incluso los budistas han utilizado el diamante como una imagen de la realidad fundamental del universo.
>
> ALAN WATTS, *La vida como juego.*

El pensador, orador y místico Alan Watts no sólo captó la esencialidad espiritual del diamante: también se percató de que gran parte de las carencias espirituales de nuestra sociedad son debidas a su desvinculación con el Presente:

> Vivimos en una cultura enteramente hipnotizada por la ilusión del tiempo, en la cual el así llamado momento presente se concibe como una infinitesimal línea capilar entre un todopoderoso pasado causativo y un futuro absorbentemente importante. No tenemos presente. Nuestra consciencia está casi completamente captada por la memoria y las expectativas. No nos damos cuenta de que nunca habrá otra experiencia más que el presente.
>
> ALAN WATTS, *La práctica de la Meditación.*

No es de extrañar que nuestra sociedad, ya claramente en la Era de Acuario —signo diametralmente opuesto a Leo— tenga dificultades para vivir el Presente del Presente, sumida en un torbellino de contingencias, a veces disparatadas, que componen la actualidad. Sin embargo, la Eternidad adorada por tantos pueblos ancestrales no es algo inmóvil y rígido: es algo refulgente que continuamente se recrea a sí misma de forma dinámica. Decía Heráclito que el tiempo es la imagen móvil de la eternidad. Otros pensadores así lo han expresado:

> El ser humano debe asimilar el concepto de Eternidad como dinamismo y no como la situación congelada y quieta que aterra a cualquier mente pensante.
>
> SAIDI AHUERMA, *Del Ser y su manifestación en el arte.*

El diamantífero Eterno Presente es como un director de orquesta. No es un tiempo más: es el tiempo que cohesiona, organiza y dirige los demás tiempos, porque está basado en el yo interno del individuo y del Cosmos. Sin su actuación, el concierto es un desconcierto y aparece la demencia propia de la fragmentación de consciencia. Tiempo Leo, por su modalidad fija, es un tiempo integral, sin su participación el individuo no vive en sí, y la sociedad tampoco.

Esta visión global del tiempo hace que Leo otorgue capacidad de liderazgo y dirección, lo que no es fácil de adquirir y desarrollar desde otros tiempos; el responsable de la batuta ha de hacer que los tiempos de los instrumentistas funcionen el unísono dentro del mismo orden dinámico, del mismo modo que nuestro yo interior ha de hacer que nuestras diversas subpersonalidades se interrelacionen armoniosamente dentro de un mismo orden psicodinámico.

YO SOY: LA SÍLABA SEMILLA *OM*...

Leemos en los Upanisads:

> Om. Los Dioses llegaron a los mundos celestes y preguntaron a Rudra: ¿Quién eres Tú?
>
> Rudra respondió: (...) Soy el himno que se canta al Sol (...). Soy el fuego doméstico. Soy el fuego del sur. El fuego para las ofrendas. Soy la verdad (...). Soy el eterno y también el transeúnte.

¡Aum!... ¡Om!... La sílaba semilla que expresa la identidad del Ser, del "Yo Soy" eterno y transeúnte.

Gramaticalmente, a Leo le corresponde el Presente (Fijo) del Presente (Fuego), por tanto, la autofirmación: "Yo Soy". En el capítulo cinco de esta obra, lo utilizamos como punto de partida desde el cual viajar a los otros tiempos gramaticales y zodiacales. Por tanto, para comprender a Tiempo Leo no necesitamos desplazarnos: ya estamos en él. Ahora mismo.

Decía Lao-Tsé que sin salir de casa se conoce el mundo. No se necesitan desplazamientos espaciales para alcanzar la sabiduría; del mismo modo, tampoco es necesario viajar por el tiempo para experimentar la eternidad.

En el ámbito esotérico, no se nos pasa desapercibida la expresión "Yo Soy". Un hijo de Franz Leopold, el príncipe Rakoczy de Transilvania, fue educado por la familia Medicis en Italia; su familia tenía unos terrenos en San Germano —localidad del Tirol italiano—, de la cual tomó su sobrenombre: Saint Germain.

A Saint Germain, misterioso personaje, se le consideró con grandes conocimientos y poderes de todo lo relacionado con el saber oculto. A él se le atribuye el contenido de un libro titulado *El Libro de Oro de Saint Germain,* todo el cual es una paráfrasis de la dorada expresión "Yo Soy", la misma frase que utilizamos para simbolizar gramaticalmente a Tiempo Leo. Son frecuentes, en la obra mencionada, las alusiones a factores leoninos, tales como el corazón o el color dorado. Pero no deja de introducirse profundamente en el tiempo:

> YO SOY la Poderosa Presencia ordenando el Tiempo, todo el Tiempo que yo necesite para la realización y aplicación de esta Poderosa Verdad.

Al parecer, Saint Germain nos corrobora el dorado arquetipo en el que se sintetizan la gramaticalidad "Yo Soy" con el concepto del Tiempo Eterno:

> La actividad exterior de la mente es un Maya que pasa y se mueve como las arenas del desierto, y no debe causarle a nadie ningún temor, porque YO SOY la Vida eterna que no tiene comienzo ni tiene fin.

Astrológicamente, tampoco se nos pasan por alto las claras alusiones al arquetipo Sol-Leo, por ejemplo, la disolución de temores y la analogía con el corazón:

> ... el corazón de la Presencia YO SOY, que es juventud y belleza eterna, la toda sapiente Presencia que contiene en su auto-

consciente acción el pasado, el presente y el futuro, que después de todo no son sino el eterno ahora.

Evidentemente, si Saint Germain tenía profundos conocimientos de Alquimia, necesariamente debía poseer no menos conocimientos de Astrología, ya que la esencia de los metales de aquélla se basa en la simbología planetaria de ésta. Por si la conexión no estuviera suficientemente clara, al hablar del potente "Yo Soy", alude directamente al Sol, regente de Leo:

> Cuando tú miras al Sol Físico, en realidad estás mirando al gran Sol Central, al propio corazón de la Presencia YO SOY.

Del Tiempo Eterno implicado en la autoafirmación de la Identidad, surgen esplendorosas joyas. Dos de ellas son el amor a la Belleza y la práctica de la Generosidad. Como veremos, ambas esencias están ligadas a vivir el Presente y el hoy como algo eterno. Conectándonos a la esencia temporal del Presente del Presente, viviremos rodeados de Belleza y de Generosidad. Si aún lo dudamos, podemos escuchar las enseñanzas de Khalil Gibran y de Deepak Chopra:

> Y un astrónomo dijo: Maestro, ¿y el Tiempo? Y él respondió: Mediríais el tiempo, lo inconmensurable... Sin embargo, lo eterno en vosotros es consciente de la eternidad de la vida.
>
> La belleza es la eternidad que se contempla a sí misma en un espejo.

KHALIL GIBRAN, *El Profeta.*

Para Gibran, nuestra forma de vivir el tiempo y, en concreto, el Presente condiciona nuestra percepción de la Belleza. Para Chopra, además, vivir el Presente nos proporciona un montón de regalos:

> El pasado es historia; el futuro es un misterio, y este momento es un don. Por eso llamamos a este momento el presente.

DEEPAK CHOPRA, *Las Siete Leyes Espirituales del Éxito.*

Leo es Fuego y es Fijo; es un fuego prácticamente perenne como el del Sol; es un fuego que no se consume.

> —¿Quién eres?
> —Yo Soy el que Soy.
> Y la zarza no se consumía.

EL SOL: PADRE NUESTRO QUE ESTÁS EN LOS CIELOS

El Sol representa el principio esencial masculino que anima el arquetipo zodiacal de Leo. Tiene su equivalente en todos los sistemas religiosos y en todas las ciencias humanas; desde la hostia irradiante que se alza en la misa hasta el llamado Yo Transpersonal de la Psicosíntesis. El Astro Rey simboliza la esencia masculina paterna, tanto en el Cosmos de fuera como para el de dentro.

El cielo exterior se corresponde con el cielo psíquico interior y, de este modo, el Sol externo con nuestro Sol interno. El Astro Rey simboliza la esencia masculina paterna, tanto en el Cosmos de fuera como en el de dentro. El Sol es el padre nuestro que está en el cielo, pero también el arquetipo paterno de nuestra consciencia y, por ende, la visión del rol progenitor que tengamos en el mundo. Observando el estado cósmico del dorado luminar en nuestra Carta Natal, tenemos una visión simbólica pero directa de nuestro líder interior.

La vivencia de Tiempo Leo como conexión con el Eterno Ahora es una manifestación en la cadena de manifestaciones del principio solar, al tiempo que nuestra estrella es una majestuosa y modesta representación de los innumerables soles que eternamente están refulgiendo.

De modo similar a como en el capítulo anterior se expresaba la combinación, dentro del ciclo temporal, de los diversos arquetipos lunares representados en un mismo orden mítico, en lo que respecta al Sol, también se puede realizar una síntesis mítica de los tiempos. Al igual que con la Luna, en la mitología grecolatina se encuentran varias deidades que han de encajar en un solo arquetipo dinámico: los evidentes Helios y Apolo y el recóndito, pero potente, Vulcano. Y, casi sin darnos cuenta, nos metemos de lleno en el mismísimo misterio. En el misterio de la Santísima Trinidad:

> La Mente del Padre proclamó que
> Todo debía ser dividido en tres. Su
> Voluntad consintió y al instante todas las cosas
> Fueron así divididas (...)
> Él, quien gobierna todas las cosas con la Mente
> De lo Eterno.

G.R.S. MEAD, *Los oráculos caldeos: fragmentos de la gnosis alejandrina.*

Tenemos, por tanto, la tripartición del Padre y tenemos, además, la trilogía Helios-Apolo-Vulcano —siendo este último el representante del fuego solar en las entrañas de Gaia-la Tierra—. Muy significativamente, en la tradición egipcia el ojo de Horus, dios solar, se representa irradiante dentro de un triángulo, y este símbolo ha pervivido en otras culturas, como la cristiana, por ejemplo.

Cada uno de los vértices del triángulo representa una fase en la renovación de la Eternidad, ya que el concepto de lo eterno no es un modelo estático, sino un fluir dinámico, un proceso en el que todo ha de renovarse; este dinamismo está expresado en el carro conducido por el auriga Helios o en la barca solar egipcia que surca el Nilo Celeste.

Cada vez que la Esfinge divisa el Sol saliendo por Oriente, es una recreación de la Creación original. El ciclo se renueva. En la civilización griega, el tránsito circular diario del Sol se refería a su salida y a su ocaso en Okéanos, el río que, simbólicamente —no literalmente—, rodeaba el mundo. Hay dos deidades que acompañan al carro solar: al amanecer, Eos, la Aurora; y al anochecer, Nix, la noche. Son las guardianas o testigos de la inmersión del Sol en el lado *Yin* de la realidad y de su consiguiente reaparición. El paso diario del dador de vida trasciende en mucho lo meramente físico:

> El curso circular vertical del sol y el curso circular horizontal del Okéanos se combinan para simbolizar el ciclo de la vida y la muerte a través de la luz y la oscuridad, la vigilia y el sueño, incluso la consciencia y la inconsciencia.
>
> GREGORY NAGY y PANOS D. VALAVANIS, *Las Culturas del Sol.*

Los autores arriba mencionados, asimismo, expresan una alegoría bellísima tomada de *La Odisea*:

> Se describe al héroe navegando en medio de la noche (un acontecimiento extraordinario para cualquier marino griego), y está profundamente dormido, lo cual se asemeja a la misma muerte, dice el poeta. En el momento exacto en que el barco que transporta a Ulises llega a las costas de Ítaca, sale el sol y el héroe se despierta.
>
> De este modo, el poema sincroniza el regreso del héroe a su patria y a su hogar y la recuperación de su consciencia con la auténtica llegada de la luz del sol, que es el símbolo motor de toda la epopeya.

El viaje del Sol es, pues, el Viaje de la Consciencia, el retorno incesante a nuestro centro de luz.

El triángulo equilátero muestra la firme dinámica solar. En el vértice inferior izquierdo, Helios emprende cada mañana, y en cada laborada de la vida, el transporte del ígneo principio de los cielos. En el vértice superior, Apolo divisa el majestuoso panorama del ser augusto. El realizador realizado. En el vértice inferior derecho, Vulcano vuelve a conectar al héroe solar con las fuerzas telúricas de la tierra, recordándole el gran poder del fuego interior de nuestro planeta. En el centro del triángulo, el ojo que todo lo ve, el ojo de justicia, refulge, reeditando continuamente la Trinidad.

TIEMPO HELIOS: *TAI-CHI*

Helios, el auriga del carro solar, es el Sol adolescente, el empuje ascendente que demuestra que las tinieblas pueden ser vencidas. Al amanecer, se calienta el aire que por impulso natural asciende y, del mismo modo, se eleva nuestra energía y nuestro ánimo; las primeras horas de la mañana son las ideales para comenzar las actividades. Es el tiempo del *Tai-Chi*, de la Gran Energía. Los horarios laborales, que por motivos de servicio no cumplen con el ritmo helíaco, son desequilibrantes para quienes los cumplen. Este alzamiento energético-espiritual no pasó desapercibido para los sabios de todas las tradiciones. En Japón, lo llaman *Asahi* —nombre de uno de los principales diarios del país del Sol Naciente—; en la simbología egipcia, es *Khepri* —el escarabajo sagrado que hace rodar la bola de estiércol a imitación del continuo devenir del sol—; para los incas, es *Inti* —el iluminador del Coricancha de Cuzco—.

Tiempo Helios sincroniza la gran fuente de energía del monarca del cielo con nuestros ritmos energéticos individuales. Las personas apartadas, durante días, del contacto lumínico y calorífico del sol experimentan desarreglos en sus ciclos psico-físicos.

Helios conlleva en sí la potencialidad que ha de culminar en el periodo apolíneo, pero ha de aprender la lección de la humildad; aún no sabe responder a la pregunta: "¿A quién sirve el Grial?". Si cae en la tentación de ceder las riendas del carro solar al destemplado Faetón, la fogosidad puede arrasar la Tierra.

TIEMPO APOLO: LA HORA DE LA VERDAD

En Tiempo Apolo, experimentamos la diamantífera plenitud de la máxima creatividad; es el Sol en todo su esplendor. Lo que en el exilio "oceánico" se ha experimentado de forma centrípeta y en la fase helíaca, de forma incipiente, en el clímax apolíneo refulge centrífugamente —desde el centro hacia los infinitos puntos del exterior—. Es la máxima expresión del Amor manifestado. Enamorados, artistas y niños juguetones lo gozan.

En esta fase, encontramos la respuesta a la artúrica pregunta y sabemos a quién sirve el Grial: a la Vida, a la Luz, al Amor, al Yo Mismo interior.

Si, por soberbia, en el culmen de la plenitud ponemos nuestra energía al servicio de causas egoicas o externas, el Golem —del rabí *Loew*: Leo— escapa de nuestro control y las consecuencias pueden ser devastadoras. Todo rey —en cualquier esfera social—, por tanto, ha de tener un mentor, alguien que le recuerde la mesura. En los desfiles triunfales de la antigua Roma, en el carro donde iba el aclamado triunfador iba también un subordinado cuya misión consistía únicamente en susurrarle continuamente al oído: "Recuerda que sólo eres un hombre".

En cuanto al tiempo, Tiempo Apolo es la Hora de la Verdad, la hora en la que osamos dar el paso hacia delante para presentarnos ante lo desconocido, lo incierto, cuando el héroe ha de mostrar su auténtica valía. Más Presente, imposible. El Juego de la Eternidad requiere autores que recreen su perenne esencia; sólo los muy nobles —en el sentido más ético— son válidos.

Hay quienes, incluso, estiran el hoy para vivirlo todo el año y desprecian la codicia de las hormigas humanas:

> ... pero bien sabe vuestro Padre celestial que de todo eso tenéis necesidad. Buscad, pues, primero el reino y su justicia y todo se os dará por añadidura. No os inquietéis, pues, por el mañana, porque el día de mañana ya tendrá sus propias inquietudes; bástele a cada día su afán.
>
> S. MATEO, 6:30-34.

El principio crístico es solar, vive el Presente a ultranza. Cada día tiene su propio afán. "El pan nuestro de cada día, dánoslo hoy...".

Tiempo Leo se manifiesta en Fase Apolo como un vivir al día. Leo, lo que tiene, lo gasta; no es cicatero, sino rumboso; puede derrochar —como los perfumes con los que se lavaron los pies de Jesús—, pero disfruta y hace disfrutar. Su mentalidad es la prevalenciente a mediados del verano en el hemisferio norte. Sus días son sagrados. Se puede tener la sensación de que durante todo el año se ha estado trabajando y ahorrando —en otros tiempos— para disfrutar del Presente del Presente en julio o agosto. Hay que vivirlo y aprovecharlo.

TIEMPO VULCANO: ADUSTO Y VETUSTO

No obstante, en su apoteosis, el creador, el jugador, el héroe, el amante, el crístico, el artista, el eterno niño o, simplemente, el vividor ha de reconocer la sobria sapiencia de un anciano feo, cojo y deforme que es custodio del Fuego Sagrado. No en el cielo, como Helios, ni como Apolo en su esplendor sobre la faz de la Tierra, sino bajo ella. Se trata de Vulcano —el Hefestos de los griegos—: forjador, herrero y tallador de joyas; sus inmensas riquezas le compensan su poco agraciado aspecto.

En Tiempo Vulcano, se pone fin al periplo visible del carro solar. Su tiempo es el tiempo de la ígnea forja de las capas tectónicas que componen la Tierra. Nos recuerda que somos un apéndice solar, gestados en la misma vorágine que nuestra estrella. Nos recuerda que la sucesión de los hoyes también tendrá, llegado su momento, necesidad de profunda regeneración. El aparentemente inacabable ritmo diario del Sol se reabsorberá en un ciclo más amplio. El anciano es el depositario por excelencia de antiquísimos legados que no esperan su tiempo, sino que de continuo son inexorablemente provocados en el seno autoregenerado de la eternidad.

Es salvaguarda de lo perenne y graba las huellas indelebles de las grandes epopeyas; su belleza es la del ocaso, pero ocaso no es desaparición, sino ocultación. Sus ocasionales erupciones nos recuerdan que siempre está presente y que su inmenso poder supera lo mundanamente superficial. Al igual que Hécate en el ciclo lunar, Vulcano conoce los derroteros que han de tomar las experiencias humanas, de ahí sus grandes dosis de certeza e inexorabilidad. Tiempo Vulcano es, en apariencia, vetusto y algo ajado, pero mantiene la certidumbre de sucesivos y nuevos amaneceres —y de sucesivas desintegraciones y reintegraciones de materia estelar— que garanticen la renovación de la Eternidad; de alguna forma, participa de la atemporalidad de todos los grandes mensajes.

Como todos los arquetipos y sus tiempos correspondientes, Vulcano puede manifestarse en personajes comunes de nuestra vida cotidiana. No es raro que en los ambientes de febril laboriosidad existan individuos masculinos que lo representen; a menudo, se trata de algún veterano —al que no le falta mucho para jubilarse—. Su curtido aspecto revela su mucha experiencia; en caso de que estés acuciado por algún problema, te ayuda incluso sin que se lo solicites. Ha visto otros casos como el tuyo y él ya conoce el desenlace y la solución. Se trata de la misma función que realiza Hécate en el ámbito lunar, sólo que traducido al sentido *Yang* de la actividad solar. A diferencia de la diosa de las encrucijadas, para Vulcano no es cuestión de renovada memoria, sino continua renovación del Presente incesante. Se le rememora, a menudo, en nuestra ancestral subconsciencia colectiva, en la forma de festejos populares nocturnos en los que interviene el fuego o los fuegos de artificio.

Es bueno estarle agradecido, aunque su apariencia sea tan humilde como adusta. He visto a una joven estrella del deporte dedicarle un gol al utillero de su equipo; los consejos y ánimos de éste pueden haberle servido de gran ayuda en épocas de baja forma o lesión. En este caso, Helios y Vulcano se dan la mano.

El fuerte carácter solar de Tiempo Leo nos otorga autoconfianza y autoafirmación; su tiempo es como el de mediados del verano, en que todo incita a las diversiones, siempre y cuando sepamos conservar la nobleza y responsabilidad de nuestras acciones. Al fin y al cabo, la existencia es como una estrella fugaz, ¿y qué vale más la pena que vivir el Presente? Cada momento es precioso y qué mejor que disfrutarlo.

> Transmutar el plomo que nos amedranta de cara al futuro en el oro del presente nos da la clave de la eternidad. Convertir el plomo en oro es convertir el tiempo en eternidad. Es descubrir lo eterno en el presente.
>
> JACK LAWSON, *La mística del dinero*.

En Leo, hemos observado el contraste y la afinidad entre lo infantil y lo augusto, valores que se sintetizan en un mismo sentir espontáneo y tan vital como las pulsiones del corazón.

Una vez transitada la dinámica temporal de Tiempo Cáncer y de Tiempo Leo —los dos signos zodiacales regidos por los luminares—, el resto de los Tiempos de los Signos resulta más factible de desgranar. Con Tiempo Virgo, aparece un gusto —quizás obsesión— por estructurar y clasificar lo que hemos dado en llamar tiempo que complementa las altas miras que nos aportan el Sol y la Luna.

12

TIEMPO VIRGO

EL TIEMPO CUADRICULADO

> Sentaos en los bancos, herid con vuestros remos las olas profundas del mar; tú piloto, conserva en la memoria aquello que te ordené, pues que tienes el gobernalle de la abierta nave. Dirígela lejos de esa humareda y de esa corriente y procura ganar ese otro escollo.
>
> HOMERO, *La Odisea.*
> A través del estrecho de Escila y Caribdis.

En Virgo, nos las vemos con Escila y Caribdis, es decir, con la estrechez. Ulises y sus compañeros han de pasar por una inquietante franja marítima; su suerte depende de no transgredir la distancia con respecto a los márgenes. En el espacio-tiempo virguero, los límites son los límites, y de ajustarse a ellos depende la eficacia de la tarea.

La concisión y amor al detalle del signo de la Virgen complementan la visión global que veíamos en el signo del León, y viceversa. Tiempo Virgo es, por tanto, un tiempo delimitado en el que casilleros y etiquetas tienen sentido. ¿Cómo meter algo tan difuso y evasivo como es el volátil tiempo en semejantes estrecheces? Sólo hay una manera de cometer tal perversión: subordinándonos por interés pragmático, aceptando un tiempo convencional o tremendamente teórico, pero a la vez muy práctico. Su símbolo por excelencia es el reloj.

En Matemática, se reconoce que el tiempo es una magnitud continua, lo que quiere decir que podría ser dividido y subdividido y requetesubdividido *ad infinitum.* Todo depende de la pequeñez de las unidades de medida temporal que nos fabriquemos teóricamente y de la precisión de los nuevos relojes que se vayan desarrollando. En Virgo, el tiempo se jibariza y se convierte en un preciso microtiempo. La exactitud, la precisión y la puntualidad obtienen el máximo reconocimiento.

A pesar de la continuidad de eso que llamamos tiempo, en los dominios de Virgo actuamos *contra natura*: hacemos como si el tiempo fuera una magnitud discreta, o dicho de otro modo: nos olvidamos de su fluidez y seccionamos trozos y trocitos de tiempo. En una magnitud continua, nunca hay entresijos. El tiempo es continuo y un continuo inconsútil —no tiene fisuras—; sin embargo, pretendemos en el teórico Tiempo Virgo que aparezcan las fisuras, que un compartimento temporal sea distinto y esté separado de otro y que, incluso, un tipo de registro convencional del tiempo sea distinto de otro. Por motivos prácticos, se crean diversos horarios. El tiempo hecho añicos, pero, eso sí, añicos pulcramente ordenados.

TIERRA: LA MAQUINITA DE FICHAR

Si con algo de desgana y de interés sacas tu tarjetita y fichas en el trabajo poco antes de que comience tu horario laboral, te estás metiendo de lleno en el terrenal Tiempo Virgo. Ahí no valen sutilezas ni cavilaciones abstractas: se trata del así llamado tiempo material, que se programa, se contabiliza, se rentabiliza y se remunera.

En los dominios de Escila y Caribdis, el tiempo que no absorbe por un lado, engulle por otro; cualquier cosa, menos amplitud. Si quieres llevarte la espiga con sus granos correspondientes —digamos la nómina— has de aceptar tales delimitaciones.

Virgo, como orfebre del tiempo, se perfecciona a sí mismo. En el siglo XIX, los propietarios de una fábrica idearon un sistema para asegurarse de que no le engañasen los trabajadores. Instalaron relojes que registraban la introducción de tarjetas personales por parte de los empleados, para controlar el horario de entrada y salida. Cada minuto de retraso en el horario de entrada se penalizaba descontando del salario lo correspondiente a una hora; sin embargo, hasta la fecha, no se ha diseñado un dispositivo que remunere con la paga de una hora adicional si fichas un minuto —ni un cuarto de hora— después de la hora de salida. Tiempo Virgo no está para muchas concesiones.

Virgo pertenece al elemento Tierra y, como tal, le concierne el Futuro. A la Astrología, como sempiterna ciencia de vanguardia, también le concierne el Futuro. Y, de hecho, algo se deben mutuamente. Fueron algunos de los primeros astrólogos —los caldeos— quienes, por motivos prácticos, fraccionaron el tiempo de una forma tan adecuada que todavía nos sirve hoy en día, cuando, de vez en cuando, nos miramos la muñeca izquierda. Se les debe a ellos la creación del Sistema Sexagesimal. Desde los astrológicos albores de la civilización, el tiempo se cuenta de sesenta en sesenta minutos o segundos. Sesenta es divisible entre dos, tres, cuatro, cinco, seis, diez y doce. La división espacial de la circunferencia en trescientos sesenta grados también tiene que ver con el tiempo, ya que, en la práctica, se ajusta al paso observacional del Sol por la eclíptica en el ciclo anual.

La división de la llamada esfera del reloj en doce secciones horarias está en deuda con la división de la esfera celeste en las doce secciones del Zodiaco. Todo reloj tradicional le debe algo a la Astrología, y es algo que está tan en nuestra mente que incluso hay relojes de línea moderna que incluyen las manecillas, pero que carecen de las rayitas divisorias de las horas, ya que sus diseñadores entienden que estamos tan familiarizados con ellas que no hace falta dibujarlas.

La clasificación del tiempo por los caldeos, al cabo de algunos miles de años, nos resulta provechosa para aclararnos con el dinero. Recientemente, se observa cierta competitividad feroz entre empresas que ofrecen servicios telefónicos. Es una queja frecuente de los usuarios que, en las cabinas telefónicas, no te cobren por el precio real de las llamadas. Te pueden salir por el mismo precio tres segundos que tres minutos; cuando en teléfonos privados se cobra por pasos ocurre algo muy semejante. ¿Por qué pagar más de lo que realmente se habla? Para atraer clientela se organizan sistemas —y sus correspondientes campañas publicitarias— que ofrecen el cobro exacto del tiempo consumido. Esto es algo muy virguero, no solamente por la habilidad en el cómputo, sino, además, por la materialización en unidades monetarias contantes y sonantes de algo tan sutil como es el paso del invisible fluido.

Ese tiempo es tan virgo como el especificado en los contratos laborales y el reflejado en las nóminas y hojas de pluses y dietas. Paradójicamente, es un tiempo tan teórico como práctico en cuanto aceptamos nuestra capacidad de trabajador subordinado.

Por desgracia, el factor tiempo no se especifica en los contratos conyugales —al salirse el matrimonio del ámbito virgo— y este tipo de relaciones.

Tan propio como es el almanaque para Tiempo Tauro, es LA AGENDA para Tiempo Virgo. ¿Qué persona imbuida de lo que se da en llamar sentido práctico carece de agenda? Ambos, almanaque y agenda, tienen el común denominador de remitirnos al tiempo elemental Tierra. No obstante, existe una diferencia clara entre ellos: el taurino almanaque es fiel a los ciclos de la Naturaleza —y las sonrientes caras de la Luna así lo corroboran—. No obstante, la virguera agenda es rabiosamente artificial.

Estoy seguro de que muchos astrólogos estarán de acuerdo conmigo en relacionar el signo de Virgo con la meticulosidad de las agendas. A continuación, tenemos una muestra de ello:

> Hace mucho que vengo usando todo tipo de agendas astrológicas, buceando en ellas diariamente para seguir de cerca los ciclos planetarios y el estado de la luna, o bien para encontrar la clave de sucesos extraordinarios. Siendo Virgo, estaba segura de poder mejorarlos.
>
> JEANNETTE HERMANN, *Astro Agenda 1996.*

Tengo en la mano una publicidad que, como de costumbre, iba a tirar a la papelera, pero el hecho de estar escribiendo sobre Tiempo Virgo la ha preservado de tal fin. En ella, se puede leer:

> Gratis su regalo de bienvenida. Dos agendas en una: una de papel y otra electrónica —y con letra mucho más menuda—: le bastará con abrir su agenda electrónica para saber la hora. ¿Una llamada al extranjero? Gracias a esta agenda, con sólo echarle un vistazo, sabrá qué hora es en el país al que usted quiere llamar. Y gracias a su calendario mensual que va hasta el 2100, sabrá en que día de la semana caerá la Navidad en el 2001.

¡Qué lastima! Si fuera más virgo de lo que soy, me lo pasaría pipa con estas cosas. Da igual, si uno no es muy virgo, la agenda electrónica se encarga de todo:

> Tiene cita con el médico, tiene que asistir sin falta a una reunión importante, se le ocurre una idea brillante... De ahora en adelante podrá apuntarlo todo en su miniordenador, incluida la hora y fecha de su cita. Un *bip* sonoro se encargará de recordárselo.

Ya está..., la secretaria no hace falta que esté en la oficina: te la puedes llevar metidita en el bolsillo de la chaqueta. Las cosas de Tiempo Virgo: suena el inexorable *bip* y puedes estar seguro de ser puntual en tus citas inexcusables.

El *bip* también está en la radio. Antes, cuando no había tantos inventos, se encargaba un almuédano desde lo alto de un minarete, a voz en grito, de ordenar temporalmente el quehacer cotidiano; en contextos más cristianos, eran los campaneros de la iglesia más cercana —o los mecanismos que se incorporaron más tarde—. Ahora, un pitido avisa a los radioyentes cuando tienen que ajustar sus relojes. La ciencia releva a la religión en eso de la cronometría.

Sería imperdonable no mencionar a Suiza al hablar de Tiempo Virgo. Decir Tiempo Virgo y decir Tiempo Suizo es prácticamente lo mismo. Significativamente, la constitución del país helvético nació el 12 de septiembre de 1848, con el Sol, Mercurio y Medio Cielo en el sexto signo zodiacal. La minuciosa técnica suiza tiene el mejor palmarés en cuanto a la confección de afamados relojes. Y el típico temperamento suizo es, asimismo, garantía de precisión y puntualidad.

El reloj —y su ahijado, el cronómetro— es en sí mismo un artefacto tan suizo como virgo. Representa la terrena materialización de lo que para otros es evanescente y delicuescente. Un fluir escurridizo como es el tiempo se confecciona, se fabrica, se vende, se compra y se lleva incorporado como cualquier otro vulgar objeto.

MUTABLE: LA APUESTA DE PHILEAS FOGG

Nada ilustra mejor el tema de la mutabilidad temporal del signo de Virgo como los cambios horarios por motivos energéticos. El hecho en sí de disponer un cambio convencional en nuestros relojes nos hace mejorar nuestra relación tiempo-dinero; con tan sólo cambiar las manecillas un par de veces al año, optimizamos nuestra economía. Surgió en el Imperio Austrohúngaro durante la Primera Guerra Mundial, luego fue adoptado por algunos países como horario de verano y hoy en día su uso está muy generalizado y coordinado en muchas zonas. La lógica mercuriana se rentabiliza terrenalmente.

Virgo es un orfebre del tiempo; repuja la invisible materia prima hasta conseguir sistemas muy elaborados que, de alguna manera, se aplican a servicios muy prácticos. Para Virgo, el tiempo se secciona, se clasifica y se etiqueta. Según para qué cosa, nos ofrece el tiempo solar local —verdadero o medio—, sideral, oficial o universal.

Parece que los conductores de diligencias del siglo XVIII se hacían un lío. Transportaban pasajeros, mercancías y el correo. Se les hacía muy difícil mantener el servicio según un horario común para varias localidades, ya que, en cada sitio, se guiaban por la hora con respecto al Sol del lugar, y el ángulo solar cambiaba según la longitud geográfica. Se tuvo que inventar la hora oficial para todo el territorio y, aunque la hora solar obviamente seguía variando, al menos relojes diferentes en diferentes localidades marcaban la misma hora, y eso era un alivio para el celo profesional de los empelucados cocheros.

Con la puesta en uso del ferrocarril, se acentuó la necesidad de tener un sistema horario puntual y riguroso, al mismo tiempo teórico y muy práctico. Por tanto, la necesidad de tener un meridiano oficial se hizo evidente. Curiosos follones desconcertaban a los usuarios amantes de la exactitud, ya que, por ejemplo, el retraso de un tren se achacaba al hecho de que la hora londinense se respetaba en la línea férrea entre Rugby y York —a cargo de la Midlnad Railway—, mientras que la hora solar local aún se mantenía en la estación de Rugby —regentada por la North Western Railway—.

Como es consabido, se adoptó la hora del meridiano de Greenwich (actualmente, a las afueras de Londres) como hora "universal"; sin embargo, no tenía sentido implantarla sin más ni más a todo el planeta, ya que sería absurdo decir que es mediodía en un lugar donde fuera noche cerrada, por mucho que pudiera brillar el Sol en Londres. Por lo tanto, se diseñaron lo que pasaron a llamarse husos horarios: franjas con diferencias horarias a lo ancho del planeta.

Con esto, se preservaba la natural mutabilidad del tiempo dentro de un sistema bastante artificial. En la actualidad y, por ejemplo, en Estados Unidos hay varias zonas horarias que van desde la atlántica hasta la hawaiana. Es España, la hora canaria difiere en una hora con respecto al tiempo peninsular, etc.

El intríngulis está en el cambio de día. En algún lugar del mundo tiene que ser una fecha cuando un poquito más al Este sea un día menos. El ficticio, pero verosímil, Phileas Fogg pretendía dar la vuelta al mundo en las páginas de un libro de Julio Verne —el celebérrimo *La vuelta al mundo en ochenta días*—. Gracias al talento del escritor, Mr. Fogg viajó de Oeste a Este y le ganó un día al tiempo —al contrario que Magallanes y Elcano—; debido a ello, pudo entrar puntualmente en el salón del Reform Club, reloj en ristre, y ganar una sustanciosa y literaria apuesta; o, dicho de otro modo: transmutar virgueramente el tiempo.

El Mutable Tiempo Virgo es, por tanto, un tiempo matemático, lineal, partible y manipulable. Todo signo Mutable transforma las cualidades intrínsecas de su regente diurno en las de su regente nocturno. En el caso de Virgo, transmuta a Ceres en Mercurio; transmuta lo objetivo en puramente teórico. De ahí que el rígido tiempo Virgo se convierta en algo convencional que puede ser alterado.

¿Qué hacemos con esta maleable convención cuando le damos un cambiazo a nuestros esquemas temporales? Escribo estas líneas a finales de 1998; cuando la estés leyendo, posiblemente el año 2000 será historia. Antes de ese año, montones de dígitos informáticos tienen que cambiarse para que no se arme un desbarajuste de mucho cuidado en los ordenadores de todo el planeta —el asunto se ha bautizado como "el efecto 2000" —. Parece mentira, pero podrían irse a pique muchos macrodispositivos, porque se reservan dos dígitos para el año en el campo de la fecha y "00" podría leerse como 1900 en vez de cómo 2000. Hay que reajustar los casilleros; los serviciales orfebres del tiempo tienen que ponerse manos a la obra para evitar el colapso.

¿Y qué sería de tanto hombre de negocio si su secretaria —la de verdad— no hiciera obras de orfebrería temporal en la agenda cada vez que cualquier contingencia irrumpe en su apretado esquema de compromisos?

Por otro lado, la variabilidad y la partición de los turnos de trabajo pasan factura en forma de nerviosismo y malas digestiones. Virgo se ha transmutado: pretendía ser rígido y se ha tornado tornadizo, valga la redundancia.

Para corregir los trastornos de la mutabilidad y canalizar sus energías, el sabio, alambicadamente, riza el rizo del tiempo virguero. En la antigua China, existieron unos alquimistas taoístas llamados los Inmortales. Comprendieron que, purificando nuestros procesos psíquicos y orgánicos, el tiempo puede ser prolongado de forma desmesurada. Virgo se siente especialmente concernido por los temas de salud; en su máximo desarrollo, el tiempo existencial se puede prolongar de forma inconcebible respetando de forma estricta las funcionalidades de nuestra estructura mental y somática. Cuídate.

YO HABRÉ SIDO: MARÍA ANTONIETA ENCARGA UN RELOJ

Tiempo Virgo es el Pasado (Mutable) del Futuro (Tierra); con él, tratamos de dilucidar lo que aún no ha ocurrido, pero que ya habrá pasado en el Futuro. Nos sitúa, por tanto, en el antes del después. Puede parecer complejo, y lo parece porque lo es; para el analítico Virgo, todo es muy complejo, y el tiempo no iba a ser una excepción.

Un claro ejemplo de ello es la nómina. En Virgo, nos subordinamos a lo que mentalmente deducimos. Un empleado realiza su rutinaria, preestablecida y prolija labor con la vista puesta en el futuro cobro de la nómina, basándose en lo que entonces ya se habrá efectuado. Si te imaginas a ti mismo recogiendo la cosecha de un trabajo aún por realizar, ello te induce a ser un esmerado profesional. Tiempo Virgo nos hace ser servicial, pero nada desinteresado, porque nos hace esperar y exigir el fruto de nuestra labor. Pensar en lo que habrá sido si nos esforzamos nos mueve a trabajar.

Lo que habrá sido se puede manipular. Hay quienes hacen cálculos y cambios de turno en el trabajo para cobrar más horas nocturnas, festivas, jornada fraccionada, etc.

Nos encontramos en un tiempo seco y cartesiano, que más que fluir parece criticarnos por nuestra falta de exactitud. En sus mecanismos, se potencian al máximo las relaciones causa-efecto a tenor de la más fría lógica.

En Lógica, el tratamiento del tiempo es rectilíneo. Se acepta como premisa la existencia de causas y de efectos para todos los acontecimientos, es decir, de un antes y de un después que se conectan como con tiralíneas. Si vamos hacia delante, de la causa al efecto, deducimos posibles eventos; si, por el contrario, partiendo de un efecto, nos ponemos a averiguar lo que lo originó, tratamos de inferir la causa y, en ocasiones, tratamos de indagar quién fue el causante.

A veces, utilizamos gramaticalmente el futuro para hacer averiguaciones de hechos que pensamos ocurridos en el Pasado: se le denomina futuro hipotético. Si nos preguntamos, por ejemplo: "¿Qué le habrá ocurrido a ella, que no está aquí?, ¿habrá sido que se ha encontrado con un amigo en el camino?", empleamos el virguero Pasado del Futuro. No se trata del Condicional, porque no se menciona ninguna condición que ha de producirse para que ocurra algo. Puede ser muy acertado o excesivamente especulativo y estéril. La diferencia radica en cómo sepamos interpretar los detalles objetivos.

Es propio de los detectives y se emplea mucho en las novelas policíacas. A la pregunta "¿qué habrá sido?" parece contestar el genial detective Sherlock Holmes, enfrentándose a un caso de asesinato:

> —Da la impresión de que un hombre penetró en la casa después de las cuatro, cuando ya las cortinas estaban corridas, pero antes de las seis horas, en que el puente ya había sido alzado (...).
>
> —Pero, escúcheme: ¿no estamos perdiendo un tiempo precioso? ¿No podríamos lanzarnos a explorar los alrededores antes de que ese individuo consiga alejarse? (...)
>
> —No hay ningún tren antes de las seis de la mañana, de modo que no se podrá escapar por ferrocarril. Si camina por la carretera con las piernas chorreando agua, es más probable que alguien repare en su persona.

Escila y Caribdis parecen encajonar también a los criminales, lo que facilita la investigación policíaca. En la latitud del sur de Inglaterra, Virgo es signo de ascensión —nacen bastantes personas con Ascendente en Virgo—, por tanto, no es sorprendente que un personaje que responda a características virgueras se haga popular. La novelista Ágata Christie —Sol en Virgo— no dejó de explotar este filón. El mismo signo solar es compartido por Peter Falk —el actor que da el tipo en el personaje televisivo de Colombo, que no para de hacer logiquísimas averiguaciones—.

Es de mencionar que Tiempo Virgo tiene un carácter mucho más deductivo que preventivo. Virgo procura concebir y desarrollar una realidad tan rigurosamente elaborada que los cambios pueden volver estéril su primorosa labor. De ahí que cualquier contingencia, por pequeña que sea, en su superordenado mundo le saque literalmente de sus casillas.

De hecho, Virgo se opone al tiempo porque lo quiere encasillar; su empecinada manía de fragmentar y clasificar lo que es un fluido continuo genera ciertas dosis de presión nerviosa que se manifiesta psicosomáticamente, lo que genera su carácter hipocondríaco y nervioso. Bien entendido, transmuta el tiempo, pero en su versión grosera lo pervierte, por lo que produce un karma que ha de pagar de algún modo, a menudo, con esterilidad.

La Historia nos ofrece varios ejemplos. Uno de ellos nos dice que María Antonieta, emperatriz de los franceses y esposa de Luis XVI, encargó a un reputado relojero, Abraham Louis Breguet, la construcción de un reloj que habría de ser el más complejo y completo de su época —automático, con repetición de minutos, ecuación de tiempo, calendario perpetuo, segundos independientes, indicador de la reserva de marcha y soberanamente enmarcado—. El señor Breguet aceptó entusiasmado el encargo. Tardó nueve años en realizarlo y perfeccionarlo y al final lo valoró en una fortuna: treinta mil dieciochescos francos franceses.

Su artefacto, de tan "perfecto" que era, no sirvió absolutamente para nada, ya que la absolutista María Antonieta probó personalmente antes el invento de Monsieur Guillotin que el del reputado relojero. ¿Quién le habría de decir a la emperatriz que habría sido guillotinada antes de que le cumpliesen el encargo?

La frívola e intrigante María Antonieta quería tener el tiempo meticulosamente calculado y enjaulado, sin saber que le quedaba muy poco del suyo propio. Es un caso singular de alguien que perdió la cabeza —literalmente— por el tiempo. Si se hubiera preguntado "¿qué habrá sido de mí dentro de unos añitos?" cuando se oponía a las reformas sociales, en vez de querer gastar una fortuna en el refinadísimo reloj, quizá hubiera salvado su lindo cuello, y bastante de su versallesco tiempo.

Breguet gastó su tiempo en balde; de alguna forma, tuvo que pagar su desvarío. En vez de vivir según el ritmo de los tiempos, creyó tener el tiempo confinado en una pequeña e ingeniosa celda. Escaso recuerdo le queda a la humanidad de su artilugio, ya que éste fue robado hace pocos años en el Memorial Institute de Jerusalén.

CERES: LOS TRABAJOS Y LOS DÍAS

Los Misterios Mayores del santuario de Eleusis en la antigua Grecia se celebraban en honor de Deméter —la Ceres de los griegos— del

14 al 20 de Septiembre, con el Sol transitando el último decanato de Virgo.

Cuesta trabajo ponerse a escribir sobre Tiempo Ceres, porque éste es precisamente el tiempo de nuestras horas trabajosas. Ceres alecciona y anima a los mortales en sus faenas agrícolas y, en general, en todas aquellas en las que predomina el orden y la razón. Es hija mítica de Cronos —el tiempo— y Rea —antiquísima divinidad de la tierra—, por tanto, Ceres expresa las configuraciones concretas del tiempo y del espacio.

Los valores cereales son propios de la Casa Seis astrológica, a la que corresponden tanto nuestra capacidad de trabajo y de servicio, como la vitalidad de que disponemos para realizar esfuerzos. Para cualquier empresa explotadora, la rentabilidad consiste en estrujar al máximo el esfuerzo de sus empleados y abusar todo lo que pueda de su tiempo para obtener el máximo beneficio. Para el trabajador subordinado, la rentabilidad consiste en trabajar lo menos posible — "paripé" — durante el menor tiempo posible — "escaqueo" — y obtener el máximo de beneficio —ingresos—. Es ficticio suponer que los empleados trabajan para una empresa: en realidad, cada uno trabaja para sí mismo. Y, dentro de la rentabilidad individual, el tiempo es un factor muy estimable.

Tuve una compañera de trabajo —con el Sol, Ascendente y Mercurio en Virgo— que, con sus gafas de miope y su sempiterna calculadora, llevaba el cómputo del dinero que le birlaba a la empresa cada vez que se escaqueaba; a final de mes, siempre sabía cuánto dinero de más le había dado por los ratos que no trabajaba durante su horario laboral. Según su mentalidad, era una forma de optimizar su propia productividad. Por supuesto, era la primera en criticar cualquier cosa que no funcionase correctamente.

Virgo es un gran trabajador, lo que no quiere decir que trabaje mucho, sino que se adapta con minuciosa sagacidad a la estructura laboral. No es lo mismo aplicar la efectividad de Ceres a las faenas colectivas que aplicar su rentable ecuación: *trabajo/tiempo = economía en sentido individual*. La ley del mínimo esfuerzo prevalece.

Virgo, ante todo, se subordina a una estructura lo más sólida posible. Su estado ideal es el de funcionario; sabiendo que tiene un empleo fijo y un sueldo fijo, todo lo que disminuya de esfuerzo y de tiempo es un incremento para su rentabilidad personal, de ahí la fama que acostumbra a tener el funcionariado.

El colmo histórico se produjo en los países del bloque soviético, en los que la revolución de los trabajadores produjo un sistema en el que se les garantizaba a todos sus ingresos. Se produjeron casos masivos de escasísimo celo profesional.

Es frecuente que los que trabajan más o menos por cuenta propia, pongamos por caso fontaneros o mecánicos, cuando se les pregunta sobre el tiempo en realizar tareas, contesten de forma sumamente imprecisa: "Me pasaré a partir de las cuatro" o "Llame usted mañana, a ver si lo tengo listo". El hecho de tener clientes esperando implica poder aceptar más encargos y aumentar las ganancias.

Ceres —o Deméter— es lógico que se subordine a algún principio de autoridad, porque por sí misma es estéril. Si se desconecta de la voluntad de Zeus olímpico, los campos se vuelven yermos y la Naturaleza languidece sin ofrecernos feraces frutos. Necesita un ritmo alternativo prefijado de trabajo y descanso. Los horarios laborales tratan de poner orden en las tareas. Ya lo dijo Hesíodo en *Los trabajos y los días*:

> ... pues el buen orden es lo mejor para los mortales y el mal orden lo peor. Así también las espigas con vigor se inclinarán hacia la tierra...

La laboriosidad parece regida temporalmente por la diosa de las espigas:

> Esta es la ley de los campos para los que viven cerca del mar y para los que, lejos del agitado ponto, en valles encajonados, habitan fértil lugar: siembra desnudo, trabaja desnudo y siega desnudo, si es que quieres realizar en su tiempo los trabajos de Deméter para que cada uno crezca en su tiempo, no sea que después, cuando estés necesitado, recorras mendigando moradas extrañas y no consigas nada.

“Trabajar desnudo” quiere decir cuando haga calor, ya que el mito del rapto de Proserpina —Perséfone o Core en griego— por Plutón —Hades—, Dios del Inframundo, con su regular ascenso y descenso sobre y bajo la superficie de la tierra, simboliza los periodos de fertilidad y de aletargamiento invernal de la Naturaleza.

En trabajos no tan dependientes de los ciclos naturales, se pueden variar legalmente los ciclos laborales. Por ejemplo, la jornada laboral en el esclavizante comienzo de la Revolución Industrial era de catorce horas diarias —niños incluidos—. Fue un gran logro que, por la acción de socialistas y representantes sindicales, la jornada se redujese a doce horas y que se tuviera el domingo como día libre. Actualmente, en Europa, la acción conjunta de los sindicatos demanda un límite máximo de treinta y cinco horas semanales laborables.

Como empleados, sobre el papel, nos subordinaríamos a una empresa, pero realmente nos estaríamos subordinando al estrecho y cuadriculado concepto que tiene Virgo de vivir eso que llamamos tiempo; y hay que tener cuidado: a la mayoría de las personas, la mayor parte del tiempo existencial se les va en eso; si no las absorbe Caribdis, las engulle Escila; si no las absorbe un sinfín de pequeños quehaceres —que, como guijarros del fondo, son removidos por una potente corriente—, son engullidas por un monstruo de seis cabezas —Virgo, sexto signo— en forma de estructura empresarial —que, como a pececillos cautivos, los maneja a su antojo—.

Los relojes son cada vez más pequeños y las fracciones de tiempo computable, también, lo que refleja una concepción del tiempo cada vez más restringida. El tiempo se nos puede volver cada vez más crispado y exigente; parece fragmentarse más que fluir. Y esa fragmentación podría afectarnos a nosotros mismos, incluso en sentido mental. En un antiguo texto nilótico, Isis —la Ceres egipcia— proclama:

> Quiebro a quien las horas quiebra. Y quien quiebra las horas me quiebra.

MERCURIO: SIMPLIFIQUE SU VIDA CON *SPEED CLEANING*

De todos es sabida la manía que tienen las personas con énfasis en Virgo por la limpieza, ¡pero es una tarea que requiere tanto tiempo! Cuanto más virgo nos pongamos, más celo tendremos por la limpieza y más tiempo emplearemos en ella. Puede ser un asunto agotador. Menos mal que Mercurio —regente nocturno de Virgo—, dentro de una cierta lógica, aporta una forma rápida y eficaz de vivir eso que llamamos tiempo. Tal calibre tiene el asunto que incluso se han escrito libros sobre ello.

Elaine St. James, simpática autora del interesante libro *Simplifique su vida*, no da menos de cien consejos para no hacernos un lío en la vida. El tercero de ellos es: "Limpie su casa con la máxima eficacia". Haciendo gala de un pragmatismo muy norteamericano, nos dice:

> Tanto si limpia su casa por su cuenta como si emplea a alguien, debería leer *Speed Cleaning* de Jeff Cambell y *The Clean Team* (Dell Publishing). Tardará menos de 30 minutos en leer uno de estos manuales y, tal vez, reducirá el tiempo y los gastos de la limpieza del hogar a menos de la mitad.
>
> Me considero bastante eficiente, pero jamás se me habían ocurrido algunas de las simples técnicas para ahorrar tiempo que se describen en este libro. Por ejemplo, las sencillas ilustraciones enseñan, paso a paso, cómo abordar el proceso de limpieza del hogar, habitación por habitación, permitiendo pasar por toda la casa, de arriba abajo y de izquierda a derecha, sin volver nunca sobre sus pasos. Solamente así reducirá, de manera decisiva, el tiempo que dedica a la limpieza.

¡Pasmoso! Además, agrega:

> "El libro enseña a ahorrar tiempo, energía, agua, productos de limpieza y, lo mejor de todo, sus sábados".

Mercurio es muy propio de la edad juvenil. ¿Cómo inciden los hábitos adolescentes en la ecuación limpieza/tiempo? Nuevamente, Elaine St. James nos alecciona:

> Enseñar a sus hijos eficaces técnicas de limpieza y mantenimiento del hogar no sólo le hará la vida más fácil a usted, sino que los educará dentro de los valores de la simplicidad.

Hay quienes creen que tener a una persona que te haga la limpieza en casa ahorra un montón de tiempo. En ocasiones, así puede ser, pero otras veces no compensa. He tenido compañeras que trabajaban conmigo a tiempo parcial que, cuando les ofrecieron contratos a tiempo completo, les resultó peor. Antes, tenían tiempo suficiente para compatibilizar tareas externas y domésticas. A tiempo completo, tuvieron que llamar a alguien para que les trabajara en casa. Lo que ganaban con la ampliación de jornada se lo gastaban en la empleada doméstica; en no pocos casos, incluso perdían dinero... y trabajaban más horas.

Mercurio, en su versión virgo, nos asesora sobre detalles concretos que, bien mirados, tienen su importancia en nuestra relación con el tiempo. No es lo mismo vivir en una zona bien o mal comunicada por transporte público. Si un día no te va el coche, te puedes quedar incomunicado y tienes que depender de alguien. No es lo mismo vivir en un lugar donde sea fácil aparcar que perder tiempo dando vueltas con el coche cuando vengas cansado del trabajo. No es lo mismo vivir en una casita o en una vivienda de tres pisos que vivir en una colmena en la que, casi siempre, el ascensor tarda en estar disponible. No es infrecuente que alguien con el tiempo justo o cansado de esperar baje corriendo las escaleras.

Un gran invento mercuriano para aprovechar el tiempo en las ciudades es el ciclomotor, que de forma significativa es usado mayoritariamente por personas jóvenes de edad y por algunas pocas no tan juveniles que siguen siendo juveniles. No es nada raro ir en coche y ser adelantado por el ciclomotor que adelantaste poco antes. Como buen mercuriano, el buen conductor de ciclomotor es hábil y escurridizo.

Las múltiples ventajas de tal medio de locomoción son aprovechadas por las empresas de mensajería y de reparto de comida a domicilio. Evidentemente, en cuanto al dinero, es más económico tener una flotilla de ciclomotores que de coches, pero es que también es más económico en lo que respecta al tiempo, lo que a su vez repercute en la rentabilidad.

Siguiendo la línea concreta e ingeniosa que sugiere la regencia nocturna de Mercurio en Virgo, cabría mencionar al filósofo, economista y activista Jeremy Rifkin. Ese señor, en su obra *El fin del trabajo*, propone ideas tan razonables que difícilmente se van a llevar a la práctica. Dice, nada menos: "Tenemos que rebajar la semana laboral a treinta horas y reajustar sueldos e impuestos".

Los empresarios prefieren tener a dos trabajadores haciendo el trabajo de tres antes que contratar a un nuevo empleado. Según las ideas de Rifkin, tendría que haber no tres, sino cuatro empleados realizando ese mismo trabajo a menos horas cada uno. Cada uno tendría más tiempo libre, cobraría menos y pagaría menos impuestos, y todos seríamos más solidarios. Suena tan razonable como utópico.

La redistribución del tiempo puede conllevar una simplificación metodológica. Las búsquedas indexadas, los *walkie-talkies* o la telefonía móvil pueden hacer el trabajo más rápido y efectivo. Por un poco de tiempo, se puede llegar a tiempo, a punto o perder un medio de transporte o una oferta laboral. La precisión es importante; casi todo el mundo lleva en la muñeca —parte relacionada con Mercurio— su reloj de pulsera.

El aire mercuriano no sólo se adapta, sino que, además, regula el quehacer laboral en forma de sirena de fábrica o silbato de jefe de estación.

El tiempo, como pieza de información, parece redundante y gratis en una sociedad en la que hay relojes por todas partes. Nadie te cobraría por decirte la hora. ¿Nadie? El servicio telefónico de información horaria te cobra la llamada. Decir la hora que es también puede ser un trabajo remunerado.

13

TIEMPO LIBRA

CON TON Y SON

Nos acercamos a una distancia desde la que se hubiera oído nuestra voz, y la nave rápida, ya tan próxima, fue al punto advertida por las Sirenas, que entonaron un hermoso canto:

—Ven, ¡oh ilustre Ulises!, alta gloria de los aqueos. Detén tu nave, a fin de que escuches mi voz. Ningún hombre ha pasado de nuestra isla a bordo de su negra nave sin escuchar nuestra dulce voz, sino que se han alejado llenos de alegría y sabiendo muchas cosas.

HOMERO, *La Odisea*.
El canto de las Sirenas.

Las míticas sirenas no eran seres medio mujeres, medio merluzas: eran bellísimas mujeres con alas de ave y melodiosa voz. Se identifican, por tanto, con el elemento Aire. Su transformación en medio peces fue un agregado de la Era de Piscis.

Al comenzar Tiempo Libra, encontramos la primera polaridad de nuestro recorrido. En Tiempo Aries, Ulises y su hijo Telémaco se apresuraban a tomar las magníficas armas para adelantarse a sus adversarios. En Libra, al contrario, las sirenas nos dicen: "Detente a escuchar nuestra voz"; no vivimos el tiempo como una brega, sino como un relax.

Por otra parte, cada signo del Zodiaco aporta algo que le falta al anterior. En el capítulo precedente, Tiempo Virgo, nos encasillábamos en el tiempo del trabajo; en Libra, en cambio, parece que nos vayamos de baile: lo que antes estaba encajonado, ahora fluye airosa y melifluamente.

Agárrate que vienen curvas. En la forma libreña de vivir eso que llamamos tiempo, nuestro fluido se ondula. No hay tanta diferencia entre las ondulaciones sonoras, las curvas estadísticas y las de una reclinada odalisca.

Tiempo Libra es un concepto equinoccial y compensatorio en el que la medida del movimiento a la derecha equivale a la medida hacia la izquierda. No es de extrañar que el símbolo de tan equilibrada cadencia sea la balanza. Pero, a diferencia del mercurial y también airoso Tiempo Géminis, no conecta con los extremos: Libra prefiere quedarse en la zona templada, es más un razonable consejero que un recadero. Los extremos le espantan, porque hacen que el ritmo oscile demasiado fuerte, lejos de lo que es prudente y agradable.

Un tema ideal para fomentar tan armonioso asunto es la música. Tengo una amiga, cuya edad rondará ahora por los catorce, que tiene un piano en casa. Muy gentilmente, me dio una clase de piano y ritmo. En mi condición de astrólogo, no pude dejar de relacionar los ritmos que ella me enseñaba con el sentido libra del tiempo. Me prestó un cuaderno del que entresaco este párrafo:

> Esa coordinación motora, base de la ejecución instrumental, la lograremos más fácil, más amena y más seguramente a través de la percusión —palmadas, golpeteo de lápiz sobre el pupitre, o uso de instrumentos apropiados— y del movimiento —marcha, balanceo, etc.— que por medio del exclusivo movimiento de marcar el compás, hábito útil, pero mucho más si es usado en conjunción con otros.
>
> ENCARNACIÓN LÓPEZ DE ARENOSA, *Ritmo y lectura.*

Mi amiguita me enseñó el ton y el son.

AIRE: EL *TAO* DE LAS SÍLFIDES

De algún decenio a esta parte, se puso de moda bailar solo, moviéndose cada uno a su manera. Pero, reconozcámoslo: lo típico, natural y habitual es hacerlo con alguien; en cualquier curso o concurso de baile, salen parejas. Además, lo más habitual también es que bailen hombre y mujer. Libra, como buen signo de Aire, vive el tiempo de forma condicional. Cuando se baila acompañado, se comparte el compás; lo bien que lo haga uno está condicionado por cómo lo haga el otro, bailando al mismo son. Implica y denota asociación, entendimiento y coordinación en el acústico temporal; esto, que en principio puede parece sencillo, se puede proyectar a la esfera conyugal. No es extraño que muchas parejas matrimoniales hayan comenzado por un baile, la de Romeo y Julieta, por ejemplo.

No es difícil darse cuenta de que, subconscientemente, cuando se realiza un movimiento de baile hacia un lado del cuerpo, a continuación se realiza otro semejante hacia el otro lado. Se genera espontáneamente una simetría dinámica muy acorde con la forma libra de entender las cosas y que también se proyecta en las relaciones contractuales y en las relaciones de pareja en particular. Si uno ha realizado una tarea, luego le corresponde hacerla al otro; si uno ha aportado un esfuerzo considerable, es conveniente que el otro le compense de alguna manera. Sólo así dan buen resultado las relaciones de compromiso mutuo, es decir, sólo a través del mismo equilibrio dinámico que se observa, por ejemplo, en el baile.

Siempre me llamó la atención la forma de ponerse de puntillas que tienen las bailarinas de ballet clásico. Al igual que las alas simbólicas de las sirenas, denotan una intuición de vuelo; parece como si con el ballet se imitase a las aves. La chica salta y el bailarín la recoge en sus brazos; con saltos y piruetas, se expresan deseos de pájaro: el frustrado deseo humano de volar como un ave en un mundo ideal. La tonalidad y la melodía acompasada de la música son factores esenciales para poder expresar la gracilidad que nos da el saber realizar cada cosa a su debido tiempo.

Cada bailarín tiene que pasar por un periodo de entrenamiento en el que adapte lo realizable con su cuerpo a las leyes temporales de la Armonía, para que después, en la escena, pueda hacer fácil lo difícil y conectar con el ideal arquetípico de los espectadores. El secreto está en el espacio, pero también y, sobre todo, en el tratamiento del tiempo; y este tiempo es Tiempo Libra: el tiempo de los sonidos acompasados y compensados, de los puntos y de los contrapuntos. Los acordes musicales parecen ponernos de acuerdo a los seres humanos, y no es un juego de palabras, es que hay una similitud acorde-acuerdo entre la complementariedad etérea en el arte y la compatibilidad en las relaciones sociales.

Ponerse a tono o afinarse en este sentido produce el buen tono, el temple o el tino que tan buenos resultados nos pueden dar en tantas actividades de la vida.

Para Libra, es muy importante hacer lo adecuado, lo apropiado para y en cada ocasión. Su sensato sentido del tiempo es muy social, para ello incluso cede un poco en el terreno de sus apetencias —o sus derechos— con tal de no dar la nota discordante. Se viste para la ocasión, pide las bebidas adecuadas en un restaurante, es especialista en eufemismos y mentirijillas piadosas con tal de no transgredir lo que, según el sentido común, es apropiado decir en cada ocasión. Es dinámicamente convencional. Elige el requisito de lo oportuno antes de hacer o decir cualquier cosa. Cada cosa, a su debido tiempo, y un tiempo para cada cosa:

> Grave equivocación es creer que sólo los marinos y los que cultivan el campo deben consultar el tiempo. No conviene arrojar fuera de sazón en el campo la semilla que puede engañar nuestras esperanzas, ni en todo tiempo librar a los embates de las olas una frágil embarcación, ni siempre es de seguros resultados atacar a una tierna beldad, a veces importa aprovechar la ocasión favorable, ya se acerque el día de un natalicio, ya el de las calendas de marzo, que Venus se goza en prolongar.
>
> OVIDIO, *El arte de amar*.

Esa forma de ser es la más potente de todo el Zodiaco, porque es el virtuoso punto medio; es la mayor acumulación de energía porque no se desgasta en fricciones inútiles y porque es el mayor reclamo de amores, simpatías y alianzas. Complementa la precipitación y la demora y es aplicable al amor:

> Contéstale después de una breve espera: el retraso, como no se prolongue mucho, aguijonea al amor. Ni te muestres demasiado asequible al que te solicita ni te niegues a sus pretensiones con excesiva dureza; condúcete de modo que dude y espere al mismo tiempo, y a cada repulsa crezcan las esperanzas y el temor disminuya.
>
> OVIDIO, *El arte de amar*.

Este equilibrio dinámico aplicable en el embeleso también es autoaplicable en la excelencia personal. Existe una expresión: "estar en estado de gracia", que refleja un saber hacer muy especial. No es imprescindible ser un beato o un gran místico para estar en estado de gracia. Algunas personas consiguen introducirse en este "estado" en desempeños cotidianos —un artista, un deportista o el más humilde trabajador—, pero es difícil mantenerse en él por un tiempo prolongado porque implica la consecución de un balance dinámico difícil de mantener.

De las personas que prolongan su estado de gracia, se dice que son "virtuosos", ya sea tocando el violín, jugando al baloncesto o toreando, aunque sea más común en el mundo de la música. Pero, recordemos: la virtud está siempre en el término medio, precisamente la zona a la que aludíamos cuando mencionábamos las suaves oscilaciones de Tiempo Libra. Virtuoso es el que no pierde el temple, evitando los extremos. De hecho, Tiempo Libra es taoísta, ya que representa una acompasada complementariedad de los aparentemente opuestos.

Bien mirado, Tiempo Libra es el tiempo más poderoso. Se define como aquél equidistante entre la insensata precipitación y el injustificado retraso. Es más poderoso incluso que Tiempo Leo, porque, si bien los diversos instrumentistas han de subordinarse al director de orquesta, todos, incluido el que maneja la batuta, han de subordinarse a los *tempos* de la armonía musical, tan propios del signo de Libra, y emitir sonidos en el momento adecuado, ni antes ni después.

Cualquier persona con énfasis en Libra nos dice lo difícil que es mantenerse en el anhelado estado de equilibrio ideal, pero expresan una gran gracilidad. Y de hecho, ser "grácil", en el sentido de estar en gracia, es una de las connotaciones de la excelencia personal.

En la simbología mito-esotérica, el estado de etérea gracilidad se expresa con la alusión a las Sílfides —los elementales de Aire— y las Hadas, que pueden hacer tus sueños realidad o, al menos, te aconsejan muy bien.

Tanto sutiles Sílfides como encantadoras y volátiles Hadas representan un estado que consiste en saber hacer cada cosa a su debido tiempo. Si las cosas no se hacen en el momento oportuno, los encantamientos se desvanecen y "la carroza vuelve a ser calabaza". A través del cálculo previo o del análisis de cada situación, es prácticamente imposible, porque la realidad cambia constantemente. La única manera de acceder a tal estado es ser un "bailarín cósmico": fluir con el universo, oír su música y "bailarla", plasmándola en cualquier situación de la vida cotidiana.

Del mismo modo que en una pista de baile a alguien que no sabe bailar muy bien se le dice: "Sólo tienes que dejarte llevar por la música", en otros contextos, ocurre lo mismo; mejor "dejarse llevar por la música cósmica", porque el universo no es una cacofonía inconexa: el universo es melódico. La Mente Cósmica Universal es un buen *disk-jockey.* Sabe ponernos unas veces una "música" movida, luego otra más suave y así sucesivamente.

Y del mismo modo que el viento forma las dunas o riza el agua de un lago o del mar, puede uno, onduladamente, adaptarse a lo sensatamente requerido en cada uno de sus quehaceres.

No está nada mal trabajar con alguna música melódica bien templada y fluida. Poner hilo musical en el trabajo o simplemente una cadena musical en la radio hace que todo fluya con más armonía y que, por tanto, se desarrollen mejor las tareas.

Toda la esencialidad de Tiempo Libra se concentra en una cualidad: ser oportuno. Conectados al intempestivo Tiempo Aries, nos quedamos en fuera de juego con respecto a esta cualidad; conectados al diplomático Tiempo Libra, adquirimos este profundo poder. Es importantísimo para tener éxito en lo que sea. Por ejemplo, si tienes que decirle a tu pareja que te debe algo de dinero, pero viene alterada por una discusión, sería muy inoportuno pedírselo en ese momento —seguro que Aries metería la pata—; sería mucho más oportuno esperar un rato, decir un par de lisonjas y decirlo en el momento adecuado; seguro que surte mucho más efecto. Parece un ejemplo muy sencillo, pero no todo el mundo lo hace y se puede aplicar a un montón de cosas.

En el fondo, es mucho más profundo de lo que parece, puesto que la Razón Universal se manifiesta en los sencillos eventos de la vida cotidiana:

> Para Platón, como para Plutarco, la ciencia o la sabiduría es el cuidado que tiene toda alma digna de razón de seguir el movimiento de las cosas, sin separarse jamás ni adelantárseles.
>
> MARIO MEUNIER, Comentarios a *Isis y Osiris* de Plutarco.

Para el juicioso Libra, la sensatez consiste en no separarse jamás de lo que dicta la razón, sin adelantarse ni retrasarse; lo que equivale a decir que goza del divino don de la oportunidad.

CARDINAL: LA LEY SERÁ

Si hablamos de la balanza de la ley, ¿por qué no hablar de la ley de la balanza? Es parecida a la ley del péndulo, pero no tan drástica. La ley del péndulo nos dice que cuando se llega a un extremo, se deriva fácilmente hacia otro. La ley de la balanza es, sin embargo, la "ley de las compensaciones". Árbitros y jueces la aplican a porrillo. Y consiste en procurar no llegar a los extremos, pero si oscila hacia uno, hay que fluctuar hacia el otro. No es lo mismo que la ley del péndulo, porque en la de la balanza se evita tocar los extremos, aunque se pueden cometer errores.

Por ejemplo, si un árbitro pita un penalti polémico en el área de un equipo, comentaristas y aficionados saben que lo más probable es que esté dispuesto a pitar un penalti en el área contraria. Se trata de la famosa "ley de las compensaciones", que incluso se puede reclamar de forma concreta: "Si el árbitro pone el listón del rigor reglamentario a una determinada altura para el equipo contrario, que lo mantenga así para el nuestro", se acostumbra a oír. Esta "ley" lleva en su seno un ritmo, un ritmo oscilatorio en el que a una fase sabemos que le sigue otra complementaria.

La ley de la balanza no nos permite predecir el Futuro, pero sí entreverlo de forma más o menos lógica. Y, a menudo, acierta. La mayoría de los elaboradores de veredictos acostumbran a manejarla. Con ella, nos metemos en lo que Libra tiene de Cardinal —proyección hacia el Futuro—, ya que entre vaticinios y veredictos a menudo no hay mucha distancia. Por eso, y por ejemplo, a la Astrología que entrevé el Futuro, desde antaño se le llamó "Judiciaria".

Volviendo al tema del árbitro, es curioso cómo su actuación como juez libreño equilibra el fuerte factor ariano que hay en el deporte. Su silbato es el símbolo del aire que estimula y regula los esfuerzos fogosos. Entre sus funciones, consta la de regular imparcialmente el tiempo, observándolo y ampliándolo en caso de que hayan habido interrupciones. "¡Árbitro, la hora!", se escucha en ocasiones.

Tiempo Libra no es rectilíneo ni entrecortado, es ondulado e incluso rizado, como los bucles, las pestañas y el movimiento de los astros. Para Libra, es muy importante el orden; prefiere hacer concesiones antes que verse forzado a vivir sin orden ni concierto. Y, evidentemente, de todo orden pueden sacarse conclusiones y deducciones. Propongo el neologismo *ORDENMANCIA* y lo defino como: "el conocimiento que podemos obtener sobre el Futuro, basándonos en el conocimiento de las fases que se suceden dentro de un orden dinámico, y en el cual está también incluido el observador".

Los veredictos cósmicos son, por tanto, vaticinables. No tanto los humanos, ya que la ley no es: la ley será. Depende de cómo varíen las veleidosas normativas de nuestros estados. Un ejemplo: en 1976, en la ciudad de Málaga (España) se produjeron unas presuntas infracciones de la ley en forma de abortos clandestinos en unas circunstancias específicas. En 1998 —doce años después—, los presuntos infractores fueron definitivamente juzgados y absueltos. El delito por el que se les juzgaba había prescrito. Lo que hicieron los acusados en el 76 no era ya delito en el 98 —la ley había cambiado—. Fueron eximidos de sus cargos y hubo quienes opinaron que ni siquiera debían haber sido juzgados.

Por tanto, la ley no es la ley: la ley será la ley cuando se celebre el juicio. Las infracciones son relativas, porque lo que vale es la ley del Futuro. La *vox populi* dice que "el que hace la ley hace la trampa"; el astrólogo dice que el carácter relativo y futurista de las leyes está acorde con el elemento (Aire: Condicional) y el modo (Cardinal: Futuro) del signo de Libra. En cualquier caso, el Futuro dará o quitará la razón a unos o a otros. Con el desenvolvimiento de las fases que componen el Devenir, siempre se termina comprobando quién ha estado más acorde con lo que cabalmente es justo y razonable.

El Futuro, no obstante, es amenazante con respecto a los encantos de la belleza y la sensibilidad de Libra. Se crean infinidad de productos de belleza para mitigar el paso del tiempo por las otrora tersas pieles. En la publicidad se ven jóvenes y bellas chicas anunciando cremas y afeites que consumirán mayoritariamente féminas de edad algo avanzada. El inclemente Saturno —Cronos— se exalta en Libra:

> ... Era yo entonces una virgencita... Mis pechos despuntaban apenas y era tan loca, tan envidiosa de amor, que odiaba a mis hermanas casadas.
>
> ¡Qué no hubiera hecho por obtener lo que he rehusado esta noche!... Hoy mis senos se doblan sobre mi cuerpo ya muy usado... Eros se duerme de laxitud, de hastío...
>
> PIERRE LOUIS, *Las canciones de Bilitis*.

Libra acepta, sin embargo y sensatamente, el paso del tiempo —forma parte de su universo lógico—. Pero es especialista en buscar solución de continuidad en los periodos de crisis —tanto personales como sociales—. A diferencia de Tiempo Géminis, Tiempo Libra no es transaccional, sino transicional. Es diplomáticamente ideal para crear un puente aéreo en los intervalos históricos, de forma tal que, tanto progresistas como conservadores, queden bien avenidos.

Su punto fuerte consiste en crear un marco legal o consensuado para garantizar sucesiones legítimas en los relevos generacionales. Lo importante es encontrar siempre una solución pacífica a los conflictos que el paso del tiempo acarrea. Libra establece relevos con la misma habilidad que establece actividades, alianzas, citas o acuerdos.

YO HABRÍA DE SER: LA REPÚBLICA DEL AERÓBIC

Libra, al igual que el poeta, ama "los mundos sutiles, ingrávidos y gentiles". El tiempo gramatical que le corresponde es el Futuro Condicional: lo que habría de ser. Como Cardinal, es buscador, ¿y qué es lo que busca? Lo ideal, lo que habría de ser. Trata de plasmar en este grosero mundo la armonía de coros de ángeles celestiales.

Algunas de las personas que han tenido experiencias próximas a la muerte cuentan que en el Más Allá se escuchan "músicas" que expresan una etérea armonía. El investigador Joel Funk hizo un estudio con algunas de estas personas en el que preguntó qué piezas de musical terrenal se asemejaban más a estos "coros celestiales"; la mayoría de los encuestados dijeron que, en realidad, ninguna, pero que algunas composiciones clásicas se asemejaban y que, sobre todo, se parecían las de la música *New Age* y, en especial, la melodía *Angels of comfort*, del compositor californiano Iasos.

De pequeño, me gustaba admirar la obra de los hermanos flamencos del siglo XV Hubert y Jan Van Eyck; no sé por qué me atraían especialmente un par de cuadros suyos sobre ángeles cantores y músicos. De mayor, y como astrólogo, se me vienen destellos a la mente de imágenes de esas tablas de Flandes cuando trato con el signo de Libra. Libra, con su mesurada sensibilidad, percibe que:

> El Universo es un maravilloso concierto de movimientos vibratorios, caloríficos, acústicos, luminosos, olorosos, eléctricos, magnéticos, vitales, etc., etc. Este magno concierto divino es musical por su ley de armonía, aunque no es acústico más que en las vibraciones comprendidas entre 16 y 28.000 por segundo. Mejor dicho: la música no es sino la manifestación o expresión de esa armonía universal en el campo de los sonidos.

FEDERICO MACE y EDUARDO ALFONSO, *La sabiduría de Pitágoras*.

No todo el mundo tiene la exquisita sensibilidad necesaria para comprender la armonía cosmo-musical. Os puedo poner un ejemplo: se trata de los señores Arno Penzias y Robert Wilson, que en 1978 recibieron el premio Nobel de Física, según se dijo por haber confirmado la "teoría" del *Big Bang*.

¿En qué basaban sus presuntas demostraciones? Simplemente en no saber en qué consistía un sonido de fondo que interfería la escucha del espacio exterior con una antena de seis metros de la empresa norteamericana Bell. Algunos listos les dijeron que ese molesto sonido tenía que ser, y sólo ser, la radiación de fondo de la hipótesis del *Big Bang* —que desde entonces llaman teoría— y que a alguien tan inteligente como Albert Einstein le pareció algo totalmente absurdo.

A los sesudos y materialistas científicos no se les ocurrió pensar que EL UNIVERSO SUENA; que, tal como nos señalaban los señores Mace y Alonso en la cita arriba expuesta, "el universo es musical por su ley de armonía". A Penzias y a Wilson les faltó grado de sensibilidad y consciencia; y a los que le dieron el premio Nobel, también.

Así las cosas, ¿cómo plasmar en este absurdo mundo terrenal la pacífica transición de las fases dinámicas de Tiempo Libra? ¿Hay manera de legislar la sociedad humana de forma tal que reprodujese lo que ésta habría de ser según la armonía de los mundos ingrávidos y gentiles?

Hace unos siglos, unos griegos, después de haber asistido a una procesión religiosa, se sentaron a conversar sobre la Justicia y cuál sería el estado social que reflejase en sus leyes tan divino ideal; entre ellos, se encontraba Sócrates. Su diálogo dio lugar a un libro que en principio tenía por título *Politeia*; posteriormente Trasillus, astrólogo de Tiberio, lo denominó *Acerca de la Justicia*, y acabó por denominarse *La República*. En esta obra, se lee:

> —Pues bien, ¿cuál va a ser nuestra educación? ¿No será difícil inventar otra mejor que la que largos siglos nos han transmitido? La cual comprende, según creo, la gimnástica para el cuerpo y la música para el alma.
>
> PLATÓN, *La República*.

Pues bien, ¿qué mejor síntesis de gimnasia y música que el tan conocido aeróbic? Parece que Platón y Sócrates no sólo fueron precursores de tan dichoso invento, sino que lo pusieron como ejemplo didáctico de lo que habría de ser una sociedad ideal.

Libra es, como ningún otro, ideal para el equilibrio psicofísico. Captando y expresando los mensajes de la armonía a través de la música y comunicándoselo al cuerpo a través de ejercicios gimnásticos ordenados, hacemos que nos afinemos psicofísicamente.

En Tiempo Libra, no se admiten cacofonías —mezcolanzas de sonidos, a las que son tan afines las personas con énfasis en el elemento Agua—. Para Libra, los sonidos habrían de estar ordenados e incluso concatenados. De otro modo, no se cumpliría el poderoso don de ser oportuno. En una orquestación sinfónica, por ejemplo, todo consiste en que cada uno emita la nota apropiada, en el tono adecuado y en el momento oportuno, ni algo antes ni algo después. En la vida cotidiana, esto implica saber decir y hacer las cosas con tacto y "psicología" en su debido momento, un momento que no está calculado de antemano, sino que fluye sinuosamente como la música. El don de la oportunidad abre muchas puertas a muchos tipos de éxito.

Al igual que hay personas que tienen buen gusto para la decoración de espacios, también pueden existir individuos con un buen gusto equivalente para la decoración de los tiempos.

Este sutil arte consiste en saber disponer los eventos de forma ordenada y melodiosa para el buen funcionamiento social y humano. Quien tiene la costumbre de organizar fiestas, cenas, veladas o recepciones sabe a lo que me refiero. No es lo mismo celebrar un partido para disputar el tercer o cuarto puesto de una competición antes que después de la final, cuando ya no hay expectación. No es lo mismo que en una velada salgan unos bailarines antes de los aperitivos que después de los postres, cuando la gente está más distendida.

El reflexivo Tiempo Libra pone orden hasta en nuestros placeres. Madame Delbene, la abadesa de un literario convento concupiscente, alecciona a sus pupilas:

> —Un momento —dijo como sobre ascuas—. Un momento, mis amigas, pongamos un poco de orden en nuestros placeres, sólo se goza de ellos planeándolos.
>
> DONATIAN ALPHONSE FRANÇOIS, Marqués de Sade, *Juliette.*

Asimismo, nos sugiere —nos exige en tono distendido— cómo coger un cubierto, qué bebida pedir, cuándo pedirla, cómo salir de un coche y, en algunos casos, incluso cómo y cuándo sonreír. Cada cosa, a su debido tiempo, según un orden hipotético condicional más acorde con cómo habrían de ser las cosas que con la imperfecta realidad.

VENUS: *TEMPO SERPENTINATTO*

¿Qué decir de la pereza? Aliada con la coquetería, parece animar y desanimar al más ardiente varón. Es uno de los secretos de la feminidad: hacer esperar al pretendiente hace acrecentar su deseo, pero si se pasa, la fémina puede quedarse compuesta y sin novio. Todos sabemos que forma parte del eterno femenino el estar los ratos muertos mirándose al espejo —uno de los símbolos de Hathor, la Venus egipcia—. Percatados de ello, algunos lo han sabido reflejar con palabras más hábiles que las mías:

> Mis criadas me esperaban para llevarme al baño. Éste duró dos horas, y otras tantas mi arreglo. Y fresca como una rosa, fui a la cena del ministro más bella, como me aseguraron, que el sol mismo, a gozar de los placeres que aquellos malvados me habían impedido dos días.
>
> DONATIAN ALPHONSO FRANÇOIS, Marqués de Sade, *Julliette*.

Al parecer, la pereza es aliada de suaves dilaciones y, si éstas no trascienden un límite, proporciona encanto:

> Ve allí tarde y no hagas ostentación de tus gracias hasta que se enciendan las antorchas: el esperar favorece a Venus.
>
> OVIDIO, *El arte de amar*.

Astronómicamente, la pereza venusiana parece tener una equivalencia. Venus es el planeta más “perezoso”. Tiene el periodo de rotación más largo, que se corresponde con doscientos cuarenta y tres días terrestres. Curiosamente, su día es más largo que su año, ya que su rotación dura más que su traslación alrededor del Sol. Nada de prisa ni de ajetreos: relax.

Tiempo Libra, en su versión venusiana, es el tiempo del placer y de la satisfacción, aderezado por ritmos sinuosos y sensuales. Dejemos que lo exprese el escritor egipcio Naguib Mahfuz en su obra *Rhadopis, una cortesana del antiguo Egipto*:

> Venga, hermosa Rhadopis, canta para nosotros o deleita nuestros ojos con el movimiento de tu grácil danza, pues nuestro es-

píritu está embriagado por el vino de Maryut y preparado para la fiesta, la alegría y la diversión.

La bella entonó la melodía con una voz tan tierna que las almas se soltaron de las cadenas de los cuerpos. Pasearon por los cielos de la belleza y de la felicidad, se olvidaron de los problemas y de las preocupaciones terrenales y participaron de la sublimación.

Evidentemente, los encantos venusianos nos hacen vivir el tiempo de una forma peculiarmente suave y fluida, semejante a lo sugerido por el canto de las melifluas Sirenas. A esta vivencia temporal, nos incita el canto, la danza, el goce sensual y algo muy común, pero que, por lo común, no usamos muy bien. Me refiero a la voz o, mejor dicho, al tono de voz; éste es uno de los encantos de la poderosa Afrodita. La voz tiene mucho que ver con nuestra forma de vivir el tiempo, ya que es una expresión directa de nuestra forma de respirar, y ésta, a su vez, un reflejo de nuestra forma dinámica de vivir los ritmos de la vida.

Los mayores choques y disgustos provienen de que no suavizamos la voz.

TERESA DE CALCUTA

Las personas encantadoras y convincentes saben templar, modular y pausar muy bien su tono de voz. Lo mismo sirve para la política, para el mercadeo o para la más pura y simple persuasión. El tono de voz tiene dos misterios desvelados:

Uno consiste en los decibelios, que no pueden ser ni muy altos ni muy bajos, pero tampoco uniformes, puesto que el tono de voz se volvería monótono y cansino. La voz encantadora y persuasiva se ondula; tiene suaves colinas —nada de brusquedad o rapidez como en las montañas rusas—, sus pendientes son suaves y sedosas. Ésta es una de las claves del *glamour*.

El segundo secreto desvelado, que se deduce del anterior, es el delicado equilibrio entre sonidos y pausas, y entre énfasis e inflexiones.

Resulta evidente y llamativo en la relajación tras las sesiones de Yoga que el relajador cambie de tono de voz. Lo más frecuente es que se ponga a hablar de forma muy venusiana: en un tono cadencioso. Algunos lo llaman "voz de mimosín". Pero es lógico, para relajar es lo más efectivo; hipnotizadores y sofrólogos lo utilizan.

Venus siempre sabe cuándo. De alguna forma, el bamboleo de las caderas de una joven al bailar expresa los cambios de la vida en su —esperemos— suaves oscilaciones. Quien tiene elegancia al caminar —otro factor bastante descuidado, pero muy atractivo, y que también tiene que ver con la respiración—, sabe también dar sensatos consejos, aunque, a menudo, Libra adolece de una alarmante indecisión para sus propias acciones, ya que si pone un peso en uno de los platillos de la balanza, el otro no tardará en reclamarle su compensación.

Pausas e intervalos están regidos por Venus. En el canto y la interpretación musical, son muy importantes los breves silencios entre sonidos, y los artistas acústicos lo saben. En Taoísmo, los silencios no tienen por qué ser menos importantes que los sonidos, pues el *Yin* equipara en proporción al *Yang*.

La música mueve. Puede mover a los soldados —engañosamente— para ir al combate, al son de cornetas y tambores; puede, subconscientemente, hacernos mover los pies, manos y cabeza o tararear siguiendo el ritmo de cualquier pegadiza tonadilla —aunque no nos guste—.

En música astral, la nota musical relacionada con Venus es "la", y, significativamente, "la-la-lá" es un de los estribillos más empleados en las canciones. Existen melodías especialmente compuestas para los ratos amatorios y, por lo general, están bastante bien estudiadas, con momentos de clímax y anticlímax alternados. Asimismo, cualquier pinchadiscos de discoteca sabe que tiene que ir alternando músicas movidas y suaves para que no decaiga el ambiente.

Ese suave sube y baja es un reflejo de lo que la relación amorosa es en sí. Cualquier pareja que se bese en el banco de un parque al atardecer —hora del relax venusiano— lo sabe. La pasión excesiva es brusca, el relax defectivo es lánguido; el juego erótico implica aplicar continuamente un gradual y juguetón contrapunto.

La figura *serpentinatta* de la Venus de Boticelli define gráficamente lo que podemos vivir temporalmente. Pasión y relax *ma non troppo...* Eros y Psiquis sonríen ante tan sutil ritmo. Cualquier casanova está deseoso de tomarle el pulso a la sinuosa Afrodita:

> El verdadero amor es reservado, se teme parecer exagerado diciendo todo lo que se siente y, por temor de decir mucho, se dice demasiado poco.
>
> El amor es el más ingenioso de todos los dioses; la contrariedad parece su elemento, pero como su existencia tiende a la satisfacción de los seres que le rinden ardiente culto, en el momento en que todo parece perdido, el pequeño y clarividente ciego todo lo soluciona.
>
> GIOVANNI GIACOMO CASANOVA, *Memorias*.

Bonita alusión a Cupido.

BACO: HAY QUE PAGAR AL FLAUTISTA DE HAMMELING

En todo signo Cardinal, el regente diurno —Venus, en el caso de Libra— tiende a satisfacer las demandas del regente nocturno —Baco, en este caso—. Baco, ya examinado en el capítulo dedicado a Tiempo Tauro, nos pone en contacto con lo material y lo naturalmente evidente.

Por un lado, podemos decir que Baco —el Dionisio de los griegos— hace que el tiempo se nos materialice y se nos vuelva táctil; pero por otro, y además, nos recuerda el contacto con lo asilvestrado. Un ejemplo de tal tipo de maridaje lo observamos en los relojes de cuco. La figurita del cuclillo que nos obsequia con su cucú nos recuerda que el tiempo no sólo es un concepto abstracto que pretendemos meter en un artilugio mecánico: es, además y sobre todo, algo conectado con las pautas y ciclos de la Naturaleza.

Por arte de magia de Baco, el Tiempo Libra, basculante, acompasado y melodioso, que hemos descrito en párrafos anteriores tiene que cotizarse y rentabilizarse. En otra parte de esta obra, y a guisa de ejemplo, ya mencionábamos el deseo a veces no reconocido de todo artista de verle una rentabilidad crematística a los frutos de su idealizada sensibilidad. Aún más notorio es el caso de los inversores que acuden a las subastas de obras de arte como moscas a la miel, buscando seguridad económica para el Futuro en forma de lindeces bien cotizadas.

Hay formas de materializar el tiempo, de verlo o incluso de tocarlo. E. F. P. Chladni (1756-1872) probó que es posible hacer visible el sonido. Rozó con un arco de violín una plancha metálica cubierta de polvo y se formaron unos bellos dibujos geométricos en formas de estrellas con sus puntas interconectadas. Hoy en día, esas "figuras sonoras" se pueden producir por excitación piezoeléctrica. En clave sutil, podríamos decir que las pautas temporales del sonido se transforman materialmente en figuras geométricas.

De alguna forma, el ser humano siempre ha intuido la relación existente entre el tiempo —y sus artilugios— y la armonía implicada en el arte. En el siglo XIII, un sabio llamado Al-Yaser escribió un tratado sobre dispositivos mecánicos; en él, hay un grabado en el que se observa una feliz combinación entre Astrología, Tiempo y Música: una clepsidra hace girar la rueda del Zodiaco —nuestro anillo terrestre— y van cayendo unas bolitas que hacen sonar unos carillones, que ponen en marcha una orquestina de autómatas musicales.

No existe ningún muro entre las órbitas celestes, los ritmos de la Naturaleza y nuestros ciclos corporales. Lo que expresaba el reloj de Al-Yaser se refleja en los órganos del cuerpo humano. Cuando hablábamos de Tiempo Tauro, decíamos que el signo del Toro obra con presteza a la hora dar alivio a sus necesidades fisiológicas.

¿Qué ocurre si, en vez de estar en un contexto rústico, estamos en el refinado ambiente de Libra? Como queda dicho, Libra se esfuerza por ser educadamente oportuno; su talante gentil jamás le permitiría eruptar, ventosear o siquiera carraspear en plena vida social. Busca los momentos y los sitios donde pueda hacer esas cositas sin molestar a nadie.

Un ejemplo lo tenemos en los intervalos de los conciertos: basta que haya una de tales pausas para que un buen número de personas se pongan a toser, estornudar o carraspear —en tono no muy estentóreo— y que otros aprovechen para ir rápida y discretamente al servicio. Educadamente, todos han estado aguantándose para no interferir la atención debida al ton y al son de los virtuosos instrumentistas.

Baco nos hace amar la Naturaleza y, con ella, sus frutos. En la sociedad urbana, el "fruto" se llama dinero. El sentido dinerario de Baco se adapta a la foresta urbana, atrayéndonos con el suave son de la flauta a donde mejor se pueda exprimir el mosto del rendimiento económico. El sonido de la música es quizá el mejor acicate para la publicidad —hay pegajosas tonadillas publicitarias que la gente canturrea más que los éxitos del momento—. Algo tan encantador como los *tempos* musicales no podían pasar desapercibidos para los expertos en mercadeo. Marcar los tiempos musicales no es mal negocio, al fin y al cabo, cantos de sirena y cajas registradoras se entienden a las mil maravillas.

Al flautista de Hammeling hay que pagarle; tiene la habilidad de mover al gentío para lo bueno y para lo malo. Mejor tenerlo de nuestro lado; no es mala inversión. Con su habilidad musical, no solamente nos quita los roedores de en medio, es que, además, puede atraer a los clientes en masa. Vale la pena incluirlo en el presupuesto, no vaya a ser que se nos enfade y se lleve a los "niños" a otra parte.

El ritmo oscilatorio de la balanza libreña es bastante rentable. Bien entendida, la relación conyugal es compartir un yugo báquico en torno a un par de metafóricos cuellos. Pero es que la unión hace la fuerza; las oscilaciones de complementos, compensaciones y contraprestaciones de la ley de la balanza nos llevan a compartir bienes y gastos, lo que es bastante apañado. Bailar juntos, conllevando un mismo ritmo oscilatorio y simétrico, es un buen entrenamiento para hacer luego, también juntos, la declaración de la renta —aunque suene poco romántico—, o para pagar una hipoteca a medias. Por extensión, los ritmos de los acordes musicales nos llevan —siguiendo la misma tónica dinámica— a mover sumas de dinero de acá para allá. La sinérgica y simbiótica unión nos suministra un plus de energía.

Si, por algún factor marciano, se rompiera la alianza, o dicho de otra manera, si uno le pega un pisotón a otro en el baile del acuerdo mutuo, entonces intervienen las (venusianas) leyes para dilucidar la parte material (báquica) que a cada uno corresponde.

La frase "yo gano, tú ganas" puede ser el lema para un buen negocio; mejor bailar al son de la misma música que crearse competidores innecesarios. El factor clave es la confianza, por eso los *trusts* van dominando el mundo. Hacer cosas al mismo tiempo, marcando los tiempos, siempre resultó ser efectivo; de ahí surgen las asociaciones y cooperativas; las fuerzas se multiplican, los terrenos se amplían y hay indicios de pingües beneficios.

El campesino sabe cuándo; sabe cuándo es el tiempo de plantar su semilla. Sin precipitación ni demora, en la franja de tiempo oportuna, al igual que el diplomático Libra sabe distinguir la zona temporal oportuna para realizar sus razonables gestiones: sin prisa ni retraso. Por eso, las personas de negocios a menudo utilizan símiles agrícolas en su lenguaje.

14

TIEMPO ESCORPIO

DEVÓRAME OTRA VEZ

Y el alma del tebano Tiresias se acercó, llevando un cetro de oro. Me reconoció y dijo:

—¿Por qué, ¡oh, desdichado!, dejando la luz de Helios, has venido a ver a los muertos en la región tristísima? Apártate de la fosa, retira tu espada para que beba esa sangre y luego te diga la verdad.

Habló de ese modo y, retirándome, volví a guardar en su vaina mi espada de clavos argénteos. Bebió la sangre negra y entonces...

HOMERO, *La Odisea,*
Ulises en la mansión de Hades.

Ningún héroe es un héroe si en el curso de su existencia no ha nacido al menos dos veces. Algunas personas, sumidas en penosas circunstancias, dicen, al salir de sus atolladeros, que es como si hubieran vuelto a nacer; pero realizar ese mismo proceso regenerativo de forma voluntaria y consciente sólo les está permitido a héroes y genios. Ulises cumple el arduo requisito de visitar el reino de Hades para ser asesorado —sobre el retorno a su origen— por el adivino Tiresias.

Utiliza la sangre de unas víctimas degolladas para atraer a los moradores del Inframundo, pero también su broncínea espada para escoger el ánima con quien desea hablar.

Atrae y rechaza. Tiempo Escorpio es atractivo y repulsivo; en él, definitivamente nos olvidamos del sensato término medio de Tiempo Libra. En el flujo temporal escorpiónico, deseamos sentir intensamente y para ello merodeamos por los extremos, aunque traspasemos los límites de lo admitido como razonable y saludable.

Escorpio desdeña la cronometría; la vida no se mide con estúpidas medidas arbitrarias de tiempo: la vida se valora por su excitación. No vive más quien vive más tiempo, vive más quien siente más intensamente, y, paradójicamente, con ello se desvive. Morbo mejor que cantidad. "No mediré mi tiempo, pero ¿quién sentirá lo que yo sentí?", parece decirnos el escorpión perfumado. No es ni mejor ni peor: es otra forma de vivir eso que llamamos tiempo.

Para Escorpio, el tiempo no es rectilíneo ni cíclico; ni ondulado ni cuadriculado; para Escorpio, el símbolo del tiempo es la forma de los alambiques alquímicos, la del cuerno del unicornio, la de la poderosa energía Kundalini, que se enrosca en la base de la columna vertebral, esperando ser excitada para alzarse con la fuerza de una cobra. El símbolo por excelencia de Tiempo Escorpio es la Espiral. Una Espiral que te engulle una y otra vez al ritmo del tambor primordial de Shiva, el destructor de todo lo que ha de ser nuevamente creado.

AGUA: "RECUERDE EL ALMA DORMIDA..."

En el siglo XV, Jorge Manrique escribió unos cantos elegíacos, en versos de pie quebrado, a la muerte de su progenitor, que todavía le sobrecogen el ánimo a cualquiera:

> Recuerde el alma dormida,
> Avive el seso y despierte,
> Contemplando
> Cómo se pasa la vida,
> Cómo se viene la muerte,
> Tan callando...

Vienen al caso de Tiempo Escorpio porque éste, como buen signo de Agua, está concernido por el Pasado, pero la forma de vivir el Pasado de Escorpio es tan intensa que prácticamente se actualiza de forma desgarradora.

En Cáncer, se trataba de volver a un punto del Pasado y desde allí volver a vivir; en Escorpio, resulta dramático—o incluso trágico— perder la intensidad de lo sentido, por lo que se trata de conservar la calidad de los sentimientos de una forma obsesiva. Escorpiónicamente, tratamos de que no haya diferencia entre el Pasado (Agua) y el Presente (Fijo); de esta manera, nuestra relación con los muertos —o con lo muerto— cobra relevancia. Mitos —o quizá... — como los de los muertos vivientes, zombis y seres draculinos en general refuerzan esta faceta: la de la actualidad del Pasado presuntamente desaparecido, pero que puede irrumpir en forma de conmoción o de vivencia máxima, según se aprecie. Todo fallece, pero nada desaparece definitivamente, puesto que la muerte también muere.

Un músico andaluz, Manuel de Falla, realizó una de las composiciones que, personalmente, más me impresionan: *El amor brujo*. Está basada en una historia de gitanos, en la que el alma de un hombre muerto vuelve, por celos, y sorprende a su ex relacionándose con otro. Ese retorno obsesivo, debido al sentimiento intenso de perdurabilidad del Pasado, es un manifiesto de la forma que tiene Escorpio de vivir lo que los mortales llamamos tiempo. Llega a considerar la vida, o mejor dicho, el sentimiento, ya que ¿qué es vivir sino sentir?, como algo que puede incluso trascender los límites temporales de la existencia.

En la mencionada composición, se observa la misma dinámica que emplea Ulises en el Hades: atracción y repulsión, para producir un vórtice arremolinado de energía. Los sonidos parecen aproximarse y alejarse, aproximarse y alejarse..., cada vez de una forma más tensa o intensa. La misma dinámica inframundana —o quizá ultramundana— se observa en la célebre cantata escénica *Carmina Burana* del alemán Carl Orff.

Polvo fuimos y polvo somos y seremos. Tiempo Escorpio es un tiempo reincidente que nos iguala a todos con el filo de su guadaña. A los relojes le salen telarañas cuando nos aviva el seso y el sexo, mostrándonos la vanidad de nuestras concepciones teóricas y la futilidad de nuestros artilugios.

Hay a quienes les asusta el tiempo, hay a quien le da mal fario los días trece o considera que hay cronologías fatídicas. En el año 1000, la forma escorpio de vivir el tiempo le dio un palo a su testarudo oponente, Tiempo Tauro. Se redactaron documentos tales como:

> Estando próximo el fin del mundo, yo, por la salvación de mi alma y para no ser colocado entre los machos cabríos, hago donación a la iglesia de las siguientes propiedades...

Sobran comentarios.

El papa Silvestre II —por cierto, aficionado a construir relojes y a coleccionar autómatas— convocó a sus fieles en la romana Santa Sede, en la noche del 31 de diciembre del año 999, para esperar, angustiados, el Apocalipsis que, según ellos, inexorablemente anunciaban las profecías de las cristianas escrituras.

¡Vaya fiestecita de fin de año! Supongo que no tendrían nada preparado para el cotillón. El tiempo colgaba sobre sus cabezas como la espada de Damocles, o, al menos, así lo sentían ellos. El caso es que se quedaron con el dinero y las propiedades de los ricos y de los no tan ricos.

Como queda dicho, Tiempo Escorpio es un transcurso cualitativo de las vivencias. Es el tiempo de la pasión, en el que las pulsiones devoran el tiempo —independientemente de lo que digan las insolentes manecillas del reloj—; en ello se parece al Tiempo Diana, comentado en Tiempo Cáncer. El terreno sexual está especialmente abonado para este tipo de experiencias:

> Salí, compré vino y comida fría y regresé a la cama. Sin luz de día. Ignorábamos la hora, o si era de noche. No hacíamos más que yacer allí sintiendo nuestros cuerpos, el uno dentro del otro de manera casi continua, hablándonos al oído.
>
> ANAIS NIN, *Delta de Venus*.

Sólo la pasión, sólo la pasión regula el transcurrir de los actos en la forma escorpiónica de sentir el tiempo. No sólo lo digo yo, también, Vatsyayana:

> Una vez que se ha iniciado la unión sexual, sólo la pasión regula los actos de los participantes.
>
> VATSYAYANA, *Kama Sutra.*

En la dinámica espiral, operan dos fuerzas: una succionadora, que vampirescamente absorbe nuestra psiquis, y otra repulsiva, que nos induce a alejarnos de lo que intuimos que puede consumirnos:

> Las tres damas tenían los dientes de una blancura deslumbrante, los cuales brillaban como perlas entre sus labios rojos y sensuales. Había en ellas algo que despertaba mi inquietud, pues sentía a la vez deseo y terror.
>
> BRAM STOKER, *Drácula.*

En Tiempo Escorpio, impera el morbo; nos desplazamos hacia el centro magnético desde la periferia por "morbosa curiosidad"; a menudo, tratamos de engañarnos a nosotros mismos diciéndonos que tan sólo merodeamos, que la llama, esta vez, no quemará las alas de la mariposa; en la siguiente vuelta de rosca, nos aproximamos un poco más, hacemos otro giro y parece que nos alejamos, para volver a reincidir, esta vez más cerca del centro. Y así sucesivamente. En cada maniobra, la fatal atracción que sobre nosotros ejerce el centro de la espiral es mayor. Llegado el momento, se produce el clímax; el influjo del centro de la espiral nos succiona irremediablemente, y mejor abandonarse a la pasión que resistirla. Al fin y al cabo, te compensa con intensidad de sentimientos. Pareciera que en el centro hubiese una araña que se alimentase con nuestros líquidos vitales, pero que no nos devora completamente: una vez que ha obtenido una dosis, nos deja salir, sabiendo que volveremos. Cuando hayamos repuesto más energía vital, nos devorará otra vez.

Ha habido quien, a su manera, ha descrito la confusa salida de la espiral:

Han satisfecho su placer prohibido.
Y del lecho se levantan,
Vistiéndose apresuradamente sin hablarse. Abandonan
Por separado, furtivamente la casa (...)
Mañana, otro día, años después escritos serán los
Versos vigorosos que aquí tuvieron su principio.

KAVAFIS, *Poemas*.

Lo tabú, y en general todo lo clandestino, es otro de los terrenos abonados para que la espiralada dinámica escorpiónica consuma su tiempo. Podría tratarse de la delincuencia o del crimen en general. Nos podrían servir de ejemplo las obsesiones del protagonista de *Crimen y Castigo* de Dostoyevski —Sol en Escorpio—, al que se le mete en la cabeza tener que matar a una vieja usurera. Pero prefiero una obra amorosa de la sensibilidad andalusí:

La unión clandestina ocupa un lugar
Al que no llega la unión posible y manifiesta...
¡Cuántas vueltas di en torno del amor,
Hasta caer en él, como la mariposa en la luz!

IBN HAZM DE CÓRDOBA, *El collar de la paloma*.

Dentro del ritmo espiral de Tiempo Escorpio, hay un misterio, un misterio magnético y absorbente. Algo que atrae sobremanera sin que sepamos muy bien qué es lo que es. Creo intuir lo mismo que Joseph Conrad cuando escribió *El corazón de las tinieblas*. Conrad viajó al corazón del África Negra, en el antiguo Congo belga, para intentar localizar a un tratante de marfil de quien se había perdido el contacto. Al comienzo de la obra arriba mencionada, el autor expone un símil: se imagina a un legionario romano navegando Támesis arriba:

... siente que la barbarie, la más absoluta barbarie, le va rodeando; toda la misteriosa vida de la selva que se agita en los bosques, en las junglas, en los corazones salvajes. No hay inicia-

> ción posible en semejantes misterios; tiene que vivir en medio de lo incomprensible, que es también detestable. Y eso ejerce además una fascinación que actúa sobre él.

La fascinación de lo incivilizado —no sometido a más leyes morales que las de lo salvaje y natural— está en la base de esta extraña atracción. El juego dramático entre lo fascinante y lo detestable marca el ritmo de Tiempo Escorpio, actuando emocionalmente en el plano Agua.

FIJO: LOS MAESTROS DEL SUSPENSE

Las vampiresas de Bram Stoker, que vimos en el apartado anterior, generan un forcejeo entre seducción y aversión. El marino de agua dulce de Joseph Conrad encuentra también una paradójica doble sensación de fascinación y horror. Ulises atrae almas con la sangre y las ahuyenta con la espada. No es casualidad: es un arquetipo zodiacal en nuestro subconsciente colectivo que se manifiesta en muchas personas de muchas formas, dependiendo de su subjetividad y de su entorno, pero siempre generando la misma pauta arremolinada: una fuerza de succión y otra de fuga hacia la periferia. La resultante es un *chakra*; dicho de otra forma, un vórtice de energía que gira sobre sí mismo. Su mejor manifestación gráfica es la espiral en movimiento. En parte, es una manifestación espacial, pero, en gran parte también, representa una pauta temporal debido a que es un patrón dinámico que podemos vivir rítmicamente.

Lo vemos en las espirales en el vuelo de los buitres carroñeros sobre su presa; es el movimiento de los cazabombarderos antes de caer en picado, en el la forma espiralada en la que caen los excrementos; es el movimiento del delincuente que merodea en torno al lugar donde piensa perpetrar su fechoría, en los giros del presunto cliente que va conduciendo su coche por el barrio de mala nota hasta que es seducido por la trabajadora que camina por la acera; es el movimiento del péndulo del hipnotizador que, hecho girar y movido de arriba a abajo, genera una trayectoria espiral; es el movimiento, también, de los derviches turcos o de la Danza de los Espíritus, con la que los *sioux* invocaban a los guerreros muertos. En todos esos y en otros muchos semejantes, el patrón dinámico es el mismo: la espiral de Tiempo Escorpio.

Espiritualidad es "Espiralidad".

Existe un tipo de *Tanka* (tapiz tibetano) que se denomina *Kalachakra* (la Rueda del Tiempo); también se le llama Rueda del Sangsara o del Devenir. Se representa como una gran rueda giratoria en la que están incluidas imágenes de personas, paisajes y situaciones de la vida. Todos parecen girar desde y hacia un gran monstruo —con colmillos horripilantes y una felpa adornada con calaveras— que incesantemente lo devora todo y lo regurgita todo una y otra vez. Es un orden de continua muerte y resurrección.

Esta Rueda del Tiempo nos enseña que todo, por insignificante que sea, contiene en sí mismo un fin y una iniciación, pero dentro de un gran dinamismo fijado por la Mente Cósmica Universal, que todo lo regenera. Dentro de este juego que, paradójicamente, podríamos denominar FIJACIÓN DINÁMICA, todo nace, existe, muere, se regenera y vuelve a nacer. Generación, degeneración y regeneración se suceden en un tiempo redivivo.

En este sentido, Tiempo Escorpio tiene la valiosa y poderosa cualidad de transmutarse a sí mismo. La muerte de la Muerte es la verdadera Vida. Llegados a este punto, H.P. Lovecraft nos insinúa:

> No está muerto quien reposa en la Eternidad, pues, llegado el momento, hasta la muerte morirá.

Además, y principalmente, surge una cuestión: ¿cómo prolongar el clímax? Valga que los helicoidales y arremolinados movimientos en espiral nos regeneren, pero en el centro del bosque, en el corazón de las tinieblas —y una vez superada la aversión inicial que nos crea la sociedad civilizada— existe un núcleo magnético que ejerce su gran fascinación. Según el nivel evolutivo en el que nos sitúe nuestro grado de consciencia individual, puede tratarse de sexo, de muerte, de espiritualidad, de depravación, de espiritualidad, de placer, de esoterismo o de un baile ritual, etc. Pero, ¿existe alguna forma de prolongar la experiencia extática del clímax? Se puede condensar la energía regenerativa que impulsa la *Kundalini* —hay técnicas tántricas en las que la mujer tapa con el dedo el orificio del pene para evitar la emulsión de semen—. La reabsorción de líquidos juega su papel:

> Los trabajos de la magia sexual recargan automáticamente los líquidos corporales. Por muy habilidosos que nos volvamos en la canalización ascendente de la energía a través de la columna vertebral central, el cuerpo físico y el sutil pierden energía a través de los genitales en el clímax final. Por eso, la lubricante genital, la sangre menstrual y el semen en particular adoptan la energía de una sesión.
>
> BRANDY WILLIAMS, *Éxtasis ritual.*

En todo proceso iniciático, se recrea la muerte. El adepto ha de morir y renacer, pero en la fase mortuoria puede recrearse en el estado escatológico. Lo mismo que el tántrico fija el paso del tiempo en el clímax sexual para adquirir un mayor grado de consciencia, el iniciado se regodea en la experiencia próxima a la muerte —quizá en la misma muerte— para conseguir el mismo propósito, sólo que unas vueltas de roscas más arriba.

La civilización egipcia siempre atrajo por su misterio, y en el núcleo de ese misterio está la aparente obsesión de los antiguos egipcios por la muerte. ¿Qué descubrieron?

Creían que, al abandonar el cuerpo, el alma humana era juzgada; le proporcionaban argumentos y medios para su defensa, y creían que para los de corazón limpio existía una especie de paraíso en el Más Allá que denominaban Campos de Iaru, el equivalente de los Campos Elíseos grecolatinos.

Su afán por la momificación tenía un motivo: prolongar la estancia en el Paraíso. Nosotros tenemos dos almas —llamadas *Ka* y *Ba* por los egipcios, *Eidolon* y *Psiquis* por los griegos y *Bo* y *Hun* por los chinos—. Cuando la *Psiquis* —o alma vivenvial y kármicamente responsable— abandona el cuerpo tras la muerte física, el *Eidolon* —o alma vegetativa— reposa en el cadáver durante un tiempo. Mientras el *Eidolon* no abandone el cuerpo físico, la *Psiquis* permanece en el Más Allá antes de reencarnarse.

Mediante la momificación, se retrasa la salida del alma vegetativa del cadáver y, por lo tanto, se prolonga el disfrute del alma psíquica de los limpios de corazón en el Paraíso o Campos de Iaru. La momificación de los egipcios no era pura manía: era pura sabiduría. Si tu *Ka* tarda, digamos, seis o siete siglos —o quizá veinte— en abandonar tu cuerpo momificado, todo ese tiempo —o su equivalente en tiempo escatológico— se lo puede pasar tu *Ba* disfrutando de los inenarrables goces elíseos.

Los ricos de hoy en día son capaces de pagar ingentes sumas de dinero para prolongar su agonía, flotando en estado de ingravidez —que dicen que frena el proceso degenerativo del cáncer— en una cápsula espacial, rodeados de tubos, cacharros y cables. Si no fueran tan supernecios, pagarían por simplificar el tránsito de la muerte terminal —abandono del cuerpo físico— y dedicarían sus sumas de dinero a la investigación de lo que ocurre en el Más Allá —la Verdadera Frontera—. Algunos pagarán su necedad y materialismo sufriendo un cáncer que le carcomerá las entrañas hasta la muerte colgados de un cacharro espacial durante, quizá, un buen puñado de años. Todo por despreciar la sabiduría esotérica del antiguo Egipto. Hace miles de años, seres mucho más evolucionados preferían aceptar el proceso de la muerte, ser momificados y disfrutar durante muchísimo tiempo en los paradisíacos Campos de Iaru:

> Los egipcios habían construido verdaderas ciudades subterráneas pobladas de vivientes astrales, y de esta forma podían actuar sobre el astral terrestre, fijando durante mucho tiempo el polo de la civilización en su país y retardando al mismo tiempo la reencarnación de los seres humanos, luchando gracias a su elevada ciencia contra las fuerzas del destino.

DR. GERARD ENCAUSSE (PAPUS), *La Reencarnación*.

Volviendo al sexo, la fijación del clímax tendente al éxtasis por el mago sexual y su pareja puede potenciarse en gran manera con un ritual sexual colectivo, con el que se multiplique la fuerza de la energía regenerativa escorpiónica y se prolongue en el tiempo todo lo posible. Es lo que se llama una orgía, costumbre, lamentablemente, perdida en nuestra decadente sociedad.

En la India dravídica tradicional, había —no sé si seguirá habiendo— un culto denominado "La ascesis de dieciséis", en el que ocho hombres (*Shivas*) se unen a ocho mujeres (*Shaktis)*. Después de haber realizado los matrimonios rituales para la sesión y de cumplir con algunos requisitos, se disponen en círculo en torno al *guru* y a su consorte en un lugar secreto y tenuemente iluminado:

> Al comienzo la unión se hace en la inmovilidad; sólo está autorizado el lenguaje secreto. Se exige de todos los Shivas el control absoluto de la eyaculación. En efecto, si se produce una eyaculación intempestiva fuera del chakra puja, es simplemente un "incidente técnico" (...).
>
> Luego se permiten los movimientos y se acepta sin restricción el orgasmo de las Shaktis, pero a condición de no provocar la eyaculación de los Shivas. Esos orgasmos se sentirán cada vez más cerca en todo el círculo y llevarán progresivamente la tensión sexual a su paroxismo con extraordinarias reacciones en cadena.
>
> ANDRÉ VAN LYSEBETB, *Tantra, el culto de lo femenino.*

Chakra Puja es la asamblea orgiástica en la que se intenta crear un vórtice común de energía que despierte todas las *kundalinis* de los participantes. La contención seminal de los hombres hace perdurar la experiencia en el tiempo, y la transmisión contagiosa de los orgasmos de las mujeres hace que circule la espiral energética con una intensidad muy elevada —una especie de ciclotrón orgiástico—. Al igual que los magos del suspense cinematográfico, los magos sexuales mantienen la excitación del clímax todo lo posible. Es el antidesmadre y la antipromiscuidad, ya que todo está sabiamente organizado.

De hecho, la promiscuidad sexual —en parte y relativamente frecuente en nuestros días— dispersa la energía de la espiral de forma confusa:

> Las mujeres que son sexualmente promiscuas, sin ningún tipo de lazo emocional, o que abrigan un cierto resentimiento hacia su compañero, no están relacionadas con su naturaleza femenina esencial. Esta es, precisamente, la situación que alimenta el *animus* negativo (...). Esta actitud cierra la puerta a cualquier ritual de iniciación.
>
> NANCY QUALE-CORBETT, *La prostituta sagrada.*

Es muy oportuno que la autora de este párrafo aluda al "*animus* negativo" y a la naturaleza femenina esencial. Cualquier enrarecimiento en el plano emocional de Escorpio —si no fluye libremente la energía— puede producir algo muy propio del signo: absorbencia y celos —una derivación negativa de la naturaleza fija del signo—. Él o ella pueden exigir a su pareja el mantenimiento o fijación en el tiempo de lo que se sintió intensamente en su momento, y que quizá no sea ya correspondido. La tensión puede ser enorme y puede hacer estallar la relación: no pocos crímenes pasionales son provocados por la utilización brusca de esta potente energía. Hay quien puede desear fijar un sentimiento intenso, incluso de sufrimiento, ante la falta de respuesta emocional de la persona amada:

> La mataré y luego me mataré. Pero me suicidaré lo más tarde posible, para experimentar el sufrimiento insoportable de haberla matado.
>
> FEDOR DOSTOYEVSKI, *El jugador.*

YO FUI: UN DESPIDO IMPROCEDENTE

Gramaticalmente, Escorpio es el Presente (Fijo) del Pasado (Agua). Lo ido se hace más presente que el Presente. Es un signo medianamente otoñal que muestra el encanto de la decadencia.

En otoño, podemos sentir una cierta sensación de caducidad; a mediados del otoño, el Sol transita por el signo zodiacal de Escorpio, el suelo se cubre de hojarasca y se rinde culto a los muertos visitando lugares de enterramiento. Podemos tener el sentimiento que fuimos y que no somos. Se llevan coronas de crisantemos a los cementerios y en algunos lugares se hacen dulces con formas macabras, recordando la caducidad de todo en la vida. Nos puede sobrevenir el presentimiento de estar ya fallecidos y de que lo que vivimos en el Presente no es sino el Pasado, una experiencia ya muerta que no tardará el tiempo en llevarse del mismo modo que el viento se lleva las hojas secas o amarillean las fotografías viejas. El tiempo es exterminador; al fin y al cabo, ¿de qué morimos sino de tiempo? Yo fui. Nuestros antepasados parecen estar vivos, nosotros parecemos estar muertos. Todo vive y muere a flor de tiempo.

Ante la potencia de lo anterior acumulado, el Presente podría parecernos una cáscara superficial. Pero ¿qué es el Pasado?, ¿es lo que nos ha ocurrido desde que nacimos hasta ahora?, ¿es el testigo cultural y vivencial que nos legaron los que nos precedieron?, ¿o es el cúmulo de experiencias que traemos de vidas anteriores?

A comienzos de 1999, el seleccionador nacional de fútbol inglés, el señor Hoddle, fue fulminantemente destituido de su cargo por haberse atrevido a hacer uso de uno de nuestros derechos más fundamentales: la libertad de expresión. Dijo este buen señor —lo mismo que Jesús de Nazareth en los evangelios— que nuestras dolencias e incapacidades son resultado de nuestras acciones anteriores y que los incapacitados de nacimiento lo son como consecuencia de sus acciones en vidas pasadas. Los fariseos preguntaron a Jesús —con cierta mala idea— que, si nuestras enfermedades son resultado de nuestros pecados, qué culpa tenían los que tienen malformaciones de nacimiento. Jesús, después de pensárselo, dijo que eso era debido a la gloria y al poder de Dios y que el anciano volvería al vientre de su madre. Los fariseos de hoy en día arrojan de sus puestos de trabajo a quienes expresan algo semejante.

A este respecto, recuerdo la confidencia de un consultante de Astrología —cuyo nombre debo omitir para respetar la privacidad de la consulta—; este consultante me confió que de niño sorprendía a sus padres suministrándoles información sobre los sitios que iban a visitar. Antes de llegar por primera vez a un pueblo, ya sabía dónde estaba la casa a la que iban, cómo era y lo que había dentro. Los padres, alarmados —eran los tiempos del fundamentalismo franquista—, hicieron todo lo posible para ocultar la clarividencia reencarnativa de su hijito, pero él, de mayor, se acuerda vivamente. Mi consultante puso un especial énfasis en que no se lo dijera a nadie, ya que temía las consecuencias negativas que pudiera tener en su trabajo —le podía haber ocurrido como al señor Hoddle—. No hay peor fundamentalismo que el hipócritamente "democrático".

Lo que fuimos es importante. Tengo varios amigos —más bien amigas— que me dicen lo que fueron en vidas anteriores: "Yo fui prostituta", "Yo fui un marino vikingo", "Yo viví en Egipto"... Sócrates le llamaba Reminiscencia y decía que saber es recordar. En el diálogo *Fedón* (o "del alma"), Platón pone en boca de Sócrates frases como: "Los muertos nacen de los vivos y los vivos nacen de los muertos" o "Nuestros cuerpos son como ropas que nos quitamos y nos ponemos". Asimismo, en la *República* (capítulo X, punto XII) hay alusiones a la reencarnación.

Prácticamente todo el mundo ha tenido algún que otro "ya visto": escenas, sitios o ambientes que visitamos por primera vez, pero que tenemos la viva impresión de haberlos conocido antes. Lo que fuimos, en ocasiones, puede incidir en el Presente más que el mismo Presente. Brian Weiss, investigador regresivo y autor de obras de tanto éxito como *Muchas vidas, muchos maestros*, nos dice en *A través del tiempo*:

> Me di cuenta de que la terapia de vidas pasadas era un método rápido de tratar síntomas psiquiátricos que antes requerían muchos meses o años de costosa terapia para mitigarse. (...) Comencé a utilizar esta terapia en otros pacientes y, una vez más, obtuve excelentes resultados. Hasta la fecha, he regresado a cientos de pacientes a vidas pasadas, durante sesiones de terapia individual...

Algo así como la "viaje-en-el-tiempo-terapia".

Existe una parte de la Astrología, la Astrología Kármica, que, en parte, estudia la incidencia de lo que fuimos en lo que somos. Unos de los más conocidos autores sobre el tema es Martín Schulman; en su obra *Astrología Kármica*, comenta:

> En esencia, un problema crónico en una vida pasada que pudo haber durado treinta o cuarenta años, cuando se proyecta en la vida actual como reminiscencia por un acontecimiento o percepción, se comprime de modo tal que treinta o cuarenta años de experiencia simbólicamente se concentran en un periodo relativamente corto de tiempo.

Es decir, que el Presente del Pasado puede abrumarnos en el Presente del Presente, a menos que seamos capaces de ser conscientes de los mensajes de lo que fuimos implícitos en algunos problemas o acontecimientos de la vida actual. El Presente es una gota; el Pasado, un océano.

Es interesantísimo estudiar el Pasado a la luz del karma y de la reencarnación; no obstante, considerar lo que en nuestras vigentes existencias fue y ya no es también nos abre las puertas de esta forma de vivir eso que llamamos tiempo. Especialmente, sentimos la pérdida de la juventud como una minimuerte. He aquí un poético y otoñal ejemplo:

> Mancebo, no pases sin haberme amado. De noche soy todavía hermosa; te convencerás de cuánto más caliente es mi otoño que la primavera de otras.
>
> No busques el amor de las vírgenes. El amor es un arte difícil en el que las jóvenes son pocos versadas. Yo lo he aprendido toda mi vida para dárselo a mi último amante.

PIERRE LOUIS, *Las canciones de Bilitis*.

PLUTÓN: ¿POR QUIÉN DOBLAN LAS CAMPANAS?

Indudablemente, por ti; están tocando la hora de tu muerte. Todo ser humano está condenado a muerte por el mero hecho de haber nacido. Así de tétricos nos ponemos al abordar la forma plutónica de experimentar Tiempo Escorpio.

Heródoto, en su segundo libro de Historia, nos cuenta que, según cierta costumbre del antiguo Egipto, al terminar la comida de un banquete, el anfitrión hacía traer la imagen de un cuerpo muerto en un féretro y, dirigiéndose a cada uno de los invitados, les decía: "Mira a éste, bebe y regocíjate: tú serás así cuando mueras".

La cotidianeidad de la idea de la muerte hace a Escorpio buscar la intensidad de cada momento del Presente con la amoralidad de quien se considera ya fallecido. Una paráfrasis disfemista sería decir: "A follar, que el mundo va a acabar".

Algo de este sentimiento fatídico se manifiesta en la así llamada "crisis de la mediana edad" —cuando Plutón en tránsito acostumbra a hacer cuadratura al Plutón natal—. Se pasa el ecuador de la vida y se valoran las oportunidades disfrutadas o desperdiciadas para vivir con intensidad. Se siente la necesidad de sentir satisfacción emocional porque se está pasando el punto de inflexión vital y lo que no se goce en la mediana edad, puede que no vuelva a presentarse. De ahí una cierta ansiedad para, por ejemplo, gozar de la sexualidad. Las ocasiones no vividas con intensidad pueden experimentarse como una cadena de pequeñas muertes.

Que se transformen en Pasado los esquivos instantes del Presente sin haberlos vivido a plena emocionalidad es toda una tragedia subjetiva para la persona plutónicamente conectada a Tiempo Escorpio. Lo contrario es una poética satisfacción, por eso, el poeta chileno Pablo Neruda tituló su autobiografía *Confieso que he vivido*. No deja de tener una profunda vena romántica y apasionada esta modalidad temporal. Pero ¡consume tanto vivir tan intensamente! De ahí que le llamen "morbo"; Escorpio te hace sentir, pero Caronte te pasa factura y has de darle su moneda en forma de energía y vitalidad.

Una forma de visualizar el tiempo plutónico sería imaginarnos una gran espiral —propongo un gran agujero negro espacial— que engulle todos los mundos que se le aproximan. Implosiona hacia dentro, devorándolo todo. Su fuerza es descomunal; es tan seductor que no hay galaxia que se le resista. Plutón —como planeta— es en realidad un par de fuerzas: el planeta en sí mismo y su —proporcionalmente— gran satélite Proserpina —todavía llamado Caronte por algunos—. Plutón es el gran secuestrador hacia un centro magnético; Proserpina pugna por salir hacia la periferia. La resultante es una vorágine que habita como arquetipo en nuestro subconsciente colectivo.

¿Qué hay más allá de un agujero negro? La crisálida se transforma en mariposa. Tras la muerte de un ser, aparece el aleteo y el cromático vuelo de otro ser con la esencia del anterior. Dejar de ser es volver a ser gracias a una nueva metamorfosis. Todo muerto viviente me comprenderá —no confundir con los vivientes muertos—.

La no comprensión del proceso regenerativo conlleva no pocas obsesiones. Un patricio romano, aparte de tener un reloj de agua en su comedor, tenía, además, un criado uniformado que, tras anunciarse con un toque de trompeta, le declaraba la duración de vida que ya se había consumido. *Mors certa, sed hora incerta* sería un lema para alguien que viviese la vida como un sinvivir. La obsesión puede transformarse en sutil anhelo: "Vivo sin vivir en mí, y tan alta vida espero que muero porque no muero", diría una monja de la vetusta Castilla del siglo XVI.

Para Teresa de Ahumada, la muerte era la máxima expectación; la sola idea de morirse tenía su alma en suspenso. Y para mantener el suspense en los espectadores, no está nada mal la representación de la muerte. Recuerdo una escena del film *El Padrino III* de Coppola, en la que el realizador juega con Tiempo Escorpio de forma magistral. Intercala escenas de una sesión operística de carácter trágico con otras del asesinato de un Papa —supongo que sería un remedo subliminal del asunto Juan Pablo I— y, de camino también, del asesinato de un cardenal que se había metido en una trama mafiosa, todo ello en un *in crescendo* en el que el purpurado —más bien vestido de negro con un fajín rojo, colores escorpiónicos— cae por el hueco de una escalera de caracol que, significativamente, reproduce la forma espiralada de Tiempo Escorpio.

Hay quienes se mueren y viven para contarlo. Algunos a propósito. Por ejemplo, el rey Gustasp. En el antiguo Irán, tal rey era protector de Zoroastro, padre de la religión mazdeísta. Le dijo a su protegido que deseaba ver el lugar de la gloria que le estaba destinado en el cielo:

> Zoroastro celebró el oficio de Darun, para lo cual ofreció vino, perfumes, leche y una granada. Habiendo bendecido todas esas cosas, recitando el Avesta en *zend*, bebió el vino y presentó la copa al rey, quién bebió a su vez y se durmió, como un hombre ebrio. El príncipe permaneció en dicho estado durante tres días. Su alma marchó al cielo, cerca del trono de Dios, y allí vio su *kerdar* (el principio de sus buenas obras) puro y brillante, la plaza que le estaba destinada y el lugar que ocupan los santos (...). Pasados tres días, el rey despertó y dio gracias a Dios, diciendo: "Oh, Dios de los mundos, vuestro imperio no acabará nunca". Llamó, acto seguido, a Zoroastro y le contó cuanto había visto, ordenando que todos sus súbditos abrazaran la ley.
>
> JEAN VARENNE, *Zoroastro*.

Visto desde esta perspectiva, es posible provocar artificialmente la muerte —o un estado semejante—, ir al otro mundo y volver para contarlo. La obsesión del patricio romano —trompetista incluido— no tiene sentido; el tiempo se transmuta y expande más allá de los límites existenciales. Ésta es la esencia de la Iniciación: muerte y resurrección. Plutón, bien entendido, más que una tétrica calavera parece una bella mariposa que vuela tras su fase de crisálida. La crisálida es este chasis —a veces deteriorado— que es el cuerpo humano. La mariposa, en la cultura arcaica griega, es el símbolo del alma.

Los estados próximos a la muerte, estudiados prolijamente sobre casos fortuitos por Raymond Moody y compañía, eran provocados, sabia e intencionadamente, en los antiguos centros mistéricos para transmutar y trascender nuestra forma de vivir Tiempo Escorpio a través de la "ebria" experiencia plutónica que duraba, en equivalente terrenal, tres días —¿os suena a algo? — y, aunque hubiesen traicionado el secreto, nadie les habría entendido. De todos modos, a través de las reticencias de Apuleyo, algo se vislumbra más allá del velo de Isis:

> Llegué a las fronteras de la muerte, pisé el umbral de Prosérpina y a mi regreso crucé todos los elementos; me acerqué a los dioses del infierno y del cielo; los contemplé cara a cara y los adoré de cerca. Esas son mis noticias: aunque las has oído, estás condenado a no entenderlas.
>
> APULEYO, *El asno de oro*.

En la vida corriente, se nos dan algunas avanzadillas de lo que son "los dioses del infierno y del cielo". No es imprescindible ser iniciado —literalmente— en los misterios de Isis o de Aura Mazda para experimentar las metamorfosis plutónicas de Tiempo Escorpio. Hay multitud de experiencias, a veces tensas o dramáticas, que desembocan en estados de agudización de la consciencia. Esos "dioses" pueden manifestarse en forma de seres de la vida cotidiana, y el cielo o el infierno pueden experimentarse en diversos contextos sociales. Recuerdo en *Orfeo Negro* a un enamorado tratando de buscar a su Eurídice en medio de un carnaval brasileño.

MARTE: EL CABALLERO Y LA MUERTE

En todo signo Fijo, el regente *Yin* —en este caso, Marte regente nocturno de Escorpio— trata de equilibrar la acción del regente *Yang* —Plutón como regente diurno—.

En Tiempo Escorpio, observamos cómo Marte y Plutón tratan de equilibrarse entre sí. Plutón, como una bailarina de *striptease*, no va directamente a las cosas: vampiriza el momento retrasando y aproximando la consumación; es lo que llamamos la excitación y el suspense, que hacen que la dosis de placer se incremente. Para Aries —también regido por Marte y Plutón—, el placer es la consumación directa e inmediata. Escorpio es más artista, ya que refina el placer de forma alambicada.

Necesita merodear en torno al objeto del deseo en una aproximación con vaivenes espirales; así, obtiene más delectación y fantasía. Pero el impetuoso Marte también actúa en los merodeos escorpianos, equilibrando la fase anterior. Marte te impulsa a actuar y a realizar, de hecho, lo que concebiste en tu morbosa fantasía.

Hay que tener en cuenta que el gasto de energía es muy grande en la dinámica del escorpión. Si presentada la ocasión, si una vez que llegas al centro de la espiral, no tienes el valor de actuar como movido por un resorte; entonces, la obsesión puede ser mayúscula; otro puede llevarse, por anticipación, tu venerado deseo, y el chasco puede ser terrible y dañino. La competencia por el placer existe y las presas no siempre abundan. La depredadora técnica del merodeo y del zarpazo ilustra la complementariedad temporal de Marte y Plutón en el seno de Escorpio. Ser seducido o seducir aporta tanto placer como el placer, pero ser seducido o seducir y no consumar aporta un despilfarro tal de energía que se vuelve contra el experimentador frustrado como el aguijón contra el propio escorpión. No es lo mismo ser consumado que ser consumido.

Como parte del juego, se mantiene la incógnita: ¿valdrá la pena tanto gasto de energía psíquica y física para la posible satisfacción?, ¿estará el objeto del deseo a la altura de mi expectante fantasía?, ¿acaso estoy seguro de conseguir ese objetivo? El suspense, al igual que la clandestinidad, forma parte del aderezo, aliña el morbo, la obsesión y el deseo; sin suspense, se desvanece el innegable y perverso encanto de Tiempo Escorpio. Pero, sin una dosis de hechos concretos y consumados de vez en cuando, no hay suspense que se mantenga indefinidamente. El equilibrio entre ambos factores es uno de los secretos descifrados por el artista de la vida.

La dosificación es imprescindible; el varón, por ejemplo, tiene que regular su dotación seminal:

> En primavera, un hombre puede permitirse eyacular una vez cada tres días. En verano y en otoño dos veces al mes. Durante el frío invierno hay que ahorrar semen y no eyacular en absoluto.
>
> CHANG CHAN, *Principios de la longevidad.*

En los secretos de la cámara de Jade, la experta amante Su Un le explica al emperador Hyang Ti:

> Cuando un hombre ama una vez sin perder su semen, fortalece su cuerpo. Cuando ama dos veces sin perderlo, su oído y su visión se agudizarán. Si lo hace tres veces, desaparecerán todas las enfermedades. Si lo hace cuatro veces, alcanzará la paz del alma. Si cinco veces, se revitalizarán su corazón y la circulación de la sangre. Si lo hace seis veces, su espalda se enderezará. Si lo hace nueve veces, llegará a longevo. Si lo consigue diez veces, se hará casi inmortal.

Virilidad (Marte) y sexo (Plutón) se desafían mutuamente. Si prevalece el primero, la espiral de la violencia amenaza con desatarse; si es el segundo, la muerte puede darnos jaque mate.

¿Quién recuerda la imagen del caballero jugando al ajedrez con la muerte en el *Séptimo sello* de Bergman? Es una edición en celuloide de un viejo grabado medieval en el que tras ambos jugadores se ve un fondo de soldadesca y mujeres alegres.

¿Qué pasa cuando la energía se descontrola? ¿Cómo se vive el tiempo cuando el Señor de la Guerra y el Señor de la Muerte se desequilibran? No hay orgía posible, sólo saqueo, pillaje y violación.

La furia desencadenada de Marte se enseñorea tanto en la muerte como en el sexo. Su ritmo temporal, una vez desencadenado, es salvajemente impetuoso. En el libro *Oh Jerusalem* de los periodistas Lapierre y Colins se describe una escena real en la que soldados israelíes hacen el amor ante la inminencia de la muerte. A la citada obra pertenece el espeluznante relato del genocidio perpetrado contra la población civil palestina de Deir Yassin, el 9 de abril de 1948, por los miembros de los grupos terroristas hebreos *Irgún* y *Stern.* Para evitar detalles tan macabros como reales, me limitaré a citar un párrafo en el que se expresa la forma de vivir eso que llamamos tiempo en tan dantescas circunstancias:

> Sfiyeh Attiyeh, una mujer de cuarenta años, vio a un hombre abrir su pantalón y lanzarse sobre ella. “Yo grité —contará—,

> pero a mi alrededor otras mujeres eran también violadas. Luego nos arrancaron las vestiduras y se divirtieron con nuestros pechos haciendo gestos obscenos. Algunos estaban tan obsesionados por apoderarse de nuestros pendientes que arrancaban las orejas para ir más rápidos.

Este "rápido" modo de vivir el tiempo, en su versión Marte/Escorpio descontrolado, contrasta con la versión tántrica de subordinar la energía masculina *(Shiva)* a la esencia femenina *(Shakti)* dentro del contexto de la unión sexual mística (*Maithuna*):

> El maithuna debería ser una danza donde Shiva sigue el ritmo de Shakti. Ese ritmo varía no sólo de una mujer a otra, sino de un día a otro, de un instante a otro. Entonces, señores, ¿qué hay que hacer? Justamente, debemos saber y aceptar que no hay nada que "hacer", sino "dejarse hacer". Con una Shakti experimentada será muy fácil: basta esperar que ella tome la iniciativa de los movimientos y seguirla.
>
> ANDRÉ VAN LYSEBETH, *Tantra, el culto de lo femenino.*

Cogerle el pulso a Tiempo Escorpio conlleva tanto superar las inhibiciones como evitar cualquier tipo de sobreexcitación o libertinaje; sólo los practicantes avanzados y avezados en el ejercicio esotérico consiguen actuar al ritmo en el que algunas féminas, imbuidas de la energía *Shakti*, fluyen espontáneamente.

15

TIEMPO SAGITARIO

VIAJE AL INFINITO

—Divino Laertiada, ingenioso Ulises, no os entreguéis al dolor por más tiempo. Sé cuántos males habéis sufrido en el mar fecundo en peces y cuántos hombres injustos os han hecho padecer sobre la tierra. Pero, ahora, comed y bebed y reanimad el corazón en vuestro pecho, tal como antes de abandonar el suelo de la áspera Ítaca, vuestra patria, que si no echáis al olvido vuestras miserias, nunca estará alegre vuestro espíritu, pues habéis sufrido muchos males.

HOMERO, *La Odisea*, Circe a Ulises
y sus compañeros en la isla de Eea.

¡*Te deum laudamus*! ¡Que repiquen las campanas! ¡No se acaba el tiempo! Tiempo Sagitario va más allá del mortuorio Tiempo Escorpio. Hay vida después de la muerte y, como declara Circe, alegría después del sufrimiento.

La fiesta de Año Nuevo más alegre de la historia tuvo lugar en la Santa Sede de Roma, cuando el papa Silvestre II y sus correligionarios vieron que el rudimentario reloj de la época daba las doce de la noche del año 999 y... no pasaba nada. ¡No había fin del mundo! El Apocalipsis tendría que esperar tiempos peores. "¡*Te Deum Laudamus*!", cantaron todos a coro enjugándose las lágrimas de alegría.

Algunas "aves de mal agüero" adujeron entonces que el anunciado Apocalipsis tendría que venir en la noche del 31 de diciembre del año 1000 al 1 de enero de 1001, pero la alegría era irrefrenable ya que el efecto psíquico estaba superado; y llegado el año 1001, tampoco hubo ningún Apocalipsis digno de reseñar, sólo las habituales correrías de normandos y sarracenos. Una vez superada la "muerte del tiempo" que presagiaban los exegetas de las así llamadas "Sagradas Escrituras", el tiempo les tuvo que parecer infiniiiiito...

En el capítulo seis de esta obra se explica la relación del Tiempo Infinito con el infinitivo verbal. Asimismo, en él se expresa la implicación del Infinito-Infinitivo con el nivel espiritual experimentable en cualquier actividad humana y, al final del mismo, también se menciona a Sagitario como especialmente relacionado con el Tiempo Infinito.

Podría surgir una contradicción aparente. Si a Sagitario lo relacionamos gramaticalmente con el Pasado (Mutable) del Presente (Fuego), expresándolo en la frase "Yo he sido", ¿cómo es que también se le relaciona nada menos que con el Infinitivo?

La respuesta es clara. Sagitario es el prototipo del pontífice; participa de los dos mundos. Su símbolo es el centauro. En calidad de "cuadrúpedo", es decir, en sentido mundano, es un ser colmado de experiencia que nos dice: "Yo he sido", como sintiéndose de vuelta de muchas cosas. En el nivel del anhelante arquero, sin embargo, se apunta hacia el infinito.

En el cuerpo humano, y entre otras partes, está relacionado con la pelvis, que con su forma de ocho tumbado recuerda al símbolo del infinito y realiza la función pontifical de conectar la parte superior con la inferior del organismo.

En su dimensión más elevada y esencial, Sagitario es un Avatar que, una vez inmerso en el nirvánico infinito, decide volver a lo que ha sido para aleccionar a los humanos. De ahí su aparente contradicción temporal: siendo el que ha sido, mantiene incólume su proyección al tiempo infinito y viceversa. En cualquier caso, sea cual sea el lado de la realidad que explore, custodia intacto el punto de conexión entre los dos mundos: lo inconmensurable y la mundanalidad. Por tanto, se realiza como pontífice —puente— y vicario de la otra realidad. Es, paradójicamente, un representante de lo imperecedero en los fugaces tiempos cotidianos.

Tiempo Sagitario tiene mucho que ver, pues, con el Tiempo Mítico, con la forma inmarcesible de vivir los arquetipos mitológicos y las ideas puras filosóficas. El mundo de los conceptos arcanos le es propio. Historia y *Mithos* se diferencian en que los sucesos históricos tienen una ubicación espacial y una secuencia cronológica —un antes, un durante y un después— y, por el contrario, la narraciones míticas no ocurrieron nunca en ninguna parte, pero están continuamente manifestándose en todo lugar y en todo tiempo. Son atemporales, por así decirlo, pero no cesan de manifestarse en la corriente del Devenir, empapando la Historia y las historias con su carga simbólica.

Sagitario nos introduce en un tiempo olímpico por excelencia en el que somos nuncios de las potestades ultramundanas en lo más vulgar de lo mundano. Un tiempo cuyo valor es Todo y Nada. Las ideas de Amor, Belleza, Justicia, Verdad, etc. son reales si sabemos conectarnos a la paradójica atemporalidad del arquero equino. Siendo éste viajero por excelencia, explora geográficamente el espacio al igual que recorre en ambos sentidos el puente entre el Tiempo y los tiempos.

FUEGO: EL SABIO MITIGA SU DOLOR

> ¿Existe acaso la verdadera alegría? Para mí, la perfecta libertad de no hacer nada es verdadera alegría, pero la gente corriente lo considera una pérdida de tiempo.
>
> CHUANG TSÉ

¿Una pérdida de tiempo? ¡A disfrutar, que la vida son cuatro días! Cualquier persona que bien te quiera te puede decir estas palabras. Literalmente no, pero filosóficamente es una verdad como un templo. No vale la pena. No vale la pena estar afligido, preocupado y, en definitiva, sufriendo si tenemos en cuenta la fugacidad de los asuntos terrenos. Sagitario, como buen "viajero de la vida", lo sabe y nos lo recuerda con un regocijo que nos hace desfruncir el ceño, sonreír y reír:

Ríase de usted y de la vida, y nada podrá afectarle. Al fin y al cabo, todo es temporal.

LOUISE HAY, *Usted puede sanar su vida.*

El fuego sagitariano, una vez superadas las fases del estallido ariano y del brillo leonino, se mantiene en unos sapientes y veteranos rescoldos que aún alumbran y que enseñan que en la vida todo se consume, lo bueno y lo malo. Mejor disfrutar que mortificarse, mejor tomarse la vida como un desenfadado trotamundo que enmarañarse e implicarse demasiado en serio en asuntos que, tarde o temprano, han de desaparecer. Filósofo y payaso parecen darse la mano dentro de la forma sagitario de vivir eso que llamamos tiempo.

El Centauro toma el fuego de la vida de Leo y lo eleva a su nivel más trascendente. En el fondo, nos hace desenmascarar la pena y el sufrimiento como grandes impostores surgidos de nuestra ignorancia. La auténtica realidad siempre es mucho mejor de lo que imaginamos:

El mundo ha surgido de la gran alegría.
El mundo vive en la gran alegría.
El mundo regresará a la gran alegría.

RABINDRANATH TAGORE

"Alegría, bello fulgor de los dioses, hija del Elíseo", reza en la oda a tan feliz sentimiento de Schiller. El tratamiento del tiempo no puede ser limitativo dentro de ese bello fulgor. Al contrario que el succionador Tiempo Escorpio, Tiempo Sagitario no implosiona, sino que eclosiona. Se expande al infinito.

Prudenti linitur dolor

El sabio sabe mitigar su dolor (...). La elaboración misma del elixir le demuestra que la muerte, transformación necesaria, pero no aniquilación real, no debe afligirlo. Muy al contrario, el alma,

> liberada de carga temporal, goza, en plena expansión, de una maravillosa independencia, toda bañada de esta luz inefable, accesible sólo a los espíritus puros. Sabe que las fases de vitalidad material y de existencia espiritual se suceden unas y otras según las leyes que rigen su ritmo y sus periodos. El alma sólo abandona su cuerpo terrestre para animar otro nuevo. El anciano de ayer es el niño de mañana. Los desaparecidos se vuelven a hallar, los extraviados se aproximan y los muertos renacen.
>
> FULCANELLI, *Las moradas filosofales.*

En este analgésico tiempo, el sabio accede al conocimiento de las leyes no humanas que rigen sus ciclos, y sabe que la carga temporal y la expansión atemporal se suceden mutuamente en el doble círculo del infinito; de ahí que el sufrimiento sea el amargo y ridículo fruto de la ignorancia.

La chispa ígnea se mantiene encendida en forma de amor a la Justicia y a las causas nobles. Esta misma luz encendida en el trasfondo sagitariano nos hace aventurarnos más allá de los horizontes habituales. Del mismo modo que Sagitario viaja en el espacio, busca también un "más allá" en el tiempo. ¿Quién mejor que la incansable viajera Alexandra David-Néel para ilustrarnos este aparente contraste? Con indudable buen estilo, escribe y describe:

> Desde la ventana de mi habitación del hotel que daba al puerto viejo, miraba distraídamente el hormigueo de la heterogénea población. Un ligero mistral levantaba un polvo dorado que envolvía cosas y gentes, dándoles una vaga apariencia de espejismo. La pincelada de Oriente se afirmaba ya en ese cuadro, pero yo no perdía el tiempo en mirarlo. Conocía Marsella y sobre todo debía embarcarme al día siguiente; el espíritu había cruzado ya la "puerta", desembarcado en la India...
>
> ALEXANDRA DAVID-NÉEL, *La India en que viví.*

En espíritu, ya había viajado en el tiempo antes de hacerlo en el espacio; tenía bastante práctica en ello porque lo llevaba haciendo desde niña. Se había prometido a sí misma en su infancia que viajaría, y estaba a punto de cumplirlo, también físicamente, a poco de comenzar el que sería el primero de sus viajes a Oriente. Vivencialmente, ya había viajado a la India en numerosas ocasiones.

Y es que en el tiempo no hay distancias. El fuego del espíritu es mucho mejor agencia de viajes que las convencionales —y es gratis—. Si bien éstas te ayudan en algo a viajar en el espacio, aquél te lo facilita mucho mejor para viajar en el tiempo. Valga de ejemplo este caso real sacado de un libro de Astrología:

> Fue el año en que se me ocurrió la idea de viajar a Turquía para ver las excavaciones del Catal Hüyük, la cuna de la civilización neolítica y del culto a la gran diosa madre. (...) Durante dos días atravesé con un coche alquilado las montañas de Taurus para llegar a aquel sitio. (...) No había absolutamente nada que ver, aparte de algunos rastros de la excavación, que había quedado interrumpida por falta de fondos. Aunque ya me lo habían advertido en el museo arqueológico de Ankara, me sentí decepcionada (...). En el museo donde se conservaba el material hallado me quedé fascinada por las toscas figurillas de bronce que lucían símbolos de fertilidad y que me hicieron sentir que el "tiempo" no tenía "extensión". (...) Me dio la sensación de que a través del tiempo no hay distancia.

Este testimonio es el de una escultora, llamada HETTY, citado en el libro *La casa doce* de Karen Hamaker-Zondag. La intrépida Hetty se sintió decepcionada en su viaje terrenal; sin embargo, su viaje temporal adjunto fue todo un éxito, ya que viajó, en espíritu —al igual que Alexandra David-Néel— al tiempo de los primeros asentamientos neolíticos.

Es curioso que en los viajes que se hacen por turismo, el factor temporal vaya asociado al factor espacial. Frecuentemente, los turistas visitan monumentos históricos y museos. Es más provechoso el viaje si, además de visitar otros lugares, también se visitan otras épocas. Por ejemplo, un viaje físico a Florencia puede convertirse en un viaje —con el fuego del espíritu— al tiempo de la Toscana renacentista.

También se pueden hacer viajes al Futuro: Julio Verne, pongo por caso, realizó numerosos viajes futuristas sin apenas salir de casa y de algunas bibliotecas. Tiempo Sagitario da mucho de sí. No podría ser de otro modo: el tiempo del centauro nos impele a realizar juicios de valor. La sabiduría propia del signo, amén de la franqueza que otorga el elemento Fuego al que pertenece, nos lo permite. En este contexto, lo importante, al igual que para los compañeros de Ulises con Circe, es pasárselo bien.

Ante la pregunta "¿cómo te lo has pasado este fin de semana?" aludimos frontalmente al valor del tiempo. No responderíamos: "Tantas horas, minutos y segundos" o "Antes o después", sino: "Bien, mal o regular", "Fatal o fantástico". Es un enfoque plenamente valorativo del tiempo.

Tiempo Escorpio también es vivencial y cualitativo, pero no es en absoluto valorativo; Escorpio busca la intensidad aunque a veces se lo pase mal —de ahí su mezcla de placer y de aversión—; Sagitario, en cambio, necesita pasárselo decididamente bien. Es un optimizador temporal. Para eso se hace una fiesta o un viaje: para pasar bien, o muy bien, eso que llamamos tiempo.

MUTABLE: EL SOL DERRITE EL MUÑECO DE NIEVE

"¡¿Por qué, Dios?, ¿por qué?!", grita el hombre ante la masa delicuescente en que se ha convertido su otrora hermoso muñeco de nieve. La zanahoria, la escoba y el sombrero yacen por el suelo; la bufanda, manchada de barro. Gesticula hacia el odioso y cálido sol que ha acabado con su compañero. Patético pero ridículo, ¿verdad?

Pues así son muchos de nuestros enfados y sufrimientos, igual de tragicómicos. Eso nos pasa por no comprender la modalidad Mutable de Tiempo Sagitario.

Mutable tiene que ver con el Pasado, y cuando, filosóficamente, miramos hacia atrás en nuestro Pasado y recordamos las ocasiones y etapas en las que sufríamos, nos enfadábamos y nos quejábamos de nuestra suerte, ahora nos puede parecer tan absurdo como la actitud del hombre que reprocha al sol que derrita su querido muñeco de nieve. Esa lección nos la podemos aplicar al Presente, porque obviamente dentro de un tiempo, nos pueden parecer igual de ridículos nuestros sufrimientos y enfados actuales si no nos tomamos las cosas con sagitariana filosofía. El desapego siempre nos lo han predicado todos los sabios que en el mundo han sido. No tiene sentido apegarse a lo que, tarde o temprano, perderá su existencia y mutará de forma. Así, el viajero no se apega a los lugares y situaciones que encuentra en su recorrido: los considera tan pasajeros como él mismo.

> Una mujer, desecha en lágrimas, se acercó hasta el Buda y, con voz angustiada y entrecortada, le explicó:
>
> —Señor, una serpiente venenosa ha picado a mi hijo y va a morir. Dicen los médicos que nada puede hacerse ya.
>
> —Buena mujer, ve a ese pueblo cercano y toma un grano de mostaza negra de aquella casa en la que no haya habido ninguna muerte. Si me lo traes, curaré a tu hijo.
>
> La mujer fue de casa en casa, inquiriendo si había habido alguna muerte, y comprobó que no había ni una sola casa donde no se hubiera producido alguna. Así que no pudo pedir el grano de mostaza y levárselo a Buda.
>
> Al regresar dijo:
>
> —Señor, no he encontrado ni una sola casa en la que no hubiera habido alguna muerte.
>
> Y, con infinita ternura, el Buda dijo:
>
> —¿Te das cuenta, buena mujer? Es inevitable. Anda, ve junto a tu hijo y, cuando muera, entierra su cadáver.
>
> El Maestro dice: "Todo lo compuesto, se descompone; todo lo que nace, muere". Acepta lo inevitable con ecuanimidad.
>
> RAMIRO CALLE, *Recopilación de 101 cuentos de la India.*

La aceptación filosófica de la inevitable mutabilidad de los seres es una parte esencial de la forma sagitario de vivir el tiempo. Cual el río de Siddharta —en la novela de Herman Hesse—, el tiempo se observa como el flujo de un constante Devenir en el que todas las cosas se transmutan.

A la filosofía estoica se le puso el sambenito de la resignación ante el sufrimiento, cuando es todo lo contrario: es, realmente, la de la alegría de vivir:

> ¿Que la embarcación zozobra? Pues en vez de gemir, llorar y apesadumbrarme, me dispongo a hacer lo que esté en mi poder y facultades para salvarme; sin dejar de pensar que todo lo nacido tiene que morir, según ley general de lo que no puede liberarme. Porque no soy la eternidad, sino simplemente un hombre, una parte del todo, como una hora es parte del día. Y así como cada hora llega y pasa, yo, que he venido, debo pasar asimismo. (...)
>
> Nunca ni por motivo alguno debes decir: he perdido tal cosa, sino la he devuelto. (...) De modo que no te quejes y disfruta de la vida, como el viajero disfruta de la posada que el camino le depara.
>
> EPICTETO, *Máximas.*

El reconocido sibaritismo sagitariano es un disfrute alegre en esta posada que es la vida existencial, poniendo al mal tiempo buena cara y tomándose las contrariedades con estoica filosofía.

Tiempo Sagitario es, pues, un tiempo retroalimentado y puesto de nuevo en circulación en el nudo del infinito. En Sagitario, el tiempo no se gasta, sino que se recicla. Es más un tiempo histriónico que histórico; desde el prisma del trotamundos, no nos importan las crónicas históricas. ¡Nada nuevo bajo el Sol! Lo importante son las enseñanzas que sepamos sacar de los acontecimientos para que, cuando se produzcan situaciones semejantes, sepamos vivir la vida con más sabiduría, eliminando penas, gozando y haciendo gozar, riendo y haciendo reír. El carrusel del tiempo es para montarnos en él y pasárnoslo bien. La vida, así vista, es como un gran parque de atracciones. ¿Para qué estamos aquí? ¡Para disfrutar, que son cuatro días!

Pero, ¡ojo!, no nos desmesuremos en el disfrute sibarítico-histriónico, no sea que por una excesiva autocondescendencia nos veamos "circeados" en cochinos.

YO HE SIDO: ...DONCELLA Y CALLADO PEZ

Mencionábamos a Empédocles de Agrigento en el capítulo dos de esta obra, que versa sobre los cuatro Tiempos Elementales. A él se deben estos versos:

> Un árbol o arbusto yo he sido también,
> Y un joven y una doncella,
> Y en el mar un callado pez.

En los tiempos Cáncer y Escorpio —ambos, signos de Agua— viajábamos al Pasado. En Cáncer se trataba de retornar a un punto del Pasado y desde ahí volver a empezar. En Escorpio manteníamos la carga emocional del Pasado. En Tiempo Sagitario, por el contrario, permanecemos en el Presente, pero el Pasado casi nos lame los pies. Desde el Presente, volvemos la vista atrás y sentimos cómo nos inunda la multitud de experiencias que hemos tenido; no se trata de nostalgia ni de mejores o peores recuerdos, sino de sacar partido del bagaje de conocimientos profundos que nos aporta nuestra experiencia vital.

Aunque yo ahora no sea doncella ni pez, la experiencia y la consciencia vital de haberlo sido permanecen en mí, aleccionándome. Ahora, confrontado ante la doncella o el pez, reconozco en ellos parte de lo que he sido y que, de alguna arcana forma, evolutivamente, aún permanece en mí.

En Sagitario, se manifiesta el Pasado (Mutable) del Presente (Fuego). Lo que en el Presente hay de Pasado es el elenco de experiencias, enseñanzas y, en general, conocimientos profundos derivados de todo lo que hemos sido y de todo aquello por lo que hemos pasado; es el bagaje kármico que llevamos en nuestras alforjas y que nos permite ser un poco más sabios de lo que éramos; es la consecuencia —la justa consecuencia— de todo lo que hemos hecho y que merece una valoración de conciencia.

El viajero —la persona de mundo— es quien más puede enriquecer el conjunto de sus experiencias, mas ¿quién no es un viajero?, ¿quién no es pasajero si todo en la vida es pasajero y siempre estamos en tránsito?

> Soy hijo del camino, caravana es mi patria y mi vida la más inesperada aventura.
>
> AMIN MAALOUF, *León el africano*

Por muy recluido que haya estado, ¿quién no puede contar su vida como quien narra un viaje?, ¿quién no es hijo del camino? Nos sorprenderíamos si supiéramos lo que hay detrás de las personas, en apariencia insignificante, con quienes nos cruzamos. Al fin y al cabo, arriesguemos más o menos, la vida no deja de ser una aventura.

Después de haber sido "cosas" muy diferentes, no puede sorprendernos que nos invada un sentimiento de trascendencia. Nuevamente nos habla León el africano:

> Cuando la mente de los hombres te parezca estrecha, piensa que la tierra de Dios es ancha y anchos Sus manos y Su corazón. No vaciles nunca en alejarte allende todos los mares, allende todas las fronteras, todas las patrias, todas las creencias.

La diversión viene de la diversidad y del reencuentro. No es divertido hacer o ser siempre lo mismo o el mismo. Al fin de cuentas, la vida o el mundo es como un gran teatro; es una continua *re*-presentación. Es un continuo volver a hacer Presente experiencias que ya han sido, manteniendo, de este modo, viva la validez simbólica de fábulas y mitos, que son "historias" en las que están *re*-presentadas todas las historias que ya han sido, pero que no dejan de tener renovada vigencia.

Lo que en su día se realizó como Presente en el dorado Tiempo Leo, ahora se vuelve a hacer Presente. El Devenir nos vuelve a regalar —ofrecer como presente— lo que ya hemos sido.

Cuando un tema, con el que se han identificado varias generaciones, se sigue representando, éste adquiere la calidad de mito. Y aquel individuo que es y sigue siendo el que ha sido se convierte en un mito viviente —los hay de la canción, de la pantalla, del deporte... —; ha trascendido la barrera del tiempo. No sólo ha viajado allende las fronteras, las patrias y las creencias: también ha viajado a través de las generaciones y de sus tiempos relativos.

En onda Sagitario, el tiempo no es lo que parece a los demás, sino una serie de oportunidades para aprender lecciones:

> —Debemos aceptar lo que sobreviene en un momento dado y no pedir más. Pero la vida es infinita; jamás morimos; jamás nacimos, en realidad. Sólo pasamos por diferentes fases. No hay final. Los humanos tienen muchas dimensiones. Pero el tiempo no es como lo vemos, sino lecciones que hay que aprender.
>
> BRIAN WEISS, *Muchas vidas, muchos maestros.*
> Regresiones de Catherine.

El tiempo, así visto, son oportunidades y más oportunidades para aprender, para sacar enseñanzas, para transformarnos, para avanzar en nuestro PROCESO DE INDIVIDUACIÓN. De todo lo que hemos sido, hemos de sacar moralejas; en todo ello, por muy aciago que sea, hay algo que conlleva una gema de gran valor; cada problema es una oportunidad para el crecimiento personal. El tiempo, sagitarianamente considerado, no son mediciones cronométricas, sino ocasiones para el conocimiento profundo.

JÚPITER: CUANDO EL *KARMA* MADURA

> —¡Tom!
> No hubo contestación.
> —¡Tom!
> Tampoco hubo contestación.

—Quisiera saber qué ha pasado con este chico.
¡Oye Tom!

De esta guisa empiezan *Las aventuras de Tom Sawyer* de Mark Twain, ambos, personaje y escritor, sagitarianos donde los haya. ¡Cómo iba a estar Tom si a él le encantaban los espacios abiertos y disfrutar del tiempo libre! Tom no soportaba las coordenadas; no soportaba estar entre cuatro paredes ni que lo encasillasen en un horario. Era un chico travieso, travieso y jupiteriano.

Le encantaba hacer la rabona; no soportaba las lecciones de la geminiana escuela, pero, sin embargo, él nos puede dar una lección, nos puede enseñar la forma sagitariana de vivir eso que llamamos tiempo:

> Tom hizo novillos y se divirtió mucho. Volvió a casa apenas con tiempo para ayudar a Jim, el negrito, a partir leña antes de la cena y, finalmente, contar sus aventuras...

No es un evasivo: es simplemente un vividor. Vive su tiempo gozosa y plenamente. Y su incondicional culto al tiempo libre le es recompensado con creces cuando éste madura y por fin se le hace justicia. Pasa de ser un detestable pilluelo, perseguido y criticado por todas las mentes estrechas del pueblo, a convertirse en el héroe de la localidad:

> Tom era de nuevo un brillante héroe, el niño mimado de los viejos y la envidia de los jóvenes. Su nombre fue incluso a parar a la inmortal letra impresa, pues el diario del pueblo le ensalzó.

Si nuestra visión del tiempo es estrecha o limitada, aparecen las pequeñas y numerosas miserias, así como el indeseable espectro de la injusticia. Si, en cambio, de la mano del jupiteriano Tiempo Sagitario, nuestra visión del tiempo se expande, aparece la ineludible y reconfortante Justicia:

> —Maestro Gautama, ¿cuál es la razón de que se vean diferencias entre los seres humanos: algunos de bajo nacimiento, otros

de alta cuna; unos estúpidos y otros inteligentes; unos de mala salud y otros saludables y fuertes?

—Los seres, estudiante —contestó Buda— son herederos del karma. El karma distribuye a los seres de acuerdo con el nacimiento, capacidades, salud... por eso los seres humanos se diferencian tanto en su condición y posición. Incluso un malhechor puede experimentar felicidad hasta que su acto maligno madura; pero cuando madura, experimenta el tormento. Incluso un hombre bueno puede experimentar cosas malas hasta que su acto madura; pero cuando madura, experimenta felicidad.

ROBERT ALLEN MITCHELL, *Buda, una biografía viva y fascinante.*

Buda y Tom Sawyer se parecen en que ambos confían en que, con el transcurrir del tiempo, más tarde o más temprano, sus nobles acciones se vean justamente recompensadas. El éxito pueblerino de Tom es un micronirvana búdico.

Que veamos justicia o injusticia por doquier en el mundo depende de la modalidad zodiaco-temporal a la que estemos conectados y del nivel consciente que seamos capaces de alcanzar dentro de ella. En el anchuroso Tiempo Sagitario, la injusticia se esfuma. Si nos conectamos a este signo con un bajo grado de consciencia, podemos caer en la tentación de tomarnos la justicia por nuestra mano. En cambio, si percibimos la Madurez del Tiempo como una fuente de Justicia, ni se nos pasará por la mente la venganza. Como reza el refrán chino: "Siéntate a la puerta de tu casa y verás pasar el cadáver de tu enemigo".

El tiempo a todos nos hace justicia. En una visión holística del karma, todos encontramos nuestro merecido. Este concepto de la maduración del karma no es estrictamente oriental:

... A los hombres desenvueltos e injustos, ¿no les pasa como a los corredores que corren bien a la salida y mal al regreso? Saltan con rapidez al comienzo; pero al fin quedan en ridículo dejando precipitadamente la prueba con las orejas gachas y sin corona. Por el contrario, los expertos de verdad en la carrera llegan al fin, recogen los premios y son coronados. ¿No ocurre así de ordinario con los justos? Al final de cada una de las acciones, de sus tratos con los demás en la vida, ¿no quedan con buena fama y reciben las recompensas de los hombres?

—Bien de cierto.

PLATÓN, *La República*.

La visión panorámica del espacio que nos ofrece el águila jupiteriana se extiende al tiempo. Júpiter nos hace ver más allá de los sucesos inmediatos; ve el árbol integrado dentro del conjunto del bosque; ve, asimismo, el tiempo como un conjunto global en el que acción y reacción se interrelacionan y se recompensan. Tiempo al tiempo. No vale la pena sufrir por las aparentes injusticias de la inmediatez. Del mismo modo, no tiene sentido jactarse de los fines conseguidos rápida y taimadamente. Némesis es el justo castigo dictaminado por la Divinidad a aquellos que, de una forma o de otra, ensuciaron su conciencia. Análisis de conciencia y propósito de enmienda; si no se desplaza uno en el tiempo, es imposible.

¿Quién viaja más? Un actor que, por motivos cinematográficos o teatrales, tiene que ir de un país a otro representando papeles de varias épocas. Ya dijimos que Sagitario es un tiempo más histriónico que histórico y aquí lo ratificamos.

Al estar imbuido de su personaje, y, por tanto, también del contexto cultural de la época correspondiente, el actor o la actriz son viajeros en el tiempo. Si, además, por motivo de gira o de rodaje, se desplazan de un sitio a otro, son superviajeros.

Los viajes temporales jupiterianos son más asignables a la infinitud del tiempo que a la consabida tripartición Pasado-Presente-Futuro.

Hesiodo, irritado por el éxito de Homero, se lanzó a hacer preguntas difíciles y dijo los siguientes versos:

—No me cantes nada del presente, del futuro y del pasado, sino que recuérdeme un canto distinto.

Homero, queriendo resolver enseguida la dificultad, afirmó:

—Nunca sobre la tumba de Zeus harán chocar sus carros los caballos de resonantes cascos disputando por la victoria.

HESIODO, *Certamen.*

Nunca sobre la tumba de Zeus —Júpiter— podrá ocurrir nada, según Hesiodo, ya que con respecto al tiempo olímpico, las particiones temporales no afectan. De alguna forma, los rapsodas helénicos eran también pontífices y vicarios de la Divinidad. A través de la poesía, podían tener la misma visión panorámica tempo-espacial que el águila de Zeus.

Alegres pilluelos, budas, viajeros, payasos, filósofos, rapsodas y actores. Todos son copartícipes de la Gran Alegría, todos trascienden penas con nuevos horizontes; todos, de una forma u otra, le hacen la rabona al tiempo.

NEPTUNO: LA TEÚRGIA DE LA LITURGIA

Comenzábamos la introducción de este capítulo con la frase "¡*Te deum laudamus*!" —jubilosa alabanza a Dios—. Quizá fuese premonitoria de este apartado neptuniano dentro de Tiempo Sagitario. El centauro, en su versión más trascendente e incluso mística, es un arquero que apunta anhelante al infinito. En el colmo de su afán viajero, Sagitario también anhela viajar fuera del cuerpo; para esto, a veces se busca "estímulos": uno de ellos es la meditación y otro esa preparación a la meditación gregaria que es el rito. A través del rito, se repite el gesto arquetípico realizado *in illo tempore.* —en un tiempo idealizado espiritualmente—, revalidando su sacramento y derogando el tiempo profano cotidiano.

Arcanamente, Neptuno nos hace navegar por el subconsciente colectivo. Podemos estar en un bajel con las velas hinchadas o podemos participar en un ceremonial religioso —aderezado con buena música— en el que se consagren tanto el espacio como el tiempo. En ningún signo zodiacal vivimos tanto el contraste y el trasiego entre lo sagrado como en Sagitario, y en su vertiente neptuniana, este signo decididamente se inclina hacia la sacralidad.

Al igual que el espacio se consagra —por ejemplo, los templos—, el tiempo, no menos importante, también puede consagrarse. Es como si hubiese un "templo" celestial, pleno de lo infinito —cuyo símbolo es el círculo, o el doble círculo— y que, con su advenimiento sobre la tierra —simbolizada por el cuadrado—, diese lugar a la combinación del espacio con los tiempos. En su libro *El simbolismo del templo cristiano*, JEAN HANI nos habla de la manifestación de los ciclos del desarrollo temporal en la estabilidad física del espacio sagrado. Comenta la descripción de la "Jerusalén Celeste" hecha por San Juan en el Apocalipsis:

> Jerusalén "desciende del cielo" (circular), "del lado de Dios", a la tierra, en la que aparece como un cuadrado que es el reflejo de la actividad del Cielo, del mundo divino. (...)
>
> ... este cuadrado representa la cristalización de los ciclos, del desarrollo temporal, cosa que prueban ampliamente las doce puertas dispuestas tres a tres a los lados del cuadrado, y que corresponden a los signos del Zodiaco.

Buena alusión a la relación entre los signos zodiacales y el desarrollo de los tiempos. Otra "alusión" de este tipo serían los rosetones medievales de doce lóbulos, como el de la catedral de Chartes, que me recuerdan al *Kalachakra* tibetano como rueda de los tiempos.

Sutilmente, la compenetración espacio-tiempo hace que en la geometría estática del espacio consagrado se refleje la geometría dinámica del orden celeste, y ello se plasme significativamente en el calendario de festividades litúrgicas. Cada ritual festivo es, pasando el umbral de lo profano a lo sacro, una conexión a cada una de las formas de vivir eso que llamamos tiempo, con sus simbologías y analogías correspondientes.

Templum ('templo') es la manifestación espacial del *tempus* ('tiempo') sublimado. Una de las acepciones de la palabra latina *templum* es: 'espacio del cielo señalado por el augur para observar en él los augurios' (*Diccionario Latino-Español ilustrado Spes*), lo que viene a decir que los auténticos templos fueron creados por los sacerdotes-astrólogos para reproducir sobre la tierra la dinámica augurable que observaban en los cielos, como en Stonehenge:

> Por consiguiente, el templo formaba parte de otro "espacio": el espacio consagrado, el único al que las culturas arcaicas consideraban dotado de realidad. Por lo mismo, el templo real se identificaba con el "año litúrgico", es decir, el tiempo sagrado, señalado por "fiestas" que se celebraban en el interior o alrededor del templo.
>
> MIRCEA ELIADE, *Cosmología y Alquimia babilónicas*.

El viaje por el tiempo, propio de Tiempo Sagitario, se manifiesta, en su versión neptuniana en el simbolismo de las celebraciones. El tiempo no es un factor indiferente: hay fechas mágicas e incluso horas mágicas. Una semana en concreto puede ser considerada más "santa" que la siguiente o que la anterior —la de la primera luna llena después del equinoccio de primavera, por ejemplo—; un año nuevo puede ser celebrado y ritualizado con bailes ceremoniales; puede haber un año más santo que otro para peregrinos ávidos de la absolución de sus pecados... El misterio del tiempo estimula la mística.

Al ser el nebuloso Neptuno un planeta "impersonal", no es extraño que la forma que nos aporta de vivir el tiempo se experimente a menudo dentro de los grandes vaivenes del subconsciente colectivo. En calidad de regente nocturno de Sagitario, adquiere el tono festivo propio del Mutable de Fuego. Su máxima expresión temporal la alcanza en lo que denomino la Teúrgia de la Liturgia, entendiendo por Teúrgia la capacidad de contactar con la divinidad para realizar transformaciones, y por Liturgia, el encabalgamiento de la religiosidad ceremonial en el tiempo y, por tanto, en la regularidad de los astros.

Todo signo Mutable es alquimista —tiende a transmutar su regente diurno en su regente nocturno—. Sagitario pasa de ser un fogoso aventurero —Júpiter— a ser un receptivo místico —Neptuno—. Por ejemplo, un peregrino que hiciera el Camino de Santiago —o, más bien, de Prisciliano— haría un viaje sobre el terreno, recorriendo las comarcas y pueblos de norte de España, y también un viaje en el tiempo hasta el sentir de la Edad Media. Participaría en una experiencia litúrgica colectiva en la basílica ¿del apóstol?, para terminar su periplo espiritual, transmutando su Fuego en Agua, en las costas de Finisterre, auténtico destino latente de su peregrinación y colofón de la fase alquímica en la que el neptuniano mar cobra mágica y espiritual presencia como símbolo de la inmensidad, haciendo sentir la existencia como un apéndice de la verdadera vida.

Hay quienes deciden prolongar su estancia en la modalidad temporal Neptuno/Sagitario. Me refiero a quienes no regresan al tiempo delimitado, sino que permanecen en el júbilo de la expansión de la consciencia, vislumbrando el éxtasis en lo cotidiano. Equivaldría a permanecer siendo un peregrino, aunque no tuviera destino fijo al que dirigirse, y a convertirse en un continuo "trovador" ('encontrador'):

> ¡Qué hermoso era el mundo para quien lo contemplaba así, sin ningún deseo de explorarlo, con una visión ingenua de infantil simplicidad! ¿Qué hermosas eran la luna y las constelaciones, los arroyos y riberas, los bosques y las rocas, las cabras y los cárabos dorados, las flores y las mariposas! (...) Todo esto había existido siempre, mas Siddharta no lo había visto: su espíritu se hallaba ausente. Pero ahora estaba allí, formando parte de esas cosas. Por sus ojos se filtraban la luz y la sombra; la luna y las estrellas relucían en su corazón.
>
> HERMAN HESSE, *Siddharta*.

La infinitud de la Belleza siempre ha estado ahí, pero no siempre vemos la realidad con los ojos del peregrino sin destino prefijado, como un *sanyasin* itinerante y contemplativo, como un trovador incondicional que navega por un tiempo simbólico e infinito. A menudo, nos excusamos diciendo que "no tenemos tiempo" para ello.

16

TIEMPO CAPRICORNIO

SIN PRISA Y SIN PAUSA

> Y al séptimo llegamos a la gran ciudad de Lamos, situada en la Lestrigonia Telepila. Allí el pastor que llega, llama al pastor que sale y éste le escucha. Allí el pastor que no duerme gana un doble salario, llevando primero bueyes a los pastos y después rebaños de blancas lanas; tan cercanos están los caminos del día de los caminos de la noche.
>
> HOMERO, *La Odisea.*

Decididamente, Tiempo Capricornio no es el tiempo de los sueños ni de las fantasías; no tiene nada de "tiempo libre"; tras el alborozo de Tiempo Sagitario, es, más bien, una vuelta a la cruda realidad del nivel materialmente manifestado. Y si no, que se lo digan a nuestro travieso amiguito:

> La mañana del lunes encontró a Tom Sawyer desdichado. El lunes por la mañana siempre lo encontraba así, porque empezaba el lento sufrimiento de otra semana en la escuela. Generalmente empezaba este día deseando que no hubiera habido un día de fiesta, que le hacía aún más odiosa la vuelta al cautiverio y a las cadenas.
>
> MARK TWAIN, *La aventuras de Tom Sawyer.*

Del mismo modo que la piel pone límite al cuerpo, Capricornio pone límites al tiempo; aparecen los odiosos y provechosos horarios, recargados de quehaceres y obligaciones que debemos cumplir. Es una consecuencia de nuestra corporeidad y de la necesidad, por tanto, de buscar bienes para nuestra subsistencia. El paso de Tiempo Sagitario a Tiempo Capricornio se experimenta como un recurrente día de reincorporación al trabajo en el que todo nos parece gris, frío y plomizo, pero que nos energiza para una labor que nos aportará las bases de nuestra presunta seguridad. El Futuro y el miedo al Futuro nos tiran de la manta y nos hace levantarnos para emprender una tarea a priori tan fastidiosa como necesaria.

En los tiempos de Tierra, en general, existen límites, pero en ninguno de ellos se objetivan y se cristalizan de una forma tan imperativa como la forma capricorniana de vivir eso que llamamos tiempo.

Capricornio necesita e impone un comienzo y un final. En este sentido, conceptos como el de eternidad o de infinitud son puras entelequias que no se pueden medir ni valorar económicamente.

El fluido temporal, ligero en Géminis o sinuoso en Libra, en el signo del macho cabrío se solidifica y se torna pesado como las piedras de los gigantescos lestrigones.

Ni que decir tiene que Capricornio es lento como él sólo. Sería el que más tardaría en encontrar una aguja en un pajar, pero, en su caso, podemos tener la certeza de que la encontrará. “Más vale tarde que nunca”, parece decirnos con voz plúmbea y taciturna. Y es que el pez caprino es ambicioso, se marca objetivos a largo plazo y ello ralentiza su relación con el tiempo. “Quien se dispone a efectuar grandes obras procede con lentitud”, decía Sócrates.

TIERRA: MARTILLAZOS A LAS CINCO DE LA MAÑANA

Quien quiera conocer la forma capricorniana de vivir el tiempo, más que leer estas humildes líneas, tendría que leer *El libro del hombre de bien* de Benjamín Franklin. Si Mark Twain —Sol en Sagitario— nos sirvió de referente en el capítulo anterior, Benjamín Franklin —nacido un 17 de enero— personifica el austero ideal del perfeccionamiento al estilo de Capricornio. Es una auténtica mina.

Según Homero, en Lestrigonia Telepila "cercanos están los caminos del día de los caminos de la noche". Quizá los vecinos de Don Benjamín tuvieron que acordarse de Lestrigonia —y de algo más— en alguna ocasión:

> El ruido de vuestro martillo, que a las cinco de la mañana o a las nueve de la noche resuena en el oído de vuestro acreedor, os le hace propicio para seis meses más.

Yo no le prestaría dinero a un vecino que me despertase a las cinco de la mañana dando martillazos; más bien lo denunciaría por atentar contra el orden público; pero en aquellos austeros y emprendedores tiempos del independentismo americano, puede que tuvieran horarios más radicales y estuviera bien visto.

Capricornianamente, vivimos el tiempo terrícola de la *pre*-caución y de la *pre*-ocupación, puesto que nos proyectamos al máximo hacia el Futuro. Hacemos como las hormigas: precavernos con respecto a un siempre amenazante invierno, aunque estemos en la más dichosa de las primaveras.

Nunca están ociosas. Curiosos niños o avispados entomólogos —en concreto mimercólogos— que observasen los regueros de hormigas que suben y bajan por los árboles, o que se meten por doquier, las verán siempre activas, como si tuvieran un inexcusable afán muy superior en importancia a su disfrute personal. El Futuro es aplastante para las hormigas; el Presente es una continua *pre*-ocupación. Han de ocuparse de las cosas antes, o mucho antes, de que ocurran. La obrera que se descuida es rápidamente eliminada por las guardianas del orden y de la productividad en el todopoderoso superego del hormiguero.

No creáis que nuestro amigo Benjamín Franklin vivía el tiempo de forma muy diferente al de las hormigas. Editaba un calendario en el que incluía aleccionadoras máximas de un personaje al que llamaba "el Buen Ricardo" (*poor Richard*, en versión inglesa original) y que era una proyección de él mismo:

> Pero si amas la vida, dice el buen Ricardo, no prodigues el tiempo, porque el tiempo es la tela de la que está hecha la vida. ¡Cuánto tiempo más del necesario nos damos al sueño! Olvidamos que la zorra que no duerme caza gallinas, y que sobrado tiempo habrá para dormir cuando se esté en el ataúd.

Como es lógico, este sentido del tiempo acarrea varias consecuencias. Una de ellas es la eficiencia y la productividad, otra es el ascenso en sentido oficial —en el superego del hormiguero humano— y otra es la escasa simpatía que se despierta en nuestros semejantes: En su ya mencionado *Libro del hombre de bien*, Franklin agrega:

> ... Poquísimas veces me ha sucedido, e ignoro la causa, (¡...!) que mis colegas, en el mismo género de escritos, me hayan honrado con el menor elogio, ni tampoco que ningún autor haya hecho de mí la menor mención; de suerte que, a no ser por la pequeña utilidad efectiva que he tenido de mis producciones, la escasez de aplausos me habría desalentado enteramente.

Felicito de corazón a Don Benjamín por haber reproducido tan fielmente la temporalidad del signo zodiacal prevaleciente en su nacimiento. Han tenido que pasar casi dos siglos y medio y ponerse un astrólogo a escribir sobre Tiempo Capricornio para que se citen con profusión a Benjamín Franklin y a su inseparable Buen Ricardo. Y dentro de esa profusión, vaya también lo siguiente:

> Tened presente que el tiempo es dinero. El que pudiendo ganar con su trabajo dos pesos fuertes diarios se pasea o está ocioso la mitad del día, aunque, mientras se pasea o está en la ociosidad, no gaste sino tres reales, no solamente ha desembolsado esta cantidad, sino que ha gastado, o mejor dicho ha tirado, un peso fuerte, además.

La capri-archi-conocida expresión gringa "*time is money*" ('el tiempo es dinero', o 'el tiempo es oro', en su versión castellana) no cabe duda de que se podría acuñar al austero pionero en la fabricación del pararrayos. "¡Y para qué rayos queremos el tiempo, sino para ganar dinero!", se diría una vez conectado a Tiempo Capricornio, porque en otras modalidades temporales, la cosa sería muy diferente —recordemos a Tom Sawyer, por ejemplo—.

Si en Tiempo Tauro hablábamos del ALMANAQUE —como sentido del tiempo ajustado a los ciclos naturales— y en Tiempo Virgo nos referíamos a la AGENDA, como expresión del tiempo cuadriculado de tareas y servicios, en Tiempo Capricornio hemos de referirnos a la programación del tiempo en forma de CALENDARIO. El calendario siempre es oficial. La agenda puede ser personal; el almanaque, servir a unos cuantos, pero el calendario es igual para millones de personas: está impuesto verticalmente por los políticos. Puede no ajustarse a los ciclos naturales. De hecho, el calendario occidental actual —comenzando por el capricorniano 1 de enero— no se ajusta al año natural, que comienza el 21 de marzo, y no se ajusta, sino que a él han de ajustarse todas las agendas personales. Además, no dura lo que el año natural.

Cómo no, el Buen Ricardo también tiene algo que decir al respecto:

> Así pues, con sentencias proverbiales llené todos los pequeños espacios que se encontraban entre los días notables del calendario, escogiendo las más propias para inspirar amor al trabajo y a la economía, como medio de llegar a la fortuna, y por consiguiente de fortalecer la virtud...

Si los refranes —especialmente los campesinos— son un medio ideal para grabar en el tiempo la rústica sapiencia de Tauro, y las acotaciones y anotaciones son el práctico soporte de Tiempo Virgo, los proverbios y moralejas son propios de la forma capricornio de plasmar el tiempo, ya que nos sirven para precavernos de males venideros en función de nuestra, a veces, dura experiencia, o dicho de otro modo: para no tropezar otra vez con la misma piedra. En Tiempo Capricornio, aprendemos de los palos que nos da la vida.

Conectados a esta modalidad temporal, nos adentramos en los plomizos dominios de la burocracia. ¡Las cosas de palacio van despacio! Todas las colas —y no hay colas rápidas— rinden culto a este plúmbeo sentir del tiempo. ¡Hasta para cobrarnos un impuesto nos hacen esperar!

"Vuelva usted mañana", nos dice el sempiterno y prototípico capricorniano de rostro huesudo, labios inexistentes, nariz prominente y voz cansina que se asoma por la ventanilla después de hayamos hecho cola durante horas. Tiempo Capricornio expresa como ninguno la ley de la gravedad: todo es grave y pesado.

Esta modalidad temporal ha de cundirnos y nosotros también hemos de cundirle. "El informe ha de estar listo para las...": hay límite y el límite se llama productividad; y en no pocos casos, explotación; y en algunos, también, esclavitud. Hay tiempos en los que nos podemos sentir señores del tiempo: en Capricornio, el tiempo es nuestro señor feudal. Aunque nos falte "tiempo material" para hacer algo, hemos de cumplir con nuestra obligación. "Primero la obligación y después la devoción". Aunque tengamos que sacar tiempo de nuestro sueño —como decía Franklin— o de nuestros sueños. Hay quienes, si no les da tiempo a terminar el informe en el trabajo, se quedan más tiempo o se lo llevan a casa para poder terminarlo, porque el límite es el límite.

Este tiempo límite se emplea en la cancelación de reservas —de plaza de avión, por ejemplo—. Puedes ir al aeropuerto muy ufano y encontrarte con la desagradable sorpresa de que tu reserva se canceló automáticamente por ordenador "por tiempo límite". Este tiempo se aplica y se emplea en todas las fechas de caducidad, en la derogación de cláusulas legales, en la expiración de convenios y de licencias, y en la jubilación. Todos tenemos, como personas productivas para el sistema, nuestro punto de inflexión y nuestra fecha de caducidad.

Capricornianamente, nuestro tiempo es el tiempo de la edad —que no perdona—, NO es el tiempo de cómo te sientas ni de cómo te conserves: es el tiempo, medido cronológicamente, que ha transcurrido desde que te cortaron el cordón umbilical y que consta como edad legal y oficial en todos los documentos. Es el tiempo, inexorable, de canas y arrugas. El reloj de arena es el reloj de arena y la guadaña es la guadaña. Puede sonar deprimente, pero indudablemente es realista.

Casi todos tienden a quitarse unos añitos cuando dicen la edad, a partir de ciertos años, pero todos sabemos la edad que tenemos, y que casi todos los demás hacen también lo mismo.

CARDINAL: COLÓN Y EL ECLIPSE

Persona prevenida vale por dos. Capricornio nos capacita para adelantarnos a las avanzadillas del Futuro y plantearnos temas a largo plazo. Las capacidades de programación y de previsión le son propias. La Astronomía es una ciencia que entra dentro de esta índole ya que, por medio de ella, podemos calcular acontecimientos que se repetirán periódicamente. Sin embargo, y a diferencia de su progenitora: la Astrología, es de escasa utilidad práctica, porque, por ejemplo, ¿a quién le sirve y de qué le sirve saber cuándo se va a producir un eclipse lunar? Su predicción es un hecho curioso, pero apenas significativo o práctico en el sentido humano, a menos que entre en acción la mencionada Astrología y el eclipse se interprete en relación con los asuntos humanos. Entonces, la cosa cambia muchísimo.

No obstante, y no sin cierta malicia, ha habido quien le ha sacado utilidad práctica al hecho de saber predecir un eclipse. En uno de sus viajes, Cristóbal Colón y sus expedicionarios se encontraron en una situación apurada. Estando en la isla de Jamaica, exhaustos y hambrientos, los nativos rehusaron suministrarles provisiones. Sin haber convencido a los cabecillas locales y a sabiendas de que en breve se produciría un eclipse lunar visible en esos parajes, les dijo a los indígenas que si persistían en no socorrerlos, les apagarían la luz de la luna. No había tan siquiera empezado a producirse el eclipse, cuando los abrumados indígenas corrían a suministrarles todo tipo de vituallas. Evidentemente, persona prevenida vales por dos, y por más de dos.

Todo signo Cardinal proyecta acciones hacia el Futuro. Capricornio ve el Futuro como una empresa que hay que fundar, mantener, desarrollar y rentabilizar. Pero, a pesar de su gran énfasis emprendedor, no da un paso hacia delante sin antes haberse cerciorado de todo cuanto le concierne para su propósito. Para ello, trata de obtener toda la información fehaciente posible, no vaya a ser que cualquier factor no previsto "eclipse" sus planes.

La capacidad de prevención llevada al extremo produce la avaricia, porque ¿quién te dice que por mucho que tengas no te hará falta aún más en un aciago Futuro?

Pocos autores han dado tanto en el clavo definiendo el prototipo del avaro superprevisor como Charles Dickens con su Mr. Scrooge en *Canción de Navidad*:

> Los hombres del tipo de Scrooge, reposados ya y con pocas preocupaciones, al tener una de ellas suelen prevenirse a tiempo, y él se enorgullecería al pensar que se había colocado a la altura de las circunstancias para cualquier eventualidad que le pudiera suceder. Desde el más vulgar e inocente juego de niños, hasta el homicidio, abarcaba la decisión que para hacer cosas difíciles, fortalecía su carácter, y, sin duda, hay variedad de temas para poder prevenir todas las situaciones. Sin ninguna vacilación puedo afirmar que Scrooge estaba preparado para todas las extrañas apariciones que se le pudieran presentar, y que nada, desde un niño a un rinoceronte, habría podido hacer mella en su alma.

Estar prevenido es bueno, pero tampoco hay que pasarse, si no ¿cómo íbamos a poder disfrutar, por ejemplo, de la Navidad?

Seguro que Mr. Scrooge —y su espectral socio Mr. Marley— habrían estado de acuerdo con el ya mencionado Benjamín Franklin cuando avisaba:

> Otro aviso: el que vende a crédito pide por el objeto que vende un precio equivalente al capital y al interés de su dinero, por el tiempo que de él debe estar privado; el que compra a crédito, paga, pues, un interés por lo que compra; y el que paga al contado, podría colocar este dinero a interés; de este modo el que posee una cosa que ha comprado, paga un interés por el uso que hace de ella.

Indudablemente, el que sabe conformarse durante un tiempo con lo que tiene practica la virtud del ahorro y luego compra al contado —sin dejar deudas ni pagar intereses—, sanea su economía de forma sólida. Básicamente, consiste en saber manejar una ecuación en la que intervienen los deseos adquisitivos, el dinero y el tiempo. La fórmula se simplifica así: si durante un tiempo frenas tu deseo adquisitivo, ganas dinero. El ahorro, por tanto, es una singular y poderosa forma de prevención. ¿Qué mejor prevención que evitar problemas? Existe un proverbio hebreo que nos dice: "el listo intenta resolver problemas que el inteligente habría evitado".

Si queremos jugar con más factores preventivos, podemos incluir la subida del índice de precios y las posibles ofertas que pueden surgir. Normalmente —en un nivel medio—, uno puede ahorrar a un mayor ritmo que la subida de precios; y si retienes tu dinero durante un tiempo, te surgirán más opciones de ofertas y gangas ventajosas que si te precipitas en comprar a plazos para disfrutar enseguida de lo que deseas; luego, las deudas con intereses te hipotecan el estado de ánimo.

Paciencia, capricorniana paciencia, que el que la sigue, la consigue, y con el tiempo y una caña, todo se pesca. Don Benjamín apostilla: "El que puede tener paciencia lo puede tener todo".

YO HABRÉ DE SER:
¿HA PENSADO USTED EN SU PLAN DE PENSIONES?

"¿Qué serás cuando seas mayor?": la típica pregunta que se le hace al nene o a la nena no deja de ser especialmente sutil. Es un cuestionamiento de cómo se planteará, nada menos, que el Futuro en el Futuro. Formulada tal cuestión a un mico de siete años, por ejemplo, es todo un desafío. Y con más edad, también.

En Capricornio, gramaticalmente, estamos en el Futuro (Cardinal) del Futuro (Tierra). Nos planteamos, pues, cómo nos plantearemos lo que nos quede de Futuro en el mismísimo Futuro.

¿Qué será de mí cuando sea viejo? ¿Cómo asegurarme la vejez? He conocido a personas con énfasis capricorniano que sacrificaban buena parte de la alegría de la juventud porque ya estaban ahorrando para sus años de ancianidad.

—¡La seguridad ante todo!

—¿Y qué pasa con la libertad?

—Eso son ilusiones, hijo mío.

El tópico debate entre la cigarra y la hormiga nos asalta a todos alguna que otra vez en la vida.

"*Tomorrow!, Let's forget tomorrow, for tomorrow never comes*", cantaba Frank Sinatra —Sol en Sagitario— no hace tanto tiempo: "Olvidemos el mañana que nunca llega". Pero ¿llega alguna vez el mañana? Mañana puede que sí.

No hace mucho, sonó el teléfono en mi casa; lo cojo y se escucha una sinuosa y fina voz femenina que me dice: "¿Ha pensado usted alguna vez en hacerse un plan de pensiones? Bla, bla, bla, bla...". ¡Vaya por Dios! Pues no, no se me había ocurrido.

"Son cosas en las que hay que pensar", dice la gente.

"Son cosas de Tiempo Capricornio", diría yo que soy astrólogo. Conectado a esta modalidad zodiaco-temporal, el Futuro resulta inexcusable. Es el gran negocio de las lucrativas compañías usureras, perdón, aseguradoras: el miedo al Futuro en el mismo Futuro. "Dentro de cien años, todos calvos", pero los humanos hacemos como si la cosa pudiera arreglarse pagando dinero en el Presente. ¡El lejano Futuro siempre parece tan serio y amenazante!

La compañía que me asegura el coche me envió una hojita de publicidad con un vale-cupón a canjear por un reloj de obsequio en las oficinas de la entidad. Es un buen negocio para una firma de seguros: regalar relojes para así forzar al cliente a pensar en el paso irrefrenable del tiempo. "*Tempo omnias et singulas consumens*" reza al pie de un grabado de Brueghel titulado *El triunfo del tiempo*. No le levanta a uno la moral, pero, evidentemente y terrenalmente, es muy objetivo.

Excepto algunos, todo el mundo se jubila. Multitud de trabajadores aguantan multitud de sinsabores en todo el mundo para que les quede una paga en la vejez. No es gran cosa, porque si no, no existirían los planes de pensiones, pero al menos da para jugar al dominó, comentar las enfermedades y ver la tele en el hogar del jubilado. Ese es mayoritariamente el Futuro del Futuro por el que se hicieron tantos y tantos sacrificios existenciales.

Sin embargo, y afortunadamente, el Futuro del Futuro no solamente se puede plantear en sentido material: también se lo puede plantear uno en sentido moral:

> En mi juventud concebí el proyecto, tan atrevido como difícil, de llegar a una perfección moral. Deseaba vivir sin cometer jamás una falta y vencer todas aquellas costumbres a que pudiesen arrastrarme una inclinación natural, la costumbre o la sociedad. Como sabía, o creía saber, lo que era bueno y lo que era malo, no veía por qué no había de poder hacer siempre lo uno y evitar lo otro.

Como habréis adivinado, este plan de mejora se lo debemos, cómo no, a Benjamín Franklin. Al plantearse lo que habría de ser cuando fuera mayor, se propuso ser perfecto —a su manera—.

La PNL (Programación Neurolingüística) está también en esta línea. Se trata de "copiar" las estrategias de excelencia personal que han hecho triunfar a personas destacadas. Al incidir en la autoprogramación personal, conlleva no sólo el planteamiento de metas, sino, además, la reelaboración de metas a partir de objetivos alcanzados.

En PNL, es importante escribir los objetivos y propósitos; es un desarrollo amplificado de la nota prácticamente diaria que algunas personas nos hacemos al empezar las faenas de la jornada. Es tan sencillo y útil que, simplemente, la mayoría de las personas no lo hacen. Es muy recomendable apuntar en cualquier hoja de papel los asuntos para realizar y luego asignarles prioridades y horarios. Evitas los olvidos y sabes en cada momento, salvo irregulares contingencias, cuál es el siguiente paso.

Otra manera de adelantarse al Futuro del Futuro es usar el cotidiano, humilde, fastidioso, importante y utilísimo despertador. Ejemplifica en su pequeña estructura el sentido del deber y de la disciplina proyectados en el tiempo. Antes de activarlo, hemos de visualizarnos en el Futuro —a la hora de levantarse— proyectándonos, de nuevo, hacia el Futuro, hacia el quehacer realizable mañaneramente.

Aquí nos podríamos meter en un juego de proverbios que nos previene, en este sentido, contra el exceso de celo, ya que "al que madruga, Dios le ayuda", pero "no por mucho madrugar amanece más temprano".

Capricornio ha de regular su perfeccionismo, porque éste, llevado a un extremo, produce un gran consumo de ese fluido vital y misterioso que llamamos tiempo, y el tiempo, como el Saturno que veremos a continuación, puede devorar a sus hijos. Incluso una vez devorados, les puede imponer su persistencia: hay una costumbre hebrea de poner piedras sobre las tumbas, porque duran más que las flores.

SATURNO: ¿QUIÉN TEME AL LOBO FEROZ?

"Más sabe el diablo por viejo que por diablo". Durante un tiempo, se asoció a Saturno con el diablo, y precisamente Liz Greene subtituló su conocida obra *Saturno*: *un nuevo enfoque de un viejo diablo*. Saturno, por su longevidad, siempre mereció el reconocimiento de su sapiencia y de su astucia, recibiendo los apelativos de Señor del Karma, Dueño del umbral y Guardián de las llaves. Aquí, hemos dado con la piedra angular de toda esta obra, ya que Saturno —el Cronos helénico— siempre recibió el atributo de Dios del Tiempo. Empero, habría que agregar que del tiempo mundano, del tiempo delimitado, del tiempo más físicamente concebido, no de todos los tiempos posibles.

El viejo anciano de la barba canosa encierra en su austero semblante numerosas lecciones que aún nos quedan por aprender en la vida. Se expresa de numerosas formas; una de las más amenas es a través de las fábulas y de sus lacónicas moralejas.

La paciente, perseverante y esforzada tortuga que le gana la carrera a la descuidada liebre es el mejor ejemplo posible del lento, rutinario y, al mismo tiempo, eficaz modo que nos confiere Saturno de vivir lo que llamamos tiempo. Capricornio, a través de su regente diurno, nos proporciona una dosificación del gasto energético en la forma más uniforme posible a través del transcurrir temporal, pero siempre encaminada a la consecución de algún fin concreto.

Saturno divide ecuánimemente el esfuerzo por el tiempo, desde el inicio al fin, en la realización de una tarea. Ni se acelera ni se frena: va a un paso regular —de tortuga, si se quiere—, pero tan constante y firme que, a la larga, supera a sus adversarios. Cansa a cualquiera con su monotonía y nos hace correr el riesgo de deprimirnos anímicamente, de modo tal que, aun consiguiendo el anhelado propósito, puede que no nos valga la pena el tremendo consumo de tiempo.

Saturno, se dice, devora a sus hijos. Nos proporciona sus favores cuando peinamos canas, se nos marchita la piel y nos crujen los huesos.

Aparentemente, su motor es la ambición, pero, a fuer de ser sinceros, hemos de reconocer que su verdadero móvil es el miedo. El miedo nos hace ir más despacio, nos hace precavernos; un cierto sentimiento de inadecuación nos hace revisar nuestros actos y conocimientos, nos hace observar muy bien el terreno antes de mover un pie e, incluso, nos hace estudiar de antemano la retirada en caso de que las cosas no nos salgan como queremos. Antes de entrar, Saturno nos hace localizar la salida de emergencia. Es de especial aplicabilidad en los asuntos públicos. Preguntado por el califa Moauiyat sobre el secreto de su pericia política, Omar Ben al-Aas respondió:

> Nunca me metí en un asunto sin haber estudiado previamente la retirada; por otro lado, nunca entré y quise salir en seguida corriendo.
>
> Mencionado por PAULO COELHO en *El guerrero de luz.*

He aquí la clave saturnina del ascenso en los asuntos mundanos. Como buen Señor del Karma, Saturno ha de pagar su gran pericia con alguna moneda. Su gran tributo es el Presente. Sacrifica el Presente fortificando el Futuro. No solamente la tortuga, también el cerdito sabio que construye su casa de piedra por miedo al lobo feroz es un personajillo perfectamente saturnino. Llegada la calamidad, está bien pertrechado, pero es una calamidad en sí misma el no poder disfrutar de tiempo libre, no reír, cantar y bailar cuando otros lo están haciendo... por si se le vieran las orejas al lobo. Y el Futuro no siempre es calamitoso, algunas veces es venturoso y su muy sólida casa, en ese caso, habrá servido de poco. En cualquier caso, el cerdito sabio tiene un sentido del tiempo más firme y delimitado que sus alegres y descuidados compañeros. No es raro encontrar algunos “cerditos sabios” en nuestra sociedad, y estas personas valoran en mucho la duración temporal:

> La persona firmemente orientada a un objetivo está predispuesta a sobreestimar la duración del tiempo.
>
> LARRY DOSSEY, *Tiempo, espacio y medicina.*

Está claro que bajo el reloj de arena de Saturno, sobreestimamos el tiempo, ya que el hecho de fijarse un límite para la finalización de una tarea nos hace mirar continuamente el artilugio que nos exige continuos cumplimientos. Pero, sin embargo, y aunque los resultados prácticos se hagan esperar, éstos al final llegan y se nota la diferencia entre el tiempo ocioso y el provechoso.

En los dominios saturninos, el descanso está mal visto porque se trabaja a un ritmo lento con la intención de poder dosificar la energía y que ésta dure hasta el logro del objetivo previsto. Sin prisa, pero sin pausa.

> Me parece oír a algunos de vosotros que dice: "¿pues qué, no se ha de tener algunos momentos de descanso?". A eso, amigo mío, os responderé con lo que dice el Buen Ricardo: emplead bien vuestro tiempo, si queréis merecer el descanso, y no perdáis una hora, puesto que no estáis seguros de un minuto.
>
> BENJAMÍN FRANKLIN, *El libro del hombre de bien.*

Saturno se convierte, pues, en el arquetipo del *self made man*, de la persona trepadora empecinada en pos de un objetivo, que se preocupa más por la llegada a la meta que por el recorrido existencial en sí mismo; que no se para a oler las flores del camino, ni a admirar el paisaje, sino que un exacerbado sentido del deber le ocupa sus cinco sentidos. El tiempo, por tanto, se engurruña, se arruga como la piel de un anciano. Parece que nunca hubiese suficiente para tanto quehacer y que, por supuesto, nunca sobrase.

Saturno, además, traza el tiempo con tiralíneas. El suyo es, como se diría hoy en día, un tiempo del "viejo paradigma". No está basado en un sentido cíclico, sino secuencial, y desde un comienzo hasta un final bien delimitados.

El concepto temporal prevaleciente en la cultura hebreo-cristiana es saturnino, debido a que Saturno ha estado tradicionalmente relacionado con el pueblo hebreo y sus características. Las primeras palabras de la Biblia, en el Génesis, dicen:

> En el principio creó Dios los cielos y la Tierra.

Y en el último libro bíblico, el Apocalipsis, leemos:

> Yo soy el Alfa y Omega, el principio y el fin, el primero y el último.

Según el hebreo-cristianismo, el tiempo, en sí mismo, tuvo un comienzo y tendrá un final, y ello repercute fuertemente en la ciencia modera occidental, desarrollada principalmente por gente entrenada —consciente o inconscientemente— en la mentalidad hebreo-cristiana:

> Como veremos, el concepto de tiempo no tiene significado antes del comienzo del universo. Esto ya había sido señalado en primer lugar por San Agustín. Cuando se le preguntó: "¿Qué hacía Dios antes de que creara el universo?", Agustín no respondió: estaba preparando el infierno para aquellos que preguntan tales cuestiones. En su lugar dijo que el tiempo era una propiedad del universo que Dios había creado, y que el tiempo no existía con anterioridad al principio del universo.
>
> STEPHEN W. HAWKING, *Historia del tiempo*.

La ciencia moderna ha sido desarrollada por personas imbuidas desde pequeñas del sentido bíblico y rectilíneo del tiempo. No es de extrañar que el "tiempo absoluto" de Newton pertenezca a Tiempo Capricornio —Newton: con el Sol en Capricornio—. No ha sido hasta la aparición de la así llamada "Nueva Física", en la alborada de la Era de Acuario, que al tiempo científico se le admitió la posibilidad de ser cíclico.

Sin embargo, el tipo de tiempo usado para elaborar la hipótesis del así llamado *Big Bang* ha vuelto a ser el rectilíneo, capricorniano y hebreocristiano —recorriéndolo hacia atrás, en sentido inverso—, ya que, si el tiempo se curvase, se haría circular y no podría haber un principio ni un final. Tampoco es de extrañar, puesto que tal hipótesis primeramente la concibió un sacerdote cristiano-católico, imbuido del sentido rectilíneo y delimitador del tiempo que hay en la Biblia: Georges Lemaître. Él y sus seguidores han pretendido calcular cuándo comenzó todo en el universo.

Esta cuantificación matemático-bíblica del tiempo puede llegar a ser obsesiva. Uno de los precursores del *Big Bang*, el arzobispo anglicano de Armagh y primado de Irlanda James Ussher (1581-1656), intentó hallar la fecha en que Dios creó la Tierra y al hombre. Para ello, se sirvió solamente de datos bíblicos. Según sus especulaciones, la Tierra fue creada por Dios el domingo 23 de octubre de 4004 a.c. Este dato constaba, hasta el año 1900, en las biblias que se colocaban en los respaldos de los bancos de las iglesias anglicanas.

URANO: VÍSTEME DESPACIO QUE TENGO PRISA

En todo signo Cardinal, como es el caso de Capricornio, el regente *Yang* aspira a convertirse en el regente *Yin*. En el signo del macho cabrío, Saturno aspiraría a convertirse en Urano. El primero, que denota lentitud, apuntaría hacia la aceleración del segundo. ¿De qué nos da idea esta aparente contradicción? Se le atribuye al gran yogui Milarepa la frase:

> A paso de elefante, apresúrate despacio y llegarás muy pronto.

Según esto, lentitud y rapidez no estarían en contradicción, sino que es posible la síntesis entre ambas. Paradójicamente, las realizaciones lentas pero concienzudas pueden hacernos ir más deprisa. Es fácil de comprender: queriendo ir más rápido, se cometen más errores; cometiendo más errores, se pierde más tiempo intentando rectificar; yendo más rápido, se cansa uno antes y se pierde más tiempo en los descansos. Creo que fue Napoleón quien, ante la inminencia de un evento, le dijo a su nervioso sastre: "Vísteme despacio que tengo prisa".

Mejor ir despacito y bien desde el principio, sin perder el ritmo, que afanarse por realizar antes de tiempo una tarea; lo contrario tan sólo puede conllevar retrasos.

La idea de avance lento pero seguro conlleva un concepto: el progreso. Progresamos cuando, poco a poco pero firmemente —como el paso de un elefante—, avanzamos con resolución. El progreso nunca se realiza apresuradamente —y la prosperidad, tampoco—. A los muy vanguardistas, el progreso efectuado siempre les parece demasiado lento; sin embargo, a los conservadores, les resulta muy acelerado. Es como si nos ponemos a observar las manecillas de un reloj. De buenas a primeras, parece como si no se moviesen; no obstante, todos sabemos cuán rápido se mueven; muchas veces parece como si el tiempo se nos echara encima.

La misma "rápida lentitud" del progreso es aplicable a la productividad. El paso de los métodos artesanales propios de los antiguos gremios medievales al proceso de producción en serie es una buena muestra de ello. El tiempo se economiza y se producen más artículos: el mercantilismo. El mercantilismo, por ejemplo, del *prêt-a-porter* participa de esta cronología.

Las mentes pensantes del sistema capitalista no paran de solicitar esta premura del tiempo que produce más rentabilidad en las empresas y que imprime más monotonía y/o nerviosismo a los trabajadores, dando lugar a un paradójico ciclo estrés-depresión.

O, más aún, la introducción del factor máquina —y en concreto, la uraniana máquina electrónica—, que contribuye enormemente a la optimización temporal del capricorniano sistema productivo. Las máquinas van más deprisa que los humanos, no se cansan, a la larga son más baratas y se quejan menos; nunca hacen huelga, son sumisas, dejan programar y se adaptan a cualquier horario; son inhumanas, pero excelentes trabajadoras. No obstante, tienen un defecto: han de ser diseñadas, manejadas y reparadas por alguien.

La sobrecarga de funciones es, asimismo, rentable para el empresario —prototipo de Capricornio—. El empleado que atiende en un mostrador produce más beneficios a su patrón si, además, coge el teléfono (Urano). En este caso, puede que por muy bien intencionado que sea el empleado y quiera hacer las cosas "despacito y bien" (Saturno), termine siendo "comido por la bulla" (Urano). Y además de verdad.

Otro factor uraniano que irrumpe en el contexto capricorniano afectando a nuestra noción del tiempo es la alarma cientifista. Buena muestra de ello es el jaleo que se armó —y que se sigue armando— con el asunto de la capa de ozono. Cierta debilidad en el espesor de la capa de ozono que rodea la Tierra detectada en la Antártida puso poco menos que tiempo límite a la existencia de la humanidad. Parecía como si, colectivamente, hubiésemos ido al médico y nos hubiera dicho que nos queda equis tiempo de vida.

Hubo voces que reclamaron ingentes fortunas invertidas en costosísimos equipos, y en no menos costosísimos sueldos de científicos, para poder salvar al género humano, al que ya se le propinaba una recortada fecha de caducidad.

Hubo otras voces —menos— que denunciaron el gran camelo. La debilidad del ozono existía, pero se había exagerado desmesuradamente su peligro para reclamar dinero y más dinero. La ciencia (Urano) es el gran negocio (Capricornio), y jugar de forma alarmista (Urano) con los límites temporales (Saturno) lo optimiza crematísticamente.

Y es que el crédito es dinero. Quien fomenta la confianza —o la credulidad— en protectores, amigos o administradores del erario público puede disponer de su capital. No puedo evitar la tentación de citar nuevamente a Benjamín Franklin:

> Acordaos del proverbio que dice: "El buen pagador es dueño de la bolsa ajena". El que es conocido por su puntualidad en pagar en el plazo prometido, puede en todos los tiempos y circunstancias disfrutar de todo el dinero que sus amigos tengan disponible.

El que paga, descansa; y el que cobra, también. Según esto, disponer del dinero y propiedades (Saturno) de los amigos y protectores (Urano) depende de la prontitud y diligencia en nuestro tratamiento del tiempo.

17

TIEMPO ACUARIO

LA REVOLUCIÓN PERMANENTE

—... ¡Y ahora, Eolo, por amistad nada más, le ha colmado de presentes! Veamos ahora mismo la cantidad de oro y plata que encierra el odre.

Así hablaban, y prevaleció el mal consejo. Abrieron, pues, el odre, y todos los vientos se escaparon. Y en el acto, la tempestad furiosa nos llevó por el mar, sollozando, lejos de la tierra patria.

HOMERO, *La Odisea.*

Para Acuario, el tiempo es como un gran carrusel movido en sentido giratorio hacia todas las direcciones de la rosa de los vientos. Eolo, el Señor de los Vientos sucede al Señor del Umbral que veíamos en el capítulo precedente, dedicado a Tiempo Capricornio. El gran carrusel del tiempo acuariano ha menester de un eje fijo central, no vaya a ser que nos ocurra como a Ulises y a sus desdichados compañeros, vapuleados por la tempestad furiosa.

En el signo del aguador, el tiempo se "extrovierte" y se democratiza; más que hablar del tiempo, tendríamos que hablar de los tiempos —en plural—, puesto que la tolerancia propia del signo nos proporciona una amplitud de miras que nos hace concebir lo múltiple en lo uno. En ningún signo como en éste se aplica y desarrolla lo que exponíamos en el capítulo uno de esta obra ¿QUÉ ES EL TIEMPO?; me refiero a la RELATIVIDAD MONO-POLI: la elasticidad entre lo uno y lo múltiple que todo lo relativiza. Tiempo Acuario se hace amigo de todos los demás tiempos y los acoge en su seno; es un auténtico pánfilo —literalmente: 'el amigo de todos'—.

Decíamos que Tiempo Acuario es como un gran carrusel; dentro de él, se desenvuelven diversas modalidades temporales con sus respectivas oscilaciones o altibajos como los caballitos y otras figuras de un tiovivo. Puede haber una tazita girando o un elefantito subiendo y bajando, pero todos son copartícipes de la gran movida.

Esta gran rueda puede visualizarse como *I Ching* o como el Zodiaco. Por eso, y precisamente por eso, la Astrología es una ciencia acuariana. *I Ching* te permite ver la fase en la que te encuentras en el momento de la consulta; la Astrología, además, te concede visionar las perspectivas —prospectiva y retrospectiva—. Es acuariano el estudio de las órbitas de los astros, porque se estudian las revoluciones permanentes y su incidencia en la vida terrestre.

El Señor de los Vientos, Eolo, anfitrión de Ulises, tiene doce hijos —como los signos del Zodiaco—: seis hijos y seis hijas —los seis signos masculinos y los seis signos femeninos del anillo zodiacal—; de este modo, Homero expresa la conexión que existe entre la fase acuariana de la Odisea, que representa la isla Eolia, y la Astrología en general.

Pero Tiempo Acuario no sólo concierne a astrólogos y practicantes del *I Ching*: concierne, además, a la humanidad en su conjunto, ya que nos adentramos más y más en la Era de Acuario y los tiempos que corren se conectan, por tanto, a la sintonía del aguador.

AIRE: BAILANDO CON DRAGONES

> Jamás he visto simultaneidad tan desconcertante. Si Wallace hubiera tenido mi borrador manuscrito de 1842, no habría podido efectuar una síntesis mejor.

Los naturalistas Alfred Russell Wallace y Charles Darwin comprobaron, sorprendidos, que ambos, prácticamente a la vez, habían descubierto lo mismo: la así llamada Evolución de las Especies.

Tal como queda reflejado en la carta arriba mencionada, a Darwin le desconcertaban las simultaneidades. A Jung, no: éste las llamaba sincronicidad. Dos sucesos, a menudo de la misma índole, suceden al mismo tiempo sin que exista una relación causa-efecto entre ellos. ¿A qué es debido?

Ambos ocurren al unísono, como manifestación del orden implicado del que son copartícipes; son ondas que vibran de la misma forma aunque materialmente no se toquen entre sí —el símbolo del signo de Acuario: las ondas paralelas—. Descubrimientos simultáneos no son infrecuentes en la historia de la ciencia, tampoco son infrecuentes las sincronicidades en la vida cotidiana.

En el aspecto humano, la sincronicidad actúa en el tiempo condicionado a un factor: la simpatía. Los agentes sincrónicos lo son si son "amigos" entre sí, si comparten una misma onda afín.

El simbolista suizo Carl Gustav Jung profundizó en la dinámica del célebre libro oracular chino de las mutaciones, *I Ching*. Compuso un prólogo para la estupenda versión del mismo que hizo su amigo Richard Wilhem; en él, Jung considera que cada hexagrama interpretable refleja "la situación" del asunto en la fase consultada:

> ... quienquiera haya inventado el Y Ching, estaba convencido de que el hexagrama obtenido en un momento determinado coincidía con éste en su índole cualitativa no menos que en la temporal. Para él, el hexagrama era el exponente del momento en que se lo extraía —más aún de lo que podrían serlo las horas señaladas por el reloj o las divisiones del calendario— por cuanto se entendía que el hexagrama era un indicador de la situación esencial que prevalecía en el momento en que se originaba.
>
> Este supuesto implica cierto curioso principio al que he denominado sincronicidad, un concepto que configura un punto de vista diametralmente opuesto al de casualidad.

Sincronicidad significa síntesis de tiempos, y precisamente alude a la esencia de la obra que estás leyendo. Es el quid de la cuestión a la hora de comprender el porqué de los principios implicados en el *I Ching* y en la Astrología. En esta acuariana ciencia, no se pretende —en contra de los que algunos creen— expresar una relación física causal —influjo o influencia— de los astros con las personas, sino una participación común, propiamente sincrónica, entre Macrocosmos y Microcosmos, en la cual actuamos conjuntamente, entre otros, astros y personas.

Acuario concibe una vasta red de comunicaciones en la que un conjunto de seres están sincrónicamente implicados. Se puede proyectar, en el ámbito de las relaciones personales, en forma de pandillas de amigos, de colectivos o grupos interrelacionados; en forma de sistemas informáticos interconectados —Internet, por ejemplo—; puede manifestarse en el auge de la telefonía móvil o en un enjambre de satélites de comunicación. El caso es formar parte de un mismo orden dinámico en el que el tiempo se sienta compartido simultáneamente —*on line*—.

Ocurre que, debido a la complejidad de la red de interconexiones, la frecuencia y aparición de los contactos son prácticamente imprevisibles. Dicho con otras palabras: los imprevistos son previsibles, pero siempre sorprenden.

Todo signo de Aire vive eso que llamamos tiempo de forma condicional, y Acuario no es la excepción, sino todo lo contrario. Acuario es el máximo exponente de la Relatividad; es su forma de vivir el dinamismo airoso. Cada factor, dentro de su gran entramado comunicativo, sólo es válido en función de cada uno de los demás; es poco o nada de forma aislada. El arte y milagro de la comunicación es lo que le aporta su verdadera identidad: el ser un emisor con múltiples receptores y un receptor con múltiples emisores.

Cuando, conectados a este tiempo, se sube de nivel, uno puede sentirse ciudadano del Cosmos, porque, trascendida la capa de "tecnosfera" superficial que cubre la Tierra, los seres humanos de "antenas" más refinadas pueden sentirse partícipes del gran entramado cósmico y entrar en contacto psíquico con astros, cometas... y seres de otras dimensiones. Para eso no hace falta *hardware.*

Ha habido casos históricos de grandes colectivos humanos que se han sentido —y quizá aún se sienten— solidarios con el Cosmos. Un ejemplo de ello es el así llamado "Celeste Imperio" de la China tradicional. Millones de chinos, durante miles de años, han tratado de vivir un "legado celestial", lo que implicaba vivir sincronizados con los eventos del cielo y potenciar, con ello, la Astrología y el *I Ching* como medios de armonizar la sociedad a través de una relación sutil con el tiempo. De hecho, el calendario chino actual es astrológicamente zodiacal.

El Año Nuevo del calendario chino tiene lugar en la segunda luna nueva que sigue al solsticio de invierno, lo que significa que, de cada cien años, aproximadamente noventa y nueve comienzan con el Sol en el signo zodiacal de Acuario. No es extraño, por tanto, que China haya destacado a lo largo de la historia por sus originales inventos —algo muy propio de la expresividad acuariana—.

El signo de Acuario se corresponde por simpatía analógica con el del Dragón de la Astrología china, y el Dragón es el símbolo de las potencias celestiales. El Dragón es exaltado en las celebraciones del Año Nuevo chino. En la iconografía occidental, San Jorge mata al dragón, y en Occidente, la Astrología es despreciada oficialmente. En la cultura china tradicional, en cambio, se baila con dragones y la Astrología es potenciada.

En 1997, en Hong Kong, se creó un dragón artificial de ¡ocho kilómetros de largo!, y un sinnúmero de chinos se metió en él para bailar. Sutil y significativamente, con ese acto se quiere decir que el ser humano reconoce y acepta su sincronicidad con las fuerzas del Cosmos y vive en consonancia con ellas.

No sorprende en absoluto que cuando Mao comunicó el principio de la Revolución Permanente a su pueblo, éste lo aceptara comprensiva e inmediatamente, puesto que se trata de un principio milenario implicado en el calendario astrológico chino desde tiempos ancestrales.

Todo lo que tiene Acuario de vanguardista —aparentemente adelantado a su tiempo— lo tiene de recurrente. Si nos fijamos bien, revolución no quiere decir aportar algo completamente nuevo, sino *re*-actualizar algo que hace mucho tiempo que estaba desfasado y que ahora vuelve a ser novedoso. Revolución significa dar un giro completo y volver a hacer lo mismo. Los principios acuarianos siempre parecen nuevos y originales por su gran dilación en las órbitas del tiempo, pero en realidad son temas arquetípicos. Acuario continuamente capta los "nuevos aires" en la *re*-actualización del Devenir. Es moderno donde los haya. Vive en los tiempos actuales y, desde el punto de vista conservador, parece un adelantado a su época, debido a que la sociedad siempre evoluciona más lentamente que los tiempos.

La Astrología, como ciencia acuariana, siempre parece un saber de vanguardia y, sin embargo, es la ciencia más antigua: más de cuatrocientos mil años de observaciones y experiencia según Diodoro de Sicilia y Cicerón.

A algunos, el concepto de tiempo cíclico de, por ejemplo, la así llamada Nueva Física les parece toda una gran revolución científica, siendo, no obstante, una vuelta al concepto de tiempo que expresa, en sí mismo, el redondo calendario maya, muy diferente con respecto a los rectangulares y cuadriculados calendarios usados frecuentemente hoy en día.

Y es que la realidad de Tiempo Acuario es relativa. Todo gira. ¡Que se lo hubieran dicho a Cosroes II! Este rey persa del siglo VII mandó construir un palacio-templo giratorio, denominado Takt-i-Taqdis ('Trono de los Arcos', también llamado 'Trono de Salomón'), en la montaña sagrada de Shiz, Irán, con lujosas ornamentaciones que representaban la bóveda del cielo, para poder vivir más en consonancia con el orden sincrónico de las órbitas astrales.

FIJO: DE RABIOSA ACTUALIDAD

Acuario tiene una forma especial de relacionarse con el Tiempo Condicional, y es la Relatividad. Dentro de un orden afín sincrónico, está condicionado a compartir una misma onda amistosa y simpática. Un valor o un factor no lo son en sí mismos, sino que están relativizados por su relación con los demás valores y factores.

Ahora bien, por ser un signo modalmente Fijo, de alguna forma ha de tener también una relación especial con el Presente. ¿Cómo vive Acuario el Presente dentro del torbellino de sus ajetreos?

Es un moderno. Decididamente, Acuario es un moderno y un postmoderno y un post..., que cada vez que soplan nuevos vientos, se actualiza antes que nadie. Está a la última noticia. Su Presente se llama ACTUALIDAD; vive plenamente la actualidad, poniéndose continuamente al día. Se actualiza y se *re*-actualiza sin parar, de forma tal que, en el seno de su constantemente renovado Presente, cualquier cosa tarda poco en desfasarse. Es de la nueva ola; está en la onda y a la última moda. En un Presente que continuamente cambia, se ve impelido al cambio continuo para seguir siendo actual.

Es duro. Es duro ser moderno y seguir siéndolo. Se fuerza uno a tener que estar continuamente poniéndose al día, *re*-actualizando sus conocimientos y comprándose cosas nuevas. Estudies lo que estudies o hagas lo que hagas, fácilmente te quedas desfasado en Tiempo Acuario. Seguir la actualidad es un desafío —quizá un desvarío— para cualquiera.

Hay quien, nada más despertar, ya está escuchando las noticias. Desayuna con noticias y se va al trabajo escuchando noticias, y antes de acostarse se pone un ratito a escuchar las últimas noticias. Tantas noticias sacan fácilmente de quicio a cualquiera porque inducen a atiborrarse de cuasi Presente; no hay tiempo material para digerir tal cúmulo de información, y mucho menos para reflexiones, elaborar opiniones o elegir perspectivas o estrategias. Es lo que llamo "vivir anclado en la actualidad".

Cierto amigo mío dirige una revista "astrológica" en mi localidad natal. En varias ocasiones, le ofrecí artículos publicables y acostumbraba a aceptarlos; pero, una vez, me rechazó el tema de uno de ellos. Se había producido una catástrofe y yo la había estudiado astrológicamente, como creía haber detectado la clave astral de tan siniestro acontecimiento, consideré muy importante que se publicara para que, con su divulgación, se intentara prevenir y evitar otra catástrofe semejante en el Futuro. La "razón" del descarte fue: "Ese tema ya ha perdido actualidad", y, por tanto, no se vende. El comerciable anclaje en la actualidad primaba sobre la previsión de Futuro.

La Sociedad Actual nos ofrece continuamente transmisiones simultáneas, conexiones en directo y ruedas informativas. Nadie quiere nada en diferido; hay que vivirlo todo en el pseudomomento. Hasta las guerras se transmiten casi en directo. Y tanta actualización y *re*-actualización producen estrés y confusión. Se generan fácilmente estados de psicosis y de demencia colectiva. Uno no está donde está, está mentalmente con quien, inesperadamente, llama por el móvil, no con quien tiene delante. Así, fácilmente, se está fuera de sí. El aguador ha de tener tiento para no "extroverter" demasiado.

Los vientos de Eolo pueden vapulearnos en esta era que nos ha tocado vivir. Necesitamos un punto fijo, algún eje donde insertar tanto rotativo. Todas las ruedas tienen algún orificio en el centro, todo carrusel ha de girar en torno a algo, todos los planetas orbitan alrededor de una estrella, todo huracán tiene su "ojo".

Pero, ¿puede haber orden en un torbellino? Si el aire levanta una nube de polvo, ¿acaso no es un fastidioso desbarajuste? Para responder a esta pregunta viene en nuestro auxilio la así llamada Física del Caos. Sí, hay orden. Física del Caos no significa que científicamente se haya demostrado la existencia del caos. Se trata de una expresión paradójica que viene a decir que allí donde aparentemente nos puede parecer que hay caos, en realidad existen unas leyes operativas que ordenan esa realidad.

Una especie de "Física del Caos" son los anuncios televisivos. Al analizar Tiempo Géminis, hacíamos constar la brevedad de las imágenes en los telefilmes. En Tiempo Acuario, constatamos que las imágenes de los anuncios tardan del orden de un segundo en cambiar. El espasmódico torbellino del chorro publicitario tiene un orden estudiadísimo para enganchar al telemirón, ¿quién no puede esperar un segundo para ver qué ofrece la imagen siguiente?

Unos pocos y simples principios, matemáticos o geométricos, reproducidos un gran número de veces, producen una resultante tan aparentemente compleja que nos puede parecer inverosímil que surja de algo tan sencillo. La realidad no está fragmentada, sino fractalizada.

Todo es Cosmos, entendiendo por tal término: Orden y Belleza. Los tiempos no son insensibles a las sutilezas cósmicas. Tanto para los filósofos orientales como para los occidentales, el devenir del tiempo conlleva una sucesión de eras o fases en la que el principio de la Armonía siempre persiste y se renueva.

Desde la filosofía de griega de Empédocles al *Kali-Yuga* de la India, pasando por los idealistas alemanes como Krause, hay una solución de continuidad que expresa un orden cíclico macrotemporal según el cual, tras una mítica "edad de oro", viene un tiempo en el que prevalece la discordia para, de nuevo, retornar a la concordante unidad. En este conjunto de giros sincronizados, la Historia no sería el estudio del Pasado —como en Tiempo Cáncer—, sino el estudio del Orden Macrocósmico aplicado a la sociedad.

Acuario necesita de ese Orden que explique sus aparentes confusiones y quimeras; necesita que su dinamismo se fije dentro de un contexto más amplio; necesita poder instalarse, utópicamente, en el gran carrusel dinámico sin que los vientos lo arrastren erráticamente.

"Lo único que permanece es el cambio". Esta frase, atribuida a Heráclito de Éfeso, conlleva en su seno una promesa de estabilidad, ya que todo cambia y se trastoca, pero el hecho en sí de que todo cambia es un principio estable.

No sería desafortunado representar la realidad cósmica de Tiempo Acuario como un gran caleidoscopio en el que se giran unos cristalitos de colores "aleatoriamente", pero que, sin embargo, producen imágenes ordenadas, bellas y simétricas.

YO SERÍA: ME LLAMO LEGIÓN

En Tiempo Acuario, estamos en un ámbito hipotético, sofista, relativista e histérico que pone literalmente los pelos de punta. Las verdades no se declaran porque no se considera que existan en sí mismas; todo depende de todo en un maremagno de opiniones y pareceres contrastados y opcionales.

Acuario es el Presente (Fijo) del Condicional (Aire); su expresión verbal es: "Yo sería". Denota condicionamiento del yo que se encuentra en su estado más debilitado. El Sol se exilia en el signo del aguador; se plasma metafóricamente en el Astro Rey velado y distante de mediados del invierno.

El "yo sería" acuariano se opone a la rotunda afirmación del "Yo soy" leonino y genera una y mil crisis de identidad. Su tiempo es un tiempo condicional, en el que las posibilidades son más fuertes que la realidad en sí misma.

En Tiempo Acuario se te presenta la ocasión cogida al vuelo, la oportunidad para cambiar y continuas oportunidades para reinventarte. Para cambiar de *look*, para cambiar de *chip*, para cambiar de rol, para cambiar desvergonzadamente de disfraz y de identidad en la gran mascarada de la Sociedad Actual. Conectado a este tiempo, el individuo pierde identidad; pareciera como si fuera carnaval durante todo el año —y, de hecho, la mayoría de las veces los carnavales se celebran durante el tránsito del Sol por el signo de las ondas paralelas—.

Lo importante no es quién eres o lo que eres, sino el Menú. Acuarianamente, vivimos en la Sociedad del Menú, en un mundo de continuas posibilidades, de selecciones opcionales. Su acentuación —o desmesura— nos lleva a la demencia, al individuo que no es uno, sino muchos:

> Y cuando salió de la barca, en seguida vino un hombre a su encuentro, un hombre inmundo, (...) Y (Jesús) le preguntó: ¿Cómo te llamas? Y respondió diciendo: Legión me llamo; porque somos muchos.
>
> Evangelio de JUAN DE JERUSALÉN,
> de nombre latino MARCUS.

Nadie puede atar a "Legión". La pluralidad desatada le hace al individuo perder su centro, su unidad y su cohesión. Es el ser humano fuera de sí, como un huracán cuya furia desencadenada todo lo trastoca y traspone.

Y es, asimismo, el típico rebelde sin causa, tan propio de la sociedad moderna-actual. La revolución acausal de los Nuevos Físicos ha tenido que ocurrir antes en el seno de muchos individuos, a menudo, descontrolados, incluso por ellos mismos.

No deja de ser una técnica manipulable. Se llama *Brain Storm* (tormenta cerebral). Se selecciona a unos cuantos individuos de opiniones e inclinaciones contrapuestas —cuanto más dispares, mejor—, se les invita a un programa de televisión y se les plantea un tema polémico y de cierta actualidad. Se les pone "en el aire" y ya está: sube la audiencia. El torbellino está servido. Una legión de pareceres, crispaciones, actitudes enconadas, sobresaltos y discursos convulsos asalta el "coco" del espectador: histeria a la carta. Lo que "es" se queda en fuera de juego; lo que "sería" brinca por doquier y se disfraza continuamente— un auténtico paraíso para el sofista charlatanesco—. Se mezcla todo con espasmódica publicidad y con alguna que otra noticia de última hora y ya no eres quien eres: eres "legión". Si en tiempos de Jesús de Nazaret había alguno que otro así —sin televisión ni nada de eso—, ¿cuántos habrá ahora?

Tiempo Acuario, más que al Futuro, nos lleva a las futuribles posibilidades en un Presente revuelto. Es la exaltación del Condicional que nos conduce a la antesala de la Utopía,

Decía que Tiempo Acuario te da la oportunidad de reinventarte. Dentro del menú de elecciones posibles, y aquí está implicada la libertad, uno puede elegir ser otro. A veces no es así —uno también puede preferir seguir siendo él mismo—, pero como consecuencia del crecimiento personal o de la evolución de las circunstancias, nos vemos obligados a dejar de ser el que fuimos —en ocasiones, a nuestro pesar—. Dicho con otras palabras: entramos en crisis.

Hay muchas formas de vivir una crisis, pero básicamente son dos: oponiéndonos al cambio, y procurando que las cosas sigan estando tal como estaban, o intentando comprender el nuevo desafío y colaborar con él. ¿De qué depende que adoptemos una actitud o la otra? De nuestro sentido del tiempo. De la forma que tengamos de comprender los cambios de los tiempos, depende que seamos progresistas o conservadores —incluso con nosotros mismos—. En Acuario, nos aficionamos a la crisis o somos sus promotores. No hay apego al "yo fui" ni al "yo soy", ni siquiera al "yo seré"; todo conspira para convertirse en nuevos y sucesivos "yo sería".

El mismo concepto de lo que es el tiempo sería una cosa u otra, se viviría de una forma u otra. Podría haber tiempos sincronizados que fluyeran a diferentes velocidades, ítems del menú temporal que se desafiarían mutuamente.

> En la "Visión de Isaías" el profeta es arrebatado al cielo por un ángel. Cuando Isaías vuelve a la Tierra, después de una estancia de quince días entre las estrellas, se sorprende al comprobar que han transcurrido treinta y dos años desde su salida. ¿Podemos

suponer que el ángel procedía de un planeta que ya poseía máquinas espaciales con rayos fotónicos?

ANDREW TOMAS, *La barrera del tiempo.*

¿Quieres un tiempo rápido o al ralentí?, ¿un tiempo estrafalariamente "abducido" —como el de Isaías— o un tiempo lentito como en el que pacen las ovejas? Acuario te ofrece opciones que se pueden elegir con la misma facilidad con que mueves la flechita del ratón por la pantalla.

URANO: *ROCK AROUND THE CLOCK*

Mi número de teléfono es bastante parecido al de cierta agencia de viajes; por ello, ocurre que de vez en cuando alguien se equivoca y llama a mi casa pidiendo que le reconfirme una reserva. En la mayoría de los billetes de avión para vuelos chárter, se indica que se llame, al menos, veinticuatro horas antes para reconfirmar la plaza. La palabra "reconfirmar" suena muy normalita, pero si nos paramos a pensarlo, ¿qué quiere decir? ¿No basta con afirmar y confirmar?, ¿por qué hay que *re*-confirmar? Porque todo cambia y vuelve a cambiar; si no quieres tener sorpresas de última hora, mejor llama antes. Y aun así...

Pocas cosas hay tan uranianas como un aeropuerto. Si quieres comprender la esencialidad de Tiempo Acuario en su versión uraniana, lo mejor que puedes hacer es trabajar unos cuantos años en "el gran nido de los pájaros de hierro". Pantallas, pantallas y más pantallas; paneles, paneles y más paneles, y todos ellos cambiando ininterrumpidamente. Un auténtico *rock around the clock.* "Dime cuándo, cuándo, cuándo...", se escucha de continuo; y muchas veces no se sabe cuándo. El personal de líneas aéreas no tiene bolas de cristal. Se sabe para cuándo están programadas las salidas y llegadas, pero sólo se pueden dar estimaciones sobre las posibilidades futuribles de tales eventos.

¿Cómo se vive el tiempo en ese "manicomio"? Ajetreadamente, compulsivamente, histéricamente, espasmódicamente, nerviosamente, aceleradamente, soporíferamente, frustrantemente... Hay que adaptarse a los cambios y a las sorpresas. ¿Cómo se toman las decisiones? Adaptándose, condicionadamente, a la última información que se maneja en cada momento, a sabiendas de que muy posiblemente tendrás que rectificar cuando menos te lo esperes. Mejor no tomar decisiones muy definitivas. En pocos sitios funcionan los teléfonos móviles tan a tope como en un aeropuerto: "Ahora estoy en..., me han dicho que..., espero que...".

Lo inesperado cobra esperado protagonismo. El factor sorpresa se convierte en cotidiana y estresante rutina. El espacio-tiempo aeroportuario es como un gran queso de Gruyére: hay montones de orificios espaciales y especialmente temporales por donde se puede entrar y salir. No hace falta explorar zonas remotas del espacio interestelar para descubrir "agujeros de gusano": te encuentras un gran surtido de ellos en cualquier aeropuerto moderno. Se entra y se sale donde menos te lo esperas y, sobre todo, cuando menos te lo esperas. En cualquier "dirección" y a cualquier velocidad, lo mismo se fluye lentísimo que aceleradísimo. Resultado: el espasmo. Psiquiatras y psicólogos están muy acostumbrados a recibir en sus consultas a personal aeroportuario; lo malo es que poco o nada pueden hacer por ellos, excepto recomendarles pastillas y cobrarles frases más o menos convencionales.

A veces, puede uno tener visiones del espacio-tiempo uraniano desde perspectivas más relajadas, pero no por ello menos dinámicas:

> Estaba yo sentado junto al océano una tarde de verano cuando el sol ya caía, observando las olas arrollarse y sintiendo el ritmo de mi respiración, cuando de pronto me hice consciente de todo lo que me rodeaba como si estuviese envuelto en una gigantesca danza cósmica. (...)
>
> ... yo "vi" cascadas de energía bajando del espacio exterior, en las que las partículas eran creadas y destruidas con un pulso rítmico; "vi" los átomos de los elementos y los de mi cuerpo participando de esa danza cósmica de energía; sentí su ritmo y "oí" su sonido y en ese momento supe que ésta era la Danza de Shiva, el Señor de los Bailarines adorado por los hindúes.

FRITJOF CAPRA, Prólogo a *El Tao de la Física*.

La visión de Capra incluye un ciclo de "destrucción" y "creación", asociado a Shiva, que nos acercaría a Tiempo Escorpio —otro signo Fijo—; sin embargo, en la Naturaleza y en el Cosmos, realmente, nada se crea ni se destruye, sino que se transforma. La gran danza energética transmuta y trasciende el nivel emocional de Escorpio en el libertario Aire de Ouranos —según Diodoro de Sicilia, éste era el nombre del primer rey de los atlantes, que tenía entre sus aficiones la Astrología—. Las partículas de Capra, en realidad, ni nacen ni mueren; lo que sí hacen es mecerse y rodar en un *rock and roll* cósmico.

Todo se transforma incesantemente y lo único que permanece es el cambio. El principio de conservación de la energía —incluidos los niveles sutil, psíquico y espiritual— no podría estar mejor enunciado. Todo se mece y todo gira; todo *rocks* y todo *rolls*. Van Gogh tenía razón. En los cuadros del sublime pintor, cada pincelada se mueve y parece querer transformarse en cualquiera de las otras; todas fluyen y refluyen en una danza holística. No me extraña que saliera de noche a observar las estrellas —lo mismo que Ouranos, el rey atlante—. Posiblemente, Vincent tuvo muchas visiones cósmicas semejantes a las de Fritjof Capra.

Dentro de la ciencia, hipótesis, modelos y paradigmas bailan su *rock and roll* particular.

En el uraniano cielo, cúmulos y supercúmulos de estrellas también conciertan su movida y su danza visible e invisible.

El problema surge cuando queremos hacer programaciones temporales dentro del maremagno macro-microcósmico. Desgraciadamente, en nuestra Sociedad Actual no se vive conscientemente según las leyes del cielo; la sociedad no está organizada astrológicamente como en las antiguas culturas que dieron origen a nuestro pacto civilizador, de ahí que la demencia sea relativamente frecuente.

Hubo quienes se sintieron concernidos por el ensamblaje sincrónico cielo-tierra. La Máquina Cósmica de Sung Sung es un buen ejemplo de ello:

> En realidad, el reloj de Sung Sung era una torre astronómica de más de tres metros de altura, como el inventado por Chang, pero en la parte superior del aparato de Sung Sung había otro instrumento astronómico de bronce, de gran tamaño, llamado

esfera armilar, con el que se podía observar la posición de las estrellas. Una esfera celeste situada en el interior de la torre giraba sincronizada con la esfera de la parte superior, de modo que se podía comparar ambas constantemente.

ROBERT K. G. TEMPLE, *El genio de China*.

Lo significativo del ejemplo es la sincronización de las esferas armilares, que refleja la simultaneidad de las leyes de los cielos referidas a la Tierra. Si en nuestros quehaceres de importancia queremos hacer programaciones y grandes planteamientos, lo preventivo, saludable y sapiente sería hacerlo en consonancia con los ciclos del Devenir, como hacían los hijos del Celeste Imperio —para eso Sung Sung diseñó su máquina—. Paradójicamente, esa visión holística y dinámica antaño se entendía mejor que hogaño.

SATURNO: SATURNALES EN WOODSTOCK

Vamos a toda velocidad por la autopista, nos acercamos a la ciudad y... hay caravana. ¡Qué cambio de ritmo! Vamos a toda prisa al aeropuerto para coger el avión, creemos que vamos a coger el vuelo por los pelos y... está demorado, ¿y qué pasa con la conexión a...? "Se dará nueva información en treinta minutos"... O hay *overbooking*, o lista de espera, o...

Saturno nos pone en "lista de espera" en lo más enconado del torbellino acuariano. Lista, colas, y embotellamientos le rinden parsimonioso culto. El ritmo acelerado de Urano tiene su contrapunto en Saturno. Éste —regente nocturno— tiende a equiparar su actividad con la de aquél —regente diurno— en el Fijo signo de Acuario. El lento Saturno y el nervioso Urano son una pareja bastante dispar dentro de los procesos acuarianos y de nuestra vida moderna en general.

Urano nos sugiere la revolución, pero su idiosincrasia es la de un ideólogo, un comunicador, un promotor. Para que la revolución se lleve a cabo —sea ésta del tipo que sea— hacen falta medios. Saturno —

la estructura— nos ofrece los medios, pero no te regala nada y te lo regatea todo. Con el Señor del Umbral, hay que andarse con pies de plomo. En comparación con el dinamismo uraniano, su lentitud puede resultar exasperante.

No sólo los medios, también la burocracia, las leyes, los reglamentos..., todo lo que nos limita y frena el impulso vanguardista pertenece al ámbito saturnino. ¡Qué contraste! Las estructuras sociales siempre evolucionan más lentamente que los individuos originales. Cuando, por fin, se realiza una reforma, lo más probable es que ésta esté a punto de quedar desfasada y que comience a entrar en conflicto con la siguiente vanguardia.

Acuario es el signo de los colectivos, de los demás, de la gente. Su espíritu es paradójicamente individualista y gregario; genera tendencias masivas que cada individuo siente como propias y originales. En su contexto, a menudo se producen aglomeraciones; dentro de las aglomeraciones, atascos, y dentro de los atascos, una forma plúmbea de vivir eso que llamamos tiempo que pone a prueba la paciencia de cualquiera. Acuarianamente, queremos hacerlo todo tan rápido que todo parece ir lentísimo, y queremos ser tan originales que nos masificamos. Es el sino de nuestro tiempo.

> Cuando a las cinco y siete minutos del viernes el cantante negro Richie Avenís inauguró el festival y su canción *Freedom* llegó cálida de su boca desdentada a la multitud, ésta le tomó la palabra: la alambrada fue derribada sin aspavientos y Woodstock se convirtió desde ese momento en un "*free concert*". Los 100 policías de los alrededores, reforzados con algunos cientos de miembros de la Guardia Nacional, tenían suficiente trabajo con el tráfico, que se congestionó durante mucho tiempo en un radio de diez millas.
>
> UWE SCHULTZ, *La Fiesta, de las Saturnales a Woodstock.*

En el seno del signo de la ánfora, lo ideal es que Urano y Saturno se equilibren mutuamente. Si predomina Urano, se genera la extravagancia y la rebeldía sin sentido; si, por el contrario, Saturno se antepone a Urano, surgen los intereses creados.

En no pocos textos astrológicos, a Saturno —además de Sol— también se le considera relacionado con el padre. No deja de ser cierto que refleja cierta vertiente de la paternidad o del paternalismo, pero también tiene que ver con "el padrino".

Acuario es el signo de los enchufes en el doble sentido de la palabra. Tiene que ver directamente con la electricidad, pero también con las ayudas amistosas —Urano— dentro del ámbito profesional —Saturno—. Conlleva una "sutil" forma de concebir el tiempo. "Hoy por ti, mañana por mí", "Más vale tener amigos, porque nunca se sabe...", "La vida da muchas vueltas y es mejor tener amigos hasta en...". La forma saturnina de entender la amistad dentro del contexto acuariano es una apuesta de Futuro que busca concreción. La tarjeta de visita es un ofrecimiento amistoso, pero, a menudo, es también una insinuación profesional. "Los amigos están para ayudarse", diría alguien. Algunos lo llaman *networking*, lo que viene a decir, más o menos, que te hagas con una serie de conexiones "amistosas" para que te ayuden en tu carrera y en tus proyectos: Saturno enfría y concreta la amistad con su proteccionismo futurible.

Deliberadamente, Saturno te da las cosas poco a poco; nunca te lo da todo de golpe. El *hardware* —Saturno— de la informática —Acuario— es especialmente sensible a ese ritmo. Los inventos no te los venden de una vez, sino en partes. Si una nueva versión de un invento tiene varias aplicaciones, primero te venden una aplicación y, cuando pasa un tiempecito, te dicen que te venden la versión tal, punto tal, que tiene tal otra aplicación. Y así sucesivamente. Está programadísimo. Es más negocio. Y si quieres ampliar tu equipo o lo quieres reparar porque tal cosa ya no le funciona bien —esa disfunción también estaba programadísima—, lo más probable es que te digan que para eso es mejor que te compres otro aparato nuevo. El desfase está calculado y programado para que cualquier novedad parezca obsoleta en no mucho tiempo.

Claro que, lo mismo que le ocurre a las máquinas, le puede ocurrir a las personas. El ajetreo acuariano desgasta. Con tanto cambio de ritmo y tanto estrés, el factor humano también se queda obsoleto:

> El tiempo es su Mefistófeles. San Francisco, a ocho horas de vuelo, está hoy en lo que era un suburbio de Nueva York en tiempos de Jefferson; pero un minuto de ahora en la Bolsa de Wall Street pone más viejo que una semana en tiempos de Peter Stuyvesant.
>
> ARTURO USLAR-PIETRI, *La ciudad de nadie.*

Dicho sea de paso, el señor Stuyvesant era el gobernador de Nueva Ámsterdam cuando ésta pasó a llamarse Nueva York en 1664, y Mefistófeles en la ciudad de los rascacielos es algo así como una nueva versión de un viejo diablo. En cualquier caso, es cierto lo que dice Don Arturo: un minuto en la bolsa neoyorquina tiene que desgastar bastante.

En Tiempo Capricornio, decíamos que el tiempo es dinero, ¿sería posible invertir la frase en Tiempo Acuario y decir que el dinero es tiempo? Sí, puede que sí. Mi paisano Pablo Ruíz decía que le gustaría ser millonario para poder vivir como un pobre, que le gustaría tener mucho dinero para poder disfrutar de su tiempo como le diera la gana.

Sin embargo, hay no pocos multimillonarios que son pobres en tiempo. Pobrecitos.

18

TIEMPO PISCIS

EL TIEMPO DEL NO TIEMPO

> Y cuando hubieron probado el dulce loto, no volvieron a acordarse de su mensaje ni de regresar, pues, olvidados de todo, querían quedarse con los lotófagos y alimentarse de lotos.
>
> HOMERO, *La Odisea.* En el País de los Lotófagos.

> Después levantó a pulso un enorme bloque de piedra, tan pesado que veintidós sólidos carros de cuatro ruedas no hubieran podido mover, y lo colocó en su sitio. Esta era la inmensa mole de que se servía como puerta.
>
> HOMERO, *La Odisea.* En la cueva de Polifemo

En el capítulo uno de esta obra, *¿Qué es el tiempo?*, nos referíamos al binomio espacio-tiempo como la relación entre dos factores inversamente proporcionales. A mayor dominio del espacio, menor dominio del tiempo, y viceversa.

En Piscis, esa relación inversamente proporcional entre el espacio y el tiempo se lleva a su extremo. Piscis se decanta, de todas todas, por dominar el tiempo, y para ello sacrifica resignadamente el espacio. Piscianamente, dominamos el extraño fluido; lo subyugamos e incluso nos deshacemos de él; acogidos a los encantadores efluvios de este signo, nos olvidamos, cual lotófago, de lo temporalmente múltiple. Nos fugamos de los tiempos.

Después de ser desviados durante nueve días por vientos contrarios, en el mar fecundo en peces, Ulises y sus compañeros arriban al país de los lotófagos. Allí, el rey de Ítaca envía a tres de los suyos para que averigüen quiénes son los hombres que habitan aquellas riberas. Tienen que ir a por ellos. Olvidados y evadidos de todo y todos, tan sólo querían estos tres presuntos exploradores quedarse probando el dulce loto, y a la fuerza son sacados de aquella tierra, con lágrimas en los ojos, para embarcar de nuevo.

Habían perdido la noción del tiempo; liberados de la añoranza y de la esperanza, ni siquiera vivían el Presente; habían contactado con la gran Nada, con el Tiempo Absoluto[1] de los místicos. Piscis se dice que es "el hombre acabado", aquel que ya ha hecho todo lo que había de realizar, que ya ha purgado todo su karma y, redimido, retorna a su origen sobrenatural.

A continuación —y como reflejo del carácter dual del signo simbolizado por los dos peces nadando en direcciones opuestas, pero unidos por un lazo—, la nave de Ulises se aproxima a la tierra de los cíclopes. Allí han de realizar el otro lado del binomio: la reclusión en el espacio. Son capturados en la cueva de Polifemo; el gigante de un solo ojo cierra la puerta de la gruta con una enorme roca.

Los dos episodios, el del País de los Lotófagos y el del País de los Cíclopes, están relacionados entre sí dentro de la simbología del signo de los peces. Uno es la evasión del tiempo, el otro es la sumisión al espacio.

En Tiempo Piscis, se observa enseguida la oposición a Tiempo Virgo. El místico ha de dejar, como decía San Juan de la Cruz, "sus cuidados entre las azucenas olvidados". Se sale del tiempo de los cuidados, del tiempo encasillado virguero, para dejarse llevar por lo inefable fuera del tiempo.

En la reciente era Piscis-Virgo, se ha elaborado mucho la síntesis entre los extremos de esta polaridad. *Ora et labora* podría ser el benedictino lema. El encasillamiento en las labores inmediatas —*labora*— y la evasión de todo en el Todo —*ora*— se complementan. Cada uno de estos dos signos tiene su propia dualidad: Virgo, entre lo teórico y lo

[1] No confundir con el así llamado tiempo absoluto newtoniano, que es, prácticamente, todo lo contrario —aludíamos a él en Tiempo Virgo—. El Tiempo Absoluto de los místicos es delicuescente e ilimitado; el newtoniano pretende ser rectilíneo y objetivo.

práctico; y Piscis, entre la evasión de lo temporal y el confinamiento en la celda espacial.

Sirva de ejemplo el siguiente texto sobre la estricta vida monástica de los sufíes en tiempos de Abenarabi de Murcia:

> El tiempo libre que de esta organización fija quedase a los novicios debían emplearlo en sus respectivas celdas en ejercicios devotos o prácticas de piedad. Rezo de jaculatorias singularmente, prescritas en particular por el maestro de cada discípulo.
>
> MIGUEL ASÍN PALACIOS, *El Islam cristianizado*.

A muchos, semejante "tiempo libre" les parecería hoy en día atroz. Sin embargo, en un contexto pisciano, la reclusión solitaria en celdas y la repetición de mantras —las "jaculatorias" son oraciones breves— representan un intento de evasión de lo temporal; y más que un vulgar tiempo libre para mezclarnos con lo mundano a nuestro antojo, es una liberación de los tiempos habituales para sumergirse en la gran Nada del Tiempo Absoluto, compartiendo la misma libertad de la Divinidad. Tiempo más libre no puede concebirse.

AGUA: EXPERIENCIA OCEÁNICA

Howard Sasportas, en su obra *Las doce casas*, relaciona el arquetipo que se manifiesta a través de la Casa Doce, Neptuno y Piscis, con la vida intrauterina previa al nacimiento. Lo considero todo un acierto. En sus más íntimos estratos, Piscis siente la existencia como una caída, como un estado desvirtuado en relación a la experiencia oceánica y mística de la vida del feto. Eso en relación al *Eidolón* o alma vegetativa que habita en el seno materno durante el embarazo. Con respecto a la *Psiquis*, o alma propiamente anímica, y cuyo reflejo es la Carta Natal, la añoranza oceánica se refiere al estado incorpóreo de preexistencia; de alguna manera, queda una reminiscencia del paso de algunas almas por la vida entrevidas.

Piscis, como buen signo del elemento Agua, evoca el Pasado, pero el Pasado pisciano es remoto, es más que ancestral: es sobrenatural. El reino de Piscis no es de este mundo; desde esta óptica, este mundo es como un valle de lágrimas, un purgatorio al que hemos venido a redimirnos. Suena medieval, ¿verdad?

Cuando se corta el cordón umbilical que conecta al nacido con su madre es cuando comienza el tiempo de la existencia, de ahí que sea el momento adecuado para levantar la Carta Natal del individuo; no obstante, queda recuerdo, por tenue que sea, del estado anterior, del tiempo no existencial. En ningún signo es tan vívido este "recuerdo" como en Piscis; para la Psiquis —o alma evolutiva—, se trata de volver a la experiencia elísea del estado anterior a la manifestación corpórea. La reminiscente certeza, no explicada racionalmente, de este retorno se denomina fe.

En los otros signos de Agua —Cáncer y Escorpio—, aludíamos al Pasado. En el signo del cangrejo, se trataba de volver a empezar; en el arácnido Escorpio, se succionaba el Presente en el tejido emocional del Pasado. En el delicuescente Piscis, el Pasado es inefable; es una vaga sensación que, no obstante, puede llegar a ser tan potente como para transformar vocacionalmente la vida de una persona.

El Pasado se vive temporalmente como una relación con la inmensidad, como una nueva inmersión en el océano de lo absoluto. Es y no es extraño que místicos, poetas y narradores de lo insólito traten de expresar, con la aproximación del lenguaje, lo inexpresable. En los contextos marítimos o asilados es donde más se "percibe" el pisciano tiempo del No Tiempo, y ¿qué mejor contexto, pues, que las observaciones de un farero?:

> Pero más prodigioso que el saber de los viejos y de los libros es el saber secreto del océano. Azul, verde, gris, blanco, negro; tranquilo, agitado o montañoso, ese océano nunca está en silencio. (...)
>
> Y estas visiones eran tanto de las rutas que existieron o pudieron existir, como de las que existen aún; porque el océano es más antiguo que las montañas, y transporta los recuerdos y los sueños del Tiempo.

H. P. LOVECRAFT, *La nave blanca*.

¿Y qué es cualquier evento o relación en la vida de los humanos comparado con la inmensidad del océano? Los místicos no han dejado de planteárselo:

> Trozos de madera que flotan se encuentran sobre el océano y un instante después se separan. Lo mismo tu madre y tú, tu hermano y tú, tu mujer y tú, tu hijo y tú.
>
> VYASA, *El Mahabharata*.

En Tiempo Sagitario, considerábamos al ser sagitariano como un pontífice, entre este mundo y el trascendental, que conecta el tiempo de las ideas absolutas con el de lo mundano a través del punto común en el doble círculo del Infinito. En Tiempo Piscis, el alma está más purgada, tiene aún menos apego a lo cotidiano; no es vicaria de la realidad del otro lado, sino tránsfuga; es o muy cobarde o muy valiente. Piscis trata de evadirse desde los tiempos existenciales al tiempo pre- o postexistencial; trata de ser un navegante en el oceánico Tiempo Absoluto.

Su "relaciones personales" no se limitan a la gente de aquí. No nos extrañe que las personas que se zambullen en este arquetipo contacten con entidades que habitan más allá del tiempo. De hecho, nos ocurre a todos, sólo que a menudo no lo realizamos conscientemente.

> Las regresiones de Catherine abarcaban milenios. Cada vez que entraba en un trance hipnótico, yo no tenía idea alguna de dónde emergerían los hijos de sus vidas. Desde las cuevas prehistóricas hasta los tiempos modernos, pasando por el antiguo Egipto, ella había estado en todas partes. Y todas sus existencias habían sido amorosamente custodiadas por los Maestros, desde más allá del tiempo.
>
> BRIAN WEISS, *Muchas vidas, muchos maestros*.

Otros, los menos, son conscientes de estos contactos y lo expresan en lenguaje simbólico. Si te ocurre como al famoso médico del siglo XI,

Abú Alí ibn Sina, más conocido como Avicena, que estuvo prisionero e incomunicado en una remota fortaleza, podrías aprovechar como él lo hizo para contactar con seres más allá del tiempo:

> Mi nombre es Vivo; mi linaje, hijo del Vigilante; por lo que a mi patria se refiere, es la Jerusalén celestial. Mi profesión es estar viajando continuamente: dar la vuelta al universo hasta conocer todas sus condiciones. Mi rostro está vuelto hacia mi padre, y mi padre es Vigilante. De Él he aprendido toda ciencia, Él me ha dado las claves de todos los conocimientos. Él me mostró los caminos que deben recorrerse hacia las extremas playas del universo, de modo que para mi viaje, abarcando toda la circunferencia, es como si los horizontes de todos los climas se hallaran reunidos ante mí.

AVICENA, *Vivo hijo de Vigilante*.
Citado por GILBERT SINOUÉ en *Avicena o la ruta de Ispahán*.

Ya queda dicho que los estados de reclusión, como el arriba expuesto, son ideales para la inmersión en Tiempo Piscis. Es un tópico la pérdida de la noción habitual del tiempo en el claustro pisciano:

> Heme triste cuitado
> En esta prisión,
> Que no sé cuándo es de día
> Ni cuando las noches son,
> Sino por una avecilla
> Que me cantaba al albor...

ANÓNIMO, *Romance del rey cautivo*.

Las luminarias siempre han servido de forma natural para tener sensación de tiempo existencial. El rey cautivo del poema medieval se quejaba de no poder seguir el curso del tiempo desde su celda; en cambio, para la abadesa benedictina Hildegarda de Bingen, perder el contacto temporal-existencial con el Sol y la Luna no es una pena, sino una consecuencia de la visión de la luz ultramundana y ultratemporal:

> Y el sol, la luna y las estrellas brillan en el cielo con todo su fulgor, cual piedras preciosas engastadas en oro. Su curso inquieto para separar el día y la noche ha terminado. Han devenido inmutables desde que el mundo ha desaparecido. Las tinieblas de la noche no volverán a levantarse y el día no terminará, como afirma Juan, mi predilecto: "No habrá ya noche, ni habrá necesidad de luz de antorcha ni de luz de sol, pues el Señor Dios los iluminará con su luz".

MUTABLE: EL MENDIGO SE BURLA

Piscis, acuáticamente, vive el Pasado y añora, en el nivel de *Eidolon* —de alma vegetativa—, el mar amniótico del tiempo nonato —que se intenta reproducir en experiencias modernas, haciendo flotar a personas en tanques aislados de agua templada—; y en el ámbito psíquico, añora, asimismo, el océano emocional elíseo de los períodos entreexistenciales — "los campos de Iaru", según los egipcios—.

Como Mutable, también se relaciona con el Pasado. Esta vez no como búsqueda del estado añorado, sino como mutación. ¿Qué se muta en Tiempo Piscis? Precisamente, el misterioso fluido: el mismísimo tiempo.

> Hace ahora ya mucho tiempo que lo conocimos, pero ¿qué es "mucho tiempo" y qué es "ahora ya", cuando tenemos una valla que nos cerca?
>
> FELIPE JUARISTI, *Más leve es el viento, Absalón.*

En Piscis, el tiempo se traiciona a sí mismo; es un borrón y cuenta nueva, un acabose de los tiempos. En un contexto propiamente pisciano —como es el que describe Juaristi en la obra arriba citada: un manicomio—, no solamente se pierde la noción del tiempo cotidiano —como le ocurría al rey cautivo del romance medieval—, es que, además, se puede tener consciencia plena del final de los tiempos. Todos los tiempos analizados en esta obra hasta ahora tienen, cada uno, su razón de ser y su utilidad, pero llegados a Piscis —el más refinado de los signos—, el mismo tiempo experimenta una profunda mutación. Pasamos de unos tiempos profanos a un Tiempo Sacro, en el que los anteriores se disuelven. El ser pisciano se queda "colgado", se desvanece y se olvida de los relojes. No se sabe lo que es la prisa o la lentitud; el Pasado ordinario no afecta, el Futuro es impotente; el Presente, un espejismo; el Condicional, ridículo.

A menudo, los humanos se sienten preocupados ante uno de sus congéneres en tal estado de laxitud, pero "el colgado", sea místico, drogado, borracho, poeta o mero soñador —al igual que los compañeros de Ulises en el País de los Lotófagos—, no quiere que lo "despierten", porque cree que los "dormidos" somos todos los demás —los que nos creemos despiertos—. La realidad, la vulgar y cotidiana realidad, es *Maya* —la ilusión—.

Un borracho se sienta sobre la hierba, con un cartón de vino, y canturrea y se ríe de los transeúntes. ¿Quién es el borracho, el engañado, el que vive la realidad, y quién el que vive la ilusión? ¿Te ríes tú de él o se ríe él de ti?, ¿quién tiene derecho a sentir lástima por quién?

El Buda no puede menos que sonreír a la ilusión que cotidianamente vivimos tú y yo. En el lenguaje actual, nos diría —o al menos pensaría— que somos unos "colgados", unos "zumbados" o unos "enganchados", de tantos y tantos apegos que tenemos.

En cierta ocasión, me encontraba en una cola esperando cobrar una paga. Se nos acercó un hombre descalzo, desgreñado y sucio —el mendigo del barrio que vivía en un descampado urbano—, que poco menos se reía de nosotros; nos increpaba jocosa e irónicamente, haciendo referencia burlescamente al tiempo y al dinero, y nadie le hacía caso. Su figura y sus palabras se me quedaron en la cabeza. Ahora —años después— me doy cuenta de que era un liberado: un transmutador de los tiempos. Pasado, Presente, Futuro y Condicional no lo acosaban. Vivía una extraña alegría; era un liberado viviente; si hubiera nacido en Oriente, posiblemente hubiese estado mucho mejor considerado socialmente; sería un *sadhu*. Si yo tuviera un centro bien montado de cultura alternativa, alojaría a alguien como él y le pediría que nos aleccionase. ¿Cuál es su tiempo? Es el tiempo del No Tiempo; no vive pendiente del reloj ni de los horarios; no vive acosado por sus anhelos o ambiciones; no vive afectado por recuerdos o añoranzas; el Presente inmediato apenas si tiene que ver con él; al no vivir condicionado, el Condicional ni se le aproxima. Nos ve a los demás como quien ve una película mal hecha.

De todos modos, el mendigo hubiese estado mejor si se hubiese lavado y se hubiese acicalado un poco. El agua, que en ocasiones puede ser destructiva, puede ser también un elemento purificador. El agua transmuta, redime, purifica. La transmutación por medio del agua recibe un nombre: bautismo. A través de esta ceremonia, Piscis expresa su cualidad más Mutable.

El bautismo tiene una forma singular de relacionarse con el tiempo. Aporta una nueva vida. Lo anteriormente vivido es un Pasado del que nos despojamos. El agua se lleva los pecados; el cúmulo de experiencias y vivencias que hasta entonces componían la urdimbre de nuestra vida se convierte en agua pasada. Es frecuente que las personas que entran a formar parte de una comunidad religiosa reciban un nuevo nombre; su vieja identidad muere.

Puede ser un fenómeno colectivo, una pléyade de personas acuden a un río sagrado a purificarse. Al dejar el agua, han de salir de forma diferente a como entraron. Una mutación psíquica tiene lugar. La inmersión en el líquido elemento conlleva también un diferente tratamiento en el orden de los tiempos; esas personas venían de sus circunstancias y quehaceres habituales, vivían la diversidad de los tiempos profanos; al sumergirse, se sumergen en otra forma de vivir eso que llamamos tiempo: se sumergen en lo inefable, un tiempo mudo y disolvente. Es una especie de "tiempoterapia".

Me atrevería a insinuar que, bien considerado, es la única terapia posible y que la inmersión en tal Tiempo Absoluto aporta un agua de vida que transforma a la persona en un ser nuevo. El tiempo, en sí mismo, es el gran sanador universal:

> El tiempo hace olvidar los dolores, extingue las venganzas, apacigua las cóleras y ahoga el odio; entonces, el pasado parece no haber existido nunca; los aflictivos dolores y las súbitas pérdidas no se toman ya en consideración; Dios no hace distinción alguna entre la compensación y el don gratuito, entre la iniciativa de su gracia y la recompensa; los siglos que pasan, las vicisitudes del tiempo borran cualquier relación causal.
>
> AVICENA, *Tratado sobre el Destino*.

YO HABÍA SIDO: MI NOMBRE ES NADIE

En Piscis, nos encontramos en el Pasado (Mutable) del Pasado (Agua). Viajamos hacia atrás, hacia el Pasado, y una vez posicionados en él, consideramos lo que ya entonces había ocurrido.

El "hombre acabado pisciano", al ser el exponente del último arquetipo zodiacal, de alguna sutil forma, ha pasado ya por todas las demás fases de experiencia. En su estado más elevado, es el místico, el liberado, el que ha soltado sus vínculos con la existencia. En su nivel más bajo, cae en lo encenagado y enfermizo, absorbe como una esponja los males y vicios del mundo.

En el capítulo precedente, dedicado a Tiempo Acuario, el ser interrogado sobre su identidad respondía: "Soy legión", oponiéndose a la singular autoafirmación leonina: "Yo Soy". En Acuario, el individuo se disgrega y se hace gregario, su carácter es plural. Por contraste, en el ámbito pisciano, el individuo pierde toda su identidad y no se afirma, ni en plural ni en singular; sencillamente, niega su ego en la nada del No Tiempo. "Mi nombre es nadie", hace decir Homero a su héroe zodiacal, Ulises:

> Me preguntas, Cíclope, mi nombre ilustre. Te lo diré y me harás el presente hospitalario que me has prometido. Mi nombre es Nadie. Mi padre y mi madre y todos mis compañeros me llaman Nadie.

En la nada del No Tiempo, la identidad egoica se disuelve. Al final de nuestro camino, nos damos cuenta de que no somos nadie, que todas nuestras identidades no son sino disfraces, ropajes raídos que ya no sirven. Se aprende la gran lección de la humildad, puesto que los afanes mundanos muestran toda su caducidad, vapuleados por las inquietas aguas de los tiempos.

En caso de antagonismo, también se ha dado en llamar a Piscis "el enemigo oculto". No podría ser de otra forma, ya que carece de identidad. En el ejemplo homérico, Polifemo, herido, llama con grandes voces a los cíclopes de los alrededores:

> —¡Oh, amigos! ¿Que quién me mata con fuerza o con engaño? Nadie.
>
> Y ellos le respondieron con palabras aladas:
>
> —Ciertamente, si nadie está contigo, nadie puede hacerte mal. Pero no se puede eludir lo que envía el gran Zeus. Ruega a tu padre, el rey Poseidón.

En contextos piscianos, no es difícil que se den casos de abandono del ego habitual junto con abandono del sentido del tiempo. Ya hemos mencionado como ejemplos los casos de un manicomio y de un faro. Pero ¿y si hubiese algún ser humano que viviese en el mar, dentro del mar, al igual que los peces?, ¿cómo serían su identidad y su forma de vivir eso que llamamos tiempo? Aunque, se alegará, nadie vive en el mar; nadie tiene su hogar dentro de las aguas. Precisamente: Nadie vive en las aguas.

> —Una última pregunta, comandante... —dije, en el momento en que el extraño personaje parecía dispuesto a retirarse.
>
> —Dígame, señor profesor...
>
> —¿Qué nombre debo darle?
>
> —Para ustedes —contestó el comandante, mirándonos a los tres—, soy sencillamente el capitán Nemo.

Nemo es una palabra latina que significa lo mismo que le dijo Ulises al cíclope: 'Nadie'. El genio de Julio Verne, en su famosa obra *Veinte mil leguas de viaje submarino*, concibió un ser que vivía, lo mismo que los peces, en los confines de Neptuno, y que había roto con la identidad que había tenido cuando habitaba sobre tierra firme.

Cautivos, marinos, mendigos, borrachos, médiums, faquires, perdularios, mártires, drogados, melómanos, santos extasiados y soñadores de toda laya. Todos ellos tienen en común la disolución del ego y la fuga de los tiempos.

Conectados a Tiempo Piscis, parece que ya todo hubiese ocurrido, incluso el Futuro. El tridente de Neptuno es la unificación de Pasado, Presente y Futuro en una sola realidad, en un tiempo que es trino y que es uno.

En el mundo de los sueños, en el nivel onírico, no hay particiones temporales. Piscis, al igual que el poeta, considera que la vida es sueño y percibe el estado de vigilia con la misma síntesis de los tiempos que cuando duerme. Piscis es un gran evocador del Pasado, pero con semejante facilidad ve de forma premonitoria el Futuro. No porque intente averiguar lo que va a suceder, sino porque el Futuro, incluso el Futuro para Piscis, ha ocurrido ya. En eso, el tiempo de los peces se parece a Tiempo Hécate, que describíamos en el capítulo dedicado a Cáncer. Hécate cierra el ciclo mensual de las fases de la Luna; Piscis completa el recorrido anual del Sol por el Zodiaco.

Ha habido no pocos casos de avisos premonitorios antes de que ocurriesen eventos psíquicamente impactantes. El hundimiento del Titanic, el asesinato del presidente Kennedy... Calpurnia, mujer de Julio César, soñó con la muerte de su marido a manos de conspiradores días antes de que Bruto y sus cómplices lo traicionaran y acabaran con él. Abraham Lincoln se vio a sí mismo, en un sueño, dentro de un ataúd y días después moría en la ópera víctima de un pistoletazo. Algunos "avisos" son ricos en detalles:

> ...el popular Magazine publicaba una novela corta de Mayn Garnett, cuya heroína era una joven que viajaba en el mayor transatlántico del mundo. Cerca de Terranova, un iceberg rompe el casco del navío, provocando el mayor naufragio de la historia. Siete días después de la aparición de la revista en los quioscos de

periódicos el 7 de abril, el Titanic, potente vapor reputado como insumergible, era hundido por un iceberg en el Atlántico norte, exactamente igual que en la novela.

ANDREW TOMAS, *La barrera del tiempo.*

El 14 de abril ocurrió lo que se había publicado el 7 de abril de ese mismo año (1912).

Si hay quienes ven el Futuro como si ya hubiera pasado, quizá —y esto es una conjetura— es que el Futuro ya ha ocurrido. Todo puede haber ocurrido ya; puede que ya hayamos tomado todas nuestras decisiones en la vida y ahora estemos viviendo "a cámara lenta" las consecuencias de nuestras actitudes morales para ser más conscientes de ellas. La existencia —incluido lo que nos parece que es el Futuro— sería una repetición. La clarividente es aquella persona que se da cuenta de ello y te cuenta el desenlace de "la jugada" antes de que termines de ver la "repetición". La existencia sería —sigo con la conjetura— una reposición en diferido.

Según esta visión del tiempo, todo había sucedido antes de que ocurriese. El Titanic ya se había hundido antes de zarpar, J. F. Kennedy ya había sido asesinado antes de proyectar su fatídico viaje a Dallas..., etc. Suena bastante "piscimista", perdón, pesimista, ¿no es cierto?

NEPTUNO: ¡REDIMÍOS, PECADORES! EL FINAL DE LOS TIEMPOS SE APROXIMA

... El sertón —tierra árida— se volverá playa y la playa se volverá sertón (...). Ha de llover una gran lluvia de estrellas y ahí será el fin del mundo. En 1900 se apagarán las luces.

Prédica de ANTONIO CONSELHEIRO
a sus seguidores en Camudas, Bahía (Brasil).

El plutoniano Escorpio siente el tiempo como una muerte desgarradora; el jupiteriano Sagitario vive la alegría de la vida después de la muerte y nos trae la buena nueva; el neptuniano Piscis se va del tiempo. Tiempo Piscis es un *re-ligare* en el que el alma anhela retornar a las aguas primordiales de las que provino. En realidad, es un *des-ligare* al servicio del *re-ligare*. Se deshace de lo mundano, incluida la voluntad y el ego que nos sirven para sobrevivir en el mundo, para retornar a la realidad ultramundana. Se evade del mundo al *tras*-mundo, del tiempo al *tras*-tiempo. Se deshace del sentir de los tiempos para sumergirse en el gran océano de lo absoluto.

> La Astrología tiene símbolos planetarios para describir todos los impulsos humanos, y el anhelo de redención es tan humano como los demás. Y su símbolo es Neptuno, el dios romano de las profundidades del mar. (...) El anhelo de redención es el deseo de disolverse en las aguas —maternales, cósmicas o ambas— del tiempo anterior al nacimiento.
>
> LIZ GREENE, *Neptuno*.

Tiempo Piscis, especialmente en su vertiente más neptuniana, nos lleva a las aguas de la Conciencia. Entramos en valoraciones —aún más que en el filosófico y justiciero Sagitario—. Sentimos nuestras faltas y aparecen las consiguientes culpas y gracias. Una vez caídos, podemos sentir la necesidad de redimirnos de nuestros pecados. Cuando se aproxima el final de los tiempos, el Bien y el Mal dejan de ser conceptos relativistas para aflorar como palpitantes realidades. No caben las argucias intelectuales ante la inminencia del *re-ligare* con la Divinidad. Tiempo Piscis es un tiempo redentor, en el que sentimos la imperiosa necesidad de purgar el karma acumulado.

Este planetita (Tierra), al fin y al cabo, qué es sino un purgatorio —entre paraíso e infierno— en el que las almas encarnadas vienen a aprender y a purgarse, y, una vez redimidas, volver a su esencia original.

En Tiempo Piscis, hay cabida para la culpabilidad y para el complejo de culpabilidad. Este último, aunque parezca extraño, también tiene su relación con el tiempo. He aquí un ejemplo histórico de ello:

> Cuando los sobrevivientes de la expedición de Magallanes volvieron a España a bordo de la nao Victoria, al mando del capitán Elcano, el 7 de septiembre de 1522, descubrieron con gran estupefacción que, a pesar de la extrema precisión con que habían llevado el libro de a bordo, faltaba un día entero en la relación de su viaje hacia Occidente alrededor del globo. Como resultado de ello, los marineros no habían celebrado los días de las festividades religiosas en sus fechas apropiadas, y la Iglesia les impuso una sanción.
>
> ANDREW TOMAS, *La barrera del tiempo.*

¡Vaya penitencia que les tuvieron que echar! La polaridad con Virgo le juega estas pasadas a Piscis. En el capítulo dedicado a Tiempo Virgo, aludíamos a la línea de división de la hora. Phileas Fogg, el singular personaje de la obra de Julio Verne *La vuelta al mundo en 80 días*, ganó un día en su apuesta al viajar hacia el Este; Elcano y sus sufridos compañeros lo perdieron al viajar hacia el Oeste.

En su vertiente romántica —muy acentuada, por cierto—, Piscis quiere hacerle una jugarreta al tiempo. Sabe que en el fluir de las vicisitudes todo se desvanece, pero su exquisita sensibilidad a veces le lleva a idealizar lo que ama. Sólo hay una forma de hacer perdurar el amor mundano en el tiempo, y es idealizando "fantasmas":

> —Cierto día vi en Atenas una urna que mostraba de un lado un hombre y del otro una mujer. Ambos corrían desenfrenadamente. La distancia que los separaba era la misma, y no podía ser de otra manera dado que la urna era circular. Entonces me pregunté: ¿cuál de los dos ha sido herido por la flecha de oro de Eros? ¿Y cuál por la de plomo? Por la expresión de los rostros no se podía deducir, dado que ambos estaban desesperados: sólo que uno por demasiado amor y el otro por miedo. Pues bien: has de

saber que este hecho de perseguir al bienamado sin poder alcanzarlo jamás es la única posibilidad que tiene el amor para resistir el desgaste del tiempo.

LUCIANO DE CRESCENZO, *Panta rei.*

Piscis acepta vivir en lo imaginario a cambio de prorrogar el amor en el tiempo. Los amores, así llamados "platónicos" duran mucho más que los habituales. En caso de tener que despedirse de su "bienamado" o "bienamada", vive la despedida de forma lacrimógena y sublimada. Lo ido, o lo definitivamente perdido, alcanza ribetes muy poéticos, que se pueden degustar con agridulce delectación durante mucho tiempo.

¡Oh, profeta, ser perverso! —dije—. ¡Pájaro o demonio!
Por el cielo que nos cubre y el dios que ambos adoramos,
Di a esta alma dolorida si algún día en el Edén
Besaré a la santa joven que Lenore llaman los ángeles,
La rara y radiante joven que Lenore llaman los ángeles.
Dijo el cuervo: "Nunca más".

EDGAR ALLAN POE, *El cuervo.*

Tras el engaño, acecha el desengaño y Piscis comprueba —siempre lo ha sabido— que todo es producto de su fantasía; pero también ha comprobado que lo que no es su fantasía también es fantasía. Al fin y al cabo, como dijo el poeta, la vida es sueño.

Cuando no se implica en lo mundano, Neptuno nos hace comprender la futilidad de todas las cosas; nos hace ver nuestra ilusión como una más dentro de lo ilusorio de todas las cosas de este mundo y nos induce a no apegarnos a lo impermanente.

Los monjes tibetanos, por ejemplo, realizan preciosos mandalas —diseños simbólicos de forma circular que expresan estados armoniosos no expresables con palabras—. Inclinados sobre el suelo, trabajan laboriosamente dibujando formas geométricas muy bellas con polvos de colores. Pasado un tiempo, tras la finalización de la obra, ellos mismos lo destruyen, expresando con ello su aceptación de la transitoriedad de toda creación humana.

En mi ciudad natal, existe una campaña denominada "Salvemos la catedral", a través de la cual, unos cuantos que dicen que la catedral es de todos —en realidad es de una comunidad eclesiástica— piden dinero y más dinero para intentar eternizar lo que es impermanente. De camino, y a propósito, quieren masacrar un conjunto de gaviotas, porque dicen que con sus excrementitos dañan la vetusta mole del edificio. ¡Si Francisco de Asís levantara la cabeza!

En otras coordenadas tempo-espaciales, han prevalecido ideas más consecuentes con el fluir de los tiempos:

> En Siam se ve muy claramente el resultado de las enseñanzas budistas: "Nada hay duradero para el hombre en la tierra". La tradición histórica, el sentido de continuidad en las normas o en la mentalidad falta completamente entre las gentes. Las casas, los templos, incluso las ciudades, se arruinan y decaen. Nadie alarga una mano para salvarlas. Las malas hierbas crecen y las ahogan, y perecen. No hay mérito alguno en "reparar" un templo o una pared que otro construyó; de modo que cuando un templo cae se construye otro nuevo, sólo para que vuelva a caer a su debido tiempo, como signo de la inestabilidad de todas las cosas...
>
> REGINALD LE MAY, *Una arcadia asiática.*

En un contexto auténticamente neptuno-pisciano, la visión del tiempo puede parecer indolente o fatalista; sin embargo, bien mirado, revela una profunda sabiduría y un alto sentido de la espiritualidad. En el fondo, la auténtica religión es un replanteamiento del sentido del tiempo, en el que nos atenemos a lo intangible imperecedero y no a lo material, que siempre es alterable por el fluir de la intemperie y de los acontecimientos.

Cuando no hace mucho, los talibanes afganos bombardearon las grandes estatuas de Buda que había en Afganistán, ningún auténtico budista lo lamentó, sus creencias le impiden hacerlo, por cuanto las estatuas, es sabido, son perecederas. Otro ejemplo de lo que digo es lo que hacen los devotos de la diosa hindú Durga: crean un trono con una efigie de la deidad y ritualmente lo arrojan al río Ganges para que se hunda en las aguas sagradas. No adoran la estatua, lo perecedero —eso sería idolatría—, sino lo imperecedero abstracto representado en el símbolo. La verdad, no me imagino a los devotos españoles, tan apegados a las estatuas de sus vírgenes, arrojando sus estatuas al mar o a los ríos para no apegarse a las estatuas perecederas.

En Birmania (actual República de Myanmar), existió una vez un reino llamado Pagán. En él, un monje astrólogo le dijo al rey que, cuando finalizase la construcción de una gran pagoda budista que se estaba erigiendo, su reino sería destruido.

Como consecuencia de ello, la pagoda estuvo sin construirse varios años. Pasado ese tiempo, el mismo monje astrólogo aconsejó al rey que concluyera la pagoda.

—¿Y mi reino?— preguntó el rey.

—Da igual, todo pasa; tu reino pasará y también el de quien lo destruya.

El rey ordenó que se finalizara la construcción de la pagoda. Diez años más tarde, las tropas del emperador mongol Kubilai Khan destruyeron el reino de Pagán. Ahora el imperio de Kubilai tampoco existe.

JÚPITER: RÉCORD GUINESS DE ASISTENCIA MULTITUDINARIA

Siendo Piscis un signo Mutable, es de esperar que su regente *Yang* (Neptuno) tienda a transmutarse alquímicamente en su regente *Yin* (Júpiter). En el capítulo dedicado a Tiempo Sagitario —signo que comparte planetas regentes con Piscis, en sentido inverso—, veíamos el ejemplo de un peregrino que, una vez expandido su Fuego en la andanza del camino, lo transmuta ante la llamada del mar. En la psiquis sagitariana, tras el Fuego —viaje, búsqueda o exploración—, viene el Agua —experiencia mística emocional—.

En el contexto housepisciano, en cambio, es al revés: tras el Bautismo de Agua, deviene el Bautismo de Fuego. Tras la recepción emocional, mística y mundanamente pasiva, se manifiesta la lengua de fuego que brilla sobre la cabeza del devoto.

"Id y predicad a los gentiles". El sentimiento mueve, induce a viajar... Se puede manifestar como un afán ecuménico que transporta al misionero a lo lejano. Piscis, tímido e inseguro de por sí, cobra seguridad cuando no es a sí mismo a quien representa, sino que obra movido por el fuego del espíritu.

Llegamos al último apartado de nuestro periplo por las diversas formas de vivir eso que llamamos tiempo. Nos encontramos en el ámbito más sutil del punto evolutivo más avanzado para nosotros, los simples mortales. No obstante, pareciera que, aunque hubiese algo de despedida, al final del viaje se emprendiese el nuevo, definitivo y auténtico viaje.

Es como si nos fuéramos de este mundo, pero no por mera aniquilación, sino para adentrarnos en "el reino de los cielos", lo que, al fin y al cabo, prometen todas las religiones. ¿Qué es eso del "reino de los cielos"? ¿Es otra forma de vivir el tiempo? Erich Von Daniken, en su obra *Regreso a las estrellas,* cuenta que, en un viaje a la India —en la universidad de Bangalore, capital del estado de Maisur, en el sur de la India— le explicaron que, según el *Mahabharata*, mil doscientos años de los dioses equivalen a trescientos sesenta mil ochocientos años humanos. ¿Es ese tiempo divino absoluto o relativo? ¿Y qué "anticipos" puede haber de esa serenidad que fluye más lenta que lo mundano? Arte, drogas, religión... o una combinación de ellos.

En Tiempo Sagitario, citábamos la *Oda a la alegría* de Schiller: "Alegría, bello fulgor de los dioses, hija del Elíseo". "Elíseo" es el nombre que recibe el estado de bienaventuranza en el periodo entrevidas. ¿Se experimenta allí una vida eufórica, una dilatación en el tiempo que insufla entusiasmo en la atribulada alma humana? ¿Podemos participar olímpicamente de un tiempo inmortal? ¿Podemos ser como dioses en el mundo de los principios puros?

¿Acaso no tiene el ser humano una sed de vida, un anhelo de superar el estado de caída que nos supuso el nacimiento? ¿Por qué se repite, insistentemente, la palabra "cielo" y sus derivadas "celeste" o "celestial" en lo religioso?

Piscis, "el ser humano acabado", intuye fuertemente mediante su fe e intuición que todo empieza cuando todo acaba. Todo lo que hace, lo hace para ganar el Cielo. ¿Cómo podríamos entender el tiempo en clave celestial?

El ARTE nos aproxima a este estado y a este tiempo. La RELIGIÓN nos lo promete tras la muerte física —con algún anticipo debido a los éxtasis místicos—. Y la DROGA, a los no espiritualmente evolucionados, les depara un batacazo considerable, pero a los que han alcanzado el suficiente nivel de consciencia, les abre las puertas del Cielo y les hace gozar del inmortal tiempo olímpico.

Refiriéndose al *Soma* —bebida espiritual de los antiguos pueblos iranio y védico—, Antonio Escohotado, en su *Historia de las drogas*, cita el siguiente texto védico:

> Hemos bebido soma, nos hemos hecho inmortales; llegados a la luz, hemos hallado a los dioses. ¿Cómo podría tocarnos ahora la malicia del mortal?

Y nos comenta:

> Se recordará que la "excursión psíquica" o viaje extático del chamán tenía como núcleo (tras el episodio inicial de vuelo mágico) una experiencia de muerte y renacimiento. (...) "El hombre es en realidad un no nacido; nace por el sacrificio del soma". Antes de celebrarlo ha sido un sonámbulo dominado por la mezquindad. (...) Pero el nacimiento contiene también la experiencia de morir anticipadamente o, en otras palabras, que el fiel se vea morir y ya muerto. Justamente porque la iluminación hace "atento" al hombre, dicen los himnos, "soma confiere inmortalidad a los dioses".

La combinación de ARTE, DROGA y RELIGIÓN confiere al simple mortal, lo suficientemente crecido en el espíritu, la posibilidad y la capacidad de hacer un buen Viaje. Comparados con este "viaje", los viajes mundanos e incluso los espaciales extraterrestres son una nadería. Este viaje consiste en ir al mundo de los dioses inmortales antes de morirte físicamente. Consiste en irte a la vida después de la vida, al tiempo después de los tiempos, y volver para contarlo, ¿contarlo?

"La Iluminación", "el bello fulgor de los dioses", son expresiones para intentar traslucir lo inefable: el "Fuego del Espíritu", la luz más allá del nivel emocional vulgar.

Piscis se fuga del tiempo; se sale de todos los tiempos arquetípicos comentados en este libro —incluso del suyo propio—. Toda la mística —incluida la marejadilla de la Física moderna— es un gran intento de fugarse de lo que habitualmente entendemos por tiempo, de la relación causa-efecto —del antes y el después— implícita en el uso vulgar de la temporalidad.

> El tiempo, el espacio y la causalidad son como el cristal a través del cual se ve lo Absoluto... En lo Absoluto no hay ni tiempo, ni espacio, ni causalidad.
>
> SWAMI VIVEKANANDA

En la Nada está el Todo, en el No Tiempo está el Tiempo Absoluto. La Mística se resume en un viaje desde los tiempos al No Tiempo.

> Las tradiciones espirituales orientales muestran a sus seguidores varias formas de ir más allá de la experiencia ordinaria del tiempo y de liberarse a sí mismo de la cadena de causa y efecto —de la esclavitud del karma—, como dicen los hindúes y los budistas. Se ha dicho, por tanto, que el misticismo oriental es una liberación del tiempo. En cierto modo, lo mismo puede decirse de la Física relativista.
>
> FRITJOF CAPRA, *El Tao de la Física.*

Se diría que estos conceptos o vivencias —o como queramos llamarlo— son para unos pocos, para sólo algunos seres purificados y atrevidos. Nada más lejos de la realidad. En realidad, la forma jupiteriana

—el viaje o la celebración festiva— de vivir Tiempo Piscis —la evasión mística del tiempo ordinario para comulgar con lo Absoluto— es lo que más gente congrega.

En la ciudad india de Haridwar, a orillas del Ganges, se celebra un *Kumba Mela* —reunión supermultitudinaria de *sadhus* (sabios desnudos, liberados vivientes), peregrinos, adeptos, renunciantes y demás devotos— cada doce años, por indicación astrológica. Muy significativamente, cuando Júpiter está en el signo zodiacal de Piscis. Idóneo, por tanto, para viajar al Tiempo Más Allá del Tiempo.

En el *Kumba Mela* de Allahabad, el 6 de Febrero de 1989, se llegaron a reunir quince millones de personas —registrados en el libro *Guiness de los Récords* como la congregación humana más multitudinaria de la historia—. Motivo: sumergirse ritualmente en las aguas del río Ganges para sentir y realizar la inmersión en el tiempo de lo Absoluto.

Tal Bautismo de Fuego —la Luz de lo Absoluto— que transmuta el Agua —la emocionalidad temporal ordinaria— tiene su preciosa expresión en el ritual denominado *Ganga-arthi*. Al final del *Kumba Mela*, al atardecer, los *brahamines*, encargados de realizar los oficios y de recitar los mantras, depositan pequeñas bandejas con luces encendidas sobre las aguas del río sagrado. A continuación, se eleva al cielo un armonioso y vibrante canto entonado por la muchedumbre, y miles de bandejas navegan por la superficie transportando luces y ofrendas. Una multitud de lenguas de fuego parece surgir del caudal milenario del Ganges. Es fácil dejarse arrebatar por la belleza indescriptible del magno y humilde acontecimiento.

Alquimia de la Vida: el Agua de Neptuno se ha transmutado en los rescoldos de Júpiter.

PARTE 4:

¿CÓMO JUEGAN?

19

INTERACCIONES

LA QUIMERA DEL TIEMPO

Y el Tiempo, como nos ha enseñado nuestro siglo, es una quimera.

LARRY DOSSEY, *Espacio, tiempo y medicina.*

Pero una quimera, señor Dossey, como nos lo enseñan todos los siglos, es un ser cuyas partes están constituidas por otros seres. La Esfinge de Gizeh, por ejemplo, es una quimera, pero que atesora en sí el misterio del Tiempo y de los tiempos. El aprendiz de sabiduría se va dando cuenta de que la Realidad es esencialmente quimérica, de que todas las formas y todos los conceptos son emanaciones evanescentes sin realidad por separado y, sin embargo, todas y todos forman parte de la Gran Realidad; todo baila en la mente del Logos; el universo es mental y la Mente juega con todo y con todos en el Todo. Los tiempos no son una excepción. El Tiempo puede concebirse como un lúdico malabarista o prestidigitador que ora te muestra una faceta, ora te ofrece otra, pero todas ellas están engarzadas dentro de un mandala quimérico común.

Esta obra, *Los Tiempos de los Signos*, pretende expresar esta lúdica multidimensionalidad. En los doce capítulos precedentes, nos hemos asomado a formas arquetípicas de vivir eso que llamamos tiempo. No obstante, cada tiempo zodiacal no es un compartimento estanco, no es un casillero, no es una cápsula. Los Tiempos Zodiacales, así como los *planeterios*, elementales y modales, interactúan entre sí. Están continuamente interrelacionándose. No se están quietos, forman parte de un gran telar cósmico en el que la mano de una invisible Penélope no para de tejer y destejer.

El Tiempo es una Quimera porque la Realidad lo es. ¿Qué conocimiento tenemos de los seres que nos componen y del Ser del que formamos parte? Todo participa de la Gran Quimera, preñadísima de miríadas de paradojas.

Del mismo modo que partiendo de unos pocos colores básicos se puede formar una gama cromática prácticamente infinita, partiendo de algunos tiempos básicos se puede crear, por combinación, una amplia gama de tiempos con un número prácticamente infinito de matices. Estas combinaciones se generan espontáneamente, pero nosotros podemos canalizarlas conscientemente.

En la vida de algunas personas, quizá por vocación o por predilección, se puede desarrollar predominantemente un tiempo zodiacal más que los demás. Un fraile que lleve una vida conventual, por ejemplo, es lógico que desarrolle más Tiempo Piscis que cualquier otro durante la mayor parte de su vida; o un agente de comercio puede ser diestro en Tiempo Géminis. Pero todos podemos hacer combinaciones:

—Podemos cambiar, quizá conscientemente, de un tiempo a otro.

—Podemos vivir la crisis de transición entre dos tiempos.

—Podemos vivir sus contrastes —concordantes o discordantes—.

—Podemos participar —incluso desde el nivel quintaesencial— de una síntesis de tiempos—.

El lenguaje que se emplea en estos párrafos puede parecer abstracto; sin embargo, la vida nos ofrece abundantes casos, muy concretos, en los que todo esto se ejemplifica.

¿Cómo se ven las interacciones de los tiempos astrológicos? Se pueden ver, sin más, en la vida real; en la vida de cada día hay multitud de ejemplos, también en los procesos colectivos de la historia. La mejor ayuda para visualizarlos y de hacer un auténtico seguimiento de los tiempos y de sus interacciones es a través de la Carta Natal.

¿Es posible que se manifiesten varios tiempos al mismo tiempo? Prácticamente, sí. Dentro de la Carta Natal —lo que equivale a decir:

dentro del plano dinámico de nuestra psiquis o alma— observamos las dimensiones esotéricas del Tiempo y de los tiempos, y de sus interacciones.

Cada *planete*[1], cada signo y cada Casa Astrológica en el tema natal se adscribe a un tiempo arquetípico. El hecho de que un *planete* esté en un signo y en una Casa implica, muy probablemente, que varios tiempos están operando conjuntamente, aunque en distintos planos.

Una Venus en Escorpio en Casa Seis, pongamos por caso, generaría la siguiente combinación: al considerar el sexto sector, estaríamos analógicamente en Tiempo Virgo, sexto signo zodiacal —un tiempo encasillado dentro de un horario laboral, por ejemplo—; al estar Escorpio, dentro de ese contexto, se manifestaría un tiempo espiralado en el que una fuerza magnética nos aproximaría hacia un centro misterioso que se resiste, pero que al mismo tiempo nos atrae. Al tratarse de Venus, nos introduciríamos en un tiempo comedido, en el que se moderarían los impulsos para obtener los resultados en el momento oportuno de forma suave y diplomática. Pueden darse muchas manifestaciones de tal combinación, dependiendo de los estímulos que se diesen en el entorno social, pero, por ejemplo, sería ideal para alguien que realizara trabajos psíquicos intentando profundizar en el mundo interior de sus consultantes. El conocimiento y manejo de los tiempos que acabo de mencionar le sería de gran utilidad.

Además, todas estas interacciones temporales sintéticas están dinamizadas, amenizadas y potenciadas por los aspectos astrológicos, que a menudo ofrecen contrastes concordantes o discordantes según su naturaleza.

Como podréis fácilmente imaginar, los tiempos de los signos, aplicados a la dinámica psíquica, vivencial y esotérica de las Cartas Astrales, pueden agregar muchas posibilidades a la interpretación astrológica habitual. Un sinfín de matices surge de cada estado cósmico. Máxime teniendo en cuenta, como exponen no pocos autores, que la Astrología está íntimamente ligada al tiempo. Se podría decir que es la ciencia

[1] Denomino *Planetes* al Sol, la Luna y los planetas, excepto la Tierra.

del Tiempo y de los tiempos, sobre todo, pero no solamente, en su dimensión cuantitativa. Básicamente, las cualidades de los tiempos son la materia prima con la que trabajamos los astrólogos. Curiosa artesanía.

A continuación, se exponen varios tipos de interacciones temporales posibles. Evidentemente, son algunos ejemplos y enfoques de los muchísimos que se podrían mostrar; y cabría desarrollarlos y profundizar en ellos mucho más, pero ello sería materia para escribir no un capítulo, sino quizá varios libros.

INTERACCIONES INTRAPERSONALES

Dentro de la Carta, como decía, se puede ver cómo en el interior de un mismo individuo, en el nivel psíquico, interactúan los tiempos. No es difícil de visualizar. Dentro de cada uno de nosotros están todos los tiempos cósmicos que después nos parecerá vivir en el contexto social. Se pueden poner multitud de ejemplos; bástenos exponer algunos casos tomados de la vida real:

Recuerdo la Carta de una mujer joven, enérgica, trabajadora y... depresiva. Saltaba a la vista, nada más asomarse al gráfico, un fuerte contraste entre Aries y Capricornio —con sus cuadraturas correspondientes—. Era tremendamente capricornio —se pasaba los días de diario y los fines de semana trabajando en ambiciosos proyectos de construcciones inmobiliarias— y, además, tremendamente aries —no era excesivamente femenina y sí muy impulsiva, directa y luchadora—.

Aries y Capricornio se parecen —también temporalmente— en que ambos son signos Cardinales, es decir, emprendedores, relacionados, por tanto, con los inicios. Esta chica era ideal para arrancar proyectos que necesitaran grandes dosis de energía y de ambición, proyectando sus miras fuertemente hacia el Futuro. Todo lo que consiguiese le parecería poco comparado con lo que había de hacer y con lo que habría de tener.

Por otro lado, Tiempo Aries y Tiempo Capricornio son muy diferentes. Interactúan de forma discordante. Vivía tiranizada por su propia forma de concebir el tiempo. Su forma de ver el Futuro impelía a su Presente a la acción esforzada. Aries —el Futuro del Presente— se veía desafiado por Capricornio —el Futuro del Futuro— hacia logros de índole material y profesional. El Futuro superaba al Presente en la proporción aproximada de tres a uno. Resultado: sacrificaba el Presente en aras de los objetivos del Futuro. Capricornio dosificaba y regularizaba al díscolo Aries, pero ella vivía el tiempo de forma superplúmbea. No me extraña que le entrase la depre: los fines de semana y fiestas de guardar se los pasaba echando más horas que un reloj en el despacho, elaborando proyectos para ganar más y más dinero que, en realidad, no le hacía tanta falta. Luchadora nata, pero con tendencia depresiva innata —para más inri, Saturno retornaba a su posición natal en Capricornio en la Casa Dos—. Cambiando su forma de entender el tiempo, habría recuperado la alegría de vivir —propia del elemento Fuego—. Le hacía falta disfrutar más del Presente.

Hablando del Presente, podríamos traer a colación otro ejemplo. Se trata de un hombre con el Sol en Leo, cuadratura Luna en Escorpio. Qué contraste, como el día y la noche. ¿Qué interacción nos ofrece para vivir eso que llamamos tiempo? El signo solar leonino nos ofrece una apreciación intensa del Presente; por analogía, se remarcan los asuntos de la Casa Cinco, entre otros: diversiones, juegos, amores y creatividad. El Presente sin más tapujos, vivir al día, disfrutar de cada instante maravilloso que nos depara la vida.

Como contraste, Escorpio —emocionalmente en este caso— nos hace vivir más en lo que fue que en lo que es. Leo nos hace apreciar la dorada maravilla del Presente; Escorpio trata de aprehenderlo para guardarlo celosamente consigo y le duele que se esfume y desaparezca. La persona con el mencionado aspecto se sintió muy impresionada por el siguiente cuento chino:

> Cuando la doncella Liu Tsei se inclinó sobre el arroyo y el cuenco que hacían sus manos se elevaba a la altura de sus labios rojos, ávidos de la frescura del líquido, al pintor Cha Shia se le ensanchó el corazón y corrió en busca de sus telas y pinceles. Pero al regresar ya Liu Tsei había partido y de esta manera la obra maestra del artista jamás pudo realizarse.
>
> RODOLFO MODERN, versión de *El libro del señor de Wu.*

El ensanchamiento del corazón del pintor Cha Shia equivale a la captación de la maravillosa belleza que nos ofrece el instante presente de Tiempo Leo. La desolación por la desaparición del instante, que fue y que no es, equivale a la dramática pero poética sensación que nos aporta Tiempo Escorpio, sometido a la discordancia de la cuadratura.

Veamos ahora un ejemplo concordante. Se trata de una mujer de unos treinta y tantos en cuyo esquema natal destacan trígonos entre la conjunción Mercurio-Sol en Libra y la conjunción Luna-Saturno en Acuario.

Ambos, Libra y Acuario, participan del tiempo Condicional; Libra tiene muy en cuenta al "tú". Su forma de vivir el tiempo, por tanto, "depende"; depende de lo que necesite el otro. Procura tener el don de la oportunidad y del tacto: cada cosa, en su momento. Acuario es el signo de la amistad y de la relatividad a ultranza; vive el tiempo a través de su conexión por ondas simpáticas sincrónicas.

La persona a la que me refiero siempre está disponible; si no puede darte una cita inmediata por estar ocupada, te pregunta cuándo estás libre para quedar a continuación. No pierde ocasión para los contactos interesantes.

Vive un Presente condicionado (Acuario) que se proyecta hacia un Futuro no menos condicionado (Libra). En otras palabras: la actualidad al servicio de la utopía, lo que sería al servicio de lo que habría de ser, la posibilidad al servicio del ideal.

La última vez que hablé con ella —llamando a su móvil (Acuario)— estaba decidida y voluntariosamente (Sol) conduciendo un automóvil (conjunción Mercurio) por unos asuntos de papeleos legales (Libra) encaminados (trígonos) a los futuros (Saturno) estudios (otra vez Mercurio) de su mejor amiga (otra vez Acuario), que es su hija (Luna).

Traducido a tiempo: actúa en tiempo relativo y ondulado; toma decisiones, conduce, habla gentilmente por teléfono concertando citas y escucha música y debates por la radio. Todo bien orquestado (Mercurio-Sol en Libra). Y planea el porvenir de su hija procurando que ésta actualice sus conocimientos de cara a su futura profesión (Saturno-Luna en Acuario); todo lo hace con una facilidad y cotidiana fluidez que a otros pasmaría (trígonos).

INTERACCIONES INTERPERSONALES

Dentro de nosotros mismos, bullen factores que se interrelacionan entre sí, formando parte de la Alquimia y de la Astrología de la Vida. Hemos visto ejemplos de ellos en el apartado anterior; el muestrario podría ser prácticamente infinito.

Pero ahora vamos a considerar otra vertiente. ¿Cómo vivimos los tiempos de nuestras relaciones? ¿Cómo compartimos los tiempos con otras personas? Dicho de otro modo: observemos interacciones temporales en Sinastría. Sinastría es la parte de la Astrología que estudia y explica la relación entre, básicamente, dos personas a través de las interrelaciones de sus Cartas Astrales. ¿Cómo se vive el tiempo entre dos?

Veamos el caso de una relación entre una madre y su hijo, ya bastante crecidito —unos veinte y pico de años—.

El Júpiter de la madre junto a la Venus del hijo en la Casa Once —la de la amistad— indica una relación amistosa bastante cordial entre ambos. En tal relación, ella aporta la forma jupiteriana —jovial y alegre— de vivir eso que llamamos tiempo. Nada de dramatismo, la vida son cuatro días y no vale la pena tomarse las cosas demasiado a pecho. "Ya verás como te sale trabajo, novia...; no te agobies".

Por otro lado, el Marte materno —junto al dúo Sol-Mercurio del hijo— impele a la acción. Y acción de forma concreta y práctica, ya que se encuentran en el realista y obstinado Tauro. El Planeta Rojo es una apuesta de Futuro, pero desde el mismo Presente. Continuamente nos está "diciendo": "Ponte a hacer esto", "¿Por qué no haces lo otro?". La inactividad no está hecha para Marte; la forma de vivir el tiempo de la subpersonalidad de la madre es un auténtico acicate para que el hijo emprenda y desarrolle acciones prácticas, encarando el Futuro inmediato con las miras puestas en lo que algún día ha de ser.

El resultado es que la madre, evitando presiones y de forma jovial —con bastante filosofía—, trata de ayudar a su hijo para que éste se abra paso en la vida profesional.

Otro ejemplo. Una pareja: ella Luna en Cáncer, él Luna en Escorpio. Hacen trígono. ¿Cómo viven el tiempo en el nivel afectivo-emocional? Influyen bastante los recuerdos. Se vive y se revive el Pasado de una forma claramente sentimental.

—Ahí, en esa esquina, nos dimos bastantes besos, ¿te acuerdas?

—Sí. Y en ese bar estuvimos, ¡qué cambiado está! ¿Entramos?

—Me gustaba más como estaba antes.

—Ahí fue donde escuchamos esa canción que decía...

—No; era así...

—Sí, tú te acuerdas mejor.

—¿Por qué no nos damos un beso como los de antes?

—Bueno.

Cáncer vuelve a vivir aquel Pasado; Escorpio lo sigue viviendo.

No todos los ejemplos son tan ñoños y tan encantadores. Traigamos ahora a escena el caso de dos hermanas. Las Lunas, en vez de estar en trígono, están en cuadratura desde Géminis a Virgo. Una dice: "Mi hermana está volada"; la otra: "Mi hermana es una 'mijitas' ".

En Tiempo Virgo, el tiempo se encasilla; se trata de tenerlo delimitado, anotado y sumamente ordenado. En Géminis, aumenta la velocidad y, por contraste, el tiempo, lejos de rigideces, parece que se estirase como el chicle y que continuamente te estuviese ofreciendo una faceta diferente.

La de la Luna en Virgo —que prefiere los horarios bien delimitados— se siente desconcertada por los cambios y las multitareas a tiempo compartido de su hermana, con Luna en Géminis, que no gusta de los miramientos y las estrecheces de la otra hija de su madre.

Adivina quién es la de la Luna en Géminis y quién la tiene en Virgo:

—¿No habíamos quedado en que esta tarde iríamos a...?

—Sí, pero es que me ha llamado fulanito y me ha dicho que podríamos quedar en tal sitio a tal hora, así que eso que dices lo podríamos hacer tal día o tal otro en lugar de tal cosa que la podemos hacer mañana por la mañana.

—A ver, repítemelo que me parece que no me he enterado.

—Da igual, luego te llamo y te lo explico; es que ahora me han prestado una furgoneta para que vaya a recoger unos folletos que van a hacer falta esta tarde en tal sitio.

—¿Y ahora cómo recompongo yo mi agenda?

—Ah, yo no tengo agenda, lo llevo todo en el coco.

—¡Es que le descompones los planes a cualquiera!

—¡Ay, qué tiquismiquis eres!

En el aspecto familiar, una vive lo que habrá sido como si lo fuera (Virgo); y la otra, lo que habría sido como lo que es (Géminis). No sé si lo entiendes.

INTERACCIONES DESARROLLADAS

Dentro de este contexto, entiendo aquellas que se dan en la aplicación de técnicas astrológicas que nos sitúan ante una perspectiva temporal concreta, tales como: tránsitos, progresiones secundarias, revoluciones solares, mensales, etc.

Este apartado es especialmente interesante, porque nos ofrece la posibilidad de ver el contraste significativo entre los matices cuantitativos y cualitativos de los tiempos.

En un tránsito, por ejemplo, se puede ver su vigencia o duración —usando efemérides o viendo un listado hecho por ordenador—, pero, además, en función de los *planetes* y signos implicados, se puede ver la naturaleza de los tiempos que se manifiestan.

Dicho con otras palabras: CÓMO INTERACTÚAN QUÉ TIEMPOS Y DURANTE CUÁNTO TIEMPO.

Tomemos el caso de una mujer de mediana edad que esperaba la muerte de su madre nonagenaria, con la cual se sentía especialmente vinculada.

Se dio un tránsito recíproco. Urano en tránsito se opuso al Plutón natal en Leo, y no había aún salido del orbe cuando Plutón, en tránsito, empezó a oponerse al Urano natal en Géminis. Cada uno de estos planetas le hacía una oposición por tránsito al otro en la Carta Natal.

Esta combinación es especialmente dura. Durante tan amargo trago, ¿cómo vivió esta persona eso que llamamos tiempo? Urano nos hace ser un adelantado a nuestro tiempo, siempre está con las antenas puestas intentando captar indicios de nuevos acontecimientos. Vive el tiempo Presente, lo novísimo, relativizado por la pluralidad de eventos que surgen por doquier. La mencionada mujer tiene algunos conocimientos de Astrología, y ésta es considerada como una ciencia uraniana. Estaba con las antenas bien puestas esperando lo repentino.

Por otro lado, Plutón también era estimulado por este tránsito recíproco. Este planeta nos asalta por oleadas —pulsiones emocionales, se entiende—. En lo que se refiere al tiempo, nos atrae para darnos de lado, nos vuelve a atraer para decirnos "todavía no", y nos ofrece un nuevo indicio, más fuerte, que hace que se mantenga y se incremente la atracción.

La atracción en torno a la madre nonagenaria era cada vez mayor. La expectación nerviosa se ponía a prueba en una atmósfera donde la inminencia de lo posiblemente repentino (Urano) se mezclaba con la dinámica de quien avanza hacia el centro de una inexorable espiral (Plutón).

Cuando se produjo el fallecimiento, el tiempo se vivió como algo engullidor y emocionalmente abrumador. Era como una tela de araña (Plutón) en la que un anhelo por liberarse (Urano) pugnaba por salir.

La visualización y consciencia de la dinámica de los tiempos nos puede ayudar en trances como éste. Primero, porque sabemos que no son periodos interminables y podemos conocer previamente su duración. En situaciones "oscuras", es importante vislumbrar la luz al final del túnel. Y segundo, porque no sólo cuantificamos el lapso de tiempo que duran las fases, sino que también podemos cualificar la dinámica y la esencia de cada tiempo implicado, saber sus pautas y adaptarnos a ellas, de modo que no nos veamos sumidos en un mar de confusiones.

Pienso que la actitud y la conducta consciente generadas por el conocimiento de la interacción de los tiempos desarrollados es una gran terapia, tanto preventiva como activa. Algo que ya mencioné anteriormente como una "Tiempoterapia". Su dominio equivale a ser señor o señora de los tiempos, en vez de estar, como de costumbre, vapuleados por los contratiempos.

En casos como el anteriormente expuesto, la comprensión de Tiempo Urano y, sobre todo, de Tiempo Plutón puede ayudar a vivir el periodo de tiempo de una forma desdramatizada. Adaptarse a los tiempos confiere una cierta trascendencia. Como decía Jung, es como la diferencia entre vivir una tormenta desde el valle o desde la montaña, por encima de las nubes.

Otra forma de tratar el asunto sería comprenderlo como el místico Apolonio de Tianes:

> No hay muerte para quienquiera que sea, sino tan sólo una apariencia; igualmente no hay punto de nacimiento, sino nada más que una apariencia. El cambio entre el ser y el llegar a ser parece un nacimiento y el paso del llegar a ser hacia el ser parece una muerte, pero, en realidad, nadie ha nacido nunca y nadie muere.
>
> APOLONIO DE TIANES, *Carta al cónsul Valerio*.

Pongamos otro ejemplo, esta vez por progresiones secundarias, que nos aporta un punto más dulce.

Se trata de una Venus progresada avanzando por Acuario en Casa Tres y haciendo trígono a Júpiter en Géminis en ocho.

Es el caso de un hombre, de unos cuarenta y algo, casado y con hijos que conoce a una chica de diecinueve en unas reuniones sobre Filosofía Oriental. El idilio se desata. No es para menos: con Venus en trígono a Júpiter, algo así es de esperar.

La forma de vivir el tiempo que aporta Venus tiene muy en cuenta el "tú"; conlleva una serie de compensaciones y correspondencias mutuas encaminadas a obtener un equilibrio en común. Es como si surgiera música de donde no la hay.

—Ahora tú, luego yo.

—Bueno, cariño, pero después tú primero.

—Bueno.

—¡La, la, lá...!

El trígono hace que todo vaya como la seda, de la forma más concordante posible. Y Júpiter, como colofón, nos conduce al tiempo de "la gran alegría". El tiempo eclosiona y se escuchan campanas de fiesta donde tampoco las hay. Se trata de optimizar la calidad de ese extraño fluido que llamamos tiempo. La interacción de Tiempo Venus con Tiempo Júpiter desde signos de Aire a mí me suena como a vals: marca los tiempos de forma alegre, pero comedida; desenfadada y jovial, pero bien templada.

Hace poco que me los encontré por la calle con un cochecito de bebé. Él se divorció, se han casado y han tenido un hijo.

Asimismo, podría aplicarse el enfoque temporal cualitativo a técnicas como las Revoluciones Solares, Cartas Compuestas, Eclipses, etc. Todas ellas ofrecen campos de exploración en los que la dinámica de los tiempos es investigable.

INTERACCIONES SITUACIONALES

En este apartado, nos salimos de las Cartas Astrales; no obstante, los factores arquetípicos de la Astrología se mantienen vigentes; Un restaurante. Dos personas a la mesa mirando un menú. Una está conectada a Tiempo Virgo, la otra está en Tiempo Leo. Viene el camarero, trabajando en Tiempo Géminis.

La persona en Leo —con gran poder de decisión, por pura corazonada y sin ningún análisis— dice, *ipso facto* y tal cual: “Yo quiero esto para beber; y para comer, esto y esto”.

La persona en onda Virgo sigue escrutando escrupulosamente el menú —se produce un embarazosillo silencio—; no ha terminado su análisis riguroso.

—¿Qué va a tomar usted? —pregunta nerviosillo el camarero, mirando con el rabillo del ojo al cliente de la otra mesa que, por gestos, le pide la cuenta.

La persona en tiempo virguero por fin alza la inquisitiva mirada y pregunta: —¿Los guisantes de la sopa de guisantes son naturales, de lata o congelados?

La persona en Leo —que en un instante sinóptico se ha dado cuenta de la situación del camarero, del señor que pide la cuenta y del que pide un botellín de agua tres mesas más para allá— dice:

—Venga ya, que no podemos estar aquí ochocientos pares de siglos para pedir una sopa.

—Son naturales —dice el camarero, que en realidad sabe que son congelados.

—Pues póngame hígado encebollado —exhala la persona en Virgo, azorada por no haber terminado a tiempo su escrutinio—. Al final no he pedido lo que quería —añade.

—Pues seguro que lo mío está más bueno que lo tuyo —replica la persona imbuida de Presente, con una seguridad sacada no se sabe dónde.

En eso, el camarero ya está dándole el menú a unos nuevos clientes, después de haber llevado el agua y de haber sisado la propina del señor de la cuenta.

Con no excesiva perspicacia —y en onda astral—, nos daríamos cuenta de que Géminis y Leo hacen concordantes sextiles entre sí y, en cambio, Virgo y Géminis, discordantes cuadraturas.

Pues bien, una lectura semejante de los tiempos de los signos, operando siempre por doquier, se puede hacer en cualquier otra situación de la vida.

Hay situaciones que, "temposignalmente", no son lo que parecen. Por ejemplo, el panel de un aeropuerto, mostrando horarios de llegada y de salidas, tendría que ser Tiempo Tierra. Para eso los vuelos están programados de acuerdo con un horario prefijado y proyectados, por tanto, claramente hacia un Futuro que tiene que cumplirse —llamémosle puntualidad—. Sin embargo, a menudo los paneles se mueven en el variable y relativo Tiempo Aire, sujeto a imprevistos condicionados.

Una marcha militar marca airosos tiempos libreños para incitar a la acción del fogoso Tiempo Aries.

La típica partida de ajedrez se juega entre tres: Karpov, Kasparov y el reloj. Debido a que este último impone unos límites temporales terroso-saturninos —objetivos y cuantitativos— a los cualitativamente habilidosos tiempos mentales de los contendientes, más bien en onda mercurial.

Si se concerta (Libra) una cita (Virgo) para una entrevista (Géminis), nos estaríamos conectando a la interacción de los Tiempos de los Signos entre paréntesis. La relatividad, mutuamente interdependiente, del signo de la Balanza marcaría las pautas para conectarse al encasillado tiempo de la precisión y al alternante del diálogo.

Si te despiertan los claros del alba o el canto de los pájaros, Tiempo Tauro te daría la bienvenida. Si, en cambio, es el despertador el que te tira de la sábana, es Tiempo Capricornio el que —exponiendo inexcusables obligaciones— te saca del surrealista Tiempo Cáncer. En los minutos de la descompresión, estás recorriendo la polaridad entre el mundo de los oníricos sueños —sin límites de tiempo— al tiempo —a menudo laboral— de los límites inflexibles fijados por Cronos.

INTERACCIONES CREATIVAS

Se trata de inventarse uno mismo sus propias situaciones, jugando con los Tiempos de los Signos que ya conocemos.

No está nada mal como recurso —en realidad, es una gran ventaja— para la creatividad, sobre todo artística.

Se podrían mencionar como ejemplos posibles "historias de amores que no han sido".

¿Qué es eso? Suena poético y poco concreto.

A través del tratamiento de los Tiempos Zodiacales, se comprende fácilmente. Es la interacción entre Tiempo Cáncer y Tiempo Géminis. Puede ser un buen filón para la inspiración literaria.

Piensas en situaciones tuyas del Pasado; escoges las afectivas y, de entre ellas, aquellas que eran prometedoras, pero que de alguna forma se desvanecieron.

¿Qué habría pasado si la relación con aquella persona que te gustaba hubiese discurrido de otra manera? Aquella bella amistad, aquel encuentro, aquel comienzo de relación que "no pudo ser"... Lo coges, le echas imaginación, le pones una contrariedad superable y superada en tu fantasía, lo conectas a onda Géminis... y te sale un libro. Quién sabe, puede ser un éxito. Soñar no cuesta nada, y escribir, poquísimo.

En Cáncer, viajas al Pasado y vuelves a vivir, ¿por qué no soñar?

En Géminis, nos dinamizamos, cogemos, ponemos, quitamos, agregamos, enlazamos una línea de acción versátil, variada y discontinua.

En la interacción Cáncer-Géminis, recobramos el proustiano tiempo perdido y artesanalmente hacemos con él lo que se nos ocurra. Lo que había de ser (Cáncer) se convierte en lo que habría sido (Géminis).

También podemos obtener una resultante creativa con otros dos o tres —o vete a saber cuántos— signos; el número de resultados válidos es ilimitado.

A veces se observa un tratamiento temposignalmente soberbio. Es frecuente en las expresiones en clave mitológica. El desconocido y magistral autor de la historia del Minotauro juega básica y esquemáticamente con cuatro tiempos: los cuatro tiempos Fijos del Zodiaco.

El héroe —Teseo— vive el Presente radiante que le permite la valentía (Leo).

Ariadna le conecta, a través de su famoso hilo, con el Pasado (Escorpio), y se siente traicionada en la isla de Naxos, cuando por su escamante ex-amante decide vivir un nuevo Presente y rompe el hilo de su pasada relación.

Dédalo, además de aportar las relatividades de quien diseña un laberinto, decide, inconformistamente (Acuario), alzar el vuelo cuando los vientos le sean propicios. Su forma de vivir el tiempo depende del aire en movimiento.

El acaudalado Minos quiere tener el Futuro asegurado conservando sus posesiones (Tauro).

El uso consciente y elaborado del Tiempo y de los tiempos es una de las principales bazas con las que juega el talento de cualquier creador. El conocimiento esotérico de los tiempos astrológicos potencia en gran medida este uso consciente, que es uno de los principales recursos de la originalidad.

INTERACCIONES HISTÓRICAS

En la introducción a esta obra, mencionábamos una frase de Nicolás Maquiavelo, a propósito de la adaptación de los humanos al giro de los tiempos. Prosperidad o ruina, para el pensador italiano, dependen en gran medida de la adaptación a la sucesión de los tiempos que corren.

Esto, que es válido para los individuos, también es válido para los colectivos humanos y sus interacciones, y de ahí que se proyecte hacia las transiciones y eventos históricos.

Cualquier proceso histórico podría, pues, contemplarse como la pugna entre Paradigmas Temporales emergentes y decadentes. Unos tiempos rivalizan con otros para hacerse con la hegemonía histórica; la intuición de los mejores estadistas ha estado siempre con las avanzadillas cualitativas de tan sutil y poderoso fluido.

Esta obra la escribo en la transición de un siglo que muere y otro que presuntamente nace. Vivimos en una época muy interesante para intentar dilucidar la sucesión transicional de los tiempos prevalecientes.

Más concretamente: estamos pasando de la Era de Piscis/Virgo —regidos por Neptuno-Júpiter y Mercurio-Ceres respectivamente— a la Era de Acuario/Leo —regidos por Urano-Saturno y el Sol—. Por tanto, hay cuatro arquetipos zodiacales y siete arquetipos *planeterios* implicados en el esquema básico de la transición, con todas las sutilezas y matices que aportan sus tiempos correspondientes.

Pero, en resumidas cuentas, al igual que pasa con los partidos políticos, hay dos paradigmas que se llevan el protagonismo. Se trata del paradigma Virgo y del paradigma Acuario, y como tema polémico entre ellos, la conceptualización de lo que pudiera entenderse por tiempo. Sintetizando: Tiempo Virgo *versus* Tiempo Acuario.

Tiempo Piscis se queda, socialmente, para curas, beatos y parroquianos cada vez más exiguos y ancianos. El Sumo Redentor puede que perdone los pecados del mundo, pero el tiempo no perdona.

Con el giro "maquiavélico" de los tiempos, sin embargo, el así llamado "viejo paradigma", el tan trazado y exactamente establecido concepto temporal del paradigma Virgo, se revoluciona, y la estructura temporal virguero-objetivo-rectilínea se desmorona como un preciso y precioso castillo de naipes al soplo del vanguardista tiempo acuariano.

No sólo ocurre en las discusiones de pizarra o teclado, de científicos "locos", también le ocurre a toda la sociedad, inmersa en el mismo baile cósmico. Se pasa de una forma de vivir el tiempo a otra. ¡Los tiempos cambian que es una barbaridad!

El panel aeroportuario, de alguna simbólica forma, es definitorio del vivir del tiempo entre eras. La guerra de los paradigmas se manifiesta en su electrónico seno. No hace falta tanta física ni tanta química para comprenderlo: la vida cotidiana es el mejor de los laboratorios.

Las relaciones amistosas, familiares y laborales parecen, del mismo modo, participar en el mismo baile compulsivo del choque de tempo-paradigmas Virgo-Acuario, con Piscis difuminándose y Leo avecinándose en la lejanía.

Podríamos visitar otras muchas épocas históricas, por ejemplo, el cambio de era Aries-Piscis, en el que romanos-arianos y cristianos-piscianos también se daban sus empujones tempo-paradigmáticos. No era lo mismo la forma de vivir el tiempo que debía tener un gladiador ante las acometidas de su adversario —no podía despistarse un instante, sino actuar contundentemente—, o de un legionario, que tenía que hacer frente a un ataque de bárbaros —básicamente Tiempo Aries—, que la forma de vivir el tiempo de un devoto furtivo, que garabateaba la imagen de un pez como contraseña para entrar en una catacumba, o de un eremita que se iba a vivir a lo alto de una columna en el desierto siríaco. Estos dos últimos, procuraban salirse de los activos tiempos mundanos para disolverse en el pisciano tiempo del Más Allá. Ni su reino era de este mundo ni su tiempo era de este tiempo.

La Revolución Francesa es otro de los eventos históricos que ejemplifica el "maquiavélico" giro de los tiempos. Un nuevo planeta se descubre en 1781, en plena efervescencia revolucionaria. Urano sopla sobre el molino de viento de la revolución y hace que la Libertad conduzca al pueblo. En segunda instancia, todo va más lento con la aparición del limitativo-saturnino tiempo del Terror. Y, por fin, y como contrapartida de polaridad, aparece Tiempo Leo, con la exaltación del glorioso Presente de la época napoleónica. "Desde los alto de esas pirámides, cuarenta siglos de historia os contemplan": se anhela la Eternidad. Se llevan obeliscos desde las orillas del Nilo a las del Sena, y el Sol que inspiraba el ánimo de los faraones victoriosos se convierte en el sol de Austerlitz.

Todo ello sepultado por el saturnino General Invierno, que pone inexorable término —con su reloj de arena— a los dorados fastos solares bajo las nieves de la inmensa estepa. Probablemente, una premonición de la siguiente era: la de Capricornio.

Esta dinámica —tan críptica como explícita— es símbolo de lo que nos espera en sentido colectivo. En la Era de Acuario, viviremos los tiempos uranianos que ya nos inundan, seguidos de los saturninos y de la reacción tempo-leonina, para ser superados por la plúmbea Era de Capricornio, que viene a continuación.

En la transición básica Piscis-Acuario, no obstante, hay también retrocesos. Uno de los más notorios es el que históricamente se da en el mundo islámico.

El así llamado mundo árabe es básicamente y tradicionalmente Escorpio. Este signo, como es lógico, se asocia de forma mucho más fácil con Piscis —con el que hace trígonos— que con Acuario —con el que hace cuadraturas—. Se da, por tanto, una vuelta hacia los fundamentos religiosos, propios de Piscis, y se desdeñan las innovaciones uranianas. Hay un giro hacia el Pasado —propio del elemento Agua—.

En una época en la que la tendencia es la dominación del espacio y la esclavitud del tiempo, en el contexto social musulmán, se sigue enclaustrando en el espacio para intentar parar el tiempo, como si no pasara nada y se siguiera viviendo en la Edad Media. Se cree que lo que funcionó durante mucho tiempo en el Pasado ha de seguir funcionando en el Futuro. Se desdeña la adaptación al giro de los tiempos.

Maquiavelo sonreiría giocondescamente.

Una gran bolsa social de la humanidad se queda en fuera de juego en lo que respecta al vivir de los tiempos predominantes en la actualidad.

Cualquier acontecimiento histórico es susceptible de ser observado, e interpretado, a través de la visión que aporta el conocimiento de los Signos de los Tiempos y de los Tiempos de los Signos.

APERTURAS

—Buenos días —dijo el principito.
—Buenos días —dijo el mercader.
Era un mercader de pastillas perfeccionadas
que calmaban la sed...
Uno tomaba una por semana y
no sentía la necesidad de beber.
—¿Por qué vendes esto? —preguntó el principito.
—Se ahorra mucho tiempo —dijo el mercader—,
los expertos han hecho varios cálculos.
Se ahorran cincuenta y tres minutos por semana.
—¿Y qué se puede hacer con cincuenta y tres
minutos por semana? —preguntó el principito.
—Cada uno hace lo que quiere...
—Si yo tuviera cincuenta y tres minutos libres —dijo el principito—,
me acercaría caminando lentamente a la fuente.

ANTOINE DE SAINT-EXUPÉRY, *El Principito.*

Cada uno hace lo que quiere... ¿Qué harías tú con tus cincuenta y tres minutos libres? Este pequeño cuento, del aviador solitario Saint-Exupéry, expresa la actitud que podemos tener hacia lo que llamamos tiempo. El libre albedrío interviene.

Algunos autores, al final de los capítulos que componen una obra, agregan un apartado último denominado “Conclusiones”. Aquí estás viendo unas “Aperturas”.

Es comprensible que, al final de un desarrollo, no se intente cerrar el tema central, sino dejarlo abierto para que otros investigadores puedan, a su vez, seguir la labor. Lo considero tan natural y razonable como infrecuente.

No saco ningún tipo de conclusiones a todo lo expuesto previamente; antes al contrario, animo a que se sigan investigando las formas arquetípicas de concebir la relatividad entre el Tiempo y los tiempos, entre los Signos de los Tiempos y los Tiempos de los Signos, a que se sigan observando sus interrelaciones, especialmente en el seno del vivir existencial cotidiano.

Propongo que se cree una parte de la Astrología que se denomine ASTROLOGÍA TEMPORAL, que consistiría en el estudio de todas las vertientes, facetas y matices posibles de los tiempos, contribuyendo con ello a constatar la Astrología como la CIENCIA DEL TIEMPO.

El tiempo es un terreno aún por desbrozar. Prácticamente cada pensador, escritor, científico, poeta, místico o filósofo ha dejado su impronta en tan sutil medio, pero, aunque parezca mentira, pocos trabajos se han hecho en profundidad sobre el tiempo como tema.

Las alusiones y discusiones de la mayoría de los autores científicos, religiosos o filosóficos tratan, en su mayor parte, sobre el contraste entre dos o, a lo sumo, tres modalidades temporales —y hemos visto en este libro bastantes más—. Un rosetón medieval con doce lóbulos —iridiscente o tornasolado por el paso del Sol— me dice mucho más sobre la naturaleza del giro de los tiempos que las disertaciones de academicistas de reputado prestigio.

Hace más de once años que comencé a escribir este libro; en todo este tiempo, el tiempo —valga la redundancia— y yo hemos trabado una buena y duradera amistad. He empleado un sinnúmero de horas en la prolija preparación, elaboración, corrección y reelaboración de esta obra y, sin embargo, parece que ha sido un suspiro. La cuantificación del tiempo empleado se minimiza en comparación con el sinfín de cualidades, matices y connotaciones de los que me he ido impregnando al escribir —y convivir con— cada uno de los tiempos expuestos; cada uno de ellos tiene su espíritu y su propio sentir, y cada uno de ellos me ha aportado un cierto grado de consciencia.

El lector que, quizá con más paciencia que pasión, haya recorrido las hojas de este escrito, ha recorrido, asimismo, de algún esotérico modo, la estela de Ulises. Viajando con el héroe, ha recalado en muchas orillas y se ha asomado a muy variopintos mundos.

Doy las gracias al apoyo sutil de muchos autores —la mayoría desaparecidos—, cuyas alusiones al tiempo he mencionado profusamente en esta obra y cuyo aliento, afectivo y efectivo, he sentido en muchos ratos de soledad.

Esta obra tiene un marcado carácter renacentista. Para tratar el tema del tiempo —con la profundidad y amplitud que me ha sido posible—, he tenido que contactar con el espíritu que produjo nuestro pacto civilizador, con el espíritu de Sumer y de Egipto. Y en él, envuelta en símbolos, he encontrado una joya llamada Astrología. La Ciencia Madre. La raíz cósmica del saber. La ciencia de la que derivan todas las demás ciencias, esotéricas y exotéricas.

Asimismo, y de alguna mediúmnica forma, he recibido mensajes de los que no escucha el oído, pero que no por ello son menos audibles. Con cierta desusada reverencia, he de reconocer la deuda que tengo con algunos maestros y poetas del tiempo. Entre ellos, cabe mencionar a Borges y a Goethe. Ahora mismo, uno de ellos me pide que os exprese algo que escribió:

> Pensé en un laberinto de laberintos, en un sinuoso laberinto creciente que abarcara el pasado y el porvenir y que implicara de algún modo los astros.

JORGE LUIS BORGES, *El jardín de los senderos que se bifurcan.*

En la introducción, mencionábamos que el tiempo es la regularidad o el orden en el movimiento de los astros. Y parece que algunos autores, sin ninguna tácita complicidad, lo corroboran. Empero, el Cosmos de fuera no es sino el reflejo del que nos habita dentro, y viceversa. Escuchamos en el *Fausto* de Goethe:

> Los tiempos del pasado, amigo mío,
> Son un libro de siete sellos. Y eso
> Que el espíritu de los tiempos llamas,
> Es nuestro propio espíritu, en el fondo,
> En que van reflejándose los tiempos.

Los tiempos se bifurcan y convergen; Macrocosmos y Microcosmos son como dos espejos que, al mirarse el uno al otro, reflejan infinitas imágenes.

El gran orden del tiempo y de sus manifestaciones, que para algunos perspicaces pensadores es una gran y sutil trama, yace, sin embargo, hecho añicos en el gran desvarío de la experiencia social cotidiana. Cual Isis que amorosamente recompone el cuerpo fragmentado de su amado hermano Osiris, habríamos de recomponer el desecho entramado de los tiempos, que yace esparcido por doquier, para dar de nuevo forma a lo que vislumbraron los virtuosos poetas del tiempo antes mencionados.

Casi como posdata, me permitiría hacerle un ruego al lector. Se trata del uso ético de lo poco o mucho que haya entresacado de este libro. Parece vano decirlo, pero hemos de tener en cuenta que el conocimiento y manejo de los tiempos y de sus ideas asociadas puede convertirse en algo muy poderoso, y por ello una advertencia ética no está de más. Como muy decía Víctor Hugo:

> No existe nada en el mundo más poderoso que una idea a la que le ha llegado su tiempo.

Saberlo y detectarlo nos hace gozar del auténtico poder: el de la Magia.

Todo autor desea, por un secreto instinto progenitor, la posteridad para su quizá nonata o su quizá efímera obra. Este libro, como toda creación, es una llamada al porvenir. En especial, una obra que verse sobre el tiempo ha de hacerle un guiño a la Eternidad. Para ello, hago mío el deseo del, posiblemente, mejor poeta de todos los tiempos: el chino Li Tai-Po…

> En la inmensa soledad escribo mis letras.
> Las cañas de bambú ondean como el mar.

Y así como el rocío deja caer sus perlas,
Sobre el papel desgrano mis versos sin cesar.
¿Cuánto tiempo permanece el suave aroma
De un mandarino en la piel de una beldad?
¿Cuánto el fulgor de la nieve cuando el Sol asoma?
¡Pero ojalá que este poema que escribiendo estoy
Perdure toda la eternidad!

BIBLIOMANÍA

Yo afirmo que la Biblioteca es interminable.

JORGE LUIS BORGES, *La Biblioteca de Babel.*

Nada más tedioso, insípido y antipático que una seca y fría lista bibliográfica al final de una obra que ha pretendido ser amena e interesante. La mayoría de las ediciones que se leen no se corresponden con las publicaciones del país, por lo que las referencias editoriales que se suministran no se corresponden con las publicaciones del país donde te encuentras, que son las más accesibles y asequibles.

Reconozco no sólo mi pasión, sino también mi debilidad y mi vicio por los libros; puedo hablar de ellos con el conocimiento y la familiaridad que permite mi adicción.

Reivindico el contacto directo, mágico, táctil, odorífero —diría que sensual— con los libros. Me gusta hojear, curiosear, encontrar más que buscar y sentir la vibración que despide cada volumen. Me gusta mezclar mi aura con el de cada ejemplar, examinar impúdicamente su índice y leer trozos, a ver qué me dicen.

Los antiguos egipcios creían en el poder mágico de las palabras contenidas en los escritos. Pensaban que si se leía lo escrito, algún "genio" o "espíritu" se liberaba. Yo pienso lo mismísimo.

Conmino al lector, si quiere adquirir bibliografía adicional sobre el tiempo y los tiempos, desde un enfoque astrológico o desde cualquier otro, a que flirtee con los libros directamente, sin mediaciones bibliográficas —a menudo estériles—. Ya sea escudriñando en librerías de segundo mano —quizá por entre las callejuelas de aspecto medieval de un casco antiguo—, tomándose "todo el tiempo del mundo" o ya sea cogiendo la ocasión al vuelo en la librería de un aeropuerto, cuando ya están llamando a tu vuelo por megafonía, "con el tiempo pegado al trasero".

El tema básico de esta obra —el susodicho tiempo— plantea tanto una facilidad como una dificultad adicional —en el fondo es lo mismo—, y es su carácter inespecífico.

En cualquier libro se dice algo del tiempo, pero muy pocos textos tratan sobre el tiempo en sí mismo. El investigador de matices temporales, por tanto, encuentra por doquier, incluso sin pretenderlo, pero nunca tiene suficiente —la insaciabilidad, como buen amante, le es propia—. El tema es inmarcesible, ¿quién le pone un marco al tiempo?

De todos modos, y para no decepcionar a los muy concretos, no tengo inconveniente en "traicionarme" a mí mismo y suministrar algunos títulos, autores y editoriales:

— VON FRANZ, MARIE LOUISE, *Misterios del Tiempo*, *Ritmo y Reposo*, Editorial Debate.

— TIME LIFE, *Tiempo y Espacio*, *Misterios de lo desconocido*, Ediciones del Prado.

— FUTURO/CÍRCULO, *El enigma del tiempo*, *El mundo de lo insólito*.

— TOMAS, ANDREW, *La barrera del tiempo*, Editorial Plaza & Janés.

— LIPPINCOTT, KRISTEN, *El tiempo a través del tiempo*, Ediciones Grijalbo.

— HARPEN, PAUL, *El tiempo imperfecto*, Serie Macgraw-Hill.

— AYENSU, EDWARD S. y WHITFIELD, PHILIP, *Los ritmos de la vida*, Editado por The Smithsonian Institution.

Estas obras aportan recopilaciones de conceptos, matices, nociones, inventos y artilugios sobre el tiempo. Sin embargo, carecen de un modelo general del tiempo, de un mandala básico u orden implícito y dinámico que explique coherentemente la variedad en la unidad.

Otros libros mencionables son los de "científicos heterodoxos"; considero sobresalientes:

— CAPRA, FRITJOF, *El Tao de la Física*, Editor Luis Cárcamo.

— CAPRA, FRITJOF, *El punto crucial*, Rutas del viento.

— DOSSEY, LARRY, *Espacio, tiempo y medicina*, Editorial Kairós.

— SHELDRAKE, RUPERT, *La presencia del pasado*, Editorial Kairós.

Hay otros muchos títulos que versan sobre la así llamada Nueva Física o el Nuevo Paradigma. Obviamente no podría mencionar a todos los autores. Casi todos hacen alusiones al tiempo, pero hay que buscarlas, ya que no es fácil encontrar obras específicas sobre el enigma temporal. Estos libros tienen la virtud de contener una visión de síntesis; tienen una marcada tendencia holística y reconciliadora.

No la tiene en cambio:

— HAWKING, STEPHEN, *Historia del tiempo*, Editorial Crítica.

Obra, a mi juicio, tremendamente decepcionante.

Libros interesantísimos en cuanto al orden de los tiempos son las NOVELAS EN CLAVE ZODIACAL, principalmente: *LA ODISEA* de Homero, *EL QUIJOTE* de Cervantes y *el ULISES* de Joyce. Son los clásicos libros con varios niveles de lectura —tanto en nivel exotérico como esotérico— y que el lector, avispado o avisado y con cierta instrucción, puede detectar y recorrer como quien se va de viaje.

No es casual que los capítulos de esta obra que estén dedicados a los Tiempos Zodiacales comiencen con citas de *La Odisea*, expresando las diversas maneras arquetípicas de vivir eso que llamamos tiempo. Bien podrían haber estado encabezados con citas de *El Quijote* o de *el Ulises*.

Existen, asimismo, dos libros muy especiales en eso del tratamiento de los tiempos. Me refiero al *I CHING* y a las *EFEMÉRIDES ASTROLÓGICAS*. Estos dos libros sí aportan patrones mandálicos en los que se respeta y se expresa una relación de armonía entre el todo y las partes, entre el Tiempo y los tiempos.

I CHING —el libro de las mutaciones— es un libro de consulta que te indica la fase del tiempo —y sus cualidades— en que te encuentras en el momento de la consulta. Es bueno consultarlo, con el debido respeto, ante la toma de decisiones de cierta importancia. Está en clave sutil y simbólica, por lo que ha de ser interpretado sensatamente por su consultante. Aunque hay un cuadrante para facilitar la localización de las respuestas, su disposición es realmente cíclica, puesto que los hexagramas de los que se compone se ordenan según un orden circular, siguiendo el giro del fluido temporal.

EFEMÉRIDES ASTROLÓGICAS (versión actual de las Tablas Alfonsinas), en principio, parece un libro en el que unos datos se suministran dentro de una exposición de forma cuadriculada, según un aparente despliegue temporal rectilíneo, ordenado según fechas cronológicas que podemos hojear hacia delante o hacia atrás. No obstante, las referencias planetarias se ofrecen en clave zodiacal. Si observamos bien, vemos que cada uno de los factores gira en círculo de forma sincronizada con los demás, a diferente velocidad, y dentro de un todo armónico.

El formato es cuadriculado, pero lo expresado es cíclico y mándalico, expresando la relatividad de los tiempos y sus cualidades, a semejanza del *I Ching*, puesto que cada signo zodiacal y cada planeta es un factor simbólico que ofrece multitud de matices interpretativos. En las *Efemérides Astrológicas* están, en clave cifrada, todas nuestras historias.

Por el contrario, y a diferencia del *I Ching*, las *Efemérides Astrológicas* se apoyan en una base observacional exterior: los movimientos de los astros de nuestro vecindario cósmico referidos al Anillo de la Tierra: La Luz Zodiacal, La Banda Zodiacal o el Limbo, ya sea que nos conectemos en el plano físico, psíquico o numérico, respectivamente.

Ambos, *I Ching* y *Efemérides Astrológicas*, son “jardines” de senderos que se bifurcan y convergen, y cuyo acertijo —por supuesto, no mencionado— es el Tiempo.

Pero, en definitiva, encontremos modelos más o menos elaborados, el Tiempo y su pluralidad está repartido, y bien repartido, por todos los libros. La Biblioteca del Tiempo, como la de Borges, es interminable.

Toda biblioteca es un holograma —y la del tiempo es su máximo exponente—; cada volumen refleja la totalidad de los temas de todo el conjunto. Sólo hace falta comprender las analogías para ser consciente de ello. Coge dos libros cualesquiera, ábrelos por donde quieras, lee de uno y lee del otro: analógicamente, te estarán hablando de lo mismo.

A veces pienso que sólo existe un libro, que todos hablan del mismo asunto o trasunto, que cada libro es un puñado de matices de ese gran libro que es el UNIVERSO, y cuyo autor es...

> Los místicos pretenden que el éxtasis les revele una cámara circular con un gran libro circular de lomo continuo, que da toda la vuelta a las paredes; pero su testimonio es sospechoso; sus palabras, oscuras.
>
> Ese libro cíclico es Dios.
>
> JORGE LUIS BORGES, *La Biblioteca de Babel.*

ANEXO

UN DIAMANTE EN EL CIELO

La manera del tiempo de arriba causa la manera del tiempo de abajo, y ambas maneras son una manera general del tiempo, y de ella descienden comportamientos especiales en los individuos arriba y abajo.

RAMÓN LLULL, *Tratado de Astrología*, siglo XIII.

El 22 de Julio de 1995, había un "diamante en el cielo". La diamantífera manera del tiempo de arriba reflejaría la manera del tiempo de lo que se iniciara —o naciera— aquel día aquí abajo. No era una mala fecha para comenzar a escribir un libro sobre los Tiempos de los Signos. Procedí a ello.

Me explico: en el sistema solar, y visto desde la Tierra, los *planetes* formaban geométricamente un hexágono, con seis aspectos de sextil delimitando el contorno, evocando la forma de un diamante tallado —se puede ver en la figura adjunta—. Prácticamente todos los *planetes* estaban implicados.

Esta figura es infrecuente que se de en el cielo de una forma tan acabada. Es buenísima, porque aunque hay fuertes desafíos, simbolizados por las oposiciones, hay también recursos más que de sobra para superarlos, expresados por los trígonos y sextiles.

Técnicamente, el diamante consta de, por los menos, tres oposiciones, seis trígonos y seis sextiles. En este caso, hay bastantes más. Se puede descomponer por figuras en: dos grandes trígonos, seis pequeños trígonos, una estrella de David, seis sobres, tres rectángulos, seis trapecios y doce cartabones.

¿Qué no se puede realizar con todo eso?

Existe una parte de la Astrología llamada Astrología Eleccional. Según este saber, el momento cósmico de un comienzo aporta las pautas a desarrollar del proceso que se ha escogido como inicio.

Era mi intención comenzar a escribir este libro la noche del viernes 21 de julio de 1995 a las 23.35 horas. Eso lo decidí con mi relativo libre albedrío, pero el destino relativo también existe. A pesar de todo mi interés, y de mi insomnio habitual, me dormí y me levanté inquieto, para comenzar realmente a escribirlo el sábado **22 de julio de 1995 a las 02.33, hora oficial en Málaga (España).**

En principio, pensé que fue un lamentable despiste. Posteriormente, cambié de opinión: tuvo que ser así. Encaja más la segunda Carta que la primera, con mayor énfasis en la Casa Tres —la de los escritos—, incluido Mercurio —el planeta de los escribas—, y Urano —la Astrología— en el Medio Cielo.

Como indicaba Ramón Llull, la manera de arriba se corresponde con la de abajo, y de este reflejo mutuo surgen los desarrollos de los tiempos.

P. D.: Terminé de escribir este libro el miércoles 27 de septiembre de 2006, a las 14:01 horas.

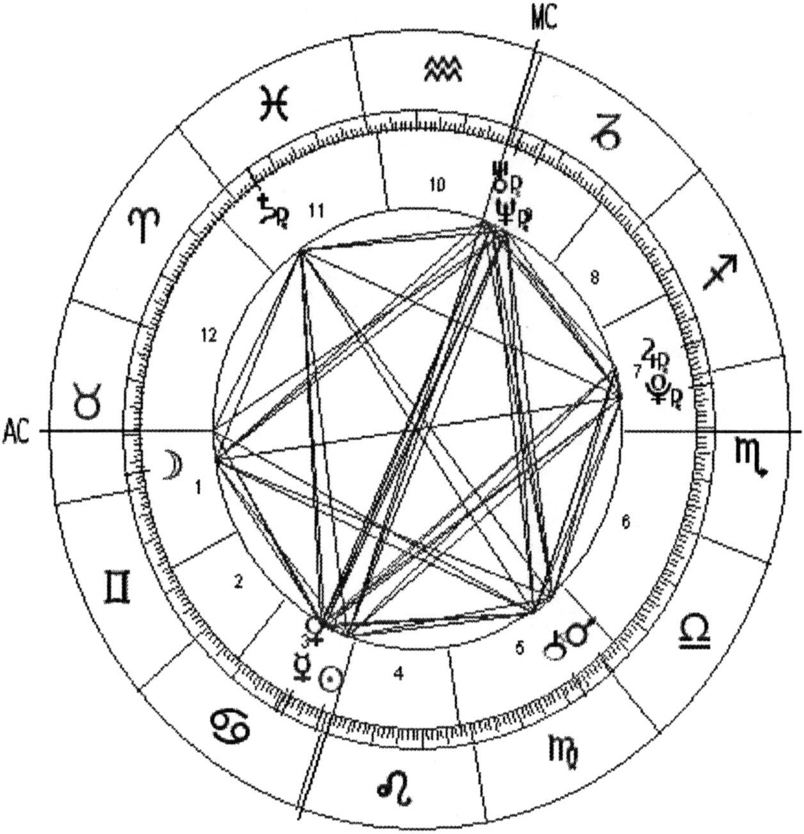
MC
AC
10
11
12
1
2
4
5
6
7
8

Ediciones
Corona Borealis

RECOMENDAMOS

UNA ROSA PARA CADA DÍA
Rosa Natalia Poveda

CIEN ENIGMAS DEL MUNDO
Bruno Cardeñosa

HEREJES DE LA CIENCIA
Alejandro Polanco Masa

LOS PROFETAS DEL BOSQUE
J.M. Sánchez de Toca y Catalá

HISTORIA IMPIA DE LAS RELIGIONES
Fernando de Orbaneja

VOCES DEL AMANECER
José Antonio Iniesta

EL ENIGMA DE LAS SIETE LUCES
José Antonio Iniesta

CRUZANDO EL ARCOIRIS
José Antonio Iniesta

CANARIAS MÁGICA
J. Gregorio González

EL HECHIZADO
Mar Rey Bueno

ENIGMAS LITERARIOS
Jesús Callejo

SENDEROS DE LUZ
José Antonio Iniesta

GALICIA SECRETA
Tome Martínez

KUAYU
Pablo Novoa

VIAJEROS DE LA MENTE
Enrique Vila y J.Marvizón

LOS SEÑORES DEL FUEGO
Mar Rey Bueno

LOS HIJOS DE HERMES
F. Javier Puerto Sarmiento

LA PLATA DE CHOQUELIMPIE
F. Díaz Guerra

EL FOGÓN ESOTÉRICO
Ferrer Cuñat

ASTURIAS MAGICA
Xavier Musquera

EGIPTO OCULTO
Nacho Ares

FINLANDIA
Manuel Velasco

LAS SOMBRAS DEL TERROR
Jesús Ávila Granados

OPERACIÓN AL-ANDALUS
Lorenzo Fernández

ASCLEPIO RENOVADO
Miguel López Pérez

CATALUÑA CRÓNICA DEL MISTERIO
M. Aracil